J.L Stevens

Don't forget to love yourself

Page dédicace J.L Stevens

Avertissements sur le contenu du livre

Ceci est une œuvre de fiction. Les noms, les personnages, les lieux et les événements dans ce récit ne sont que le produit de l'imagination de l'auteur, ou utilisés de façon fictive.

Toute ressemblance avec des personnes ayant réellement existé, vivantes ou décédées, des établissements commerciaux ou des événements ou des lieux ne serait que le fruit d'une coïncidence.

L'auteur reconnaît que les marques déposées mentionnées dans la présente œuvre appartiennent à leurs propriétaires respectifs.

Cette œuvre contient des scènes sexuellement explicites et homoérotiques, une relation entre hommes et un langage adulte. Elle vise un public averti seulement et ne convient pas aux mineurs. L'auteur ainsi que la maison d'édition déclinent toute responsabilité dans le cas où la présente œuvre serait lue par un public trop jeune.

Dépôt légal : 2022
Édité en : 2022
ISBN : 979-10-699-9805-6

Remerciements

Je tiens tout d'abord à remercier toutes les personnes qui prendront le temps de lire ma fiction.

Je vais remercier les personnes que j'apprécie énormément, qui m'ont encouragées tout au long de cette aventure, qui m'ont donné des idées parfois en discutant et parfois sans qu'elles le sachent.

A toi, ma bêta lectrice, toujours aux aguets, merci pour tes corrections qui ont sauvé plusieurs fois mes chapitres. Merci pour tes idées et tes conseils qui m'ont aidée quand l'inspiration se faisait attendre. Un grand merci pour Rorym, sans toi, ils ne seraient pas restés aussi longtemps dans mon histoire mais tu as su me montrer ce que je pouvais faire d'eux, et je ne le regrette pour rien au monde.

A toi, Blue, qui a une imagination débordante et a su sans le savoir, faire que je me surpasse, en revanche, je ne sais pas être aussi sadique que toi, mais je vais y travailler ... un peu.

A vous, ma famille qui m'avait poussée pour que je me lance dans cette aventure. Vous avez toujours cru en moi, même quand je doutais. Votre soutien, vos sourires et vos câlins m'ont donné de la force, je vous aime plus que ma vie. Toi, ma grande qui m'a écoutée tant de fois dans mes délires pour mon histoire et qui a su me faire redescendre pour ne pas que je m'éloigne du sujet. Toi, ma petite qui sans le savoir m'a donné l'idée et l'inspiration pour des personnages de ton âge. Toi, mon mari chéri, tu as cru en moi avant que je ne le fasse, merci pour tout ce que tu as fait et fait encore pour moi, pour nous.

Je ne vous remercierais jamais assez, cette première histoire n'a pas été facile, certaines choses personnelles y sont, car comme tout écrivain on y met forcément de nous, j'y ai mis tout mon cœur et toute mon âme.

Note de l'auteur

Au départ, c'était juste un petit défi que je voulais relever, à force de lire toutes ces histoires sur certaines applications et puis je me suis prise au jeu et ma fiction a vu le jour.

Des amies m'ont encouragées à me lancer tout comme mon mari et ne m'ont pas lâché jusqu'à la fin.

J'ai fait des recherches pour les métiers, pour des idées d'endroits, les caractères de mes personnages et les personnages eux-mêmes, pour que ma fiction soit un peu réaliste, si je peux dire.

L'omégaverse m'a toujours plus, cet univers me fascine tellement que j'ai fait ma propre histoire. Je l'ai travaillée pendant six mois, jusqu'à arriver à la fin, ce qui m'a tiré une petite larme.

J'espère qu'elle vous plaira du début à la fin et que mes bébés vous plairont tout autant que j'ai aimé les créés pour mon plus grand plaisir et le vôtre maintenant.

Bonne lecture.

Explications de mon univers ABO

Toute la population naît dans l'une des catégories suivantes :
- Alpha 20%
- Beta 60%
- Oméga 20%

Les Alphas : Toujours sûrs d'eux et extravertis. Ils ont en général des postes importants dans la société et dans la Meute. Leurs phéromones sont très puissantes, surtout sur les omégas. Ils peuvent grâce à celles-ci les soumettre à ce que bon leur semble. Ils sont les seuls à pouvoir soulager et calmer les omégas.

Les Bêtas : Ce sont des loups-garous qui n'ont ni phéromones, ni chaleurs. Seules les femmes ont leurs règles et peuvent procréer. Les phéromones, alpha ou oméga ne les atteignent pas.

Les Omégas : Ils sont plutôt introvertis et réservés. Ils ont aussi des phéromones puissantes en fonction de leur état. Qu'ils soient hommes ou femmes, ils ont leur chaleur chaque mois et leur corps en devient brûlants tellement ils ont chaud. Certains peuvent se mettre en danger tellement le besoin d'un alpha qui les soulage est grand. D'où les violes pour certains d'entre eux.

Le genre est découvert vers les 15 ans de l'enfant. Le test médical, une simple prise de sang, est fait dans l'établissement où l'adolescent suit ses cours. Les résultats sont obtenus dès le lendemain.

Traitement des chaleurs : Il existe deux versions de suppresseurs. Le premier sous forme de comprimés que les omégas doivent prendre une semaine avant l'arrivée de leur chaleur. Ces suppresseurs leur permettent d'être moins malades et fragiles pendant toute cette durée qui se passe sur une semaine. Dans la deuxième version des suppresseurs, ceux-ci sont sous forme liquide.

La seringue étant déjà prête à l'utilisation. En effet, les suppresseurs sous forme liquide sont surtout utilisés au cas où l'oméga a oublié de prendre ses comprimés. L'injection est très douloureuse du fait que le produit est concentré pour être rapide. Ce qui peut entraîner d'un coup, une grande fatigue voire même un évanouissement. A la suite de cette injection, l'oméga doit se reposer car il est vidé de toute énergie.

Marquage : Celui-ci ne peut être fait que pendant un rapport sexuel. L'alpha marque son compagnon ou sa compagne en lui mordant le creux du cou. Cette morsure prouve que l'oméga est uni à son alpha et que personne hormis lui n'a le droit de le toucher sous peine d'être punis ou banni de la Meute. Suite à cette morsure, le couple peut ressentir les émotions de sa moitié. Ils sont unis jusqu'à la mort de l'un deux.

Les seuls moments où les loups garous sont sous leur forme animale sont, soit en temps de guerre de territoire, les soirées de pleine lune où toute la Meute se retrouve pour courir en forêt et dans un excès de colère où le loup doit sortir pour se recentrer et se calmer.

Prologue

Après une journée de lycée fatigante de part ces évaluations à répétitions pour nous prouver une fois de plus que les alphas sont les meilleurs, je dépose mes livres et cahiers inutiles dans mon casier et sors du campus pour rentrer chez moi, enfin chez moi si on peut dire cela ...

Ah oui !! Je ne vous ai pas dit, je suis un oméga de 19 ans. Je m'appelle Wyatt McCarthy. J'étudie à l'université Cornell, réputée dans notre belle ville d'Ithaca, chef-lieu de l'Etat de New-York. J'y vis avec mes parents, Diane et Brad qui ne me supportent pas. Pourquoi me demandez-vous ? Tout simplement parce qu'étant des alphas tous les deux, ils avaient 1% de chance d'avoir un oméga ... et me voilà. A leurs yeux, je ne vaux rien, je ne suis qu'un oméga donc automatiquement catalogué comme faible. Et pour couronner le tout, je suis gay, le pompon comme dirait mon père. Ils n'ont pas essayé de me faire un frère ou une sœur, ils se sont dit qu'avec la chance qu'ils avaient, qu'un deuxième oméga pouvait pointer le bout de son nez. Une tare pas deux.

Et donc en temps qu'enfant détesté par sa famille, je me retrouve à traverser le campus et le chemin qui mène à la maison de mes parents ? A pieds bien évidemment, pas de temps à perdre avec l'anomalie de la famille.

J'aime beaucoup ma ville natale et surtout la vallée du Lac Cayuga qui longe le campus. J'aime beaucoup m'y promener main dans la main avec mon petit ami Gabriel ou courir les nuits de pleine lune avec la Meute. Oui, je fais partie de la Meute d'Ithaque.

Le chef alpha s'appelle Ezra et sa femme Oriane est une oméga. C'est un magnifique couple, toujours à l'écoute et présent pour la Meute. Toujours prêt à aider leur prochain. Ils ont deux enfants.

Yaël, jeune alpha de 18 ans, est tout le portrait de sa mère, petite brune d'un mètre soixante-quatre et attention à la personne qui oublierait les quatre centimètres. Elle a des yeux marrons en amande, ses cheveux ondulés, lui tombent jusqu'au milieu du dos. Elle a un caractère bien trempé et elle sait ce qu'elle veut. Elle est la chef des Cheerleaders du campus.

Son frère Gabriel a 19 ans, lui aussi est un alpha. Il est tout le portrait de son père, un grand ténébreux d'un mètre quatre-vingt-dix, ses cheveux mi- longs, ses yeux noisette en forme d'amande aussi, marque de la famille. Sans oublier ses lèvres pulpeuses et douces. Ses magnifiques abdos superbement dessinés grâce au sport qu'il fait. Il est le capitaine de notre équipe de football et oui c'est aussi mon petit ami.

Lui et sa sœur sont très proches, ils se racontent tout, ce qui m'a souvent fait rougir étant donné le franc parler de la belle. Je passe plus de temps avec eux qu'avec mes parents, remarquer ça ne les dérange pas, bien au contraire.

Oriane m'a beaucoup aidé à m'accepter en temps qu'oméga ce qui n'a pas été chose facile, surtout quand vos parents vous rabâchent tout le temps que vous n'êtes qu'une erreur de la nature. Toutefois quand ils ont su que je sortais avec Gabriel, bizarrement leur comportement a changé mais je ne suis pas dupe, je vois bien leur petit jeu et malheureusement pour eux, Ezra et Oriane sont loin d'être aveugles aussi.

Gabriel, si j'avais su qu'un jour, ils me tomberaient dessus, jamais je ne serais rentré seul. Je t'aurais attendu après ton entraînement de foot. Avec toi à mes côtés, ils n'auraient jamais osé. Avec des "si", on pourrait refaire le monde. Est-ce la vie qui s'acharne sur moi ou mon destin ? Qui décide, qui doit souffrir ? Qui ?

Toujours est-il que pendant que je marche sur le chemin qui mène chez moi, j'ai un mauvais pressentiment, aucun bruit, même pas un oiseau qui ne vole, rien. Je ne le sens pas, quelque chose ne va pas. Puis sans crier gare, ils arrivent derrière moi et me plaquent au sol comme une vulgaire proie. Maintenant seulement, je sens leurs phéromones haineuses et agressives. Elles sont tout autour de moi et m'empêchent de respirer convenablement. J'essaye de me relever et de leur faire face mais je peux à peine tenir debout. Ils sentent que j'ai peur, que je panique et je peux voir dans leurs yeux que ça les amuse. Un coup violent derrière la tête résonne dans mon crane, je me sens m'écrouler et là le trou noir.

Je me réveille dans une vieille cabane en bois, sûrement une de celles qui se trouvent dans la forêt qui entoure le lac et le campus. Ma tête tourne et j'ai mal. Cet endroit sens l'humidité et c'est très poussiéreux mais je doute d'être là pour le ménage. Soudain la porte s'ouvre sur eux, je vois leurs sourires carnassiers et leurs regards ne m'inspirent rien de bon.

C'est à ce moment-là que mon cerveau décide de penser au magnifique sourire de mon Gab, mon beau ténébreux avec ses cheveux mi-longs que j'aime toucher tellement, ils sont doux et soyeux. A son corps de rêve qui me fait fantasmer depuis 3 ans que nous sommes ensemble.

A ses superbes abdos bien dessinés que j'adore chatouiller du bout des doigts pour le faire frissonner et que j'embrasse quand nous sommes seuls chez lui dans sa chambre.

Tout d'un coup, l'un d'eux me tire les cheveux vers l'arrière et me ramène à la réalité. Cette vérité dans laquelle je réalise que mes mains sont attachées par une chaîne au seul mur de béton derrière moi et que ma bouche est bâillonnée d'un foulard rouge, où ces mecs me regardent comme si je n'étais rien de plus que du bétail sans cervelle.

Dans leurs yeux, je vois la haine, la méchanceté qu'ils ont en eux, cette agressivité qu'ils ont besoin de lâcher.

La deuxième claque violemment la porte et je me dis a ce moment que ma fin est proche et que plus jamais, je ne reverrais mon beau ténébreux, plus jamais. Comment peut-on avoir ces mecs comme amis ... proches.

Chapitre 1 " Nouveau départ "

PDV Wyatt

Cela fait maintenant 5 ans que j'ai tourné le dos à ma ville natale et à ceux que j'aimais profondément. Aujourd'hui, je vis à New-York, dans le quartier de l'Upper East Side. Dans un appartement que me loue mon patron juste au-dessus de mon lieu de travail. Je suis pianiste dans son bar. Eh oui, qui aurait cru que ma passion pour le piano me servirait un jour ?

Mon logement est tout en longueur comme le bar duquel il dépend. En fait mon boss est propriétaire de tout l'immeuble. Il se compose du rez-de-chaussée, de 3 étages et d'une terrasse en son sommet. Je suis au premier étage, mon patron est au deuxième et au troisième, il y a sa salle de sport sans oublier son sauna.

Mon petit palais n'est pas bien grand mais 40m² pour moi seul, est largement suffisant. Il est déjà meublé ce qui m'aide beaucoup. Je vous fais visiter ? Bien alors en route. Quand vous entrez chez moi, vous tombez directement sur le living-room, avec son canapé et ses trois coussins assortis, d'une petite table basse en verre transparente et face à eux une table de télévision où se trouve l'une d'elles. Tout à droite, nous avons ma chambre avec son lit double, ses deux tables de chevet de chaque côté et ses liseuses. Juste en face du lit, une commode bien assez grande pour mes affaires et deux grandes fenêtres qui donnent de la luminosité à cette pièce et tout l'appartement. Les lumières au plafond y sont aussi pour beaucoup. La décoration de mon domicile est assez simple, les murs sont blancs et parsemés par de magnifiques tableaux par-ci, par-là. Sur la gauche nous avons la cuisine ouverte sur le living, juste séparée par un bar où devant trônent deux tabourets. Elle est très succincte mais j'ai le minimum, un grand frigo-congélateur avec un micro-onde juste au-dessus, un évier, une gazinière qui fait four, ainsi que deux placards au mur au-dessus de celle-ci et un autre sous l'évier.

Cela me suffit n'étant pas un cordon bleu. Eh oui, tous les omégas ne sont pas de parfaites petites fées du logis. Juste derrière le mur de cuisine, se trouve la salle de bain. Elle est constituée d'une petite vasque avec son meuble en dessous et les WC à côté de celui-ci. Un miroir agrémente le mur au-dessus du lavabo. Derrière nous avons un sèche-serviettes et à côté un meuble encastré pour le nécessaire de toilette et les serviettes. Et tout au fond nous avons une douche à l'italienne avec son panneau transparent. J'ai juste demandé à mon patron de me retirer toutes les portes séparant les pièces car je ne supporte plus de me sentir enfermé.

Tout est parfait. Enfin "parfait" il faut le dire vite. Le plus dur à vivre c'est le soir quand je rentre après le boulot. Ce grand lit froid et ces cauchemars toujours présents comme si c'était hier. Cette cabane en bois, humide et poussiéreuse, ses chaînes qui entravent les poignets me laissant à leur merci, et ce satané foulard rouge qui m'empêchait de crier. Mes réveils en sursaut suite à ces mauvais souvenirs persistants, me relevant en sueur et allumant les lampes de chevet pour être bien sûr que je suis seul. Prenant de la Ventoline pour mes crises d'asthme qui font suite à mes terreurs nocturnes.

Obligé d'en avoir toujours sur moi tout le temps car mes crises peuvent arriver aussi de jour, si l'on me colle, me frôle, me touche, je panique de suite. Cet état me fait lâcher des phéromones de panique ce qui peut en amuser certains mais heureusement pour moi, mon ange gardien veille sur moi.

C'est horrible de vivre ainsi mais la vie m'a fait croiser un deuxième homme bon et le cœur sur la main. Je parle de mon boss Samuel McCoy, Sam pour les intimes dont je fais partie depuis ma fuite. Il est le chef de la Meute de l'Upper East Side, oui c'est un alpha.

Il est blond, cheveux mi-longs, ses yeux sont bleu marine, il a 33 ans. Son nez est droit mais fin, une barbe naissante qui se marie parfaitement avec son tatouage de loup sur tout son bras droit.

Ses lèvres fines et pincées ont dû sourire bien des fois mais plus maintenant. Non, il n'a plus la tête à sourire, ni le cœur d'ailleurs. Il y a 5 ans, Sam a perdu son âme-sœur, l'amour de sa vie, son mari, Damian. Suite à une agression au couteau en sortant du bar, il est décédé sous ses yeux et dans ses bras. Il était un oméga de 27 ans et le pire de tout, il était enceint de leur premier enfant.

Sam a beau me dire qu'il va bien, on ne se remet jamais de la mort de sa moitié et de son enfant. Ils étaient mariés depuis 5 ans, ils étaient heureux, avaient des projets plein la tête, l'un d'eux s'est concrétisé.

Le bar, le "Dam'Quoise", appelé ainsi par rapport aux magnifiques yeux turquoise de Dam. Sam trouvait qu'un piano ferait bien dans la salle mais aucun des deux ne savaient en jouer. Alors ils ont auditionné. Malheureusement, les pianistes ont défilé mais ne sont jamais restés bien longtemps.

Quand j'ai rencontré Sam, je n'étais vraiment pas dans mon meilleur jour. Ma bonne étoile, si tenté que j'en ai une, me l'a mise sur mon chemin. Quand il m'a découvert dans cette fichue cabane, j'étais en état de choc, toujours attaché à ce mur de béton par ces putains de chaines qui m'ont entaillé les poignets. Je ne sais pas pourquoi mais ses phéromones m'ont calmée et mis en confiance, je ne ressentais aucune agressivité, aucune méchanceté mais plutôt de la tristesse au vu de ce que j'avais subi.

Il a voulu me ramener chez moi mais je lui ai crié qu'il était hors de question que je reste ici une seconde de plus. Il était de passage dans notre ville d'Ithaca pour rendre visite à sa sœur Molly et son beau-frère Sean. Il m'a donc emmené avec lui à New-York dans son pick-up Ranger noir. Il m'a enroulé dans une couverture pour ne pas que j'attrape froid, il a aussi monté le chauffage de l'habitacle. Je me souviens m'être calé dans le siège passager, la radio passait "Hôtel California" des Eagles et je me suis endormi sans même voir la route. Je n'ai pas vu les 4 heures de transport défiler.

Quand nous sommes arrivés devant son immeuble, il m'a demandé si je me sentais capable de marcher jusqu'au premier étage. Ne voulant pas abuser de sa gentillesse, je lui ai dit que oui mais c'était sans compter sur mes jambes qui n'avaient pas décidé de me porter. A peine je suis sorti de la voiture que ma tête s'est mise à tourner, mes jambes flageolantes m'ont lâchée.

Je me suis retrouvé dans les bras de Sam, complètement paniqué, apeuré mais une fois de plus ses phéromones ont agi sur moi comme des calmants, me laissant aller totalement contre lui sans craindre une quelconque attaque de sa part.

J'étais de nouveau dans cette maudite cabane, attaché comme un bout de viande que l'on attend de consommer, leurs yeux me regardant avec envie, leur main me touchant, et moi me débattant comme un beau diable. Je me mis à hurler en me redressant, la panique me gagnant, la peur me submergeant, la crise d'asthme arrivant avec perte et fracas.

Soudain une forte dose de phéromones m'a entouré de sa bienveillance et m'a plaqué avec douceur sur le lit. J'étais apaisé et serein. Cette vague de plénitude m'a envahi entièrement, me permettant ainsi de dormir plus paisiblement, du moins ce soir-là.

Pour être sûr de mon niveau au piano, Sam m'a demandé de lui jouer un morceau, car même s'il n'y connaît rien il a l'oreille musicale. Il adore cet instrument de musique tout comme moi. Je lui ai donc demandé s'il a une préférence. Il m'a fait non de la tête et m'a juste dit " surprend moi".

Alors que mes doigts ont commencé à pianoter l'air de "Sinnerman", la version de cette série où Lucifer est le héros, joué par Tom Ellis. Ma voix se rapprochant de la sienne, Oriane me le disait souvent. Mes doigts bougeaient tous seuls connaissant les notes par cœur, les paroles défilaient comme si c'était moi qui les avais écrites.

J'étais aux anges avec un piano, mes yeux fermés, je vivais la musique, j'étais dans mon élément rien ne pouvait m'atteindre, à cet instant j'étais maître de mon corps et de mon esprit. La chanson se finit et Sam m'en a demandé une deuxième pour être sûr.

A nouveau mes doigts se sont mû sur le piano, qui ne demandait que ça et j'ai commencé à jouer "Knockin'on heaven's door", la version de The Chillest, celle que m'a apprise Oriane pendant mes nombreuses visites chez eux. "Les portes du paradis", oui je les ai franchies avec la famille Saint-Clair mais c'est bien loin maintenant. Et là en repensant à eux, j'ai senti que mes joues étaient humides et que mes larmes coulaient toutes seules, Gab me manquait.

Au vu de mes émotions sur cette chanson, Sam m'a dit de m'arrêter et de reprendre mes esprits. Il m'a confirmé aussi que j'étais embauché et que le piano sera mon meilleur ami, ça je n'en doute pas.

J'ai une assez grande liste de chansons à mon actif avec ou sans paroles. Sam m'a juste prévenu que certains soirs les clients pouvaient me demander de jouer une musique qu'ils affectionnent particulièrement, ce que je peux comprendre. Nous ne sommes que deux employés, Tara et moi. Tara O'Malley, jeune serveuse beta de 23 ans, une belle rousse aux cheveux longs lui tombant dans le dos, ses yeux vert émeraude éblouissant ont dû en charmer plus d'un, du haut de ses un mètre soixante-quatre, attention à ceux qui oseraient la contredire car la belle a un caractère bien forgé.

Donc nous sommes trois pour nous occuper du bar. Sam s'occupe du bar et de la caisse, tandis que Tara sert les commandes et que moi je mets l'ambiance avec le piano. Le "Dam'Quoise" est ouvert de 16h00 à 4h00. Sam est un très bon patron, nous sommes libres de prendre nos pauses quand bon nous semble tant que le travail est bien fait. Et pour nous récompenser et quand les bénéfices du mois le permettent nous avons droit à une prime. La salle est pleine pratiquement tous les soirs. C'est agréable de travailler et de vivre de sa passion.

Ce soir est spéciale et comme tous les ans, Sam me demande cette musique que lui et Damian adoraient. Mes doigts s'activent sur les touches du piano où dès les premières notes, je vois mon boss frissonner et lorsque ma voix commence à faire entendre les paroles, ses larmes coulent sur ses joues. Il a beau se retourner pour ne pas être vu de tous mais le miroir ne trompe pas mes yeux. Cette chanson de Syml, sa version piano est tellement belle et triste aussi "Where's my love" ... " Où est mon amour" ...

Nous sommes le 30 novembre 2021, Dam et Sam auraient dû fêter leur anniversaire avec leurs amis et leurs familles. Mais la vie est injuste et ces épreuves qu'elle nous donne à surmonter sont parfois très dures. Eh oui, une chose rare mais qui arrive : Dam et Sam sont nés le même jour à un an d'écart. Chose encore plus rare, deux âmes-sœurs nées le même jour de la même année ... J'en connais ... Dam aurait dû avoir 32 ans, quant à son âme-sœur il fêtera ses 33 ans avec nous, ses employés et amis, après la fermeture du bar.

La journée est passée à une vitesse folle. Après la demande de Sam, les clients sont venus me trouver pour leurs musiques coups de cœur. C'est ainsi que j'ai enchaîné toute la soirée de magnifiques musiques sans voir que l'heure de fermeture approchait à grand pas. Après avoir fermé le bar et pris un verre avec Tara et Sam, nous nous souhaitons une bonne soirée et rentrons chacun chez soi. Pour ma part je suis pressé de retrouver mon lit mais d'autre part il me rappelle que je suis seul sans personne pour le réchauffer.

Après avoir pris une bonne douche chaude qui m'a permis de détendre mes muscles ankylosés par la soirée et avoir mis un tee-shirt et un pantalon de pyjama, je me couche dans ce lit froid et je ferme les yeux. Je vois son magnifique visage, son sourire éclatant, ses yeux noisette avec de petits reflets verts quand le soleil les illumine.

Pense-t-il encore à moi ? A t'il refait sa vie avec quelqu'un ? A-t-il eu ses examens, pour faire le métier qui lui plaisait tant ? Où es-tu mon beau ténébreux ?

A son souvenir, je sens la fatigue me gagner et m'envoyer dans les bras de Morphée à défauts de ceux de mon amour, de mon Gabriel.

Chapitre 2 "Nouvelle vie"

NDA : Pour vous mettre dans l'ambiance de mon passage écouter en même temps la chanson de Pierre Lapointe "Je déteste ma vie", quand vous verrez ces symboles ♪♪■ ■ ■ ■♪♪.

PDV Gabriel

Et voilà après avoir été diplômé de l'Université Cornell, avoir fait les visites et examens médicaux demandés, avoir eu mon permis de conduire, être pompier volontaire depuis mes 10 ans et obtenu mon CFR : "Certified First Responder" soit Premier Intervenant Certifié. Je fais officiellement partie des "New-York's Bravest". La belle et grande famille des pompiers mais je me suis spécialisé dans la section des premiers soins. Je m'occupe de tout ce qui touche les accidents, sauvetages, secours et assistance à la personne. Enfin vous voyez quoi ! Je laisse les incendies au plus téméraires. J'ai toujours aimé être proche des gens, grâce à mes parents, j'ai eu une bonne éducation. Notre devise "Sauver ou périr". Ouais, elle est belle mais quand on ne la suit pas, elle ne sert à rien.

Ma ville natale d'Ithaca va me manquer mais en même temps si je pouvais remonter le temps, peut être aurais-je fait certaines choses différemment. Tout comme il y a 5 ans, ne pas aller à cet entraînement de foot, alors que je n'en avais pas envie, mais étant le capitaine de l'équipe, je me devais de montrer l'exemple. Quand j'ai quitté mon petit ami, après la pause de l'après-midi, j'avais un mauvais pressentiment, je ne sais pas pourquoi, c'était là en moi.

Après la disparition de celui-ci, ma famille m'a soutenue ainsi que toute la Meute, sans oublier mon meilleur ami Nathan. Il a toujours été proche de moi, d'après ma sœur, un peu trop même. Nathan Mc Cole à mon âge, il est blond aux cheveux mi-longs. Son nez est droit et ses lèvres sont toujours pincées. Il sourit rarement, sauf quand il est avec moi.

Du haut de ses un mètre quatre-vingt-quatre, il est assez impressionnant. Il a un frère jumeau Tom. Une seule chose les différencie, leurs yeux. Ceux de Nathan sont bleus alors que ceux de Tom sont vert rendant leur regard translucide. Ils me feraient presque peur si je ne les connaissais pas. Ils sont alpha tous les deux. Leur père Arthur est un bêta âgé de 40 ans, bras droit de mon père et son meilleur ami depuis le lycée. Ces fils lui ressemblent beaucoup physiquement. Leur mère Demi est une oméga de 39 ans aux cheveux longs blond et aux yeux bleu très clair et rieurs. Elle a un sourire magnifique très expressif. Malgré sa petite taille, un mètre soixante-quatorze, dix centimètres de moins que son mari et ses fils, elle sait se faire obéir d'eux quand il le faut.

Donc mes parents Ezra et Oriane, sont le couple fort de notre ville. En effet, mon père est le chef alpha de notre Meute, il parait que je lui ressemble beaucoup, autant physiquement que moralement. Ma mère est une oméga, cultivée et douce, appréciée de toute la Meute. Ma sœur, Yaël, est son portrait craché, à la différence c'est que ma chère frangine n'a pas sa langue dans sa poche. Nous sommes tous les deux alphas. Nos parents nous ont élevés dans le respect de chacun.

Que l'on soit alpha, bêta ou oméga, tout le monde a le droit au respect, à la tranquillité et la sécurité. Si jamais l'un de nous était surpris à bafouer une personne de notre Meute ou même d'une autre, cela impliquerait un bannissement de notre horde et s'il y a répercussions cela peut aller jusqu'à un combat à mort pour dédommager la personne ayant été outragée. Ma famille est très ouverte d'esprit et donc mon orientation sexuelle ne les gêne en rien. Quand j'ai fait mon coming-out, j'avais 17 ans. La seule chose que mes parents voulaient savoir c'est si j'étais heureux. Je leur ai répondu que oui et que mon petit ami était formidable.

En effet, Wyatt était magnifique. Blond avec de superbes yeux bleu où j'adorais me noyer, ses lèvres légèrement épaisses et douces, ses doigts si fins parfait pour jouer du piano, son instrument de prédilection.

Son corps à se damner. J'adorais lécher ses abdos et son V si superbement dessinés.

Et donc me voilà 5 ans plus tard à emménager avec ma sœur à New-York, dans l'Upper East Side exactement. Ayant été muté dans la caserne 39 de la 67émé Rue, il me fallait un appartement proche. Je ne suis qu'à quatre rues de mon boulot et Yaël a une formation de serveuse mais n'a encore rien trouvé pour le moment.

Alors pendant que moi je travaille, ma frangine a décidé de faire le tour du quartier pour découvrir je cite "des pépites cachées". Ayant les oreilles et les yeux qui traînent un peu partout, tel un enfant dans un magasin de jouets cherchant le dernier à la mode, elle a décidée que nous sortions ce soir pour fêter notre nouvelle vie et autre chose...

Alors après avoir mangés au Bemelmans Bar dans la 76ème Rue, que je vous conseille d'ailleurs, pensant que nous allions rentrés, ma sœur me dit que nous n'avons pas finie la soirée car elle veut me montrer un autre endroit qui d'après elle ne peut que me plaire pour deux raisons, mais bien évidemment, Yaël ne n'en dit pas plus. Sale gamine, mais je l'aime quand même c'est ma sœur.

Nous arrivons donc devant un bar, l'entrée très simple, sur notre gauche le vestiaire où nous laissons nos manteaux et nos écharpes car étant en hiver depuis la mi-novembre, les températures sont plus froides et rudes que chez nous.

Nous descendons un escalier donnant sur une grande salle aux lumières tamisées où de nombreuses tables sont occupées. De l'autre côté de la pièce se trouve un énorme bar où deux tabourets sont libres. Nous nous installons et commandons un Mojito pour Yaël et un Manhattan pour moi.

Quand tout à coup, j'entends des notes de musique jouée sur un piano et une voix qui m'est familière retentir dans toute la salle qui est devenue silencieuse, appréciant cette magnifique voix comme les autres. A ce moment-là, je regarde ma sœur qui me dit " bon anniversaire big bro".

Je me retourne pour voir la personne qui joue et là sans que je ne le contrôle, des larmes coulent de mes yeux. Est-ce une vision, une hallucination ? C'est impossible ! J'écoute attentivement les paroles de la chanson comme toute la pièce silencieuse.

J'ai volé dans le ciel, les mains pleines de rêves
Poussé par la chaleur du soleil et des vents doux
J'ai laissé les distractions se tuer entre elles
Et j'ai volé au loin, oh, bien trop loin
J'ai parcouru du regard nos liens de l'est à l'ouest
Pour finir par laisser tous nos bonheurs en reste
J'ai tenu mes envies de revenir en laisse
Et j'ai pleuré au loin, oh, bien trop loin de toi

Je déteste ma vie, c'est long, ma vie sans toi
Je sais trop que ma place est dans tes bras
Je déteste ma vie, c'est long, ma vie sans toi
Je sais trop que ma place est dans tes bras

J'ai crié comme j'ai pu que j'avais ma place
Sur la Terre comme au ciel, voulu laisser ma trace
J'ai joué mes bonheurs faciles à pile ou face
Et j'ai perdue au loin, oh, bien trop loin de toi

Et depuis les éclairs me rappellent à la guerre
Comme si, au combat, mes convictions redevenaient fières

J'ai embrassé trois fois la main de Lucifer
Et j'ai brûlé au loin, oh, bien trop loin de toi

Je déteste ma vie, c'est loin, ma vie sans toi
Je sais trop que ma place est dans tes bras
Je déteste ma vie, c'est loin, ma vie sans toi
Je sais trop que ma place est dans tes bras

Je déteste ma vie, c'est loin, ma vie sans toi
Je sais trop que ma place est dans tes bras
Je déteste ma vie, c'est loin, ma vie sans toi
Je sais trop que ma place est dans tes bras

Il est encore plus beau qu'il y a 5 ans. Comme chaque fois qu'il chante, ses yeux sont fermés, il vit toujours autant la musique, son visage triste à l'image des paroles, comme s'il les avait écrites. Est-ce vraiment ce qu'il ressent ? Qu'est je fais pour qu'il me quitte, alors qu'il a l'air de regretter, ce geste ? Du moins si la chanson est vraie pour lui.

A l'époque chaque chanson qu'il jouait et chantait le représenter. Est-ce toujours le cas ? La chanson se termine et les gens l'applaudissent. Il se frotte les mains et enchaîne avec une autre musique que je reconnais de suite. Je n'ai aucun doute sur le fait qu'il pense encore à moi.

"I Love You" de Riopy, cette chanson ou nous avons si souvent fait l'amour sensuellement et passionnément dessus, elle représentait tellement pour nous deux. Serait-ce toujours le cas pour lui ?

A ce moment-là, je peux voir des larmes couler sous ses yeux toujours fermés. Ses gouttes d'eau salées font briller ses joues devenues rouges par l'émotion, celles-ci s'écrasant avec une telle lenteur sur ses lèvres, que je voudrais me lever pour l'embrasser, mais c'est impossible.

Mon cœur se sert à la vue de son corps tremblant, de cette sensibilité désarmante, de cette douleur qui le consume et de ses doigts s'activent avec force et hargne sur ce piano. Oh, Amour, que t'est-il arrivé pour fuir ainsi et être autant en colère.

De nouveau les applaudissements se font entendre, je peux voir certaines personnes essuyer leurs joues tellement la musique les à envoûter. Il n'imagine pas le pouvoir qu'il a sur les gens quand il joue.

Alors lentement, il ouvre ses magnifiques yeux bleus, ils font le tour de la salle, il fait un signe de tête pour remercier tout le monde et quand il se tourne vers le bar et que nos yeux se croisent, mon cœur rate un battement pour l'avoir retrouvé, enfin.

Lui a l'air mal, je sens ses phéromones de panique l'oppressant. Le gars du bar se dirige vers lui en courant, avant qu'il ne s'écroule sur le sol. Wyatt s'évanouit et lui tombe dans les bras. Je peux ressentir son angoisse et son affolement mais c'est plus fort que moi, je dois le voir, le sentir, le toucher. Il est loin de moi depuis trop longtemps.

Alors je suis cet homme qui porte mon ex dans ses bras. La serveuse leur ouvre une porte au fond de la salle donnant dans sur une pièce où se trouve une table et quatre chaises, un meuble avec des tasses et une machine à café, certainement la salle de pause, et tout au fond un lit. Il dépose avec douceur Wyatt sur celui-ci.

Alors que mon adoré est toujours dans les vapes, ce mec se tourne vers moi me demandant ce que je fais là, étant une salle privée du bar. Je lui montre mon insigne de pompier et lui demande si je peux faire quelque chose. Il me répond que son employé doit juste se reposer. Réfléchissant un instant, il me demande quand même de rester avec lui, le temps qu'il retourne au bar pour les clients. Ne voulant surtout pas laisser Wyatt seul, j'accepte.

Alors cet homme qui je suppose est le patron de ce lieu et aussi un alpha aux vues des phéromones qu'il dégage, repart vers son bar. Mais bizarrement elles ne sont pas agressives mais plutôt sécurisantes et relaxantes. Et là mon cerveau ne fait qu'un tour, mon cœur se resserre à cette pensée, seraient-ils en couple ?

De la pièce où je suis, je peux voir ma sœur parler avec ce type et le suivre jusqu'au bar. Il lui donne un tablier et Yaël se met à servir les commandes avec l'autre serveuse activement, car les clients sont patients... jusqu'à une certaine limite.

Je me retourne vers mon bel endormi qui respire plus calmement mais qui tremble de tout son corps. Alors décidant de faire comme avant, je m'assois près de lui et le prend dans mes bras. Comme un automatisme, il met sa tête dans mon cou, respire mon odeur, place son bras gauche autour de ma taille. De son autre main, il agrippe ma chemise dans mon dos, comme pour me faire comprendre qu'il a besoin de moi, de ma présence, de mon corps pour le tenir, pour l'empêcher de sombrer.

Un soupir de soulagement se fait entendre aussi faible soit-il. Ses phéromones, mélange de lys et de miel, cette odeur que je ne me lasserai jamais de sentir tellement je l'aime. Le sentant bien plus calme que tout à l'heure, je mets mes bras autour de lui pour le rapprocher encore plus de moi, comme quand nous étions ensemble.

Même 5 ans plus tard, il est toujours aussi beau. Ses cheveux blonds paille court, ses magnifiques yeux bleus, ses lèvres si tentatrices et pincées, ses doigts fins et longs, idéales pour le piano. Son visage d'ange, son corps semble un peu plus musclé aujourd'hui mais il a l'air encore plus fragile qu'à l'époque. Que t'est-il arrivé, pour partir de notre ville ? Pour fuir loin de moi. Moi qui t'aimais et qui t'aime encore malgré ce temps passé loin de toi.

- "Personne n'a pris ta place, car toi seul a pris mon cœur en otage. Toi seul le mérite, je t'aime tellement Amour. Maintenant que je t'ai retrouvé, je ne te lâche plus... plus jamais, je te le promets".

Comme une réponse à mes paroles, je sens ses phéromones se libérer comme s'il m'avait entendu, pourtant il dort d'un sommeil profond. Elles sont affectueuses, envoûtantes et aimantes. Elles m'apaisent, elles me font le serrer plus près de moi encore. Sa chaleur me rassure, ce n'est pas un rêve ni une hallucination. Il est bien en vie, là dans mes bras, entouré de toute mon affection, ma passion et mon amour pour lui.

Chapitre 3 " Cauchemars "

PDV Wyatt

Je suis dans cette maudite baraque, leurs yeux me scrutent de haut en bas, ils s'approchent tels des chasseurs devant leur proie. Ils rigolent de me voir ainsi, apeuré, paniqué, ayant peur de ce qui pourrait m'arriver. Puis sans prévenir ils se jettent sur moi avec une envie non dissimulée, me touchent de leurs sales paluches, tout mon corps tremble d'angoisse. Je me mets à hurler, crier, me débattre dans tous les sens.

Me redressant sur mon lit en sueur avec un mal de tête persistant, complètement dans le gaz. Je sens des bras m'étreindrent et me câliner, des phéromones m'enlacent. Leur odeur de rose et de cannelle m'enivre. Ces effluves me sont familières mais c'est juste impossible. Ce parfum si apaisant, me calme et m'endors de nouveau dans les bras de ... Morphée.

Je me réveille dans mon lit sous ma couette bien douillette. Mon mal de tête est toujours présent. Je me lève et m'aperçois que je porte encore mes vêtements de la veille. Je me lève donc direction ma cuisine pour me préparer un Doliprane, quand ma sonnerie retentit.

J'ouvre la porte et découvre un Sam avec un regard inquiet mais avec de quoi déjeuner. Deux cafés lattés vanille et des cinnamon's roll roulés à la cannelle avec leur sucre glace sur le dessus de chez Starbucks, mes préférés.

Nous nous installons sur le comptoir du bar pour manger toutes ces bonnes choses. Puis ne me souvenant plus de la veille, je lui demande :

  - " Dit moi, Sam, qu'est-ce qui s'est passé hier soir ? Je n'ai aucun souvenir de comment j'ai atterri dans mon appartement et encore moins dans mon lit ! ".

- " Oh, rien de grave. À une heure de la fermeture, tu t'es évanouie. Je t'ai senti en panique. Alors, j'ai lâché le bar et le temps que j'arrive vers toi, tu m'es tombé dans les bras. Heureusement, un superbe pompier était présent avec sa sœur. Il t'a surveillé le temps de finir de servir les clients. Sa sœur, nous a aidées Tara et moi à finir le service et fermer le bar. D'ailleurs je l'ai embauchée, tellement elle est efficace et puis avec Tara, elles font la paire " me dit-il.
- " Mais tu ne les connais pas " répondis-je.
- " Non, mais eux te connaissent " affirme t'il.

Je lui lance un regard de mes yeux étonnés. Il sait très bien que depuis que je suis à New-York, mon entourage se résume à Tara et lui. Puis voyant mon incompréhension il me certifie :
- " Ils te connaissent bien apparemment, ils viennent d'Ithaca. Je connais leur père, c'est le chef de la Meute d'Ithaque. Il s'appelle Ezra Saint-Clair .

Et là mon cœur s'emballe, ma respiration se fait haletante, se bloque d'un coup. Je sens ma tête se mettre à nouveau à tourner, mon corps tremble puis convulse ce qui fait que je m'écroule au sol, devant le regard paniqué de Sam.

Cette crise d'angoisse fulgurante fait écho à ce que j'ai vu hier soir. En effet quand j'ai rouvert les yeux après ma prestation en ce jour spécial, faisant un signe de tête pour remercier tous les clients qui m'applaudissaient, j'ai eu cet horrible regard en face de moi, ces yeux que je n'oublierai jamais tellement ils me font peur. Ces orbes bleus qui m'ont de nouveau fait froid dans le dos, me ramenant 5 ans en arrière dans cette satanée baraque. Son sourire toujours aussi carnassier. Tout en me fixant il se lèche les lèvres, je me sens mal, mon calvaire va-t-il recommencer ? Que fait-il là ?

Et puis finissant de remercier tout le monde, mon regard tombe sur lui, ses superbes yeux noisette et son sourire ravageur. Mon vœu a été exaucé, il était de retour en ce jour spécial qui est le " nôtre ".

Oui, en effet, je suis né le même jour que mon alpha, mon âme-sœur, lui a seulement cinq minutes de plus que moi.

Nous étions le 1er décembre 2021, nous aurions dû fêter nos 24 ans, mais quelque chose n'allait pas. Je me suis senti de nouveau observé et là, juste derrière, mon beau ténébreux et sa sœur, j'ai vu ce regard pervers, il était en train de se lécher les babines, comme ce fameux soir où il a ... Je me suis senti mal, en panique total, trop d'émotions, la tête m'a tourné et là, le trou noir.

- " Eh, oh, tu es avec moi ou pas ? " me demande Sam.
- " Je ... oui, oui ... Excuse-moi ! " répliquai-je.
- " Qu'est-ce-qui t'est arrivé hier soir ? Tout aller bien et d'un coup, panique à bord, tu as vu un fantôme ou quoi ? " me dit mon ami.
- " Sam, je ne t'ai jamais rien caché sur ce qui m'est arrivé quand tu m'as trouvé. Avec le temps et ta patience, j'ai réussi à-ce-que tout sorte mais ce soir, je ... Enfin ... " bégayais-je, tout en frissonnant.
- " Wyatt, qu'est-ce-qui se passe ? Tu trembles " me dit mon boss un peu paniqué. Lâchant ses phéromones pour me calmer.
- " Je ... Je ... Il ... Il était là, devant moi. Av ... Avec ce même regard, ces mêmes expressions. Com ... Comment il a su que j'étais là ? " rétorquais-je angoissé.
- " Je ne comprends pas, je t'ai pourtant vu calme dans les bras de ce pompier. Il m'a dit que lui et toi avait eu une histoire. Donc j'ai supposé que ce Gabriel était, "TON" Gabriel. Tu ne m'as jamais dit que c'était lui, sinon je lui aurais refait le portrait " me dit Sam en colère.
- " Non, pas lui mais derrière, il était là, je ne suis pas fou, je l'ai vu " lui affirmais-je, m'énervant alors qu'il ne voulait pas me croire.

Mes phéromones se libèrent, elles sont mélangées entre ma rage et ma panique, quand tout à coup, on sonne de nouveau à ma porte. Je me lève de mon canapé où Sam m'avait allongé suite à mon malaise. J'ouvre la porte et là mon cœur rate un battement.

Il est là, devant moi " mon Gabriel ". Il nous explique que Tara l'a laissée monter car il s'inquiétait pour moi. Sam, lui dit bonjour et en profite pour me dire que ce soir, c'est repos pour tout le monde et il sans va, me laissant seul avec mon ex-amant.

Je peux sentir ses phéromones se diffuser dans l'appartement pour m'apaiser à la suite de mon énervement qu'il a dû ressentir. Cette odeur familière de rose et de cannelle que j'adore par-dessus tout depuis si longtemps, m'avait manqué. En y repensant, bizarrement ça ne fait pas si longtemps que cela. Me souvenant que cette nuit déjà j'ai senti cet effluve m'apaiser et me détendre.

Il est resté dans l'entrée, n'osant pas bouger. Il faut que je me bouge pour ne pas perdre pied. Sentant cette tension entre nous deux prendre place, je me dirige vers ma cuisine, lui propose de s'installer où il veut et lui demande ce qu'il veut boire.

- " J'ai du café, du cappuccino, du thé ou du jus d'orange. Que veux-tu ?"
- " To ... un café ..." me répond-il.
- " Toujours noir, sans sucre ni lait ? " rétorquais-je.
- " Oui, toujours " me dit-il avec son magnifique sourire et ses dents blanches.

Il vient s'installer sur un des tabourets devant le bar, pendant que je lui prépare sa potion préférée. Son visage d'ange me fait toujours autant chavirer. Je lui mets la tasse devant lui et avant que j'aie lâché celle-ci, ses doigts frôlent les miens et instantanément je sens mes joues rougir.

- " Tu es toujours aussi beau Wy ! " me dit-il.
- " Mer ... Merci ... Tu l'es ... Encore plus Gab ! " répondis-je.
- " Je t'ai cherché partout, ma famille aussi, toute la Meute, sans oublier Nathan et Tom ! Même tes parents t'ont cherché ! " ajout-il.

A l'évocation des jumeaux et de mes parents, je sens mon corps se crisper mais je ne laisse rien paraître devant lui. Comment ces gens-là, ont-ils pris le temps de me chercher alors qu'ils m'ont toujours détesté ? Je n'étais qu'une tare pour eux, une anomalie génétique. Ils se sont mêlés aux recherches pour se faire bien voir par la Meute et surtout d'Ezra.

- " Je ... Je ... Je suis désolé ! " m'excusez-je.
- " Que t'ai-t-il arrivé, depuis 5 ans, putain, 5 ans Wy ! Cinq années à m'imaginer tout et n'importe quoi, à savoir si tu étais en vie et où ! Pourquoi tu es parti ? On t'a fait du mal ? Menacé ? Dis-moi ! " s'énerve t'il.

Seulement son état agité me fait peur, je me tends, tremble, je sens que mes jambes flageolent et ne me tiennent plus. Je me retrouve contre le bas du bar replié sur moi-même. Je suis chevrotant, effrayé, apeuré, alors il se lève, fait le tour du bar pour me rejoindre et me prendre dans ses bras, mais ce geste me fait hurler et crier si fort que j'entends Sam courir du deuxième étage, descendre et entrer dans l'appartement. Gab recule et le laisse me calmer.

Mon patron me prend dans ses bras, me frotte le dos et me dit que ça va aller, que ça va passer. Il lâche ses phéromones calmantes et apaisantes sur moi sans agresser mon ex. Je peux sentir le mal être de Gabriel, qui ne comprend pas mon état. Étant dans un état second, mes yeux papillonnants, Sam me porte pour me déposer sur mon lit avec sa douceur habituelle, me remontant la couette pour être au chaud.

Mon ex-petit-ami regardant la scène, n'a pas bougé de derrière le bar, il est complètement perdu et choqué.
Malgré mon état, j'arrive à ouvrir mes yeux qui me permettent de voir Sam et Gab en grande conversation. Je n'entends pas ce qu'ils se disent, mon état de fatigue ne me le permettant pas mais je vois à ma grande surprise mon ex se mettre à pleurer et mon patron le consoler.

Que lui a t'il dit pour le mettre dans un tel état de détresse ? Lui a t'il raconter mon agression ? Je ne pense pas, il sait que ça me ferait du mal et puis ça n'est pas son genre. Sam est un bon chef de meute, il nous protège du mieux qu'il peut. Mais que lui a-t-il dit ?

Ma fatigue étant la plus forte, je me laisse sombrer dans les profondeurs de mes rêves ... ou de mes cauchemars.

Chapitre 4 "Horreurs"

PDV Gabriel

En rentrant chez moi dans la nuit, je ne me suis jamais senti aussi mal. L'état de peur et de détresse de Wyatt m'a fait froid dans le dos. Sam m'a expliqué que mon ex avait beaucoup souffert, pendant et après son agression. Rien que ce mot m'a fait dresser les poils sur mes bras et j'ai senti mon loup hors de lui, tout autant en colère que moi. Il m'a précisé que l'état émotionnel de Wyatt est instable même après si longtemps, que chaque frôlement, toucher ou geste envers lui, le fait entrer dans une panique ingérable. Sam sait que je suis son âme-sœur, mais ayant pris soin de lui depuis le début, il se doit de continuer, étant le chef alpha de sa Meute, il n'a jamais laissé personne de côté même si cette personne n'est pas de sa Meute. Sam a un grand cœur et j'ai appris que lui aussi n'a pas eu une vie facile. Wyatt a tout raconter à son patron sur nous et sur ce qui lui ai arrivé, mais Sam étant son confident, ami, protecteur de mon ex-petit-ami, il ne me dira rien de plus, estimant que c'est à Wyatt de me l'expliquer quand il s'en sentira capable.

Malheureusement, il m'a fait comprendre que tant que Wyatt ne me racontera pas son calvaire vécu, notre relation risque d'être compromise. Sam m'a conseillé d'être là pour lui petit à petit, l'aidant à reprendre confiance en lui avec des paroles et des gestes tendres et aimants comme j'ai pu le faire depuis que je l'ai retrouvé. Sam m'a promis de nous aider et je sais aussi que ma sœur s'en fait le devoir depuis qu'on l'a revu.

Comme toutes les fois où je me sens mal, je prends mon téléphone, compose un numéro, et appelle mon meilleur ami. Nathan me répond rapidement et me dit qu'il arrive. Vous me direz quatre heures de route pour venir à New-York, ça fait beaucoup, même pour une amitié comme la nôtre. Mais non, en fait il a été muté en même temps que moi, dans la même caserne.

Au dire de ma sœur "il ne va pas te lâcher tant qu'il ne t'aura pas eu !". J'ai beau lui dire que nous ne sommes que meilleurs amis mais elle s'entête, de toute façon quoique je dise j'aurai tort et elle raison.

Donc Nathan est avec moi dans la caserne, il est content car il a retrouvé Morgan. Il est d'Ithaca aussi mais lui et sa famille ont déménagé rapidement, je n'ai jamais compris pourquoi ?

Morgan Quinn, alpha de 24 ans mais comment vous dire, quelque chose m'a toujours gêné chez lui, il a un air sévère et franchement je plains son petit-ami. Morgan est blond, coupe courte, les yeux verts, un nez droit et fin. Il est mince mais musclé, du haut de ses un mètre soixante-dix-neuf, il est impressionnant. A voir ses mains larges aux longs doigts, je n'aimerai pas m'en prendre une de sa part.

Il a une manière de parler de son compagnon qui me dérange. Il le prend pour son larbin parce-que c'est un oméga, il le traite comme un moins que rien. J'ai déjà fait sa connaissance plusieurs fois. Maxwell est adorable, très calme, doux dans ses gestes et sa façon de parler, un être qu'on aimerait protéger et câliner et non pas envoyer chier à tout va, comme le fait si bien Morgan.

Max est blond aussi, coupe undercut qui lui va très bien, un superbe sourire avec des lèvres pulpeuses et ses yeux vairons font ressortir son visage d'ange, du haut de ses un mètre quatre-vingts, il est magnifique et pourrait être mannequin. Par suite de la manière que Morgan a de lui parler et d'être avec lui, je lui ai dit qu'il pouvait compter sur moi au besoin, je lui ai même donné mon numéro. Bizarrement quand je l'ai rencontré la première fois, j'ai pensé à Sam, va savoir pourquoi ?

Je ne comprends pas qu'il soit avec un mec comme ce connard de Morgan. J'ai appris de la bouche de Nathan, que Max était quelqu'un de maladroit et qu'il passait son temps à l'hôpital.

J'ai eu confirmation d'un ami, Rory qui bosse aux urgences du Lenox Hill, qui m'a expliqué que chaque séjour aux urgences de Max devient de plus en plus dur. Pour lui, un de ces jours, Max arrivera les pieds devant, il en est persuadé.

Appréciant beaucoup Maxwell, j'ai demandé à Rory si en effet ces séjours peuvent venir de sa maladresse. Il m'a dit et je cite "si les murs, les portes et les marches des escaliers faisaient des marques pareilles, je m'en souviendrais toutes les fois où je me prends une gamelle". Pour lui et il n'en démord pas, ça vient de son petit-ami, je lui dis qu'il est pompier, qu'il devait sauver des gens pas les envoyer à l'hôpital, il m'a répondu " qui mieux qu'un pompier pour savoir où taper pour faire mal".

Quand j'en parle avec Nathan, il me dit que ça les regarde et qu'après tout Max étant un oméga, il doit se soumettre à son alpha. J'ai beau essayer de lui faire comprendre qu'ils ont autant de droits que nous, mais rien à faire, il reste borné. Ses propos et opinions me dérangent parfois et plus encore la manière qu'il a de le dire, son air condescendant m'insupporte de plus en plus.

Déjà à l'époque, du lycée, il me disait que j'étais trop collé à Wyatt et qu'étant l'alpha, je devais me faire écouter de mon oméga et que je devais le tenir en laisse. Bizarrement quand j'ai fait remonter à qui de droit sa manière de parler des omégas, qui m'avait agacé et que j'estimais horrible, il n'a plus jamais reparlé comme cela, devant moi en tout cas.

Mais ici, rebelote avec ce Morgan, leur comportement ne va pas avec notre métier, ni notre devise "Sauver ou périr".

Ma sonnerie retentit me sortant de mes pensées. J'ouvre à Nathan toujours aussi ponctuel, quand il dit dans cinq minutes, c'est cinq minutes pas une de plus. Je lui propose un café et nous nous installons sur mon canapé.

Il me regarde, et s'approche de moi, sa main frôle ma joue que je repousse gentiment, ne voulant pas le froisser. Il sait que je n'aime pas quand il fait ça et qu'hormis la proximité de Wyatt, celle des autres me gêne.

- " Que t'arrive-t-il ? Tu as l'air tout retourné ? Tu as un problème ? " me demande t'il.
- " C'est juste que ... Comment dire ... Yaël a retrouvé Wyatt ! " répondis-je.

Je le regarde et là étrangement, dans ses yeux, je peux y voir de la colère, de la haine et du stress. Pourquoi ? La porte s'ouvre de nouveau, pour laisser apparaître ma sœur avec son sourire radieux, qu'elle perd aussitôt qu'elle voit Nathan.

- " Qu'est-ce qu'il fait là, lui ? " me demande-t-elle.
- " Content de te revoir aussi, Yaël ! " lui répond -il.

Et là une superbe répartie entre eux commence, je sais que ma sœur ne l'aime pas, ça a toujours été ainsi, elle m'a toujours dit de me méfier de lui.

- " Même pas en rêve, mon grand ! Tu vas coller longtemps le cul de mon frère ? Tu ne l'auras jamais ! "
- " Je n'aurais pas qui ? Ton frère ou son cul ? "
- " Les deux, mon grand. Mon frère est trop bien pour un minable comme toi ! "
- " Qu'en sais-tu ? "
- " Je le sais, parce qu'on a retrouvé Wyatt ! "

De nouveau, je vois ses yeux devenir sombres à la simple évocation du prénom de mon ex-petit-ami. Et là, la lutte entre eux s'amplifie.

- " Maintenant que Big Bro a retrouvé Wyatt, je ferais tout ce qui est en mon pouvoir, pour les réunir de nouveau, que ça te plaise ou non, je m'en tape. Tu ne pourras rien y faire, ils sont âmes-sœur et donc prés destinés. Et toi, (le regardant de la tête aux pieds) toi, tu n'es rien ! "
- " En attendant quand il va mal, c'est moi qu'il appelle ! "
- " Normal, il faut bien un bouche-trou quand je ne suis pas dispo ! "

La répartie de ma frangine me fait sourire, ce qui ne manque pas d'énerver un peu plus Nathan. Je le vois devenir rouge de colère, ses mains tremblent, son regard sombre reprend sa place et il s'approche dangereusement de Yaël.

Je lui attrape le bras au passage et lui dit :
- " Si jamais tu portes la main sur ma sœur ou quelqu'un d'autre, tu auras affaire à moi. Tu connais la règle de notre Meute ".

Et là, je vois un sourire en coin sur son visage, tellement mauvais que même moi je me sens mal, mais je ne montre rien, bien évidement. Sur mon rappel à l'ordre, il nous souhaite une bonne journée et s'en va. Cette dernière réflexion a jeté un froid entre nous, je l'ai vu dans son regard noir.

- " C'était quoi ça ? " me demande Yaël.
- " Je n'en sais rien ! " lui répondis-je.
- " Je suis sûr qu'il a déjà fait du mal à quelqu'un. Son regard et son sourire ne me trompent pas. Je ne l'ai jamais aimé et quand je te dis de te méfier, ce ne sont pas des paroles en l'air " me balance-t-elle.
- " C'est impossible, on l'aurait su et papa et la Meute l'auraient senti " lui répondis-je.
- " Papa ne nous dit pas tout et tu le sais ! " réplique-t-elle.

Toutefois sans lui donner raison, car ça lui ferait trop plaisir, je pense un peu comme elle. J'ai commencé à y penser quand il m'a présenté Morgan.

Dans les yeux de ce mec, on peut y voir la même noirceur que dans ceux de Nathan à l'instant. J'en ai des frissons rien que de penser au mal qu'ils pourraient faire ... ou ont déjà fait qui sait.

Mon téléphone sonne, je réponds, c'est la caserne, on a une urgence, besoin de soutien, c'est mort pour mon jour de repos. Je souhaite une bonne journée à ma sœur, en espérant la voir plus tard dans la soirée et je pars au boulot.

Je suis prêt pour cette urgence, on arrive sur place dans un appartement de la 74éme Rue. Un homme a été battu, étranglé, tailladé, en un mot torturé et aux vues de certaines traces de sang, peut-être même plus. J'ai mal de voir cet homme ainsi, mon cœur se serre, imaginant la souffrance qu'il doit ressentir. Il a des bleus et des contusions sur tout le corps, il est nu et en sang. Tellement de sang, que je n'arrive pas à percevoir d'où il vient, je me ressaisis pour éviter que la panique me gagne, je n'ai jamais vu autant de sang. Le mettre en PLS (Position Latérale de Sécurité) est impossible en vue de son état, je lui place une minerve car ses cervicales sont peut-être touchées et par sécurité, c'est un des gestes automatiques que l'on nous apprend.

Me rapprochant de cet homme pour lui mettre correctement la minerve, je vois son visage et là je suis encore plus horrifié de le voir dans cet état. Cet homme n'est autre que Maxwell. J'entends des cris dans la pièce à côté, c'est Morgan. C'est lui qui nous a appelé quand il a retrouvé son compagnon ainsi dans leur appartement.

Après avoir fait mon devoir pour le maintenir au mieux, je laisse ma place à l'équipe d'ambulanciers qui viennent d'arriver. Tout s'enchaîne, électrocardiogramme, glycémie, pouls, tension, prise de sang, tout y passe jusqu'à ce qu'il se mette à convulser, les yeux révulsés et d'un coup plus rien, tout s'arrête.

Mes larmes coulent sans que je ne demande rien, le voir dans un tel état me fait tellement de mal, mon cœur se sert tellement, que j'ai l'impression qu'il va exploser.

Les ambulanciers, très réactifs, lui font un massage cardiaque qui ne fonctionne pas, ils enchaînent avec le défibrillateur qui fait repartir le cœur de Maxwell. L'ayant stabilisé, ils le mettent sur le brancard, qu'ils avaient emmené avec eux. Ils le couvrent d'une couverture avant de le sanglé pour qu'il ne tombe pas.

L'hôpital le plus proche étant celui de Rory, le Lenox Hill, j'irai par-là suite le voir pour avoir le cœur net sur certaines choses.
Une fois les ambulanciers partis avec Max, je m'approche de la pièce où se trouve Morgan qui parle avec Nathan, qui chuchotent plutôt. Son compagnon a failli mourir et aucune marque de larmes sur son visage, rien aucune émotion ou réaction de sa part.

J'entends Nathan lui dire " tu n'y as pas été de main morte, c'est pire que les autres fois ! ". Et Morgan lui répond " il l'a mérité, il n'est là que pour me servir, c'est sa fonction première. Il connaissait les conséquences, s'il refusait ! ". Leurs visages sont froids, leurs yeux sombres et leurs sourires mauvais, me font comprendre de quoi ils sont capables sans aucune pudeur. Et là, je me rappelle dans une conversation avec eux et d'autres collègues, que leurs mots préférés à tous les deux sont " humiliation d'oméga ".

Chapitre 5 "Petit à petit"

PDV Wyatt

Après m'être réveillé par intermittence toute la nuit, par suite nombreux cauchemars, mais me rendormant chaque fois, me sentant apaisé et protégé par cette odeur que j'aime tant de rose et de cannelle. Je me réveille seul dans mon lit, pourtant il était là, je sens son odeur dans mes draps, son parfum embaume tout mon appartement, mais il n'est pas là ? il est certainement parti, ne supportant pas mon état et ma peur vis-à-vis de lui.

Je me redresse sur mon lit, avec ce persistant mal de tête, à la suite de tous ces cauchemars récurrents qui me rongent de l'intérieur, me faisant devenir l'ombre de moi-même. Le seul moment où je suis bien c'est devant ce piano. Alors après avoir pris un café et une bonne douche chaude, je descends au bar où je sais que j'y trouverais Sam.

Une conversation entre nous commence :
- " Bonjour Sam ".
- " Bonjour Wyatt, comment ça va ce matin ? ".
- " Ça pourrait aller mieux, mais bon ".
- " Pour ce soir, ça va aller ou tu préfères te reposer ? Tu sais que le bar peut être ouvert sans piano, si tu ne te sens pas mieux ! ".
- " Ça va aller et puis, comme tu me l'as dit, le piano est mon meilleur ami, j'ai besoin de lui ".
- " Tu as aussi besoin de te retrouver, de te recentrer et tu as besoin de lui tout comme il a besoin de toi. Ne te voiles pas la face, tu le sais qu'il est mal tout comme toi ! Ne le laisse pas comme ça, il ne le mérite pas, il n'y est pour rien ".
- " Je le sais mais je n'ose pas faire le moindre geste vers lui, j'ai peur, ma fuite l'a fait souffrir et me retrouver encore plus, je ne sais pas comment m'y prendre avec lui ! ".
- " Tu es conscient qu'il va falloir lui dire pour ton agression à un moment ou un autre, il ne peut pas rester dans l'ignorance.

Il t'aime Wyatt, il a besoin de toi, tout comme toi son loup te réclame, il me l'a dit. En effet, il a beaucoup souffert de ta fuite mais il remuerait ciel et Terre pour choper le ou les coupables. Il ne sait pas non plus comment faire pour se rapprocher de toi sans te faire paniquer. Tu sais, tu as dû le sentir, il a passé des nuits avec toi à te câliner pour que tu ailles mieux mais en dehors de ça lui aussi est perdu ".

- " Oui, je le sais, je l'ai senti ! Qu'est-ce que je dois faire ? ".

- " Toi seul le sais, tu le connais mieux que moi, fait lui un signe que lui seul peut comprendre pour lui donner ton feu vert ".

Après avoir discuté avec mon boss pendant un bon moment, je rejoins le piano et répète différentes musiques pour ne pas perdre la main. Alors avec une infinie fluidité, mes doigts pianotent la partition de " The Unforgiven " de Metallica, puis je continue avec " Hold on " de Chord Overstreet. Que de magnifiques morceaux même s'ils sont tristes. Et je finis sur " Angel ", la BO du film " La Cité des Anges ", cette musique me rappelle ma solitude et mes mauvais choix ...

Les yeux fermés, vivant comme à chaque fois que je joue, cette musique qui m'emmène dans un monde parallèle où je suis moi, où je n'ai peur de rien. Quand la fin de la chanson arrive et que mes yeux s'ouvrent je reviens dans cette réalité qui me fait peur, qui m'effraie au plus profond de moi.

Mais à ce moment-là, la musique finie, je ne rouvre pas mes yeux, ils restent fermés. Des larmes se mettent à couler sur mes joues sans que je ne le veuille, je ne contrôle rien, mes sentiments sont tellement forts, j'ai tellement mal au cœur d'avoir fait souffrir tant de gens et surtout Gab. Je veux avancer et changer pour moi, pour lui.

Là sous mes paupières, son magnifique visage est devant moi, il me sourit de ses superbes lèvres tentatrices qui m'appellent sans cesse.

Quand d'un coup, je sens une main se poser sur mon épaule qui me fait sursauter et rouvrir les yeux. Je vois, ceux marrons en forme d'amande de mon ex-belle-sœur.

Me retournant vers elle, je la prends dans mes bras. Yaël m'a tellement manqué, pas autant que son frère certes mais quand même.

Puis Sam et Tara, qui viennent de nous rejoindre, se rapprochent de nous et me demandent si je vais bien. Je leur fais un oui de la tête avec un de mes plus beaux sourires.

- " Alors c'est vrai, tu l'as embauchée ? " demandai-je.
- " Oui, elle et Tara forment une équipe d'enfer. Ça faisait longtemps que je n'avais pas eu d'employés aussi synchro. C'est génial ! " me répond-il avec un grand sourire.

Yaël, se tourne vers moi et me dit :
- " Maintenant qu'on t'a retrouvé, ne compte pas t'enfuir de nouveau ! " et elle m'embrasse la joue.

Mon ex-belle-sœur a toujours été un soutien pour moi, surtout quand Nathan et Tom me cherchaient des noises pour leur plaisir personnel, enfin surtout Nathan, parce que Tom il a toujours suivi son frère c'est tout. Tout ça bien évidement sans que Gab ne le sache, sinon je ne donnais pas cher de leur peau ... quoi que.

Yaël a toujours eu un sixième sens et a toujours su les remettre en place. Pour ma part, je n'ai jamais osé me défendre, à quoi bon, à quoi ça aurait servi ? Je ne suis qu'un oméga sans cervelle.

Ezra et Oriane m'ont toujours soutenu aussi, remettant parfois en place mes parents, pour leur manque d'amour, pour leur manque de soutien aussi envers moi. Forcer sa famille à aimer ce rejeton, qu'ils considèrent comme une erreur n'amène jamais rien de bon.

Bref, c'est avec une joie non dissimulée que je suis heureux de revoir et travailler avec mon ex-belle-sœur.

Étant le 3 décembre, un vendredi soir, toutes les tables sont occupées, beaucoup de gens au bar aussi, la salle est pleine à craquer. Toute la soirée, j'enchaîne les musiques de mon répertoire mais aussi pas mal de demandes des clients. Puis vers deux heures du matin, je prends ma pause.

Je vais vers le bar, commande un grand chocolat à Sam et me dirige vers la salle de repos, au fond de la salle. Je me dégourdis les jambes et les bras avec de petits exercices pour m'éviter d'être ankylosés ce soir. La porte s'ouvre quinze minutes plus tard, pensant que c'est Tara ou Yaël qui m'apporte mon chocolat, je ne me retourne pas.

D'un coup je me retrouve acculé au mur par Nathan que je n'avais pas senti arriver. La panique me gagne, essayant de là contrôler un minimum car je ne veux pas lui faire se plaisir qu'il a déjà eu.

Lui, il rigole de m'avoir fait peur, son sourire carnassier aux lèvres, qu'il se lèche quand ses yeux pervers me regardent avec envie. Mon corps tremble de ce rapprochement, mon angoisse, mon stress me font mal à la tête, cet horrible moment me revient comme un coup de poing, me fulgurant sur place.

Il rapproche sa bouche de mon oreille et me chuchote " je n'ai rien oublié de ce délicieux moment que tu m'as donné, mais cela reste entre nous bien sûr car je ne suis pas sûr que Gab apprécierait beaucoup ! " finissant sa phrase, il me lèche le lobe de l'oreille, se recule et me fait un clin d'œil.

J'ai envie de vomir, je me tiens au mur du mieux que je peux, mais mes jambes flageolent, je m'effondre et il me rattrape, en profitant pour me toucher sans retenue de ses sales pattes de pervers. Quand la porte s'ouvre sur Yaël qui m'apporte mon chocolat, suivi de Gabriel.

- " Retire tes sales pattes de lui ! " lui aboie-t-elle avec un sourire menaçant.
- " On parlait et il a fait un malaise, alors en tant que pompier soignant, je me devais de l'aider ! " se défend-il.

- " Que lui as-tu dit ? Sale con ! Dégage d'ici, tu n'as rien à y faire, c'est privé ! " réplique-t-elle.

Nathan s'en va, non sans me glisser qu'il me surveille. Gab se rapproche de moi, alors que ma crise d'angoisse augmente, ma respiration se fait haletante et se bloque. Avec des gestes tendres, tout comme ses paroles, Gab met une de ses mains dans ma nuque, nos yeux ne se lâchent pas d'une seconde. De son autre main, il prend une des miennes et les place sur son cœur.

- " Respire Wy, doucement, suis mon rythme, ne lâche pas mes yeux. Regarde-moi. Là, calme-toi, petit cœur, je suis là, tu es en sécurité, avec moi " me dit-il.

Ses phéromones, qu'il a libérées pour m'aider, m'apaisent tellement que sans m'en rendre compte je le laisse me blottir dans ses bras. Il m'a tellement détendu que je me sens partir petit à petit. Il me regarde, alors que mes yeux papillonnent. Je tombe un peu plus dans ses bras, calant ma tête dans le creux de son cou, y déposant un baiser, ce qui nous fait frissonner tous les deux.

Son odeur m'enivre comme à chaque fois. Il me semble l'avoir entendu me dire " je t'aime toujours petit cœur ", mais est-ce la réalité ou mon état qui me le fait imaginer ?

Toutes les nuits, mes cauchemars sont présents et me hantent encore plus depuis que j'ai revu Nathan. Ses yeux pervers, son regard salace, ses mains qui me touchent, moi qui me débats alors que les miennes sont enchaînées, ne pouvant l'empêcher de rien, je me mets à hurler, crier, ma respiration est haletante, je n'y arrive plus, je perds pieds.

Cela fait une semaine que mes crises se succèdent, jour et nuit. Je ne veux plus sortir de peur de le revoir, de devoir lui donner ce spectacle qu'il apprécie tant, ma panique. J'ai peur de ce qu'il pourrait encore me faire subir de nouveau.

Mon état a du coup décidé Sam à fermer le bar pour deux semaines de vacances, histoire que tout le monde se repose avant les fêtes de fin d'années, qui vont être chargées.

Étant toujours dans un état second dans mon lit, je sens comme un courant d'air, me donnant froid, me replongeant sous ma couette. J'ai l'impression que quelqu'un est là. Comme une réponse à ma question intérieure, je sens cette odeur que j'adore, ce mélange de rose et de cannelle, qui de nouveau comme par magie, me détend instantanément. Je sens des bras m'enlacer, me cajoler, puis ma tête comme un automatisme vient se caler dans le creux de son cou, cet endroit où j'adore me nicher, respirant avec délice son odeur d'alpha, me sécurisant par la même occasion.

Comme un remerciement de m'aider, je me surprends de nouveau à lui embrasser le cou. Il frissonne à ce contact si longtemps absent. Cette étreinte nous apaise, elle est si douce, si pleine de tendresse et d'amour.

Comme une réponse à mon baiser dans le cou, je sens ses lèvres en faire de même sur mon front. Ressentant tout l'amour qu'il me porte, je me redresse et le regarde droit dans ses superbes orbes noisettes, Je ne sais pas quoi dire, alors pour lui prouver que moi aussi je l'aime, je me penche doucement vers lui, mes lèvres effleurent les siennes si chastement que j'en tremble. Il répond à mon baiser avec autant de douceur et de tendresse que je lui connais. Notre baiser chaste au départ commence à se faire fiévreux et plus profond, sa langue vient caresser ma lèvre supérieure demandant l'accès à ma bouche, que je lui accorde sans réfléchir. Dans l'instant qui suit, nos langues se retrouvent et font une danse des plus sensuelles, pendant que ses mains redécouvrent mon corps, je me laisse faire par ses mains expertes.

Mais c'était sans compter sur mon cerveau qui d'un seul coup se met à m'envoyer des souvenirs de mon agression et par réflexe je stoppe ses gestes et me recule tremblant de tout mon corps, apeuré, ma respiration se bloquant.

Il réalise une nouvelle fois les mêmes gestes qu'il avait fait plutôt dans la soirée pour m'aider à reprendre pied, ce qui marche.

Gab me propose une bonne douche pour me détendre, il me demande la permission de se joindre à moi, en tout bien tout honneur, et je le crois, jamais il n'a été au-dessus de ce que je lui autorisé.

- " Autorise moi à prendre soin de toi, petit cœur ! " me demande t'il.
- " Oui, je te l'autorise " lui répondis-je.

J'ai toute confiance en lui. Alors nous voici dans la douche, nus comme des vers. Il me lave les cheveux, puis le corps tout en s'occupant de lui, puis pendant qu'il me rince, je sens ses mains glisser sur moi, je frissonne à ce contact qui m'avait tant manqué, mon loup se fait sentir tellement il est bien lui aussi, d'avoir retrouvé sa moitié. Puis toujours en douceur, avec tendresse et amour, il remonte nos bras au-dessus de nos têtes, nos yeux se croisent et je vois son loup dans ses orbes heureux de se partager de chaleur. Il m'embrasse avec envie tout en se frottant langoureusement sur moi, nos membres se touchant avec plaisir, nous ne pouvons retenir nos soupirs de bien-être. Rien que nos corps se touchent, je sens la chaleur m'envahir et je me sens perdre pieds, lui seul me fait cet effet.

Sentant que ce moment me provoque un début de malaise, il se stoppe de lui-même et me prend dans ses bras pour que je ne tombe pas. Il m'essuie et me met mon bas de jogging et un tee-shirt, lui ne mets qu'un bas de survêtement.

Me prenant dans ses bras, il nous dirige vers le lit de nouveau, il m'allonge sur le côté et se met derrière moi, en cuillère, il se rapproche de moi et me dit tout bas :
- " Dors petit cœur, je suis là maintenant, je te protège, je te le promets. Je t'aime tellement Wy "
- " Je t'aime aussi Gab " m'entendis-je lui dire avant que mes yeux ne se ferment de fatigue, en lui embrassant la main mêlée à la mienne sous mon visage.

Nous nous endormons ainsi, dans cette bulle d'amour retrouvé, qui nous est propre et que rien ne peut atteindre ... Enfin, je l'espère ...

Chapitre 6 « Jamais je ne t'oublierai… »

PDV Gabriel

Je me réveille avec cette chaleur qui me gonfle le cœur et celui de mon loup. J'ouvre les yeux et découvre mon Wyatt, blotti dans mes bras, sa tête dans le creux de mon cou, respirant mon odeur comme pour le sécuriser, un bras autour de ma taille et l'autre poser sur mon torse. Il est tellement mignon. Je vois sur le réveil qu'il est neuf heures, ça m'embête un peu mais je dois délaisser mon bel endormi pour parler à Sam.

Je me lève en évitant de réveiller Wyatt, je sais qu'il a besoin de repos. Je m'habille et monte au deuxième, je sonne. Sam vient m'ouvrir un peu perdu, je lis dans son regard qu'il est inquiet, mais je le rassure tout de suite.

- « Ne t'inquiète pas, tout va bien avec Wyatt, il dort encore » lui dis-je.
- « Que t'arrive-t-il ? Tu n'as pas l'air bien ? » me demande t'il.

Il me propose un café et nous nous installons dans son canapé, au salon. Et par la suite, une grande conversation entre nous s'engage :
- « En fait, hier j'ai été appelé pour une urgence et comment te dire… je connais la personne et ça m'a fait mal de le voir ainsi. Je sais qui l'a mis dans cet état mais je n'ai aucune preuve ».
- « Qui est-ce ? Je le connais, peut-être ? ».
- « J'en doute son petit ami, ne le laisse pas sortir de chez eux ! Il s'appelle Maxwell, Maxwell O'Neil. C'est un oméga de 24 ans, qui n'a pas une vie facile ».
- « C'est lui qui est avec Morgan ? »
- « Plus pour longtemps ! »
- « Pourquoi ça ? »

- « Nous l'avons retrouvé dans un sale état chez lui, il … il a failli mourir …Mon ami, Rory qui bosse aux urgences, l'a récupéré dans son service, il a fait un deuxième arrêt cardiaque dans la nuit, à cause de ce qu'il a subi ! »

- « Que veux-tu que je fasse ? »

- « Je voudrais que tu le protèges et l'aide, comme tu l'as fait avec Wyatt. C'est un garçon adorable, il ne mérite pas ce traitement inhumain ! »

- « C'est Morgan qui l'a envoyé à l'hôpital ? »

- « Oui, j'ai surpris une conversation entre lui et Nathan mais j'ai aucunes autres preuves, c'est ma parole contre la leur. »

- « D'accord, j'irai le voir à l'hôpital ! »

- « Pour le moment, il est dans le coma (mes larmes coulent sans que je ne m'en rende compte), il a été torturé Sam, je n'ai jamais vu…jamais vu autant de… de sang. Lui qui est si beau, il l'a complètement détruit. Je … j'avais qu'une envie quand je l'ai entendu c'était de lui mettre mon poing dans la gueule ! »

- « N'ai crainte, il paiera ! »

- « Oui, s'il se réveille et qu'il porte plainte ! »

- « Crois en sa bonne étoile Gabriel ! »

- « Plus facile à dire, qu'à faire ! »

Mon portable sonne et je décroche tout de suite.

- « Allô, Gabriel Saint-Clair »

- « Salut Gab, c'est Rory. Je voulais que tu saches que Max c'est réveillé et que Morgan est là avec lui, mais je ne le sens pas. Tu peux venir de suite, s'il te plait ? »

- « J'arrive ! »

Je raccroche et demande à Sam de m'accompagner, il accepte bien évidemment. Arrivant à l'hôpital dans le service des urgences, je tombe de suite sur Rory qui m'explique, les examens, les résultats et fini par me dire que mes doutes étaient fondés, j'avais vu juste.

Et là, une colère noire me monte aux joues. Je rentre dans la chambre de Max et dès que mes yeux croisent ceux de Morgan, je m'avance vers lui dangereusement. Je le chope par le col et le colle au mur, ses pieds ne touchent pas le sol. Je sers son cou, il a du mal à respirer et je n'ai qu'une envie, en finir avec cette crevure, lui faire payer ce qu'il a fait à mon ami.

Sam pose sa main sur mon épaule et la pression qu'il y fait, me fait tourner la tête vers lui et de son regard rouge d'alpha, me fait comprendre de le lâcher. Morgan s'écrase le cul par terre dans un bruit sourd sur le parquet de la chambre.

Sam s'accroupit devant lui et lui dit droit dans les yeux :
- « Je sais ce que tu as fait, je le vois et je le sens ! Comme tu le sais, je suis le chef alpha de cette zone, n'ayant aucune preuve pour le moment, tu peux partir. Mais sache que dès que j'en aurai, tu ne seras plus qu'un mauvais souvenir pour nous ! Où que tu sois, je te retrouverai et te ferai payer ta dette, as-tu compris ? »
- « Oui » répond-il, en tremblant.
- « Alors dégage ! » lui crie Sam.
- « Mais et mon compagnon ? » réplique t'il.
- « Ça n'est plus ton problème, maintenant tu es célibataire, je veillerai sur lui, il sera entre de meilleures mains que les tiennes, cette fois-ci ! » lui répond Sam avec son regard rouge et un grognement mauvais.

Morgan ne nous regarde même pas et décampe de la chambre en moins de deux minutes. Étant resté auprès de Maxwell pour le prendre dans mes bras et le calmer, après mon altercation avec son ex, je présente officiellement Sam a Max. Sam tend sa main vers Max, qui lui sert.

Et là, leurs yeux ne se lâchent plus, comme hypnotisés, comme si un lien les entourait, je peux presque voir comme une aura bleue autour d'eux et juste au milieu d'eux, je vois un magnifique loup blanc avec la même aura bleue l'illuminant. Il a une de ses pattes sur les mains réunies de Sam et Max, c'est magnifique.

Ce moment me rappelle une histoire que ma mère me racontait plus jeune. Quand un loup perd son grand amour, celui-ci veille sur lui comme un ange gardien. Il fait tout son possible pour que son ancien amour retrouve goût à la vie en lui envoyant une autre âme-sœur qui lui est destinée pour le rendre heureux. Et donc l'ange gardien béni ce nouvel amour avec son aura de la couleur de son âme, aussi pure que ses yeux, et pose sa patte en unissant leurs mains avec leur lien pour toujours.

Merci pour eux, ils seront heureux, je n'en doute pas, tu as fait un très bon choix pour eux me dis-je dans mon esprit. Comme si le loup m'avait entendu, il me regarde et me fait un clin d'œil, puis disparaît comme il est venu.

Puis leurs yeux reprennent leurs battements habituels et ils se lâchent les mains, mais ils ont l'air bizarre, comme gênés, perdus. Sam ne sait plus quoi dire, chose rare et Max prend une teinte rosée sur ses joues. Moi, je souris de ce si beau spectacle, de les voir ainsi, ils sont trop mignons.

PDV Samuel

Après trois semaines d'hôpital, j'accueille Maxwell chez moi pour plus de sécurité, ne sentant pas du tout ce Morgan. J'ai donné ordre à Angus, mon bras droit et meilleur ami de le surveiller avec d'autres membres de la meute, tout comme ce Nathan. Ces deux-là, je les sens prêt à tout, quelque chose chez eux me dérange au plus haut point.

Angus a récupéré les affaires de Max chez son ex, car il habite chez moi depuis deux jours et je prends soin de lui du mieux que je peux. Le bar ayant rouvert, je passe le voir pendant mes pauses.

Je lui ai laissé ma chambre pour plus d'intimité, moi je dors sur la banquette comme en ce moment. Certes nous venons de nous découvrir âmes-sœur, mais nous allons prendre le temps de nous connaître et de nous découvrir, je ne savais même pas que c'était possible.

Quand j'ai perdu Dam, pour moi, ma vie s'est arrêtée avec lui et la perte de notre bébé. Comme à son habitude Dam, a fait des siennes et a tenu parole, il m'avait dit qu'il veillerait sur et c'est ce qu'il a fait.

Quand d'un coup, j'entends des cris de peur et d'angoisse, je cours direct dans ma chambre et découvre pour la énième fois, mon Max en sueur, bougeant dans tous les sens et criant.

Alors pour le soulager, l'apaiser et le calmer, je lâche mes phéromones, ce qui marche instantanément. Il ouvre ses magnifiques yeux vairons, pleins de larmes, lui demandant la permission, je le prends dans mes bras et du bout de mes doigts, lui sèche ses larmes.

- « Je suis désolé ! » me dit-il en pleurs.
- « Ce n'est rien Max, ne t'inquiète pas ! » lui répondis-je.

Je l'embrasse sur le front, avec toute ma douceur et ma tendresse habituelle, lui transmettant tout ce nouvel amour qui grandit en moi.

 J'allais me lever quand Max attrape ma main, en me disant :
- « Reste avec moi, s'il te plaît ! Ne me laisse pas seul ! »
- « D'accord, je reste ne t'inquiète pas, je suis là » lui répondis-je.

Alors je rentre dans mon lit, le prenant dans mes bras, calant sa tête dans mon cou pour sentir mon odeur d'alpha qui l'apaise. Cela lui fait du bien tout comme moi, je sens nos loups calmes et heureux de cette future union à construire.

La fatigue me gagne, alors que Max dort déjà depuis un moment, mais avant de m'endormir, je vois au pied du lit, un magnifique loup blanc assis avec une aura bleue tout autour de lui, qui me fait un clin d'œil et qui disparaît comme il est venu.

Ma dernière pensée, avant de fermer les yeux, va pour Damian, merci mon Amour pour ta bienveillance.

Chapitre 7 « Détente »

PDV Wyatt

J'ouvre mes yeux sur mon réveil, il est six heures, je les referme. Je suis réveillé, secoué par des mouvements inhabituels dans mon lit. Quand j'ouvre enfin les yeux, je vois Gab en plein cauchemar, que lui arrive-t-il ?

J'essaie de le réveiller doucement, il ouvre ses yeux complètement paniqués, il me prend dans ses bras, me tâtonne les bras, le dos, le ventre, m'embrasse et me demande :
- « Tu n'as rien, tout va bien ? »
- « Oui, je vais bien, mais toi ça n'a pas l'air ? Que t'arrive-t-il ? » lui demandai-je.
- « Oui … Je … Je te voyais … à … à la place de … Max … Quand on l'a retrouvé chez lui … » me répond-il, angoissé et paniqué.
- « Je suis là, Amour, je suis avec toi, ne crains rien ! » répliquai-je.

Tout en prononçant ces mots pour le calmer, je le prends dans mes bras, lâchant mes phéromones d'apaisement, je lui cale la tête dans mon cou, je sais que ça lui fait aussi du bien de me sentir, son loup est comme le mien, ce geste est tellement intime et tendre.

Après s'être assoupi quelques minutes, Gab se redresse sur le lit, il se dégage doucement de mes bras, s'assoie sur le bord du lit et prend sa tête dans ses mains. Moi, je me place juste derrière lui et je passe mes bras autour de ses épaules et lui embrasse le cou.

Je le sens frissonner et il me dit :
- « J'ai besoin de courir et mon loup a besoin de sortir prendre l'air ! Veux-tu m'accompagner ? ».
- « Oui, j'en ai besoin aussi ! » lui répondis-je.
- « Bien, alors c'est parti ! » réplique t'il.

Nous nous préparons et partons en direction de Central Park. Cachés derrière des arbres, nous prenons notre forme lupine. Nos loups sont heureux de se retrouver, ils courent à droite, à gauche, sautent par-ci, par-là, comme des gamins dans une cour d'école.

C'est ainsi que je me retrouve avec un magnifique loup noir aux yeux ocres. Moi, je suis d'un blanc immaculé avec mes yeux bleus, beau contraste avec mon alpha.

Il vient frotter son museau sur le mien et son corps par la suite sur mes flancs, pour que nos loups s'imprègnent de l'odeur de l'autre.

Puis Gab se met à courir et je le suis, sentir le vent s'infiltrer dans mes poils avec cette fraîcheur de ce matin d'hiver est un régal pour mon loup qui en redemande. Museau au vent, herbe et terre sous mes pattes avec les effluves de la forêt, de la nature, fait bondir mon cœur de bonheur, je me sens revivre à nouveau.

Nous traversons ensemble le Bow-Bridge, nous allons tellement vite que nos reflets dans le lac ne se voient pas. Nous nous arrêtons au Réservoir pour nous abreuver de cette eau fraîche, de ce magnifique lac. Etant un peu fatigués de notre course, je me couche sous un arbre et Gab vient me rejoindre après s'être aussi désaltéré.

Son regard est intense, brillant comme si les étoiles y avaient élu domicile. Il se rapproche de moi, me lèche le museau et se frotte à moi, puis il me fait un signe de tête et nous reprenons le chemin de mon appartement, nous reprenons forme humaine avant de quitter Central Park.

Sur le chemin de retour, je frissonne légèrement, Gab l'ayant remarqué, me prend dans ses bras, sa chaleur me fait du bien, pour lui aussi car il me semble entendre son loup ronronner.

Nous sommes passés devant le Starbucks prendre un petit déjeuner, que nous dévorons sur mon bar. Par la suite, nous nous installons devant la télévision, sur mon canapé, nous regardons un de ces téléfilms où les personnages principaux cherchent l'amour.

Gab me cale dans ses bras, je me laisse faire, ma tête se place sur son torse où les battements de son cœur m'endorment. Nous nous endormons ainsi, dans les bras l'un de l'autre, ma tête sur son buste et la sienne sur mes cheveux, pendant une bonne heure, notre folle course nous ayant bien épuisés.

Je suis réveillé par des caresses dans mon dos, puis quand j'ouvre les yeux, je relève ma tête, je remarque Gab me regarder avec son sourire de séducteur, qui me fait tant craquer. Il baisse sa tête et m'embrasse chastement, puis voyant que je lui réponds avec envie, son baiser devient plus fébrile, plus insistant, de plus en plus ardent. De ses mains, il me rapproche de lui, il m'attrape par la taille et me met à califourchon sur ses jambes, sans stopper son baiser, qui s'approfondit de plus en plus. Sa langue lèche avec assiduité ma lèvre supérieure pour quémander l'accès à ma bouche, que je lui autorise sans soucis.

Pendant que l'on s'embrasse, ses mains frôlent mon corps, comme s'il n'osait pas me toucher de peur que je le rejette, mais mon corps le veut tout entier, mon corps et mon loup le réclame.

Je stoppe notre baiser et le regarde droit dans les yeux, des larmes se mettent à couler sur mes joues, et je vois mon beau ténébreux en panique, mais je lui fais un signe de tête et lui dit :
- « Tout va bien, ne t'inquiète pas ! C'est juste l'émotion, te retrouver, nous retrouvez ! ».
- « Tu veux qu'on arrête ? ».
- « Non, Gab … je veux que … ».
- « Que quoi dis-moi ! ».
- « Je veux … que … ».

Mes larmes coulent de plus belle, et mon émotion est encore plus forte.

- « Fais-moi oublier … Fais-moi oublier ce mauvais moment qui me hante, je t'en prie Gab ! » lui demandai-je, en pleurant.
- « Je suis là, Petit Cœur, dis moi ce que tu veux que je fasse ! » me répond-il.

Tout en le regardant droit dans ses magnifiques yeux noisette qui me font tant chavirer, je lui dis :

- « Aime moi … aime moi Gab, je t'en prie ! » le suppliais-je.

- « Je t'aime Petit Cœur, n'en doute pas ! ».

- « Prouve le moi, fais moi oublier ce cauchemar … remplace le par ton amour, tes caresses, ta tendresse, aime moi Gab, prends soin de moi, je t'en prie ! » lui dis-je toujours les yeux pleins de larmes.

Puis m'étant une de ses mains dans ma nuque et l'autre dans le creux de mes reins, il m'allonge délicatement sur le canapé, plonge son regard dans le mien et me dit, d'une voix suave :

 - « Je vais te le prouver tout de suite mon Ange, je vais prendre soin de toi et t'aimer comme jamais ! Je t'aime tellement Petit Cœur ! ».

Puis il m'embrasse de nouveau avec toute la tendresse et l'amour qu'il a pour moi, je le sens, il m'enivre. Ses mains me déshabillent avec délicatesse. Puis, il lâche mes lèvres, il bécote et suce la peau de mon cou, me faisant des suçons, il me marque, il sait qu'il n'en a pas besoin mais son loup et lui sont très possessifs, ils veulent que le monde entier sache que je suis à lui et à lui seul.

Puis il descend tout doucement sur mes pectoraux, les caresses et les lèches, par la suite sa langue vient sucée un de mes tétons, sa main titille l'autre, les faisant durcir. Je ne peux m'empêcher de gémir tellement ses attentions sont passionnées. Mes mains se placent sur son dos, qu'il a dénudé en me déshabillant, et quand ses caresses me troublent, mes doigts se resserrent sur lui, mes ongles le marquant de ce désir qui nous anime, et je l'entends aussi gémir de bien être en retour.

Il glisse sur mes abdominaux, il les frôle de la pulpe de ses doigts et ses coups de langue me font frissonner et ronronner de plaisir. Je sens que mon membre durcit de plus en plus, comme s'il le sentait, il se frotte dessus avec envie tout en me regardant. Je vois dans ses yeux tellement de désir et d'amour, que sous ses divines caresses qui descendent toujours plus bas, ma tête part en arrière avec une complainte de plaisir non dissimulé.

Puis sa bouche reprend son chemin, sa langue redessine mon V à la perfection et ses mains viennent se placer sous mes fesses, qu'il malaxe, câline, puis je sens son souffle plus bas encore et il me prend en bouche, une mélopée m'échappe de nouveau, c'est tellement bon. Il lèche mon membre sur toute la longueur, titille mon gland, sa langue passe sur la fente de celui-ci qui me fait papillonner. Il me suce encore et encore, enroulant sa langue autour, me faisant une de ses superbes gorges profondes qui me font perdre pied.

Mes mains caressent, puis s'agrippent à ces cheveux en fonction de ce qu'il me fait ressentir. Il fait des vas et viens, plus forts, plus rapides, ma tête tourne, ma respiration devient erratique, mon bassin bouge en même temps que ses mouvements de bouche. Mes gémissements augmentent à la suite de toutes ses délicieuses attentions.

 - " Ga …Haannn …Gab …. Gabriel !!! ».

Un violent tremblement me prend, mon corps se tend, mon roucoulement de plaisir le fait sourire, Gab s'active encore plus sur ma hampe qui déverse mon jus chaud dans sa magnifique bouche. Il lèche mon membre avec plaisir et être sûr qu'aucune goutte ne sera perdue, puis il se caresse ses lèvres avec sa langue. Ce geste est tellement érotique et sensuel.

Il se redresse et me prends dans ses bras, je tremble encore de ce formidable orgasme qu'il vient de me donner. Il m'embrasse, partageant ainsi ma semence dans un baiser toujours aussi passionné. Il ne me lâche pas, reste allongé sur moi pour que je n'ai pas froid et ainsi garder sa chaleur plus longtemps.

Il me regarde droit dans les yeux et je l'entends me dire :
 - « Je t'aime Petit Cœur, je t'ai toujours aimé et je t'aimerai toujours, quoi qu'il arrive ! »

Je le prends dans mes bras, l'embrasse de nouveau de ce baiser qui signifie que moi aussi je l'aime et l'aimerai toujours. Puis il cale sa tête dans le creux de mon cou, je resserre mes bras autour de lui, et nous nous endormons ainsi.

Chapitre 8 « Noël »

PDV Wyatt

Je sens des bisous chauds remonter mon cou mais je n'ouvre pas les yeux, car je sens ses phéromones, ce mélange, cet effluve que j'adore tant et que j'aimerai toute ma vie. Je suis trop bien à sa merci, à me faire câliner. Grâce à ses phéromones, je me sens tellement bien, dans ses bras, sous ses tendres attentions. Cela fait maintenant trois semaines que Gab et moi, nous sommes remis ensemble mais à mon rythme, il ne veut pas brusquer les choses et moi non plus. Je n'ai toujours rien dit à Gab sur ce qui m'est arrivé, ni qui l'a fait. Et je sens que plus je retarde ce moment et plus dur sera le fait de lui avouer, j'angoisse pour ses éventuelles réactions, même si Sam m'a dit de ne pas m'inquiéter.

En attendant pour ce soir, Sam a fermé le bar, nous sommes le 24 décembre, tout le monde fête Noël en famille, la mienne est ici avec moi. Pour ce soir, on se retrouve tous les six au bar pour préparer notre soirée. Sam et Max s'occupent des boissons, pendant que Tara et Yaël disposent une table pour le buffet froid et que Gab et moi choisissons les musiques pour l'ambiance de la soirée.

Gab et moi nous entraînons sur « Heart and Soul » à la façon Lucifer, pour détendre nos doigts. Assis l'un à côté de l'autre et jouant chacun notre morceau, en se regardant et se souriant, cette complicité m'avait manquée.

Eh oui ! Gab joue du piano. Oriane l'a appris dès le plus jeune âge à ses enfants, mais Yaël n'a pas été très réceptive, disant à sa mère que cette musique était beaucoup trop calme pour elle. Gabriel, lui, a bien aimé car ça le détendait et il a encore plus adoré quand j'ai eu moi aussi des cours avec sa mère, où nous pouvions faire des partitions ensemble comme ce morceau pour nous dégourdir les doigts. C'était le début de notre complicité, et nous venons de là retrouver.

Nous enchaînons avec « Amazing grace » et là, tout le monde nous rejoint autour du piano. Je vois avec une grande émotion, Sam prendre Max dans ses bras, l'enlaçant par la taille, lui déposant un baiser sur la tempe et Max rougir, ils sont trop mignons. A ma grande surprise, je vois aussi Yaël enlaçant Tara par les épaules pour là rapprocher d'elle et l'embrasser. C'est ce moment précis que choisit Gab pour lever la tête et voir ainsi sa sœur heureuse embrassant Tara avec amour et douceur. Qui l'aurait cru ? Pas moi et au vu de la tête de mon petit ami, lui non plus.

Nous regardons tous la tête que fait Gabriel à la suite de cette belle surprise et nous explosons de rire à l'unisson, lui aussi par la suite, se retrouvant bête.

Nous continuons de pianoter, je commence quelques notes avant que Gab me suive, nous jouons « Ave Maria » de Charles Gounod, nous continuons avec « Hallelujah » de Francesco Parrino.

Je ferme les yeux et me concentre dans ces magnifiques musiques qui me font frissonner. Quand j'ouvre les yeux, j'observe, chaque couple se regarde et je peux sentir tout l'amour qui les entoure. Et quand je regarde Gab qui fait de même avec moi, je n'ai plus aucun doute, l'amour et l'amitié qui nous unis tous, sont si forts et si beaux à voir, que l'émotion qui me gagne me fait pleurer de bonheur.

La chanson finie, mon beau ténébreux me prend dans ses bras et essuie mes larmes du bout de ses pouces, prend mon visage en coupe et m'embrasse avec une infinie tendresse.

- « Je t'aime tellement Petit Cœur » me dit-il avec son superbe sourire ravageur.

- « Je t'aime aussi Amour » lui répondis-je, en le regardant droit dans les yeux.

- « Qu'ils sont mignons, tous les deux ! N'est-ce pas ? » nous dit ma chère sœur.

- « Oui, tout à fait, et quel beau rapprochement ! » réplique Sam en nous faisant un clin d'œil à tous les deux.

- « Et toi, ma chère frangine, racontez-nous, vous êtes trop mignonnes aussi toutes les deux ! » dit-il en s'adressant aux filles avec un sourire moqueur.

- « Et bien Big Bro, il y a des choses qui ne s'expliquent pas mais qui se font ! » me répond-elle avec son sourire de chipie, alors que je vois Tara rougir légèrement.

Pendant que nous nous taquinons tous ensemble, je vois Maxwell, partir et se mettre à part sur une banquette. Sam le regard triste le laisse aller.

- « Il y a un souci avec Max ? » demandais-je à mon boss.

- « Il n'a juste pas l'habitude de ces moments entre amis (je vois Sam devenir rouge de colère mais se calme par la suite, grâce à la main de Gab posée sur son épaule en soutient), son ex le séquestrait chez lui, il ne sortait pas, ne voyait personne, était la bonne à tout faire … et …et autre … il a juste du mal à retourner à une vie normale ! C'est tellement loin pour lui » nous dit Sam avec les larmes aux yeux.

Alors que Gabriel le prend dans ses bras pour le consoler, je me dirige vers Max. Je le sens stresser, angoisser. J'engage la conversation avec prudence ne voulant pas le brusquer.

- « Que t'arrive t'il Max, ça ne va pas ? ».

- « Si ça va … je n'ai juste pas l'habitude de … d'être avec … des amis … d'être considéré comme tel …de partager des moments heureux. Je n'ai toujours servi que de bonne, de punching ball ou d'objet sexuel. » me dit-il, les larmes aux yeux.

Ayant mal pour lui, je peux imaginer ce qu'il ressent, il est perdu, il doit réapprendre à vivre et nous allons tous l'aider à aller mieux. Je le prends dans mes bras pour le consoler et lui faire comprendre qu'il n'est plus tout seul, qu'il a des amis maintenant.

- « Je te promets que nous allons tous t'aider à aller mieux, je suis là si tu as besoin surtout n'hésite pas ! Ça va avec Sam ?».

- « Oui, oui, il est adorable. Dès que je suis mal, il est là, il m'aide au mieux mais … j'ai peur… de le décevoir ! ».
- « Parle avec lui, Sam est très protecteur et à l'écoute, n'hésite pas, jamais il ne te laissera de côté. Et puis si j'ai bien compris vous êtes âmes-sœur, alors il sera toujours là pour toi. »
- « Sèche tes larmes, ta nouvelle vie commence, tu as des amis, un nouvel amour qui débute, alors ne reste pas dans ton coin, viens, profite et amuse-toi ! ».
- « Merci ».
- « Ne me remercie pas, entre amis c'est normal ».

Nous retournons avec les autres autour de la table disposée pour le buffet, je retrouve mon beau ténébreux qui me prend dans ses bras, m'embrasse la tempe et me demande :
- « Comment il va ? ».
- « Il ira mieux avec le temps et notre amitié, il ira mieux ! ».
- « J'aime ta positive attitude, mon cœur ! ».

Je souris à ses mots et mon regard se pose sur Sam qui prend Max dans ses bras et l'embrasse chastement, Max se blottit amoureusement dans le câlin de son petit-ami et me regardant il me sourit, d'un sourire qui veut dire « merci ».

Après avoir mangé et trinqué ensemble nous repartons au piano et pendant que Gab et moi, jouons les partitions, Sam, Max, Tara et Yaël chantent. Chaque couple étant enlacés dans les bras de son amour respectif. C'est ainsi que nous enchaînons « Angels we have heart on high », puis « We wish you a Merry Christmas », suivie de « Douce nuit, Sainte nuit » pour finir par « Petit papa Noël ».

Et c'est après cette chanson que nous nous offrons nos cadeaux. Nous nous sommes tous cotisé pour que chacun de nous ai un cadeau. Un beau collier en or blanc pour Tara, des superbes boucles d'oreilles serties de rubis et or jaune pour Yaël, une magnifique gourmette en argent chacun, pour Sam et Max avec leur prénoms gravés dessus et comme pour sceller leur amour naissant, ils s'échangent leur bijou.

Gab et moi, avons droit à une semaine de vacances tous frais payés aux Baléares, en amoureux. J'ai hâte.

Pour clôturer cette superbe soirée, Gab décide de jouer « Total éclipse of the heart », alors je le suis connaissant les notes à jouer. Pendant que nous jouons la partition, les autres chantent cette très belle chanson d'amour. Je remarque que Sam a les yeux qui brillent, puis il regarde Gab. Tous les deux se sourient tout en regardant en direction du bar, moi je ne vois rien mais je sens entre eux une amitié, ce lien est fort, ils se comprennent, s'apprécient et j'en suis heureux car ils comptent beaucoup pour moi, tous les deux.

Après ce réveillon de Noël, riche en rigolades et taquineries et avoir remis le bar en ordre, nous nous souhaitons une bonne fin de soirée, bien évidemment Gab ne peut s'empêcher de taquiner encore Yaël avant de partir et lui dit :
- « Bonne nuit frangine et ne fais pas trop de folie de ton corps, ça va t'épuiser, tu n'as pas assez d'endurance ! ».
- « Ne t'inquiète pas pour moi Big Bro, et pis toi non plus, tu n'as plus l'âge de faire de telles folies ! ».
- « Si seulement tu savais tout ce que je peux faire ! ».
- « Mais je n'attends que ça, que tu me racontes ou que Wyatt me le dise ! ».

Et là, bizarrement Tara et moi, nous nous regardons et rougissons en même temps.

- « Sur ces belles paroles, les enfants, je ferme le bar et vous souhaite une belle et douce nuit pleine d'amour, de folies et d'endurances ! » nous lâche Sam en éclatant de rire.

Arrivant dans l'appartement, j'ai à peine fermé la porte que je sens les bras de Gab m'enlacer, sa bouche embrasse mon cou avec passion et envie, cette zone est si sensible qu'il en abuse. Cette même envie qui monte petit à petit en moi, je dois bien me l'avouer, Gab m'a horriblement manqué et mon loup appelle le sien. Depuis notre dernier câlin, j'ai l'impression de ne penser qu'à ça, à lui, à son corps.

Il me plaque contre la porte et me dévore le cou comme jamais, il lâche ses phéromones et je fais de même, leur mélange nous excite encore plus. Il m'embrasse, ses lèvres sont douces mais son baiser devient aussi fiévreux que nos corps.

Tout en m'attrapant par la taille et me collant à lui, Gab nous dirige vers la salle de bain, tout en continuant notre baiser fiévreux, il commence à me déshabiller en douceur et je fais de même avec lui, jetant les vêtements par terre au hasard et je dois dire qu'à ce moment bien précis, je m'en contre fou royalement, la seule chose qui compte c'est « nous ». Il allume l'eau de la douche, nous place sous les jets et avec de douces caresses, de tendres baisers, nos langues dansent ensemble, tout comme nos corps qui s'enlacent et s'échauffent.

Gab me plaque contre le mur de la douche et d'une seule main me tient les miennes au-dessus nos têtes, il me dévore le cou, l'embrasse, le suce, le mordille, pendant que son autre main me caresse le corps du bout des doigts me faisant gémir. Puis sa main arrive sur mon membre qu'il titille, qu'il aguiche avec douceur. Ma hampe réagit au quart de tour à ses attentions, je le sens descendre plus bas tout en embrassant et léchant chaque parcelle de mon corps. Il arrive à mon entrejambe, me lâche les mains, et dépose les siennes sur mes fesses qu'il aime tant caresser, malaxer. Je sens ses lèvres sur mon sexe qui frétille à ses baisers, puis il me prend en bouche et là sous la surprise je lâche un râle de plaisir. Mes mains viennent sur ses cheveux, les caressant ou les tirant en fonction de ce qu'il me fait ressentir, il s'active sur mon membre mais je le sens remonter vers moi. Il m'embrasse de nouveau et me prend dans ses bras, dans un geste tendre ils nous allongent sur le sol de ma douche italienne. Il m'embrasse à pleine bouche et se frotte sur moi, nos sexes se touchent, s'allongent et durcissent, alors que nos respirations deviennent erratiques, que nos gestes sont désordonnés, que nos gémissements sont de plus en plus fort, je sens la jouissance montée aussi bien chez lui que chez moi.

Nous tremblons à l'unisson, nous libérons entre nos deux corps collés, mélange d'eau, de sueur et de nos semences, notre complainte est unanime. J'aime le regarder quand la jouissance le transperce, il est tellement magnifique mon beau ténébreux, je l'aime à en mourir. Ses superbes yeux, encore pleins de désir, me regardent. Je peux tout voir et tout lire dans ses éblouissantes orbes noisettes. Nous nous redressons et prenons une bonne douche, nous nous lavons mutuellement avec de petits câlins par-ci, par-là. Nous nous séchons, enfilons un bas de jogging et allons-nous coucher. Comme à notre habitude, Gab me prend dans ses bras, je cale ma tête dans le creux de son cou, où son odeur me berce et m'endors, il me rapproche au plus près de lui et m'enlace de ses bras musclés et protecteurs.

- « Bonne nuit Petit Cœur ».
- « Bonne nuit Amour de ma vie ».

Chapitre 9 « Ensemble »

PDV Samuel

Après ce beau réveillon de Noël, Max et moi, nous retournons seuls dans mon appartement. Je sais que Max se sent mal, que la discussion qu'il a eu avec Wyatt, lui a fait du bien, mais moi, que dois-je faire, pour l'aider à aller mieux ?

Une voix au fond de moi, me dit « Suis ton cœur, il t'a toujours guidé vers la bonne décision ! ».

Je rejoins mon petit-ami, assis sur le bord du lit, dans ma chambre qu'il a laissée ouverte, il fixe un point sur le mur en face de lui. Je vois des larmes dévaler ses joues et je ne peux m'empêcher de m'inquiéter pour lui.

- « Je peux ? » lui demandai-je, avant de rentrer dans la pièce.
- « Oui, tu es chez toi ! » me répond-il, sans me regarder.
- « Que t'arrive-t-il, Max ? » je lui demande en m'avançant et me plaçant devant lui, passant ma main dans ses cheveux.
- « Je …Je …Je ne suis pas fait pour toi …Je …Il …Il m'a détruit …Chaque fois que …Je suis avec toi …Je suis heureux et bien … mais … mais son visage de pervers sadique me hante et me bloque … » dit-il avec des sanglots qui me brisent le cœur.

Je m'accroupis devant lui, me mettant à sa hauteur, lui prends ses mains dans les miennes, le regarde droit dans les yeux et une conversation s'engage :
- « Je suis là pour toi, pour te soutenir, te protéger, t'aimer et prendre soin de toi. Nous prendrons le temps qu'il faudra, jamais je ne te forcerai à quoique ce soit, je te le promets et puis ça n'est pas mon genre ! ».
- « Je le sais, Sam ! Je ne voulais pas t'offenser. Je … J'ai toujours peur qu'il revienne et qu'il … qu'il finisse ce qu'il a commencé à faire ! » dit-il, toujours dans les larmes.

- « Jamais, je ne le laisserai faire, tu m'entends ! Qu'il essaye et il connaîtra ma colère, qui est pire que celle de Gabriel ! Je mettrai mes menaces à exécution et il comprendra sa douleur ! ».

- « J'ai tellement honte ! ».

- « Mais de quoi ? Tu n'y es pour rien, tu as été sa victime, tu n'as pas à avoir honte ! ».

- « Sam, il m'a torturé pendant des heures parce que j'ai refusé de coucher avec lui et comme si je n'avais pas eu assez mal, il m'a violé, souillé toute la nuit ! Je voulais mourir pour arrêter mon calvaire, je voulais qu'il abrège mes souffrances, mais non un malade comme lui ne fait pas ce genre de chose, il se délecte de ce qu'il fait et voir la souffrance sur moi, pour lui ça n'a pas de prix ! Comment … Comment un alpha, tel que toi, peut avoir une âme-sœur comme moi ? Je ne suis rien qu'un oméga détruit psychologiquement et mentalement ! Comment je vais me reconstruire avec … tout ça en tête, comment ? » hurle-t-il, énervé et fatigué.

En réponse à ses plaintes, je lâche mes phéromones pour l'apaiser et le calmer. Mais il est tellement à cran, qu'il s'énerve encore plus se levant d'un coup et je suis son mouvement, toujours face à lui. Il se prend la tête dans ses mains et pleure de plus belle.

- « Arrête … Arrête ça … Il faisait là même chose pour avoir ce qu'il voulait de moi … Stop !!! Stop par pitié !!! Je… Je … J'arrive plus à … à res … à respirer … Je me sens … mal » me dit-il, avant qu'il ne s'écroule dans mes bras.

Paniquer je prends mon téléphone est appelle Gabriel qui me répond tout de suite et qui entre dans l'appartement cinq minutes plus tard. J'avais gardé Max dans mes bras, qui tremblait, ses yeux papillonnants. Je l'allonge doucement sur le lit avec l'aide de Gab, puis il vérifie l'état de Max, ses constantes sont bonnes, rien d'anormal. Gab me demande comment il en est arrivé là, et je lui raconte notre conversation, du début à la fin. Résultat, sous l'effet de son angoisse et de la pression qu'il se met, il s'est évanoui, ses émotions étant trop fortes.

Max en a plus que bavé avec ce Morgan de …

- « Fait bien attention à lui Sam, il est très fragile et son état émotionnel est limite. Il a besoin d'être soutenu, protégé et qu'on prenne soin de lui ! » me dit-il en me regardant avec un petit sourire en coin.
- « Mais je te fais confiance, je sais qu'il est entre de bonnes mains. » rajoute t'il en me souriant de plus belle.
- « Son traumatisme est récent, il lui faudra du temps ! » dis-je, en baissant mon regard sur Max.
- « Oui, du temps mais avec ton attention, ta protection et la sécurité que tu peux lui apporter, il ira mieux de jour en jour. Comme je te l'ai dit, je te fais toute confiance. Il a besoin de toi, il le sait !» me répond-il.

Puis Gabriel retourne auprès de Wyatt, après m'avoir donné quelques autres conseils. Je m'assois sur le lit, juste à côté de Max. Je le regarde dormir, mais son visage est crispé, il est mal, il tremble et gesticule dans tous les sens, sûrement encore des cauchemars.

Je lui caresse la joue d'une main et puis de l'autre, je lui prends sa main et les places sur mon cœur, je me rapproche de lui et lui chuchote à l'oreille tout en lâchant mes phéromones :
- « Je suis là, mon cœur, je te protège, je serais toujours là, jamais je ne te laisserai, je t'aime Maxwell ! ».
- « Je … t'aime …aussi … Samuel ! » me dit-il en ouvrant doucement ses magnifiques yeux vairons.

Nos yeux s'accrochent et nos fronts se touchent.

- « Je peux faire quelque chose ? » lui demandai- je.
- « Oui, prends-moi dans tes bras, j'ai besoin de toi et de ta chaleur ! » me dit-il.

J'accède à sa demande tout en douceur, me plaçant à côté de lui sur le lit.

- « Sam … je … je ne peux pas rester comme ça, bloqué … tu mérites … tellement mieux ! » me glisse-t-il à l'oreille.

Je lui relève la tête avec mon pouce sous le menton et lui dit, en le regardant droit dans les yeux :

- « J'ai besoin de toi, seulement toi, on prendra notre temps, ensemble, on avancera ensemble ! ».

- « Je voudrais … ».

- « Oui, dis moi, que veux-tu ? ».

- « Je voudrais … que tu … me touche … connaître mes limites … je ne peux pas … t'infliger … pendant des mois, mes peurs et puis je veux …avancer … pour moi, pour toi, pour nous, ensemble » me dit-il de ses yeux vairons brillants de mille feux.

Je ne peux m'empêcher de l'embrasser chastement, mes lèvres effleurent les siennes, mettant une de mes mains sur sa joue avec une infinie douceur mélangée à la tendresse. Il ne me repousse pas et en redemande même, alors je laisse glisser mon autre main sur son tee-shirt, caressant son torse avec lenteur pour ne pas le brusquer et lui faire sentir mon amour à travers mes gestes attentionnés.

Quand j'arrive à ses abdos, ils se contractent et un gémissement lui échappe, à son grand étonnement et au mien aussi, mais je suis heureux de lui faire ressentir du plaisir, ça me rassure.

Notre baiser devient fiévreux, puis tout doucement il tourne sa tête et me laisse accès à son cou, que j'embrasse, caresse et lèche, puis je descends plus bas sur sa clavicule qui subit le même traitement que son cou, pendant que mes mains lui retire son tee-shirt et que les siennes font de même avec le mien.

Ses yeux sont pétillants et vibrants de désir, je me place au-dessus de lui à califourchon. Je me baisse pour l'embrasser langoureusement, nos torses nus se touchent, se frottent au fur et à mesure de nos baisers, de mes mains qui caressent et découvrent son corps avec tant de passion, ses complaintes m'envahissent.

Dans notre soif de plaisir, nous lâchons nos phéromones, elles se mélangent entre elles, ce qui nous donne un parfum de jasmin vanillé et de lavande muscadé, cet effluve nous enivre, nous emportant tous les deux.

Ses mains caressent mon dos de haut en bas avec toute cette délicatesse qu'il a, ses doigts agrippent ma nuque et dirigent mon visage vers le sien dans un nouveau baiser si chaud, si ardent que je suis agréablement surpris par son geste. Sa langue titille ma lèvre supérieure, quémandant l'accès à ma bouche, que je lui cède bien volontiers.

Puis d'un geste hésitant, il échange nos positions, je me retrouve donc sur le dos avec un Max qui me dévore le cou sans retenue, c'est si bon. Mes gémissements le font frissonner et il continu ses douces tortures, petit à petit il descend jusqu'à mon nombril, chaque parcelle de ma peau passe d'abord entre ses lèvres et sa langue aguicheuse, puis entre ses doigts, titillant mes tétons au passage, qui réagissent au quart de tour, de ses petites attentions.

Il remonte sa tête et m'embrasse à pleine bouche, il descend lentement sa main sur mon membre durci, pour donner suite à ses merveilleuses caresses. Puis d'un coup, sa main se pose juste à côté de ma tête, je le sens trembler, il rompt notre baiser, sa tête tombe sur mon épaule et je le sens pleurer. Alors je le serre dans mes bras pour le soutenir, le calmer, l'apaiser.

- « Ce n'est rien, mon cœur ! Tu as atteint tes limites ! » lui dis-je, tout en lui embrassant la tempe.
- « Je ... Je suis désolé, Sam ! » me répond-il.

Prenant son visage en coupe et le regardant avec amour, je lui dis :
- « Ne t'inquiète pas, ce n'est rien, ok ! Regarde-moi, hey... Mon cœur, ce n'est rien ! »
- « Mais ... je t'ai chauffé ... et ... » me dit-il, en pleure et mal à l'aise.

- « Mon cœur, ce n'est rien, le plus important c'est toi ! » lui répondis-je, en le calant contre mon torse.

Il se calme, mes caresses dans son dos l'apaisent, je le sens petit à petit sombrer dans les profondeurs de Morphée. Alors sans trop le bouger, je le décale et me lève de mon lit, une bonne douche froide me fera du bien.

Je me retrouve sous les jets d'eau froide qui me détendent, mais je ne peux pas effacer de ma mémoire, le visage de Max gémissant sous mes caresses. Je plaque une main sur le mur de la douche et de l'autre, j'empoigne mon sexe et me repasse la scène au ralentie. Je fais de petits mouvements langoureux, imaginant qu'ils viennent de Max. Mon membre se durcir, mes vas et vient deviennent de plus en plus rapide et de plus en plus fort, mon bassin se déhanche sans que je ne le contrôle, ma respiration devient erratique, ma main accélère son geste, plus vite, plus fort et là, mon corps se tend, la jouissance me gagne, me déversant sur ma main, tout en gardant le visage de Max gémissant de plaisir, mes jambes flageolantes, je m'écroule sur le sol carrelé quelques minutes, le temps de me remettre de mon orgasme.

Me relevant, je prends le gel douche, me lave, retire toutes traces de jouissance et me rince sous l'eau chaude. Je sors de la salle de bain, m'étant séché, je mets un bas de jogging. Je rejoins Max dans notre lit et le rapproche de moi, comme s'il le sentait, il se cale dans mes bras, sa tête dans mon cou et m'embrasse.

- « Bonne nuit, mon cœur ! ».
- « Bonne nuit, mon ange ! ».

Chapitre 10 « Mauvaises idées »

PDV Morgan

Après m'être fait rembarrer et coller au mûr par Gabriel puis menacé par Samuel à l'hôpital, je n'ai pas arrêté de cogiter à ce que je pourrais bien faire pour me venger d'eux.

Ayant passé les fêtes de fin d'année avec mes parents, je n'ai pas pu mettre grand-chose en place. Mais par la suite, j'ai passé beaucoup de temps avec Nathan et son frère Tom, et je dois dire que notre conversation m'a aidé pour parfaire ma vengeance et faire d'une pierre deux coups.

- « Morgan, tu devrais réfléchir avant, tu sais Samuel est connu par chez nous, il est ami avec notre alpha, Ezra, le père de Gabriel, et il n'est pas tendre si tu le cherches !! » me dit Tom.
- « Peut-être, mais moi non plus, je ne suis pas un tendre, loin de là ! » lui répondis-je.
- « Si tu veux chopper Maxwell, ça va être compliqué, quand il n'est pas avec Samuel, il est avec Wyatt !! » réplique Nathan.
- « Encore mieux ! » lui répondis-je, alors que je sentais mon loup qui adorait l'idée qui venait de germer dans ma tête, avec un sourire en coin.
- « Et pourquoi, ça ? » me demande Tom, l'air inquiet.
- « Nathan, tu as une revanche à prendre sur Wyatt, tu es resté sur ta fin, il y a 5 ans, je me trompe ? » lui dis-je, tout en le regardant, alors que je vois ses yeux s'assombrir et son sourire pervers que j'adore tant se dessiner sur ses lèvres.
- « Oui, en effet, je n'en ai pas fini avec lui, il m'a une fois de plus pris Gabriel, il m'était destiné ! » réplique-t-il, énervé.
- « Mais pourquoi ? Qu'est-ce qu'ils vous ont fait ? Wyatt et Maxwell demandent juste à vivre comme tout le monde ! » nous dit Tom, agacé par nos réflexions.

- « Parce-que Maxwell est à moi et Wyatt a volé Gabriel à ton frère, que te faut-il de plus, pour comprendre ? » répliquai- je, énervé par son comportement.

- « Comprendre, comprendre quoi, que vous êtes des malades, qui ne supportent pas que des omégas soient plus forts et heureux que vous ? » nous réplique Tom agacé.

- « Des omégas restent et seront toujours des putes qui doivent nous servirent en tant qu'alpha et quand bon nous semblent ! » lui dis-je, énervé.

- « Mais ils ne méritent pas ce traitement, c'est inhumain ! Passez à autres choses et foutez leur la paix ! » nous dit-il avec nervosité.

Je ne supporte pas qu'on me dise ce que je dois faire, alors que ma colère s'élève, sur ses paroles, je le chope par le col de son polo et le colle au mur derrière lui. Ma main se resserre sur son cou frêle et le voir suffoquer me réjouit. J'aime ce spectacle, l'agonie des autres m'excite. Imaginer mon état quand Maxwell était à ma merci, Hummm, un régal !

Nathan me presse l'épaule pour me faire comprendre de lâcher son frère, chose que je fais tout de suite car il pourrait encore me servir, j'ai un projet en tête avec lui, sa mort n'est pas pour maintenant, je voudrais m'amuser avec lui avant. Je me lèche les lèvres rien que de penser à Tom gémissant et suffoquant, sous mes coups de reins bestiaux et mes mains enserrant son cou, alors qu'il est attaché…hummm… mon sexe se durci rien qu'à cette vision des plus érotique pour moi.

Tom me fait revenir à la réalité, une fois que je l'ai relâché, en me poussant pour le laisser passer.

- « Tu es un grand malade Morgan, toi aussi Nathan ! Toi, je ne sais pas ce que tu as fait à Maxwell ! Quant à toi mon frère, vu l'état de Wyatt dans lequel il était quand on l'a laissé, j'imagine ta cruauté. Je t'ai laissé faire, il y a 5 ans, mais c'est fini. Foutez-leur la paix, ou je balance tout à qui de droit, pour commencer et aux flics par la suite ! » nous crie-t-il avant de s'échapper de mon appartement.

J'aurais dû le retenir, je ne sais pas pourquoi, mais je ne le sens pas, mauvais pressentiments.

Je regarde Nathan qui me dit :
- « Ne t'inquiète pas, tu lui as foutu la trouille, c'est tout. Il n'a jamais rien dit en 5 ans, ce n'est pas maintenant qu'il va le faire. Et puis même s'il l'ouvre, il a été mon complice donc il trinquera aussi ! ».

Nous reprenons donc notre conversation et mettons en place notre plan pour que chacun de nous puisse se venger de nos omégas respectifs.

PDV Gabriel

À la suite d'un accident de circulation entre l'angle de la 1ere Avenue et la 79eme, je me retrouve aux urgences du Lenox Hill Hospital. Je prends un latté à une table, quand Rory me rejoint avec le sien.

- « Alors comment vas-tu, depuis la dernière fois ? » me demande t'il.
- « Ça va mieux ! Max se remet, doucement mais sûrement, grâce à Samuel. Maintenant il n'est plus seul et puis Wyatt et lui passe beaucoup de temps ensemble. » lui répondis-je.
- « Bien, je suis content d'entendre ça ! Ça me rassure pour Maxwell, il est entre de meilleures mains. Il est mieux entouré et sa vie va pouvoir être plus normale, si je peux dire ainsi ! » réplique Rory.
- « Dis-moi, Rory, je me trompe ou quelque chose ne va pas ? » lui demandai- je.
- « Et bien en fait quand tu es venu avec Samuel, et que vous avez fait dégager Morgan de la chambre de Max, ce n'est pas tant le fait qu'il ait dit qu'il se vengerait de vous, mais la manière qu'il a eu de le faire. Ses yeux étaient rouges de colère, ses mains tremblaient, j'ai senti sa haine, sa vengeance l'anime, alors faites gaffe à vous. Quand je vois ce qu'il a fait endurer à Max, j'ai de quoi m'inquiéter ! » me dit-il avec angoisse.

Son biper sonne, il lit le message et me dit :

- « Je dois te laisser le travail m'appelle, pas de repos pour les braves mais tu connais ça toi aussi !" me dit-il en me faisant un clin d'œil. Il finit en me disant, "à une prochaine, salut ! », et il s'en va, vers les urgences.

Mes pensées vont vers Wyatt et je lui envoie un message, savoir si tout va bien, car les aveux de Rory m'ont fait légèrement flipper.

16h30 - Amour à Petit Cœur :
- Comment vas-tu ? Tu me manques !
16h35 – Petit Cœur à Amour :
- Je vais bien, tu me manques aussi !
16h40 – Amour à Petit Cœur :
- Que fais-tu de beau ?
16h45 – Petit Cœur à Amour :
- Je fais du Shopping avec Max. On a croisé Yaël et Tara, et du coup elles nous ont rejoints. As-tu besoin de quelque chose ?
16h50 – Amour à Petit Cœur :
- Juste toi ♥
16h55 – Petit Cœur à Amour :
- Je t'aime aussi Amour ♥
17h00 – Amour à Petit Cœur :
- Je t'aime aussi Petit ♥
17h05 – Petit Cœur à Amour :
- Vivement ce soir ♥
17h10 – Amour à Petit Cœur :
- Faite attention à vous ! J'y vais ma pause est finie. Milles bisous Petit ♥

Je prends mon gobelet, le met à la poubelle en partant et quand j'arrive à la hauteur de mon véhicule, j'entends Nathan parler à quelqu'un à son portable :
- « Oui, on fait comme ça ! Tu ne les lâches pas d'une semelle, je te rejoins dès que mon service est fini ! ok, pas de soucis, à plus ! Wouais !Wouais !ok ! ».

Je monte côté conducteur, comme si de rien n'était, mais je ne le sens pas, j'ai un mauvais pressentiment. Nathan sort me disant qu'il doit aller aux toilettes et qu'il revient dans cinq minutes. Je profite de son absence pour envoyer un message à Samuel, lui faisant part de mes inquiétudes et de ce que je venais d'entendre.

PDV Wyatt

Après avoir passé l'après-midi à faire du Shopping avec Max, rejoints par les filles, nous nous retrouvons au Starbucks pour un latté vanille de folie.

Une conversation avec les filles s'engage :
- « Vous avez prévu quoi pour ce soir, les gars ? » nous demande Yaël.
- « Pour ma part, Gab me retrouve à l'appart, dès qu'il a fini son service ! » lui répondis-je.
- « Moi, je retrouve Sam, chez lui ! Et vous ? » réplique Max, amusé.
- « Nous, on va se regarder un bon film de Noël, avec pizzas, sous un plaid sur ma banquette, bien au chaud dans les bras de ma chérie ! » nous explique Yaël, tout en embrassant Tara amoureusement.

Étant lundi, jour de fermeture du bar, nous profitons de ce repos bien mérité. Après avoir fini notre joyeuse conversation et nos lattés, nous nous souhaitons une bonne soirée et nous disons à demain. J'envoie un message à Gab, pour le prévenir que nous rentrons.

18h00 – Petit Cœur à Amour :
- Nous rentrons à l'appartement avec Max. A tout de suite, je t'aime
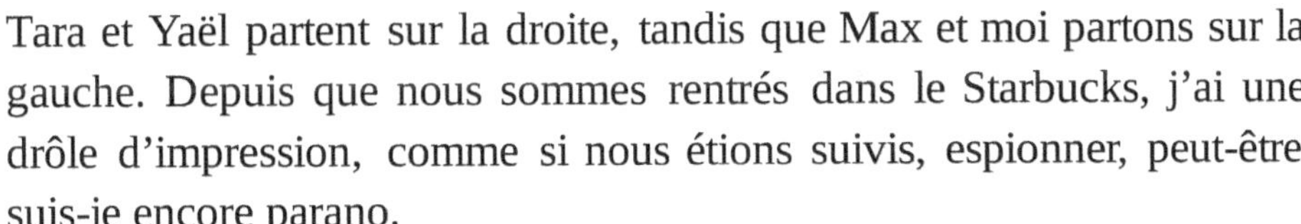

Tara et Yaël partent sur la droite, tandis que Max et moi partons sur la gauche. Depuis que nous sommes rentrés dans le Starbucks, j'ai une drôle d'impression, comme si nous étions suivis, espionner, peut-être suis-je encore parano.

Mais c'était sans compter sur mon sixième sens qui me disait de ne pas traîner pour rentrer. Malheureusement au coin de la rue, Max et moi, nous faisons happer par des bras qui nous aspirent dans une espèce de van, de ce que j'ai pu voir avant d'avoir un sac opaque sur la tête.

Non, non, ce n'est pas possible ! Cette horrible odeur, mélange de plusieurs … plusieurs phéromones … phéromones alphas … je dirais qu'ils sont … ils sont trois … j'en reconnais deux … mais bizarrement l'un des deux à peur … Ma tête me fait un mal de chien, mon cerveau se déconnecte … Je sens les phéromones de paniques de Max se mélanger aux miennes, il me tient les mains et tremble de tout son corps, il est collé à moi, son angoisse va crescendo comme la mienne. Le van roule, roule et roule encore, j'ai l'impression que la route va être longue.

Comme si mes pensées avaient été lues, j'entends un bruit sourd et Max qui s'écroule dans mes bras et puis moi aussi, j'ai eu droit à mon coup sur la tête qui me fait m'évanouir tellement le coup était fort. Impossible de lutter, le trou noir ... comme il y a ... 5 ans.

Chapitre 11 « Inquiétudes »

PDV Gabriel

Après avoir fini mon service et ramené le véhicule à la caserne et Nathan, qui est bizarrement parti à toute vitesse. Je me dirige vers les vestiaires pour prendre une bonne douche chaude qui je l'espère me détendra. J'essaye d'oublier cette inquiétude qui me taraude la tête depuis que j'ai parlé avec Rory, même si Wy m'a rassuré par sms tout à l'heure. Ce mauvais pressentiment ne me lâche pas, il persiste à me hanter, comme un fantôme planant au-dessus de ma tête sans cesse. Il reste là, en moi, aussi fort qu'un coup de poing dans le ventre. De plus, avoir entendu la fin de conversation de Nathan, ne me rassure pas plus. Ses mots raisonnent dans ma tête « Oui, on fait comme ça ! Tu ne les lâches pas d'une semelle, je te rejoins dès que mon service est fini ! ok, pas de soucis, à plus ! ... ». Mais à qui parlait-il ? Et de qui parlait-il ? J'aurai peut-être dû le suivre.

Pourquoi suis-je persuadé que Nathan et Morgan préparent un mauvais coup. Je ne suis pas voyant mais mon loup et mon côté alpha se réveillent et ça n'est jamais bon signe. Ils ne sont pas du genre à lâcher l'affaire comme ça sur de simples menaces de deux alphas, qui sont insignifiants à leurs yeux, même si l'un d'eux, est un chef de meute.

Ma douche finie, rasé de près, habillé, parfumé, coiffé comme à mon habitude avec mon effet coiffé / décoiffé, en me passant juste une main dans les cheveux, les laissant en bataille. Apprêté pour retrouver mon âme-sœur, je pars de la caserne avec hâte.

Sur le chemin qui mène à l'appartement de Wyatt, je m'arrête chez le Japonais du coin. Je sais qu'il raffole des Sushis divers et variés de cet endroit. Je prends donc un mélange sans oublier le wasabi et le gingembre, que Wyatt prend toujours en accompagnement. Je n'oublie pas de prendre deux bières qui se marient parfaitement avec ces superbes mets.

Un festin nous attend après cette dure journée de boulot qui n'en finissait plus pour ma part et sa journée de shopping avec Max, Tara et Yaël. J'espère juste que ma sœur n'a pas été trop lourde avec eux, comme à son habitude, elle est assez intrusive quand elle joue la curieuse et parfois ça peut bloquer les gens. Je sais que Wy la connais, mais je ne voudrais pas qu'elle fasse peur à Max. J'arrive à l'appartement, ayant le double des clés, j'entre. Pas de lumières, pas un bruit, rien.

- « Wy, c'est moi, je suis rentré ! ».

Personne ne répond. Je fais le tour des pièces, personne, Wy n'est pas là. Il est quand même 20h00, son dernier message date de 18h00, où il me prévient qu'il rentre avec Max à l'appart. Ça fait deux heures sans nouvelles, sans personnes, mais où sont-ils ?

Je prends mon portable et l'appelle, mais rien personne ne répond et je tombe sur sa messagerie, je lui laisse un message :
- « Wy, où êtes-vous ? Ton dernier message date d'il y a deux heures. Rappelle-moi au plus vite, je m'inquiète ! ».

Mon angoisse qui s'était calmée, revient à vitesse grand V. Je sens comme un courant d'air dans le dos quand la porte s'ouvre. Je me retourne brusquement montrant mon poing, prêt à me battre. Je me retrouve nez à nez avec Sam, prêt à riposter.

Quand nos regards se croisent, nous baissons nos poings, nos regards en disent long sur l'inquiétude qui nous anime et sur l'angoisse de ne pas savoir où sont nos omégas.

- « Sais-tu où est Max ? J'appelle sur son portable, mais rien personne ne répond et je tombe sur la messagerie depuis tout à l'heure ! » me dit-il.
- « Il est avec Wyatt, mais je n'ai pas plus de nouvelles depuis deux heures ! » lui répondis-je.
- « Quoi ? » réplique-t-il, énervé.

- « Le dernier message de Wyatt est de 18h00, où il me dit qu'il rentre avec Max à l'appartement, depuis plus rien j'ai fini mon service, il y a une demi-heure, je pensais le retrouver ici. Et quand je l'appelle, c'est la messagerie directe, je lui ai laissé un message, mais il ne me rappelle pas ! » lui dis-je, aussi énervé que lui.

- « Je ne le sens pas Gab ! Je ne le sens pas du tout ! Ça sent le coup fourré, une vengeance ! » me dit-il, angoissé.

- « Ça sent Morgan et Nathan a des kilomètres ! » répliquai-je.

- « Si Morgan ose ne serait-ce que toucher Max, je le tue de mes mains ! » me dit Sam, avec son regard rouge, énervé d'alpha.

- « Tout comme s'ils touchent à Wyatt ! » répliquai-je, dans le même état.

- « Gab ! Est-ce-que Wyatt... t'a parlé de ... son agression ? » me demande t'il.

- « Non, mais je ne vois pas le rapport ... je ne vois pas ... » répondis-je, avec panique.

PDV Wyatt

Je me réveille avec un mal de tête qui résonne horriblement. J'essaie de bouger mais je m'aperçois que mes mains sont enchaînées ... encore. Un bras de chaque côté, je suis accroupi par terre, torse nu. Je n'ai que mon pantalon, je suis pieds nus sur ce sol froid.

Soudain une porte s'ouvre et une silhouette apparaît, je ne vois pas qui est cette personne avec le peu de lumière derrière elle, mais ses phéromones ... je les reconnaîtrais entre mille ... c'est lui encore lui ... toujours lui ... jamais il ne cessera de me harceler ... jamais.

Il entre dans la pièce, allume et s'approche de moi. Grâce à une poulie reliée à mes chaînes, il me relève à sa hauteur pour me faire face.

Son sourire est toujours aussi carnassier, ses yeux encore plus pervers et rouge que la dernière fois. Je sens mon stress et mon angoisse remonter à la surface, mais je prends sur moi pour la lui dissimuler. C'est fini plus jamais, il n'aura la joie de me voir paniquer à cause de lui.

Ses mains viennent attraper mon visage en coupe et il m'embrasse violemment et me mords la lèvre supérieure si fortement, que celle-ci se met à saigner. Je le sais car j'ai ce goût métallique dans la bouche.

Il se met de nouveau face à moi et me dit :
- « Je vais enfin pouvoir finir ce que j'ai commencé, il y a 5 ans, à savoir te prendre toute la nuit si profondément, si ardemment, que je suis persuadé, que tu m'en redemanderas ! Je vais prendre le temps de te savourer, de te faire vibrer comme je le souhaite et de te détruire plus viscéralement ! ».
- « Tu n'es qu'un malade Nathan, tu l'as toujours été. Crois-tu que je n'aie pas compris, pourquoi tu me fais vivre l'enfer ? » lui dis-je.
- « Ah, oui, tu crois me connaitre, petite merde ! » me dit-il en colère et me giflant fortement à la fin de sa réplique.
- « Oui, c'est une évidence, même Yaël l'a vue depuis le début. Tu as un faible pour Gabriel et tu me fais payer le fait d'être son âme-sœur. Mais c'est fini, tu n'y arriveras plus ! » lui lançais-je, énervé par sa stupidité.

Je vois Nathan se diriger vers le mur où tout un tas d'objets y sont suspendus, il prend un fouet. Il se tourne vers moi et me regarde en souriant grandement, comme pour me faire peur et me faire comprendre que la nuit va être longue, très longue. Il allait me frapper avec quand j'entends hurler de l'autre côté de la porte.

- « Ah, oui, tu ne le sais pas encore mais Max est à côté avec Morgan. Il compte bien sûr s'amuser aussi. Nous avons chacun notre sex-toy, et nous allons en profiter, crois-moi ! » me dit-il, avec ses yeux rieurs.
- « NON, NON, NON, MAX, MAX !! » hurlais-je.
- « Ça ne te sert à rien de crier, vu le hurlement, Morgan doit bien s'éclater avec lui » me dit-il, tout en rigolant à gorge déployée.

Je n'ai qu'une envie, lui éclater sa sale gueule. Je me démène dans tous les sens, mais mes entraves sont plus que résistantes, ce qui fait rire de plus belle ce cher Nathan.

- « Rigole tant que tu le peux encore Nathan, parce que quand Gab et Sam, vont vous tomber dessus, que Max et moi, soyons encore en vie ou pas, vous, vous êtes morts ! » lui lançais je, froidement, le regardant droit dans les yeux.

Puis tout d'un coup, je sens une brûlure dans mon dos, il vient de me fouetter pour la première fois mais ce n'est rien à côté des autres coups qui vont pleuvoir par la suite.

PDV Gabriel

A ce moment-là, mon cerveau se bloque, repense à beaucoup de moments qui se sont passés. Et là, je percute et les pièces du puzzle se mettent en place …

Depuis que j'ai retrouvé Wy, Nathan est sur les nerfs, notre amitié n'existe plus, il est tout le temps avec Morgan, comme à l'époque du lycée. A cette période, mon père et la meute avaient dû gérer des attaques très violentes d'alpha sur des omégas. En y repensant, c'est aussi à ce moment-là que les parents de Morgan ont décidé de déménager. Puis bizarrement les attaques ont cessé. Maintenant que j'ai vu de quoi était capable Morgan, me souvenant de l'état de Max quand nous l'avons trouvé chez lui, je ne doute plus que Morgan était cet agresseur en question. Mais ça n'explique pas celle de Wyatt, que j'ai apprise il y a quelques mois.

La disparition de Wyatt, a fait que Nathan est devenu plus proche de moi qu'avant et même Yaël me disait de me méfier de lui. J'avoue que j'avais trouvé cette attitude assez surprenante, jusqu'au jour où il a essayé de m'embrasser et que j'ai dû lui faire comprendre qu'il en était hors de question et qu'une seule personne avait ce droit. Qu'il ne fût et resterait que mon meilleur ami rien de plus.

Puis je me rappelle ce jour où, j'ai annoncé à Nathan que Yaël avait retrouvé Wyatt. Cette lueur dans ses yeux qui se sont assombris d'un coup, sa colère que je ressentais à travers ses phéromones, sa haine envers Wy qui ne l'avait jamais quitté, même après tant d'années et son stresse à l'évocation du prénom de Wyatt, comme s'il avait peur que je découvre quelque chose. Son excès de colère sur ma sœur qui le taquinait comme à son habitude. Sans oublier la crise d'angoisse violente de mon âme-sœur dans la salle de repos du bar, quand Nathan lui a soi-disant parlé, sans oublier la semaine de terreur qui a suivi, à la suite de cette fameuse discussion.

Je me remémore ce jour et me souvient de l'état de Wy, la peur dans ses yeux comme s'il repensait à un affreux cauchemar et les yeux obscurs de Nathan, le regardant avec ce sourire en coin de pervers … Putain de … Il était sous mes yeux …à mes côtés pendant ces cinq années … Putain mais … Comment j'ai pu être aussi con … Et lui faire confiance … Merde !!!

- « Gab, oh hé, Gab ! Tu es avec moi ? » me demande Sam, me sentant ailleurs.
- « Oui … Je … Oui … Je suis là ! » répondis-je, me sentant complètement perdu.
- « Qu'est-ce-qui t'arrive ? » insiste t'il.
- « Je … Je crois que … Je viens de percuter ! » lui dis-je, en le regardant droit dans les yeux.
- « Je t'écoute, tu as percuté sur quoi ? » réplique t'il.
- « Sur l'agresseur de Wyatt ! » lui dis-je, ma colère et mes yeux rouges d'alpha, faisant leur apparition.
- « Et donc ta conclusion est ? » m'interroge t'il.
- « Ma conclusion est que je vais tuer Nathan ! » lui répondis-je, avec une colère grandissante de plus en plus dans mes veines.
- « Reste calme pour le moment, on doit les retrouver avant toutes choses ! » me dit Sam, son ton de chef alpha faisant son effet mais sans autorité envers moi.
- « Oui, tu as raison ! On doit les retrouver et savoir comment vont Max et Wy ! Putain … s'ils leur font du mal … » m'énerve-je.

Chapitre 12 « Introuvables »

PDV Samuel

Je me réveille en sursaut, une boule au ventre, pourtant en regardant tout autour de moi, je suis dans ma chambre, dans mon lit. Max est là, collé à moi, son bras autour de ma taille et dort du sommeil du juste, il en a bien besoin. Mon soubresaut ne l'a pas réveillé, tellement son corps lui réclame du repos.

Alors d'où me vient cette peur soudaine, comme si je perdais une partie de moi, c'est horrible cette sensation d'être oppressé sans savoir pourquoi ! Mon loup déteste ça aussi et grogne de mécontentement, à l'intérieur de moi, me faisant sentir que lui aussi a un mauvais pressentiment.

La matinée se passe sans le moindre souci, après mon rendez-vous avec mon comptable, comme chaque mois pour mettre les comptes du bar à jour, puis je retrouve Max pour déjeuner à l'appartement. Je rentre silencieusement, me place derrière lui et …

- « Je sais que tu es là, Sam, je t'ai sentie. Cette odeur de lavande n'appartient qu'à toi. Je la reconnaîtrais entre mille. » me dit-il, sans se retourner tout fière de lui avec son sourire en coin.
- « Dommage j'aurai tellement aimer te surprendre, mon Cœur » lui répondis-je, en me plaçant derrière lui, tout en l'enlaçant par la taille, lui embrassant la tempe et plaçant par la suite mon nez dans son cou, m'enivrant de son odeur de jasmin vanillé, que j'aime tant.
- « Installe toi Honey, le repas est prêt » me dit-il, tout sourire.
- « Que nous as-tu préparé de bon, aujourd'hui ? » lui demandais-je même si, rien qu'à l'odeur, je savais déjà, la réponse.
- « Voyons Honey, tu ne le sens pas ? » me dit-il, avec ses superbes yeux rieurs, qui me font tant craquer.
- « Des lasagnes, mon plat préféré ! » lui répondis-je, avec un sourire gourmand.

Il se retourne enfin vers moi en me souriant, m'embrasse chastement les lèvres et le cou, qu'il hume au passage. Il nous sert directement dans nos assiettes et vient me rejoindre dans le salon. Il s'assoit à côté de moi, sur le canapé.

- « Bon appétit, Honey ! » me dit-il.
- « Bon appétit, mon Cœur ! » lui répondis-je.

Pendant que nous commençons à manger, Max entame la conversation, sur l'après-midi à venir.

- « Je retrouve Wyatt, tout à l'heure pour faire du Shopping ».
- « Pas de soucis, tu me tiens au courant ! ».
- « Sam, arrête de t'inquiéter ! ».
- « Impossible, Morgan est dans la nature. Angus et la meute n'arrivent pas à le retrouver. C'est comme s'il avait disparu, mais ça vois-tu, j'en doute ! Donc, je suis plus qu'inquiet en ce qui concerne ta sortie en ville ! ».
- « Honey, j'ai mon portable avec moi, dès que nous avançons dans les magasins, je te préviens, ok ! Ça te va ? ».
- « Ok, mais fais attention à toi ! » lui dis-je, en l'embrassant passionnément, avant qu'il ne se lève pour débarrasser la table.

La journée passe rapidement, entre mes livraisons d'alcool pour le bar, le nettoyage et la mise en place de la salle, qu'il fallait que je revoie. Il est 16h30 quand je reçois un message de mon très cher Max.

16h30- Cœur à Honey
- Notre shopping se passe bien. Nous avons croisé Yaël et Tara et du coup, elles nous accompagnent pour la suite.
16h35- Honey à Cœur
- Profites-en bien, car ce soir, tu n'es rien qu'à moi ! ♥
16h40 – Cœur à Honey
- Tu me manques aussi Honey ♥
16h45- Honey à Cœur
- Je t'aime aussi mon Cœur ♥

16h50- Cœur à Honey
- As-tu besoin de quelque chose ?
16h55- Honey à Cœur
- Oui, quelque chose de spécial !
17h00- Cœur à Honey
- Ah ! Et quoi donc ?
17h05- Honey à Cœur
- Toi, juste toi ♥♥♥
17h10- Cœur à Honey
- A tout à l'heure ♥♥
17h15- Honey à Cœur
- Faite attention à vous, je ne suis pas tranquille !

Après cette petite pause et ayant fini mon boulot, je retourne à l'appartement. Montant les escaliers, je manque de m'étaler sur les marches, perdant l'équilibre. Ma tête me tourne, mes jambes ont du mal à me tenir debout. Cette boule au ventre revient à grand pas. J'ai de nouveau cette sensation qui m'étouffe. Je n'aime pas ça, la seule fois où ça m'est arrivé, c'est quand Dam s'est fait tuer.

Tout de suite je prends mon portable et appelle Max, rien, personne ne répond, sauf la messagerie au bout de trois sonneries. Je réitère l'appel plusieurs fois mais toujours pareil, la messagerie. Mon angoisse monte, mon loup rentre en mode colère, il me lacère de l'intérieur, me faisant sentir qu'un malheur se prépare.

J'entends Gabriel rentrer chez Wyatt, je le sens mais c'est bizarre. Je descends à sa rencontre. Je rentre dans l'appartement dont la porte est restée ouverte. Je tombe nez à nez avec Gab prêt à me sauter dessus. Je me mets en position d'attaque mais quand il voit que ce n'est que moi, il se relâche même si je sens son stress, ses phéromones ne me trompent pas.

Après une conversation des plus angoissantes avec Gabriel, car ni lui, ni moi ne savons où sont nos chers et tendres omégas, comme si mon cerveau avait décidé de me mettre à terre, celui-ci me remémore un échange avec Max.

- « … j'ai toujours peur qu'il revienne et qu'il …qu'il finisse ce qu'il a commencé à faire ! … ». Ses paroles tournent en boucle dans ma tête, prêtes à rendre fou.

- « … Jamais, je ne le laisserai faire, tu m'entends ! » lui ai-je répondu, et maintenant quand est-il ?

Putain … Morgan, si je te mets la main dessus, tu pourras faire ta prière, tu es un homme mort.

PDV Maxwell

Je me réveille avec un mal de tête. Mon corps est endolori, depuis combien de temps suis-je ici ? J'essaye de bouger mes bras et mes jambes, mais ils sont enchaînés aux quatre coins d'une table d'opération et une chaîne gène ma respiration dans mon cou. La panique me gagne quand je le vois en face de moi. Morgan et ses yeux rouges d'alpha qui me dévorent rien qu'en me regardant.

Je le vois un couteau à la main, il s'approche de moi, son sourire pervers aux lèvres, je sais qu'il aime voir la peur sur mon visage et même si j'essaye de lui cacher, il le sens dans mes phéromones que j'ai lâché par inadvertance.

- « J'aime cette odeur de peur sur toi, je la sens et là vois et c'est jouissif, elle te sied tellement bien mon Amour. Tu es si magnifique ainsi, offert à tout ce que je pourrais te faire pour me satisfaire » me dit-il, avec son sourire de pervers sadique.

« Magnifique », certainement pas, je suis enchaîné de la tête aux pieds à cette satanée table, les jambes outrageusement ouvertes, devant lui, lui donnant accès à toute mon intimité, de plus je suis nu et complètement frigorifié.

Il est à côté de moi et laisse son couteau glisser lentement sur mon corps, jusqu'à ce qu'il m'entaille le torse et que je me mette à hurler par la brûlure que sa lame m'inflige.

J'entends crier mon prénom et comme si Morgan pouvait lire en moi, il me dit :

- « Ah, oui !!! Wyatt est juste à côté entre les mains expertes de Nathan. Il a eu un bon maître de torture mais il est encore assez timide. Je vais devoir remédier à cela. Il y a 5 ans, il n'a pas eu le temps de profiter pleinement de lui, mais ce coup-ci, il va rattraper le temps perdu !! ».

La colère montant en moi, mes paroles sortent plus vite que mes pensées et je sais que mes mots vont être le début ou la fin de mon calvaire.

- « Vas-y profite temps que tu le peux, car quand Sam te retrouvera, que je sois mort ou vif, il te fera ta fête. Alors va y baise moi, aussi mal que tu l'as toujours fait, fais-moi mal autant que tu le veux ! Tant que je sais que tu souffriras encore pire que moi, des mains de Sam, ça me va !! » lui répondis-je, souriant hargneusement.

Puis son couteau rentra de nouveau en moi, me tailladant les bras, me faisant de fines plaies. Les brûlures sont insupportables, mais pourquoi ? Qu'a-t-il encore inventé, pour me faire mal ?

- « Que penses- tu, de ces petites brûlures ? Elles sont superbes sur toi. Sache que si … et je dis bien si … ton cher et tendre te retrouve, tu seras soit en train d'agoniser, soit en train de mourir à petit feu. Ce que je ne t'ai pas dit … C'est que la lame est empoisonnée … Dis-moi, connais-tu cette superbe plante toxique pour un loup tel que toi ? » me dit-il avec son sourire vicieux.

Avec toutes les entailles qu'il m'a faites, et toutes ces brûlures que je ressens, au vu de la douleur qui me tire dans tout le corps, la seule plante capable de faire autant de mal à un loup, il n'y en a qu'une à ma connaissance. L'Aconit, aussi appelée l'Aconit tue-loup.

PDV Samuel

- « Angus, où en êtes-vous ? ».
- « Rien, on a aucune trace, ni de lui et Nathan, ni de Wyatt et Maxwell, c'est comme s'ils avaient disparus sans laisser de traces derrière eux ! ».
- « C'est impossible ! trouvez-les ! Vite !!!! » criais-je, énervé.

Ma colère mêlée à mon stress et mon angoisse de ne pas retrouver Max, monte crescendo. J'étais monté à ma salle de sport pour me défouler, tapant à tout rompre dans mon sac de frappe, ma rage prenant le dessus, je l'explose avec toute la fureur qui me possède, comme si de rien n'était. Le sable qui était à l'intérieur, s'étale sur le sol. Mais malgré cela ma colère est toujours là et après avoir enlevé mes gants, je me regarde dans le miroir au mur et je me dégoute d'avoir été aussi con et de ne pas avoir chopé ce connard quand je le pouvais. Ne supportant plus mon reflet dans cette glace, je tape dedans de toutes mes forces, ma rage aidant. Elle s'éclate en mille morceaux, alors que des bouts de verre sont plantés dans mes jointures, me faisant saigner légèrement, je ne ressens aucune douleur, si ce n'est celle de mon cœur et de mon loup qui hurle de ne pas retrouver son âme-sœur.

Chapitre 13 « Espoirs »

PDV Gabriel

Étant fils de chef de la Meute d'Ithaque et étant directement concerné par les disparitions, Sam m'a permis de participer à plusieurs réunions entre lui et tous les autres chefs de Meute de New-York, leur ayant demandé leur accord avant bien évidemment comme nos lois nous le conseillent. J'ai ainsi pu participer à toutes les recherches, de tous les coins et recoins de cette ville, les cités, les ruelles, même les endroits sombres et les bas-fonds, rien. Il s'est avéré, qu'ils n'étaient plus ici. Alors où se cachent-ils ?

Par réflexe, je prends mon portable et appel la seule personne, d'après Sam, qui pourrait nous aider à l'extérieur de la ville. J'y avais pensé mais ne voulait pas offenser Sam. Alors quand on a parlé des personnes susceptibles de nous aider, j'ai pensé à lui et Sam n'a fait que confirmer mon choix. Je compose le numéro et une sonnerie plus tard, la personne décroche.

- « Allô, bonjour fils ».
- « Bonjour, papa ».
- « Comment vas-tu, depuis la dernière fois ? ».
- « J'ai déjà été mieux ! Et toi ? ».
- « Mes enfants me manquent, mais je sais de source sûre que vous êtes entre de bonnes mains, protégés par un bon ami, donc je ne m'inquiète pas trop ! ».
- « Papa, Wyatt a de nouveau disparu. Il était avec Max, l'âme-sœur de Sam. Ils ont disparu tous les deux ».
- « En effet, j'ai entendu dire que deux omégas avaient disparus de New-York, mais je ne savais pas que c'était eux ! J'en suis navré ! ».
- « Avec Sam, on pense savoir qui est derrière tout ça ! ».
- « Dis-moi, fils je t'écoute ».
- « Tu te souviens de Morgan ? ».
- « Morgan… Morgan Quinn ? ».

- « Oui, lui-même. Il s'est de nouveau lié avec Nathan, comme à l'époque du lycée. Et au vu de certaines réactions de Wyatt face à Nathan, je le soupçonne de lui avoir fait du mal ».

- « Et bien ça m'éclaire un peu plus sur cette fâcheuse histoire. On savait qu'ils étaient deux dans l'affaire des omégas agressés mais on n'a jamais su qui était le deuxième. Les descriptions des victimes étaient assez floues et embrouillées. Merde … !!! ».

- « Quoi, que t'arrive-t-il ? ».

- « Comment je vais annoncer ça à Arthur et Demi ? Et Tom dans tout ça ? ».

- « Tom a toujours suivi son frère dans ses délires, mais jamais il n'aurait fait de mal à qui que ce soit. Je ne le vois pas faire ce genre de chose. En revanche Nathan à l'esprit mauvais, je l'ai déjà vu, il m'a même fallu le calmer ».

- « Mais dis-moi fils, as-tu besoin de mon aide pour les retrouver ? ».

- « Oui, papa. Par hasard, tu n'aurais pas eu d'échos, sur un quelconque endroit, ou des bruits et actions inhabituelles, dans ton secteur ? On sait qu'ils ne sont pas New-York, tout a été fouillé de fond en comble ».

- « Je vais demander à Arthur et la Meute de voir dans le coin au cas où et je te tiens au courant des avancées ! ».

- « Merci papa, fais attention à toi et à maman, je vous aime ».

- « On t'aime aussi fils, tout comme ta sœur ! Passe le bonjour à Sam de notre part ! ».

Une fois raccroché avec mon père, je retrouve Sam chez lui. Il m'ouvre la porte, tout en nettoyant ses mains qui sont égratignées et tachées de sang.

- « A voir l'état de tes mains, je n'imagine pas l'état de ton adversaire ! » lui dis-je, en souriant. - « Oh, tu sais, j'ai juste explosé mon sac de frappe et éclaté le miroir de la salle, donc 2-0, un peu facile ! » me répond-il.

- « Sam, j'ai eu mon père, il va chercher avec la Meute, s'ils ne sont pas cachés là-bas. Il me tient au courant et il te passe le bonjour », lui dis-je.

J'ai à peine fini ma phrase que mon téléphone sonne. Un numéro inconnu. Je fais signe à Sam et lui montre mon portable, il me mime de répondre, ce que je fais et mets sur haut-parleur direct.

- « Oui, allô ! Gabriel Saint-Clair ! ».
- « Bonjour monsieur Saint-Clair, j'aurais des infos pour vous ! » me dit une voix que je trouve familière.
- « Ah, oui et lesquelles ? On se connait peut-être ? Votre voix ne m'est pas inconnue ! » lui répondis-je.
- « Bon, vous les voulez, les infos ou vous préférez retrouver vos omégas morts ? » me sort-il énervé.
- « Quoi ? Où sont-ils ? Parle ! » lui ordonnais-je, paniqué.
- « Bien, pour cela, il va vous falloir venir ici, dans la ville d'Ithaca, sur le territoire de la Meute d'Ithaque », répondis-t-il, froidement.
- « Ok, mais où, exactement ? Le territoire est grand ! », lui dis-je.
- « Les vieux hangars désaffectés en sortie de ville. Celui en briques rouges, vous ne pouvez pas le rater ! » répond-il.
- « Qu'est-ce-qui nous prouve que ce n'est pas encore un piège ? » rétorque Sam.
- « Gab, si tu as reconnu ma voix, tu sais que je ne suis pas comme eux ! » affirme t-il.
- « Tom, aide les avant notre arrivée, je t'en prie ! Gagne du temps, pour qu'ils ne leur arrivent rien, je t'en supplie ! » l'implore-je, les larmes aux yeux.
- « Gab, Nathan et Morgan sont de vrais malades. Gab, je ne savais pas, je te promets, Nathan, il a… il a… Il a fait du mal à Wyatt et … Et… Et je ne savais pas, je l'aurais empêché sinon, tu me connais, je ne suis pas comme ça. Le taquiner oui, mais … mais le torturer ou … ou autres, non. Mon frère avec ce Morgan, ils sont complètement malades ! ».
- « Tu sais autre chose qui pourrait nous aider ? » lui demandai-je.

- « Faite attention à leurs armes, ils les ont empoisonnées. » nous dit-il.

A peine son avertissement fini, que nous entendons hurler derrière lui, des hurlements à me glacer le sang. Mon loup se réveille et me retournant je constate que celui de Sam aussi.

- « Dépêchez-vous, sinon ils ne vont pas tenir longtemps ! » nous dit-il.
- « A qui parles-tu, Tom ? » lui demande une voix rauque derrière lui.
- « A personne, personne, Morgan, c'est un faux numéro ! » dit Tom, angoissé et stressé.

Nous entendons un bruit sourd, et d'un coup plus rien. La tonalité a été coupée. Nous nous regardons avec Sam, nous pensons la même chose, voiture, avion, train, trop long. Une seule solution, nos loups plus rapides et moins tape à l'œil qu'un autre transport.

J'appelle mon père pour le prévenir sur ce que nous a dit Tom, et je rajoute que j'arrive avec Sam dans notre plus simple appareil, que d'ici 2h/2h30 grand max, nous serons là. Sam prévient de son côté Angus et sa meute, pour qu'ils prennent les dispositions pour donner suite à sa future absence. J'appelle Yaël pour la prévenir de mon absence et une conversation commence.

- « Salut, Big Bro ! Alors des nouvelles ? ».
- « Oui, grâce à un appel, nous savons qu'ils se trouvent dans un entrepôt de notre ville d'Ithaca ».
- « Ok, vous partez quand ? »
- « De suite, je t'appelais pour te prévenir ! »
- « Bien j'arrive, vous êtes où ? »
- « Non, certainement pas ! »
- « Alors là, tu rêves éveillé, mon frère ! »
- « Yaël, je ne plaisante pas ! Nathan et Morgan ne sont pas des enfants de chœur ! »

- « Crois-tu que je sois aussi aveugle que toi ? Qui t'a dit de te méfier de Nathan, depuis le début ? Qui t'a dit qu'il te voulait dans son lit ? Qui t'a dit que les réactions de Wy envers lui n'étaient pas normales ? Qui, vas-y, dit moi ? » hurle-t-elle, au téléphone.

- « Je ne veux pas qu'il t'arrive quoique ce soit frangine ! »

- « Arrête de jouer le protecteur avec moi, je ne suis pas Wyatt ! Vous êtes où ? »

- « Chez Sam ! Mais nous partons dans notre plus simple appareil ! »

- « Génial, j'adore ça ! » dit-elle, tout en rigolant.

- « Ton côté exhibition ne t'a pas quittée on dirait ? »

- « Pas le moins du monde Big Bro »

- « Bon dans combien de temps tu es là ? »

- « J'arrive dans 10 min, ça te va ? »

- « Plutôt on est parti, plutôt on les retrouve ! »

- « Bien j'arrive »

- « Nous aussi on vient ! »

- « Yaël, tu es avec qui ? »

- « Rory et Tara »

- « Pas question ! »

- « Allez plus on est de fous plus on rit, et pis Tara restera avec maman et papa, quant à Rory, il peut nous aider pour soigner les blessés ! »

Je dois bien avouer que sur ce coup-là, Yaël m'a encore berné. Sam à côté de moi se moque ouvertement de mon échange avec ma sœur et le fait qu'elle sait me manipuler à sa guise. Sam acquiesce pour qu'ils viennent, mais tout en faisant ce que l'on a dit. Sam appelle les chefs de meute et leur demande leur accord pour notre passage rapide sur leurs terres et que donc ils n'ont pas à s'inquiéter, il reçoit leur accord à tous, étant tous au courant de l'affaire et étant tous en soutien à Sam, si besoin. Il les remercie tous de leur compréhension et raccroche. Une fois que tout le monde est là, nous ne perdons pas une minute et partons en direction de notre maison familiale, dans notre chère ville d'Ithaca.

Arrivés aux portes de la ville, nous sommes tout de suite accueillis par mon père et toute la meute, qui nous attendaient pour nous montrer le chemin, au vu des inconnus de notre groupe.

Devant la maison familiale, nous attendent, ma mère accompagnée de Demi, de Molly et à ma grande surprise Diane. Elles nous tendent de grandes serviettes de bain, que nous enroulons autour de nos corps, une fois avoir repris notre apparence humaine. Ma mère nous précise que les chambres sont prêtes et que des vêtements chauds nous y attendent.

Après avoir tous pris une bonne douche chaude et être redevenus présentables, nous nous retrouvons tous au salon. Je dis bonjour à toutes les personnes présentes, les connaissant toutes sans exception.

Yaël me suit et fait de même, tout en ayant Tara collé à elle, car elle n'a jamais vu autant d'alpha en une seule fois et elle est un peu perdue. Je suis toujours choqué de voir Diane et Brad prendre part à notre réunion, sachant le peu de considération qu'ils ont pour leur fils.

Mon père arrive accompagné de Sam et demande l'attention de tout le monde. Le silence se fait et toute l'assemblée se tourne vers eux.

- « Vous savez tous que mes enfants avaient retrouvé Wyatt. Malheureusement, lui et un ami, ont croisé la route de Morgan Quinn ».

Regardant Arthur et Demi, droit dans les yeux, sentant leur angoisse, Ezra continu son discours, tout en ayant leur soutien d'un signe de tête approbateur de leur part à tous les deux.

- « Nous savons que Morgan s'est de nouveau lié avec Nathan. Que tous les deux ont enlevés Wyatt et Max. Qu'ils sont pervers, sadiques et prêt à tout. Ils n'hésiteront pas à tuer pour s'échapper. Tom a appelé mon fils pour lui communiquer l'emplacement exact de leur planque. Il a prévenu que leurs armes étaient empoisonnées, mais il n'a pas eu le temps de dire par quoi, donc attention. Depuis, plus de nouvelles de lui ».

Un brouhaha se lève dans la pièce et quelqu'un demande à prendre la parole, avec l'accord de mon père. Cette personne me regarde de ses yeux noirs et me montre du doigt.

- « Comment avez-vous pu perdre de nouveau mon fils ? » hurle Diane, les larmes aux yeux dans les bras de son mari, mais avec un éclair dans ses yeux que je n'aime pas voir. Cet éclat me rappelle tellement celui que j'ai pu voir dans les yeux de Morgan et de Nathan, pour moi cette lumière représente « le mal ».

- « Cela vous inquiète, seulement maintenant ? Pendant 5 ans, cinq putains d'années, vous n'avez jamais bougé le petit doigt et maintenant, vous m'accusez de sa disparition ? Pour qui vous prenez-vous ? Pas pour des parents, vous n'avez jamais aimé votre fils, vous n'avez jamais rien fait pour lui. Alors pourquoi aujourd'hui, pour votre conscience ? Si tenté que vous en ayez une ! » lui répondis-je, en colère.

Cette rage que je garde envers eux, ne les supportant plus, je les trouve arrogants, antipathiques et hypocrites. Rien que de les voir me donne de l'urticaire. Ma mère pose sa main sur mon épaule, comme à chaque fois que je suis énervé et en grande colère. Sa chaleur me détend, par sa main, elle me transmet de sa force et de l'espoir. Ma mère a toujours su canaliser mes angoisses et mes peurs, comment ferais-je, si je ne l'avais pas ?

La réunion continue jusque tard dans la soirée, pour mettre un plan en place. Au même moment, une patrouille qu'Arthur avait envoyée sur ordre de mon père revient. Ils nous confirment en effet qu'il y a du mouvement dans l'entrepôt que nous a spécifié Tom. Nous finissons le plan et nous nous préparons pour libérer Wyatt et Max, des griffes de Morgan et Nathan. J'ai hâte d'avoir Nathan en face de moi et de lui faire payer tout le mal qu'il a fait et fait encore à mon âme-sœur. Nous sommes prêts pour lancer l'assaut.

Chapitre 14 « Douleurs »

PDV Tom

Ma tête me fait un mal de chien, ça résonne tellement que j'ai l'impression qu'elle va exploser. J'essaye de bouger mais je ne sens plus mon corps, mes yeux ont du mal à s'ouvrir et quand j'y arrive tout est flou et la salle tourne. J'entends du bruit, des cris, des pleurs et des rires horribles qui me font froid dans le dos. Suis-je dans une maison de fous ? Soudain une porte s'ouvre, une personne rentre et ricane en me voyant, complètement perdu, désorienté.

- « Tu es enfin réveillé, ma merveille ! Que tu es beau ainsi, installé » me dit une voix qui m'est familière mais que je n'arrive pas à reconnaître.
- « Ma … Où suis-je ? Qui êtes-vous ? »
- « Ne t'inquiète pas, ça va passer. Je t'ai juste un peu drogué pour pouvoir m'amuser avec toi, mon cher Tom » me répondit la voix.
Puis comme un flash, je me revois parler à Gab au téléphone, lui expliquer où se trouve Wyatt et Max, pour que lui et Sam, viennent les sauver de ces deux malades, que sont Nathan et Morgan. Morgan … Morgan …
- « Mor … gan … »
- « Oui, mon chéri, tu te réveilles enfin »
- « Je … Qu'est-ce que je fais là ? Et où suis-je ? »
- « Je t'ai surpris en train de parler à Gab, donc je t'ai assommé avec douceur pour ne pas trop t'abîmer, avant que tu ne lui dises où nous étions. Tu es dans une autre pièce de l'entrepôt. Ici, je vais pouvoir faire tout ce que je veux de toi. Depuis un moment déjà, j'ai plein d'idées à assouvir avec toi. »
- « Nathan, ne te laissera jamais faire. »
- « S'il ne le sait pas, il ne pourra rien empêcher du tout. Cette pièce est insonorisée, tu pourras crier et hurler aussi fort que tu le voudras, personnes ne t'entendra, chéri ! » me dit-il avec son sourire carnassier que je déteste.

Il s'approche de moi, me regardant de ses yeux sombres, emplis de folie et de sadisme. Il me caresse les cheveux, mais je ne veux pas qu'il me touche, alors je bouge comme je peux, tire sur mes bras, mais je m'aperçois avec horreur que mes mains sont enchaînées autour d'un lit médicalisé, mes jambes aussi sont entravés et ouvertes à l'excès. Je constate que je suis totalement nu et qu'il peut faire absolument tout ce qu'il veut de moi.

- « Ne tremble pas voyons, je ne te ferais pas de mal. On va juste s'amuser. Mon premier sex-toy est plutôt mal en point, alors je vais me servir de toi, pour me satisfaire. Tu es tout aussi magnifique. »
- « Non, non, ne me touche pas, sale malade pervers. »

Je tremble tellement, que mon stress et mon angoisse montent terriblement vite. Je ne me rends même pas compte que j'ai lâché mes phéromones de panique. Je regarde Morgan, qui me dégoûte, je le vois dans ses yeux et à sa manière de se lécher les lèvres, il se délecte du spectacle que je lui offre, à mon plus grand regret.

Puis lentement, il se penche sur moi, son visage face à moi. Je tourne la tête mais il m'attrape la mâchoire avec force et la replace face à lui. Il m'embrasse violemment, me mordant la lèvre supérieure. Ses mains parcourent mon corps qui tremble toujours. Je ne supporte pas son toucher, je me débats, mais plus je me débats et plus il me maintient contre lui. Continuant à me débattre, il monte sur moi, plaçant son bassin sur le mien et ses jambes prennent place entre les miennes. Je me sens de plus en plus mal sachant très bien ce que sera la suite de son projet. Ma tête me tourne de nouveau, ma vision devient floue et la dernière chose que je vois c'est la seringue dans la main de Morgan, avant que les ténèbres ne prennent le dessus sur moi.

PDV Wyatt

Les coups de fouet pleuvent sans s'arrêter, il fait passer toute sa haine dans cet objet de torture. Mon dos ne le supporte plus et je me mets à hurler tellement la douleur est insupportable, tellement les déchirements des brûlures me parcourent toute l'épine dorsale.

Il s'arrête et me tire les cheveux en arrière, m'embrassant violemment tout en caressant mon torse du bout de ses doigts aussi froid que peut être son cœur.

Puis il retire mes derniers vêtements si brutalement, qu'il les déchire, et là dans son regard, je sais, je le vois, je le sens, mon calvaire va reprendre de plus belle. Je sens mon cerveau se déconnecter du présent, pour me remémorer ce qu'il m'a fait il y a 5 ans.

Il refait les mêmes gestes, il se déshabille complètement et vient coller son corps au mien, je ne peux m'empêcher de faire un pas en arrière, tellement ce mec me dégoute. Mais lui ne le voit pas comme ça, il prend mon refus pour un geste de timidité et se frotte de nouveau sur moi en gémissant de plaisir, alors que je sens les larmes me monter aux yeux. Il approche sa bouche près de mon oreille et me dit à peu près les mêmes mots :

- « Ce n'est pas contre toi, mais quand on m'a recontacté, après que la fratrie Saint-Clair t'ai retrouvé, et que l'on m'a de nouveau proposé de l'argent, pour te briser une nouvelle fois, j'ai dit oui sans hésiter, j'aurai même pu le faire gratuitement, mais les temps sont durs. Je ne pensais pas qu'ils te détestaient autant. Tu as dû mettre un sacré merdier dans leur vie pour qu'ils te haïssent depuis tant d'années. Bon maintenant je peux bien te l'avouer, j'ai toujours eu des vues sur Gab, bien avant que tu n'arrives dans sa vie, mais c'est toi qu'il a choisi. Alors je vais de nouveau profiter de ton magnifique petit cul et de ce corps si parfait d'oméga. »

Il met son visage devant le mien et avec sa langue, lèche les larmes qui coulent de mes yeux, mes nerfs me lâchent, ne contrôlant plus rien. Je les ferme ne supportant plus de voir son visage si proche du mien, mais il m'ordonne de les rouvrir sinon ma torture ne sera que plus dure. Il me répète que mes yeux sont toujours aussi beaux et que mes lèvres pulpeuses sont toujours autant attirantes et lui avaient manquées.

Puis ses mains entrent en action sur mon corps, qui se crispe et se met à trembler. Pendant que ses doigts effleurent chaque parcelle de ma peau, sa bouche dans mon cou, me mord, me lèche, me suce, tellement fort que je sais que j'aurai des marques.

Je me raidis au fur et à mesure de ces attouchements. Je tire sur mes chaînes jusqu'à me taillader les poignets et les faire saigner, je bouge comme un beau diable pour qu'il arrête, je ne veux plus qu'il me touche, je ne supporte plus ces frôlements et ses soupirs de plaisir me répugne. Je sens son énervement à travers ses phéromones qu'il lâche pour me calmer, mais je gesticule de plus belle, quand une paire de gifle vient s'abattre sur mes joues d'un aller/retour, m'entaillant la lèvre supérieure, m'étant mordu avec le choc, ce qui me fis cesser tous mes gestes.

Il se décolle de moi, rapproche un lit qui traînait juste derrière, mes poignets restent enchaînés mais il relâche un peu du lest sur les chaînes, il m'allonge sur le lit et m'attache les pieds pour être sûr que je ne bouge plus, il m'écarte les jambes à outrance et vient se placer entre celles-ci.

Pour être sûr et certain que je ne m'agite plus, il me bombarde de ses phéromones de dominance qui m'oppressent et m'oblige à être une fois de plus docile et à sa merci.

Sa bouche descend sur mon corps, il lèche au passage, mes boutons de chair et mes abdos. Il m'ordonne d'arrêter de pleurer mais c'est impossible, mes larmes dévalent mes joues toutes seules, je n'ai aucun contrôle sur mon corps, il ne m'appartient plus.

Il recommence à se frotter sur moi, je peux sentir son membre excité sur mon entrejambe, ses complaintes me rebutent et me donnent envie de vomir et sans prévenir il entre en moi, s'enfonce avec force, ce qui me fait crier tellement la douleur est horrible. J'ai l'impression de flamber de l'intérieur, cette sensation est désagréable au plus haut point.

Puis ses vas et viens, de plus en plus forts, rapides, profonds, me détruisent à petit feu les entrailles. Il prend son pied, alors que mon corps souffre le martyre. Il se libère en moi dans un râle bestial. Il me sourit, me disant que j'étais toujours un aussi bon coup. Il m'a sali, souillé, ravagé plusieurs fois sans relâche.

Je ressens, les douleurs, les brûlures mais mon esprit reste avec Gab. Pendant que Nathan me viole à répétitions, je ne vois que les yeux et le visage de mon âme-sœur, ne voulant pas perdre pied. Je me raccroche à lui, tant bien que mal. Mais pour combien de temps encore, je pourrais tenir le coup ?

PDV Max

Je me sens mal, la tête me tourne, mes oreilles bourdonnent. Je ne sens plus mon corps et ma vision est floue. Mon regard se pose sur un magnifique loup blanc avec une aura bleu toute autour de lui, il est vraiment splendide.

Les entailles que m'a fait Morgan, me brûlent, j'ai horriblement mal. Tout mon corps est douloureux, ou est-ce mon imagination.

- « *Comment te sens-tu ?* » me dit une voix inconnue.

Je me tourne vers la voix mais mes yeux ne voient que ce loup blanc, c'est sur je deviens fou.

- « *Comment te sens-tu ?* » me redemande cette même voix, dans ma tête, pendant que le loup s'approche de moi.
- « J'ai mal partout » répondis-je.
- « *Tiens le coup surtout, il arrive* »
- « Je … Je ne sais pas … si je vais tenir … longtemps. J'ai tellement mal »

Puis mon corps se met à trembler, je ne contrôle rien, la sueur perle sur mon front, mon corps est tellement chaud à cause de la fièvre et toutes ses douleurs plus mauvaises les unes que les autres.

Je sais que mon calvaire ne fait que commencer et que plus l'aconit prendra place dans mes veines et mes organes et plus la mort approchera.

J'ouvre mes yeux, qui s'étaient fermés sans que je ne m'en aperçoive, je sens que l'on me lèche la joue et je sens comme un museau dans mon cou. Les hallucinations font partie des effets secondaires de cette plante maudite.

- « *Tiens le coup Max, je ne veux pas qu'il souffre de nouveau. Il a autant besoin de toi que tu as besoin de lui. Pense à lui, aide-le à te trouver. Concentre-toi sur lui, je te promets que ça marche, fait-le ! »* me dit le loup.
- « Je vais essayer… J'ai tellement mal … »
- « *Ecoute moi, Max, si je te dis que je suis le mari de Sam »*
- « Dam … Damian … »
- « *Oui, c'est cela, je suis Dam et je suis là pour veiller sur toi. Alors écoute moi, concentre-toi sur Sam, pense à lui, prononce son prénom, appelle-le, si ça peut t'aider »*

Mes yeux se ferment, ma tête tourne, mon corps n'est plus que douleurs. Je prononce son prénom comme une litanie, penser à lui m'apaise. Mon cerveau me passe comme un film de tous nos moments à deux. Et puis d'un coup, je le vois courir sous sa forme lupine avec d'autres loups, par la suite il est dans une pièce avec beaucoup de monde autour de lui, parmi ces personnes, je reconnais Gab, Yaël, Tara et Rory. Sam n'a pas l'air bien, il est triste je le sens, je le vois dans ses yeux, son visage abattu me fait mal.

Je vois un alpha, toute la carrure d'un Chef de Meute comme Sam. Cet alpha prend la parole devant cette assemblée. Maintenant je vois Sam dans une chambre, s'habillant de noir des pieds à la tête, il se retrouve dans une salle de bain, devant un miroir et se parle à lui-même.

- « Oh, Max, tu me manques tellement, tient le coup mon Cœur, je ne le supporterais pas si tu devais me quitter toi aussi, je t'aime tellement » dit-il, des larmes dévalant ses joues rougies par la tristesse.

Puis mon corps se met à convulser, mes yeux papillonnent, ma respiration devient haletante, l'oxygène me manque et j'ai atrocement mal dans tout mon corps.

- *« Reste avec moi, tient le coup Max, il arrive »*
- « Je … Je vais … Je ne vais pas y arriver »

Mon corps ne cesse de convulser, mes yeux se révulsent, je manque d'air. J'entends une porte s'ouvrir, quelqu'un rentre dans la pièce. J'entends un grognement qui vient du loup blanc qui sais placer juste devant moi comme pour me protéger et puis petit à petit, il se calme, se retourne vers moi et me dit :

- *« Le voilà reste avec lui, pense à lui, bat toi pour lui, vis pour lui »*

Je vois quelqu'un s'approcher de moi, mais ma vision est voilée, je sens une main caresser mes cheveux et descendre jusqu'à ma joue, je sens que l'on embrasse le front, cette chaleur m'enivre … Mais mes yeux se ferment, ma respiration ralentit et je me sens bizarre, comme si je me sentais partir…

Chapitre 15 " L'assaut "

PDV Samuel

Nous partons de la maison d'Ezra, tous de noir vêtu. Morgan va payer cher son manque de respect à Maxwell, la loi de ma meute est la même que toutes les autres, elle se règle avec le sang de l'assaillant. Il paiera son outrage à mon âme-sœur par un combat à mort, je ne lui ferai pas de cadeau, hors de question.

Notre groupe part en direction de l'entrepôt, cette ruine servait de garde-meuble pour les hôpitaux du coin avant, ils y laissaient leur stock en attendant d'en avoir besoin pour leur service. Cet endroit s'est retrouvé à l'abandon quand les hôpitaux ont été déplacés.

Ezra, nous accompagne avec une dizaine de personnes de sa meute, ils resteront dehors, positionnés à chaque sortie pour être sûr de ne pas les rater, s'ils s'échappent comme des lâches qu'ils sont.

Quant à nous, Gabriel, Yaël, Rory et moi, rentrons à l'intérieur pour sortir Max et Wyatt de cette prison maudite et régler leur compte à leurs agresseurs.

A peine rentré dans le hangar, nous entendons, des hurlements. Nous nous raidissons, tous les quatre à l'entente de ces horribles cris de douleurs, nous nous regardons tous, les uns après les autres, nous avons tous reconnu de qui provenait ses cris. Je vois Gabriel devenir comme fou, ses yeux rouges d'alpha prennent places et ses phéromones de colère emplissent l'air de l'entrepôt. Il se dirige à toute vitesse vers l'endroit d'où les cris proviennent, sa sœur lui emboîtant le pas. Nous nous séparons ainsi, chacun à la recherche de notre âme-sœur, prêt à débattre avec leurs assaillants.

Je continue d'avancer avec Rory et tout en avançant, je perçois une lumière à la fois étrange et familière. Nous nous dirigeons donc vers ce halo bleuté.

Arrivé devant la porte, je la pousse et découvre avec épouvante, mon Max, couché et enchaîné sur une table d'opération. Il n'a pas l'air bien, je m'approche mais entend des grognements féroces et vois un loup blanc avec son aura bleu, qui se place juste devant lui, comme pour le protéger d'éventuelles attaques. J'ouvre grand les yeux, content de constater que Maxwell n'est pas tout seul et que quelqu'un veille sur lui.

- " Dam" lui dis-je, en le fixant droit dans ses superbes orbes bleus.

Puis il se calme et se retourne vers Max et lui dit :
- *"Le voilà, reste avec lui, pense à lui, supporte la douleur pour lui, bat toi pour lui, vis pour lui"*.

Je me rapproche plus près, son corps entièrement nu et couvert d'entailles, sur son superbe torse et sur ses bras. Elles ne sont pas belles à voir et toutes boursouflées. Son corps convulse, ses yeux sont révulsés, il a l'air de manquer d'air.

Rory à côté de moi, se déplace de l'autre côté de Max pour pouvoir s'occuper de lui. Voyant que mon petit ami a du mal à respirer, il lui met un masque à oxygène avec sa petite bouteille portable, heureusement, enfin j'espère qu'il a tout ce qu'il faut dans son sac de secours. Il examine Max de plus près et quand il voit l'état de ses blessures, il s'énerve.

- " Le salaud, il a utilisé de l'aconit tue loup, j'en étais sûr" me dit-il, énervé.
- " Tu peux faire quelque chose ?" lui demandai-je.
- " Oui, j'avais prévu. Quand Gab m'a parlé d'empoissonnement, j'y ai pensé tout de suite me réponds t'il.
- " Sauve-le, je tant pris !" lui dis-je, complètement paniqué à l'idée de le perdre.

- " Ne t'inquiète pas, j'ai un antidote à bas de camphre et d'aconit, les deux mélangés servent à soigner. Je vais lui appliquer cette pommade sur toutes ses plaies, sa substance va entrer sous la peau anéantir l'effet de toxicité et par la suite soigner ses blessures. Max est entre de bonnes mains, ne t'inquiète pas" me dit-il, pour me soulager sur l'état de mon âme-sœur.

Je ne peux m'empêcher de le toucher, je lui caresse les cheveux, puis ma main glisse jusqu'à sa joue, qui est chaude à cause de la fièvre. Je lui embrasse le front pour lui faire comprendre que je suis là, je lâche des phéromones en espérant que ça l'apaise. Ses yeux qui étaient fermés, s'ouvrent difficilement, il me regarde, il a l'air perdu.

- "Ho...ney" dit-il, avant de refermer doucement ses magnifiques yeux vairons.

Il m'a reconnu, mais son état reste alarmant, même si je sais que Rory fera tout ce qu'il peut, je m'inquiète fortement pour mon âme-sœur, qui subit encore les violences de son ex.

Je rentre dans une rage folle, mes yeux deviennent rouge sang et je sens que mon loup veut aussi participer à cette bataille, alors par respect pour lui et le comprenant, je le laisse prendre le contrôle de mon corps. Mon visage s'allonge pour laisser place au museau de mon compagnon, mes mains se transforment en pattes poilus et griffues, suivis de mes jambes et du reste de mon corps, qui prend sa forme lupine.

Avant de quitter la pièce à la recherche de cette ordure de Morgan, Rory me dit :
- " N'ai crainte, je m'occupe de lui, je sais quoi faire ! Vas-y est fait lui sa fête pour de bon ! Et surtout fait attention à ses armes empoisonnées, Ok !".

Après avoir écouté le doc et lui avoir fait un signe de tête, pour approuver ses dires, je sors et me mets à courir dans l'entrepôt à la recherche de ce connard, tout en hurlant ma fureur, qu'il sache bien que son heure arrive à grand pas.

Je cours, je respire, je sens toutes les odeurs que l'entrepôt me fournit, mettant de côté celles qui me sont inutiles, puis je me stoppe d'un coup devant une porte et perçois cet épouvantable parfum à deux balles mélangées à ses phéromones.

Cette fragrance se trouve juste derrière cette porte. Elle me sépare plus pour longtemps du tortionnaire de Max, je prends mon élan et là défonce en sautant dessus de toutes mes forces.

Et là, je découvre avec effroi, ce type en train de violer un jeune homme de l'âge de mon compagnon, qui est à moitié inconscient, mais qui pleure et tremble comme une feuille. Ce jeune homme tourne la tête vers moi et je vois ses yeux vitreux, comme s'il avait été drogué.

Mes babines se retroussent, mon loup montre ses dents et ses superbes crocs, prêt à déchiqueter et dépecer un porc de son espèce. Ni une, ni deux, je saute sur cette ordure tellement vite qu'il n'a pas le temps de réagir. Je le plaque au sol, mes pattes avant tenant ses bras, je lui montre mes crocs de très près lui bavant dessus. Ma colère grogne tout ce qu'elle peut, il n'a pas l'air fier, je le vois dans ses yeux. J'essaye de le mordre au niveau du cou, mais il est rapide, d'un simple geste de ses jambes, il se dégage et m'envoie valser dans la pièce.

Je me relève prêt à lui sauter dessus de nouveau, mais avant cela pour être à égalité, je lui laisse le temps de prendre sa forme lupine. Je sais, lui ne l'aurait pas fait, mais que voulez-vous, nos lois nous imposent la loyauté envers elles et en tant que chef de meute, je me dois de montrer l'exemple.

Une fois sa transformation finie, je n'attends pas une minute de plus, je suis tellement remonté ainsi que mon loup que nous nous sautons dessus en même temps, nous donnant réciproquement des coups de crocs aux bras, des coups de griffes sur les flancs. Ce combat aurait dû se faire bien plus tôt, je m'en voudrais toujours d'avoir fait souffrir mon âme-sœur si longtemps. Nous nous rendons coups sur coups, étant deux alphas notre force est égale.

Mais ma rage m'enivre tellement que j'arrive à le faire plier en lui mordant la cuisse droite, il hurle de douleur lorsque je lui arrache un bout de viande de cet endroit. Je le recrache immédiatement prêt à refaire de même sur une autre partie de son corps.

Il est à ma merci, je vais en finir avec lui, nous sommes face à face, nos yeux se lançant des éclairs de rage, nos babines remontées et bavantes, nos grognements de plus en plus fort, prêt à se bondir dessus de nouveau.

Lorsqu'un énorme hurlement de douleur me fait me retourner une micro seconde, et que l'échos me renvoie ce cri atroce qui n'est autre que Max. Je me replace, pensant que Morgan va en profiter pour m'attaquer, mais en fait il n'y a plus personne devant moi, il s'est échappé. Je hurle de rage et prévenant la meute d'Ezra que l'un d'eux s'est échappé comme un lâche de cet endroit.

Je fonce de nouveau dans la pièce où se trouvent Max et Rory. Mon âme-sœur hurle de douleur, sa fièvre est toujours présente, ses yeux sont larmoyants tellement sa souffrance est présente, son corps se remet à convulser, ses yeux se révulsent de plus belles. Puis sans prévenir son corps se stoppe, ses yeux ne bougent plus, il ne respire plus.

- " NON, NON, NON, MAAAAAXXXXXX !!!!"

PDV Gabriel

Je me dirige avec ma sœur sur les talons vers l'endroit d'où viennent ces hurlements de douleur. Je n'ai aucun doute sur la personne qui les a émis. Différentes odeurs hantent mes narines mais seulement deux attirent mon attention, un mélange de phéromones de peur, d'angoisse et de domination. Nous nous arrêtons devant une porte où les fragrances sont très fortes. Nous nous regardons avec Yaël, et d'un signe de tête nous défonçons ensemble cette porte qui tombe au sol sans soucis.

Ce que je vois à l'intérieur, n'est qu'épouvante et horreur, le temps s'est comme figé. Nathan violant Wyatt sous mes yeux, son râle bestial, signe qu'il a pris son pied me répugne et fait monter au plus haut point ma rage.

- " Tu veux participer ? Quand il y en a pour un, il y en a pour deux !" me balance-t-il, tout sourire. Alors que je n'ai qu'une envie c'est de le tuer.

Mon âme-sœur tourne sa tête vers nous, me regarde sans me voir, ses yeux sont désarmants, voilés et perdus, il n'a pas l'air de réagir, comme si son esprit n'était pas ici, son corps a l'air mou, il est en état de choc.

- "Je te comprends mieux Gab! C'est un super coup ! J'avais oublié à quels points, il était si bon de le baiser aussi durement !" me dit-il avec son sourire de pervers et ses yeux assombris par le plaisir qu'il vient d'avoir.

- " A voir ton regard, tu n'as pas eu droit à cela encore, n'est-ce pas ?" reprends-t-il avec un rire de fou.
- " Et vu dans l'état qu'il est, tu ne risques pas d'y avoir droit de sitôt !" s'esclaffe-t-il.
- " Descend de lui tout de suite !" lui hurle ma sœur, autant énervée que moi, mais elle sait que Nathan est à moi.
- " Pourquoi ça vous gêne que je sois sur lui ? Je te laisse ce qu'il reste Gab, j'avais pris un avant-goût, il y a 5 ans déjà mais là c'était encore mieux, Hummmm!!! Quel délice ce corps parfait d'oméga docile !" réplique-t-il.

Une rage folle me monte dans tout le corps, tout se mélange dans ma tête, ce qu'il dit, ce qu'il a fait et tout ce qui s'est passé depuis que Yaël a retrouvé Wyatt. Tout en me jetant sur Nathan, mon loup prend ma place. Faisant tomber ce connard au sol, alors que je suis encore sur lui, je lui arrache un bout de peau de son bras qu'il a mis devant son visage. Il m'assène un coup de genoux dans l'estomac, qui me coupe la respiration et me fait reculer.

Pendant que je reprends mon souffle, Nathan se relève. Alors que mon loup lui montre la fureur qui nous submerge, il en profite pour prendre sa forme lupine. Il se jette sur moi avant même d'avoir fini sa transformation et me griffe le poitrail, je lui rends coup pour coup, ne lui laissant pas le temps de se remettre. Les coups pleuvent sans s'arrêter, je ne lui laisse pas une minute de répits, il doit mourir pour le mal qu'il a fait subir à mon petit ami.

Puis, alors qu'il me saute dessus pour une nouvelle fois, je perçois une faille dans sa défense, son cou me tend les bras, alors je plante mes crocs dans son cou et lui arrache la carotide dans une frénésie qui m'était encore inconnue jusqu'ici. Il s'écroule au sol, mort, mort, mort. Son sang s'étale faisant une mare rouge et épaisse, je me délecte de ce spectacle, que mon loup et moi apprécions parce que cette raclure est bel et bien morte.

Je suis couvert du sang de mon ennemi, la loi de la meute a été respectée. Mon hurlement de victoire, permet à ma meute de savoir que ma vengeance est faite, leurs mugissements de soutien et de fierté accompagnent de plus belles les miens. Je reprends forme humaine et me dirige vers ma sœur et mon petit-ami. Une conversation commence entre nous.

- " Comment va-t-il ?"
- " Il est en état de choc, il est frigorifié !"
- " Il faut le réchauffer"
- " Oui en attendant que les ambulances arrivent !"
- " Quoi ?"
- " Pendant que tu faisais joujou avec Nathan, j'ai appelé les urgences, ils ne devraient pas tarder, papa est au courant !"
- " Ok"

Puis je me penche sur Wyatt, je lui effleure le front et la joue, je lâche des phéromones pour l'apaiser et lui faire comprendre qu'il n'est plus en danger.

Ses magnifiques yeux s'ouvrent lentement et il me murmure faiblement :

- " Am…. our"

- " Oui, Petit-Cœur, je suis là !"

PDV Rory

Après m'être occupé du mieux que je peux de Max et Wyatt, qui ont été rejoints par leur conjoint respectif en attendant les ambulances, Yaël m'a fait comprendre qu'une autre personne avait besoin de moi. Elle m'emmène dans la pièce et me laisse sur le pas de porte. Là, me rapprochant de la table, je découvre un jeune homme de l'âge de mes amis, enchaîné et totalement nu, très mal en point, ses yeux sont magnifiques mais tellement tristes et larmoyants, il est exténué et en état de choc. Yaël m'a expliqué ce que Morgan lui a fait subir et en posant de nouveau mon regard sur lui, je n'ai qu'une envie c'est de le prendre dans mes bras et de le consoler.

Avec ma pince, je coupe les chaînes comme je l'ai fait pour mes amis. Son premier réflexe est de se recroqueviller sur lui-même, de cacher à ma vue son corps nu et meurtri, ses larmes, me font de la peine. Ayant une couverture de survie, je lui demande son avis avant de l'enrouler dedans avec des gestes calmes, posés et sereins. Je lâche des phéromones pour l'apaiser, chose que je ne fais jamais d'habitude, mais là, allez savoir pourquoi ça me vient naturellement comme un besoin de le protéger, d'être là pour lui. Je ne peux m'empêcher de le regarder, de l'admirer. Il lève son regard apeuré vers moi ce qui me fait affreusement mal au cœur, aurait-il peur de moi.
- « N'est crainte, je ne te veux aucun mal, promis. Je suis là pour t'aider et te soigner si besoin. Je suis médecin, dis-moi où tu as mal ? ».
- « J'ai mal…. Par…tout » dit-il, pleurant de plus belle.
- « J'ai tellement … froid » reprend-il, son corps tremblant horriblement.

- « Veux-tu que je te prenne dans mes bras, pour te réchauffer en attendant les secours ? » lui dis-je, sans réfléchir.

Il me regarde, et me fait un léger signe de tête, pour approuver ce que je lui ai dit, mais il appréhende ce geste, je le vois dans ses yeux brillant de peur. Alors doucement je m'avance vers lui, laissant mes phéromones dans l'air pour essayer de l'apaiser, je m'assois lentement à côté de lui et lui tend mes bras. Si c'est lui qui vient vers moi, il l'aura décidé et donc, peut-être sera-t-il moins apeuré, enfin je l'espère.

A mon grand étonnement, il vient se caler dans mes bras, toujours sous la couverture de survie, il pose sa tête sur mon épaule, son nez dans le creux de mon cou, humant mon odeur. Il soupir d'aise et de bien-être. Je place mes bras autour de lui, le serrant au plus près de moi, comme si ma vie en dépendait. Je le sens se détendre à mon contact, cela me soulage, mon cœur se sent renaître.

Mais que m'arrive-t-il, je n'ai jamais été comme cela avec personnes. C'est d'ailleurs ce que m'ont reproché mes ex, pas de gestes affectifs, trop froid, aucunes douceurs. Et là, mes yeux n'ont eu qu'à se poser sur lui, pour que mon corps et mon loup réagissent à la moindre de ses réactions. Il se décale un peu de moi, nos regards se croisent, et à ce moment-là, je ne peux détourner mes yeux de lui tellement ils brillent de mille feux, ils sont encore plus magnifiques que tout à l'heure. Je sens nos loups se faire la cour en un regard, tellement l'intensité est électrisante. Devant la porte je vois arriver deux ambulanciers et un brancard pour "lui", je réalise que mon cœur s'emballe alors que je ne connais même pas son prénom.

- "Les secours sont là, ils vont devoir t'emmener à l'hôpital pour faire des examens" lui dis-je, alors que je sens son corps se mettre de nouveau à trembler de peur.
- " Reste … reste … avec … moi … s'il … te … plait" me demande-t-il, apeuré par les brancardiers.

- " Ne crains rien, je suis là, je ne te quitte pas" lui dis-je avec un sourire heureux.

Il entoure ses bras autour de mon cou, presse son corps contre le mien, se cramponne à moi, de peur que je ne le laisse seul avec des inconnus. Alors doucement je place un de mes bras sous ses genoux et l'autre autour de sa taille, pour le porter jusqu'au brancard qui l'attend. Je le dépose lentement, lui remontant la couverture plus épaisse qui était sur le lit, le mettant ainsi plus au chaud. Sa main attrape la mienne et il la sert avec le peu de force qu'il a, pour me retenir au plus près de lui.

- " Je reste avec toi, ne t'inquiète pas, ok" lui répétais-je.
- " Mer... ci" me réponds-t-il, alors que ses yeux se ferment lourdement, à cause de la fatigue, du traumatisme qu'il vient de vivre, il est exténué.

Je me permets de dire aux secouristes que je suis médecin et donc c'est moi qui vérifie les constantes de ce jeune homme, qui à mes yeux et à ceux de mon loup, nous appartient, impossible à expliquer c'est comme ça que je le ressens. Après avoir bien tout examiné, tout est bon, il va bien du moins à l'extérieur.

Je pose mes yeux une nouvelle fois sur lui, il s'est endormi, sa respiration est plus calme, son visage d'ange m'attire, ma main passe ses superbes cheveux blonds comme les blés puis elle descend sur sa joue, que je caresse tendrement et je me surprends à me baisser pour lui embrasser le front. En réaction à mon geste, il soupir de plaisir en même temps qu'un sourire étire ses lèvres fines mais épaisses.

Chapitre 16 " Retrouvailles"

PDV Maxwell

Je me réveille avec un mal de tête insoutenable, qui résonne comme si des marteaux étaient en pleine action dessus. Mes yeux s'ouvrent difficilement car la lumière de la pièce m'agresse et m'aveugle.

Arrivant à supporter cette luminosité, après quelques minutes de concentration, je constate que je suis dans une salle toute blanche, dans un lit tout aussi blanc, mes bras et mon torse sont bandés entièrement. Je vois sur ma main que j'ai une perfusion, certainement qu'elle contient une solution saline pour ne pas me déshydrater. Des pastilles de couleur agrémentent le haut de mon buste. En tournant ma tête sur la droite, suivant les fils qui sortent des électrodes, je m'aperçois que je suis branché à une machine, c'est un monitoring qui transmet les battements de mon cœur, le rythme de mon pouls et ma saturation en oxygène. Je suppose donc que je suis dans une chambre d'hôpital ou alors je suis au paradis.

Comment je sais tout ça, allez-vous me demander ? Eh bien entre les séries que je regarde avec Wyatt et toutes les explications de Gabriel, quand il regarde avec nous, je peux dire que je connais les bases.

J'ai la désagréable impression que l'on m'observe, alors je tourne ma tête sur la gauche et remarque qu'en effet, quelqu'un est là. J'entends mon palpitant qui s'emballe, en écho sur la machine, la peur me gagne sans prévenir, ma vue est encore floue et je ne distingue pas qui est cette personne. Puis je l'entends me parler.

- " Comment te sens-tu ?" me demande-t-il, alors que le monitoring s'accélère de plus bel, alors que l'angoisse reprend place dans tout mon corps, qui se met à trembler.
- " Hey … Hey, calme-toi, ce n'est que moi !"reprend la voix de l'inconnu.
- " Dam … Damian …" dis-je, un peu perdu.

- " Dam ???" réplique la voix.
- " Merci pour ton soutien, j'en avais besoin !" lui répondis-je.

Puis clignant des yeux, alors qu'ils me grattent, je me les frotte et, tout en observant la personne en face de moi, je sens ses phéromones, se mélange de lavande et de muscade, m'enivre complètement et me rassure.
- " Hey, mon Cœur, ce n'est que moi, Sam !" me dit-il.
- " Sam … Honey" lui répondis-je.
- " Oui, mon Cœur, je suis là !" m'affirme t'il.

Voyant son inquiétude à mon égard, dans son regard triste, je lui fais signe de venir vers moi tout en lui disant :
- " J'ai besoin de toi, Honey !" lui dit-je, les yeux pleins de larmes, n'arrivant pas à les contrôler.
- " Je suis là, mon Cœur, je suis là !" me répond-il, tout en s'approchant de moi.

Il s'assoie à côté de moi sur le lit et il me tend les bras. Je ne réfléchis pas une seconde de plus et viens avec un énorme plaisir me caler dans son étreinte, que j'attends depuis si longtemps. Ma tête sur son épaule, mon nez dans le creux de son cou, humant son odeur d'alpha que j'aime passionnément. Il place une de ses mains dans ma nuque et l'autre dans mon dos, me serrant au plus près de lui.

- " Tu m'as tellement manqué, mon Cœur. J'ai eu si peur de te perdre" me susurre-t-il à l'oreille, alors que je sens ma joue s'humidifier, par ses tristes larmes qui coulent de ses superbes yeux.
- " Je suis là maintenant, grâce à toi" lui répondis-je, tout en le serrant contre moi.
- " Non, grâce à Tom qui nous a dit où vous trouver. Grâce à Rory qui savait quoi faire, mais certainement pas grâce à moi" me dit-il, mal à l'aise.
- " Honey ! Qu'est ce qui ne va pas ?" lui demandai-je, inquiet.

- " J'ai tellement eu peur de te perdre, que … que quand tu as hurlé à cause de la douleur de l'aconit qui te ronger de l'intérieur … pendant une … une micro seconde... j'ai pensé que tu me quittais … et … et quand je me suis retourné … il n'était plus là !" m'explique-il, énervé, angoissé et pleurant à chaudes larmes.

- " Hey … Hey … Honey … ne t'inquiète pas, quand il reviendra, nous serons là et on lui fera sa fête !" lui répondis-je, tout en le regardant droit dans les yeux.

Pour le rassurer sur le fait que je ne lui en veux absolument pas, je lâche mes phéromones calmantes pour le détendre, mes yeux ne le quittent pas un instant, je lui souris et tout en me rapprochant de lui doucement, je pose mes lèvres sur les siennes. Gardant notre contact visuel jusqu'au bout, notre baiser est doux et passionné. Il répond à mon baiser, avec envie et tendresse, sa langue vient lécher ma lèvre supérieure, quémandant l'accès à ma bouche, que je lui accorde avec un immense plaisir. Nos langues commencent une danse des plus fiévreuses et nos corps se rapprochent de nouveau, il me sert dans ses bras comme si sa vie en dépendait.

PDV Wyatt

Les coups de fouet pleuvent sans s'arrêter, il m'embrasse violemment me tirant les cheveux en arrière. Je ne supporte plus ces attouchements. Son visage est trop prêt du mien, ses mains me touchent de plus belles, sa bouche me mord, sa langue me lèche et ses lèvres me suce le cou et je sens mon corps trembler, mon stress, mon angoisse tout remonte à la surface. Quand soudain, il se frotte sur moi et il me viole à répétition. Mon cœur tambourine si fort que je sens que ma mort est proche. Ce trop-plein d'émotion me ravage complètement et je me sens partir sans pouvoir réagir.

- " NON, NON, NON" hurlais-je, sentant mon corps convulsé et mes yeux papillonner, je ne suis plus maître de mon corps, je ne suis plus rien, qu'un oméga détruit pour de bon.

J'ai l'impression que je ne suis pas seul, je me sens observer. Je sens différentes odeurs, j'entends différents bruits, mais j'ai tellement peur. Mon corps n'est que douleur, j'ai mal partout, aucunes parcelles de ma peau n'a été oubliée, tout mon corps a été torturé pendant des heures et des heures.

Puis je sens des phéromones calmantes, je les connais mais mon cerveau ne veut pas me laisser voir à qui elles sont pour confirmer ma pensée. Il me semble sentir un produit frais dans mon bras, mon corps ne répond plus, je me sens fatigué, complètement exténué et j'ai comme l'impression de m'endormir.

PDV Gabriel

Voir mon âme-sœur dans un tel état me fait profondément mal et la seule chose à laquelle je pense c'est que Nathan n'a pas assez souffert avant de mourir, j'aurai dû lui infliger autant de torture qu'il en a fait à Wy pendant des heures.

Wyatt s'était à moitié réveillé, en panique, angoissé, apeuré. L'infirmière lui a donné un calmant. Il est toujours en état de choc, il revit à répétition son agression et il ne dort pas sans tranquillisants.

Rory m'a fait comprendre que mon petit-ami aura besoin d'aide, autant physiquement, que moralement et psychologiquement. Il restera à l'hôpital pendant plusieurs jours, tant que son état de santé n'ira pas mieux.

Je regarde mon compagnon, dormant dans son lit, ses yeux ne font que bouger, sa bouche s'étire en grimace et ses mains tremblent. Il est branché à un monitoring pour ses constantes, ayant une perfusion de sérum physiologique pour qu'il ne se déshydrate pas, des anti-douleurs passants dans le cathéter double de son bras, pour le soulager de ses blessures, dû aux coups de fouet qui ont brûlé sa peau qui était si douce.

Son dos, après avoir soigneusement nettoyé chaque brûlure avec de l'eau claire, séché le pourtour des blessures, les infirmières ont appliquées des pansements hydrocolloïdes sur toute la surface de son épine dorsale. Ces pansements vont permettre la cicatrisation de ses lésions grâce au gel qu'ils dégagent.

Mes parents rentrent dans la chambre et ils me prennent dans leurs bras sentant mon mal être, au vus de l'état de mon âme-sœur.

- " Comment va-t-il ?" me demande mon père.
- " Il est toujours en état de choc. Il fait cauchemars sur cauchemars, il revit sans cesse son agression. L'infirmière lui a donné un calmant, tellement il s'emballait tout à l'heure" répondis-je.
- " Il dort, tu ne pourras rien faire de plus, rentre avec nous, mon chéri !" me dit ma mère tout en me gardant dans ses bras, sachant très bien que j'ai besoin de son soutien.

Nous sortons de la chambre, et nous retrouvons Rory et Sam, dans le couloir. Ce dernier est tout aussi mal que moi. Il est assis sur une des chaises qui ornent la salle d'attente, Rory a son côté, lui massant l'épaule en guise de soutien. Il a la tête dans ses mains complètement replié sur lui-même, je peux sentir son stress. Je sais à quoi il pense, pour lui, que Morgan se soit échappé c'est sa faute, s'il rattaque Max, il s'en voudra encore plus.

- " Venez avec nous, nous rentrons à la maison, il faut que tout le monde se repose !" nous dit ma mère avec l'appui de mon père.
- " Merci, beaucoup à vous, Mr et Mme Saint-Clair, mais je vais rester à l'hôpital, au moins pour cette nuit !" nous dit Rory, les joues un peu rougies, ce qui m'intrigue.
- " Rory, tu sais que l'hôpital peut fonctionner sans toi, tu n'es pas employé ici" lui dit mon chef alpha pour le taquiner, à croire que mon père a remarqué quelque chose.
- " Oui, je le sais bien Mr Saint-Clair, mais quelqu'un a besoin de moi, ici !" réplique mon ami, avec un sourire en coin.
- " Rory, combien de fois, vais-je devoir te dire de nous tutoyer ? Depuis le temps quand même !" enchaîne mon père.

Sam se lève et vient vers moi, il me demande comment va Wyatt et je lui explique tout en détail. Quand soudain un bruit sourd résonne dans le couloir, je reconnais une alarme de monitoring, quelqu'un est en souffrance dans une des chambres. Nous voyons le médecin et les infirmières courir avec les chariots de secours, quand je vois où ils se dirigent, mon cœur rate un battement, ils vont tout droit dans la chambre de Wyatt.

- " WYATT … WYATT … NON … NON", hurlais-je, avec toute ma peur et ma souffrance dans la voix, alors que Sam me retient une main par la taille l'autre au travers de mon torse, pour que je ne rentre pas dans la chambre de mon compagnon.

Je m'effondre dans ses bras, qui me retiennent contre lui. Mon sang ne fait qu'un tour, les voir courir à toute vitesse, entendre le monitoring sonner comme si aucun cœur ne battait dans cette chambre. J'entends avec difficulté ce que dit le médecin aux infirmières, le bruit de l'électro-choc que subit le cœur de mon compagnon, encore et encore, cet écho résonne dans ma tête.

J'essaye de me remettre sur pieds, Sam toujours à mes côtés. La peur de perdre mon âme-sœur m'envahit, je me sens mal, ma tête tourne, mes yeux se voilent et mes jambes flageolent, je m'écroule au sol, sans que Sam ne puisse me rattraper. Je vois vaguement Rory venir vers moi ainsi que Sam et mes parents, mais je ne contrôle plus mon corps, leur voix deviennent lointaines, je ne les entends pratiquement plus, mes yeux pleurent de tristesse tout en se ferment, un énorme trou noir prend place ...

PDV Rory

Après avoir vérifié les constantes de Gabriel, avoir aidé Ezra et Samuel a le porter dans la voiture de celui-ci, pour qu'il se repose, de toute cette agitation de ces dernières heures, dans la maison familiale. Je retourne dans la chambre de mon magnifique ange inconnu.

Quand j'arrive dans la pièce, je tombe sur deux adultes, que je suppose être ses parents. Nous nous présentons par la suite.

- " Bonjour, je suis Arthur, le père de Tom et Nathan. Voici Demi, ma femme, qui est aussi leur mère" me dit-il, tout en me serrant la main.
- " Bonjour, je suis Rory, un ami de Gabriel, j'étais présent pendant le sauvetage" répliquai-je.
- " Ezra, nous a dit que vous aviez aidé Tom, alors merci pour lui" reprend-il.
- " Merci de vous être occupé de mon fils" me remercie Demi, les larmes aux yeux.
- " Ne me remerciez pas, c'est normal et puis c'est mon métier, je suis médecin urgentiste à New-York, au Lenox Hill" répondis-je.
- " Il est entre de bonnes mains, alors" me dit Arthur avec un sourire en coin.
- " Je … Je voulais vous présenter mes condoléances pour la mort de votre fils" leur dit-je, un peu mal à l'aise.
- " Merci, nous pleurons la perte de notre fils, mais ça n'effacera pas ce qu'il a fait. J'aurai toujours cette impression d'avoir rater quelque chose, malheureusement nous n'avions pas la main mise sur ses fréquentations, c'est ce qui aura causé sa perte" m'explique Demi, les larmes aux yeux de culpabilité.
- "Merci beaucoup Rory pour tout ce que tu fais pour Tom" me remercie, encore une fois Arthur.

Son téléphone se met à sonner et il répond.

- " Nous allons vous laisser, Ezra et Oriane, nous attendent" me prévient-il.
- " Je veille sur lui, ne vous inquiétez pas" leur dit-je, pour les soulager.

Nous nous serrons la main, une nouvelle fois avec Arthur. Sa femme, me prend dans ses bras pour une accolade, puis ils embrassent leur fils et sortent de la chambre.

Je me retrouve seul avec Tom qui dort encore. Je me rapproche de lui, me penche et lui dépose un baiser sur le front. Ma main se pose doucement sur ses magnifiques cheveux blonds, elle glisse jusqu'à sa joue. Je le sens tendre le cou, pour que ma caresse ne s'arrête pas.

Puis ses superbes orbes verts me scotchent sur place et je me noie rien quand les admirant. Son beau sourire me fait fondre et son visage d'ange m'attire de plus belle.

- " Comment te sens-tu ?" lui demandai-je.
- " Je … Je suis perdu … j'ai mal partout" m'explique-t'il.
- " Tom, je … je dois te dire que … que Nathan …" commençais-je, mal à l'aise.
- " Il est mort ! Je sais, je ne le ressens plus" me dit-il, sans aucune émotion.
- " Je suis désolé !" lui dis-je.
- " Ce n'est pas ta faute, c'est de la sienne" réplique-t-il, sur un ton énervé.
- " Tu as besoin de quelque chose ? Un verre d'eau, une infirmière ?" lui demandai-je.
- " Non, j'ai juste besoin de …" commence-t-il, avant de se stopper, me regardant gêné et rougissant.
- " Dis-moi, de quoi as-tu besoin ?" répliquai-je.
- " De toi et de tes bras" me dit-il, timidement, détournant le regard.
- " Depuis que j'ai été dans tes bras, c'est comme si je ne pouvais plus m'en passer. Je ne pense qu'à toi, mon loup te réclame, il hurle en moi chaque fois que tu n'es pas avec nous, et j'en ai mal au cœur de ne pas te sentir vers nous. Je ne sais pas ce qui m'arrive, mais ton odeur, ton loup, toi, tout me manque quand tu es loin de moi" m'explique-t-il, toujours aussi timidement.

Alors, je me rapproche de lui, ancrant nos regards ensembles sans jamais se lâcher, jusqu'à ce que je m'assoie à côté de lui sur le lit. Je lui tends mes bras et il vient se lover contre moi, il cale sa tête sur mon épaule, son nez dans mon cou, respirant mon odeur et je le sens se détendre. Mes bras l'enlacent tout en le serrant contre moi, tellement son contact m'avait manqué.

- " Sache que je suis dans le même état que toi. Tu es dans toutes mes pensées. Vu nos réactions réciproques et celles de nos loups, je pense que nous sommes des âmes-sœurs" lui expliquais-je.
- " Des âmes-sœurs alphas ? Mais c'est impossible !" réponds-t-il, surpris.
- " C'est très rare, mais ça arrive. Je me suis renseigné auprès d'Ezra et il m'a confirmé que c'était rare mais que ça pouvait arriver" lui dis-je.

Il se décale et me regarde intensément, puis il se rapproche de moi, très lentement et ses lèvres effleurent les miennes chastement, timidement. Sentant qu'il hésite, je réponds à son baiser, ses lèvres sont douces et pulpeuses avec un goût de miel. Ma langue vient lécher sa lèvre supérieure et comprenant ma demande silencieuse, il entre-ouvre sa bouche, me laissant accès à son muscle avec délice. Elles se retrouvent pour une danse discrète, puis lâchant nos phéromones, cette danse devient fiévreuse, il prend mon visage en coupe pour ne pas rompre notre baiser et moi, je l'enlace par la taille et le rapproche encore plus. Ce baiser aura ma peau, nous nous séparons par manque d'air.

Tout en le regardant, je le sens bizarre, il a l'air mal. Le temps de comprendre et il me tombe dans les bras, tout tremblant. Le monitoring s'affole, il se met à convulser, ses yeux papillonnent, il a du mal à respirer. J'appuie sur le bouton d'alerte, je le dépose sur le lit à plat, lui prodigue les premiers gestes de secours, le médecin et les infirmières arrivent en courant, je leur explique ce que je lui ai fait et ses constantes et je me décale sur le côté, pour ne pas les gêner dans leur travail.

Je suis mal, le voir ainsi alors que tout avait l'air d'aller, je n'ai rien vu venir. Puis une infirmière me demande gentiment de sortir de la chambre.

Deux heures plus tard, j'arrive à la maison d'Ezra où il m'accueille avec Sam. Ils me regardent avec inquiétude, me demandent comment va Tom. A l'entente de son prénom, mes larmes coulent toutes seules et je leur explique ce qui c'est passé et que par la suite, il a fait un arrêt cardiaque, que le médecin sait occuper de lui mais que malgré ça, Tom est tombé dans un profond coma.

Juste derrière eux, nous entendons hurler et je vois Demi, en larmes dans les bras de son mari, qui la soutient pour qu'elle ne tombe pas. Je regarde Ezra droit dans les yeux, qui me conseil d'aller me coucher car la journée a été très longue et intense, mais je n'ai pas fait un pas, que ma vision se voile, ma tête est lourde et je m'écroule, réalisant que mon âme-sœur est au plus mal.

Chapitre 17 " Compliquer"

PDV Gabriel

Quand je me réveille, je me retrouve allongé sur mon lit. Je me lève doucement ma tête me faisant un peu mal. Mon cœur se comprime me souvenant que mon âme-sœur était au plus mal, ce qui m'a valu de faire un malaise. Notre lien, même si Wyatt n'est pas encore marqué, est très fort et je ressens son mal être comme si c'était moi. Je me dirige vers ma salle de bain pour me prendre une douche et me remettre les idées en place. Je ne dois pas flancher, je dois être fort pour lui, il a besoin de moi. Être fort, oui... même avec ces mauvaises images en tête. Il me tarde de le retrouver car il me manque, j'espère qu'il ira mieux.

Etant de nouveau présentable, je descends à la cuisine pour me prendre un bon café noir, sans sucre et sans lait, qui je l'espère me fera un bien fou. Je me dirige vers le salon et tombe sur une grande conversation. Présents dans la pièce, mes parents, Sam, Rory, Arthur et Demi, Molly et Sean et bien sûr les géniteurs de Wyatt.

Un grand silence pesant prend place et puis Arthur prend la parole :
- " Nous avons des preuves, des aveux sur des enregistrements" dit-il.
- " Des explications sont de rigueur, je crois !" demande mon père, énervé.
- " Je ne vois pas de quoi vous parlez !" leur répond Brad.
- " J'ai des aveux complets !" enchaîne Arthur, sûr de lui.
- " Mais je ne comprends rien ! Diane, de quoi ils parlent ?" insiste le géniteur de Wyatt.

Alors que je vois Diane, assise sur un des fauteuils, elle reste stoïque, elle ne bouge pas d'un cil, rien ne la perturbe, pas même lorsque ma mère l'interpelle.

- " Tu n'as rien à dire Diane ?" lui demande ma mère.
- " Non, pourquoi ? Je devrais ?" lui répond-t-elle.

- " Bien, comme vous ne voulez pas l'avouer. Arthur, mets en route l'enregistrement s'il te plait !" lui demande mon chef alpha.

Diane et Brad, écarquillent les yeux, surpris de la demande de leur chef de meute.

- " Ah, oui ! Je ne vous ai rien dit mais depuis la disparition de Wyatt, vous étiez sur écoute. J'ai toujours eu des doutes sur votre sincérité et votre rôle de parents. Appellation que vous ne méritez pas, vous êtes plutôt ses géniteurs rien de plus, rien de moins. Pourquoi ? Pourquoi tant de haine sur lui, il ne vous a rien fait, rien !!" s'énerve mon père.

Arthur enclenche l'enregistreur et nous entendons une conversation entre deux personnes, que tout le monde arrive à identifier sans problèmes :
« - Allô !
- Oui.
- Nathan, c'est bien toi ?
- Oui, c'est bien moi. Que me voulez-vous encore ? On n'avait pas dit profil bas depuis la dernière fois ?
- Ecoute, on a appris que la fratrie Saint-Clair avait retrouvé notre anomalie génétique, sur New-York !
- Oui, et que voulez-vous que ça me fasse ?
- Je te propose autant d'argent que la dernière fois ?
- Ah, oui ! Et pour faire quoi cette fois ?
- Que tu l'achèves, que tu le détruises pour de bon, que cette erreur de la nature disparaisse une bonne fois pour toute, que cet oméga de malheur crève et souffre, du mal qu'il m'a fait !
- Avec plaisir, j'ai une revanche à prendre sur lui.
- Bien comme convenu la dernière fois, la moitié maintenant, le reste après le boulot exécuter.
- Ok, ça roule !
- Même endroit, même heure pour le paiement.
- Ok, pour moi !
- Je compte sur toi, Nathan, achève cette tare, qui m'a bousillée la vie!
- Oui, bien sûr, Madame Mc Carty»

Cet échange me glace tellement le sang que j'en lâche ma tasse, qui s'explose sur le parquet, faisant retourner tout le monde sur moi, me trouvant dans l'embrasure de la porte.

- " Je … Je … Vous … Vous saviez … Vous avez prémédité tout ça ! Ses agressions … C'est … C'est ignoble ! Comment … Comment peut-on faire cela à son enfant ? La chair de sa chair … COMMENT ? COMMENT PEUT ON FAIRE CA ???" criais-je, énervé, hors de moi, sachant le mal que ça à fait et fait encore à Wyatt.

Voulant m'approcher de cette folle, ma mère pose sa main tendre et pleine d'amour sur mon bras pour me calmer, me faisant un signe de tête et me mimant sur ses lèvres de laisser faire.

Diane reste droite comme un "I" sur le fauteuil, elle me regarde de ses yeux sombres et mauvais, le même qu'avait Nathan. Elle me sourit, un sourire de pervers sadique et me répond :
- " Je n'ai jamais voulu d'enfant, Brad oui. Alors pour lui faire plaisir, nous en avons fait un. Étant deux alphas, il y avait 1% de chance que notre bébé devienne un oméga, mais quand on n'a pas de chance, la vie s'acharne et nous en donne un. Il n'avait rien pour lui, un enfant que je ne désirais pas, un oméga, un faible, une erreur génétique, je l'ai haï depuis sa naissance et en plus il est devenu gay. Alors quand j'ai remarqué à plusieurs reprises que Nathan avait des vues sur Gabriel, j'en ai joué. J'ai monté Nathan contre Wyatt et ma joie a été à son comble quand il sait avérer que Wyatt et Gabriel étaient âme-sœur, c'était du pain béni pour moi et mon plan. Nathan a suivi tous mes conseils à la lettre et même plus. Tant que je savais que Wyatt souffrait, je me foutais de savoir comment il si prendrait".
- " Tu … Tu as fait souffrir notre fils … parce que tu le hais ? Mais … Tu es un monstre" hurle-t-il en fixant sa femme et là pointant du doigt, les yeux exorbités à ces horribles aveux.

Puis il reprend :

- " Tu ne vaux pas mieux que ce Morgan et … Nathan. Excusez-moi de mes propos !" dit-il, en regardant Arthur et Demi, avec respect," Je … Je n'étais pas au courant ! Ezra, Oriane, vous me connaissez ! Certes … Je … Je n'ai pas été un bon père, pas un père du tout d'ailleurs … mais … mais jamais je ne lui aurais fait de mal, c'est impensable … Je … Comment … Comment j'ai pu être aussi aveugle et ne pas voir ce qui se tramer dans ta tête" dit-il s'adressant toujours à sa femme, s'arrachant les cheveux de stress et de colère, n'ayant pas remarqué ce que sa femme faisait. Il en devient tellement blanc qu'il s'assoie sur le canapé et que ma mère lui tend un verre d'eau.

- " Tu n'es qu'une merde Brad, toujours plier en quatre pour ton chef alpha et sa meute. Tu n'as pas de couilles, il m'a juste fallu faire du charme à Nathan et lui faire comprendre ce que je voulais pour qu'il fasse tout ce que je lui conseillais ! Je dois avouer que le fait qu'il craque pour Gabriel m'a beaucoup aidé. Heureusement pour moi étant donné que Nathan était bi, ça m'a aussi pas mal été profitable. Toi, tu n'as jamais rien fait, parce que la loi de la meute par-ci, la loi de la meute par-là. Moi, je n'en ai rien à foutre de la meute" crie t-elle, en colère après tout le monde, et surtout envers elle-même de s'être fait attraper.

- " Tu as séduite MON FILS … pour obtenir ce que tu voulais de lui … Et ça ne te pose aucuns problèmes de consciences, d'avoir draguée et abusée d'un garçon de l'âge du tien ?" crie Demi, énervée, lâchant ses phéromones de rages.

- " Non aucuns problèmes de conscience et je vais même te dire Demi, je n'ai jamais pris un pied pareil parce que Nathan n'était pas tout seul, non on est toujours allé à trois car Morgan était toujours avec nous. Je peux t'assurer que me faire baisser par deux jeunes hommes fougueux m'a redonné une nouvelle jeunesse, que j'avais perdue avec mon cher mari, qui n'a jamais su me satisfaire réellement." dit-elle, la tête haute, sûre d'elle et le regard rempli d'arrogance.

Pour donner suite à ses paroles, Demi s'approche dangereusement de Diane et la gifle, de toutes ses forces et sa colère, ayant pris tout le monde au dépourvu, par ce geste, quel à bien évidemment mériter.

- " Bon, ça suffit maintenant ! Arthur et Sean, emmener là à la polyclinique de la ville et qu'elle y reste enfermée, j'irai voir le directeur demain, pour lui expliquer la situation" explique mon père.

Après avoir nettoyé ma tasse cassée et le café étaler par terre, je me dirige vers la porte prenant les clés de voiture de mon père. J'allais monter dans la voiture quand Sam et Rory me rejoignent dans celle-ci.

- " On peut se joindre à toi ? "me demande Sam.
- " Oui, bien sûr ! Wyatt me manque, j'ai besoin d'être vers lui !" répondis-je.
- " On en est tous là !" réplique Rory.

Le chemin menant à l'hôpital est assez rapide. Plus je me rapproche de lui, plus mon cœur se sert. J'espère qu'il va bien, je ne peux m'empêcher de m'inquiéter pour lui, même si je sens qu'il va un peu mieux. Dans la voiture, personne ne parle, nous sommes tous inquiets de l'état de nos conjoints, je peux sentir leur stress tout comme eux peuvent aussi sentir le mien.

Arrivé à notre étage, chacun de nous part rejoindre son compagnon respectif mais nous sommes tous les trois sous pressions ne sachant pas dans quels états, nous allons les retrouver.

Je vais pour rentrer dans la chambre de Wyatt quand je croise le médecin qui le suit, qui en sort.

- " Bonjour Docteur, comment va-t-il ?" lui demandais-je, anxieux de sa réponse.
- " Bonjour Monsieur Saint-Clair. Comme vous le savez, son état de choc a provoqué un arrêt cardiaque, mais nous avons pu le sauver et là il dort. Il vous à réclamer quand il s'est réveillé dans la nuit. Vous pouvez aller le voir, n'hésitez pas à appeler si besoin" me dit-il.

Quand je rentre dans la chambre, je vois mon Wyatt avec, son monitoring toujours branché, ses constantes sont bonnes, il a toujours sa perfusion dans le bras, il a un masque à oxygène sur le visage pour l'aider, même si sa respiration est stable. On tape timidement à la porte et quand elle s'ouvre, je vois avancer une infirmière avec son chariot de matériel de soins.

- " Oh, excusez-moi, Monsieur !" me dit-elle, gênée.
- " Je venais changer ses pansements" reprit-t-elle.
- " Je peux vous aider ?" lui demandai-je.
- " Oui, tenez le contre vous, pour que je puisse lui changer correctement. D'habitude on est deux mais ma collègue est occupée avec un autre patient, alors je suis ravie que vous soyez là" m'explique-t-elle, en souriant.

Elle m'autorise à lui retirer son masque pour mieux le blottir contre moi. Je le prends par la taille, le remonte sur mon torse, je lui cale la tête sur mon épaule et je le sens placer son nez dans le creux de mon cou et il hume mon odeur. Je place une de mes mains sur sa nuque et l'autre sur sa taille, laissant son dos à nu pour que l'infirmière puisse faire son travail.

Il est calme et ne bouge pas, son changement de pansements et assez rapide et au vu de ses blessures, elles ont l'air de bien cicatriser. L'auxiliaire me fait un signe de tête pour confirmer que ça va mieux. Je sens ses mains se cramponner à mon sweat, il respire de plus belle mon odeur, je le sens apaisé et serein.

- " Amour..." me murmure-t-il, faiblement.
- " Oui, Petit-Cœur, je suis là" lui répondis-je, amoureusement.

Puis il se blottit au plus près de moi, s'accroche à moi et je sens mon cou s'humidifier, je l'enlace de plus bel, calant mes deux bras dans son dos, tout en faisant attention.

- " Reste … Reste avec moi … Amour !" me dit-il, tout bas.
- " Oui, Petit-Cœur, je reste avec toi" lui répondis-je.

Il se décale de moi et son magnifique regard me foudroie, je me rapproche de lui doucement, mes lèvres effleurent les siennes chastement, ne voulant pas le brusquer. Il me laisse faire et répond même à mon baiser aussi lentement que moi et je l'entends soupirer d'aise.

Mon loup, ravi de son retour, me le fait comprendre tout en calant les battements de mon cœur sur le sien, dans une harmonie parfaite, avec toute la tendresse et l'amour que nous savons nous porter réciproquement. Notre baiser prend fin, mais nous nous allongeons dans son lit, il vient se serrer contre moi, se positionnant comme à son habitude et je le sens s'endormir, sa respiration se faisant plus régulière.

- " Dors, Petit-Cœur, je suis là, je te protège, promis ! Je t'aime tellement !" lui murmurais-je, à l'oreille.

Je l'entends me répondre un faible "je t'aime aussi Amour" entre deux bâillements de fatigue. Nous nous endormons ainsi, l'un contre l'autre, pendant un moment, où ni la peur ni l'angoisse ne viendront perturber nos sommeils profonds, sereins et réparateurs.

Chapitre 18 " Toujours là "

PDV Samuel

Après avoir entendu des révélations qui m'ont littéralement glacé le sang et transpercé le cœur, je décide de rejoindre Gabriel qui est sorti clé en mains, faisant un signe de tête à Rory pour qu'il me suive.

- " On peut se joindre à toi ?" lui demandai-je, tout sourire.
- " Oui, bien sûr ! Désolé d'être parti comme ça, mais Wyatt me manque, j'ai besoin d'être vers lui !" me répond-il, peiner.
- " On en est tous là !" renchaîne Rory.

Le chemin qui mène à l'hôpital est court, mais allez savoir pourquoi, aujourd'hui, je le trouve encore plus rapide. Je suis pressé de retrouver Max, mais en même temps, je m'en veux, car je n'ai pas pu venger mon compagnon.

Je suis un chef alpha et je n'ai même pas été capable de faire payer à Morgan l'outrage qu'il a fait à mon oméga. Rien qu'à cette pensée, je vois rouge, ma colère montant dans tout mon corps. Rory ayant vu et senti mon mal être, après que Gabriel soit parti rejoindre Wyatt, pose sa main sur mon épaule et me regarde avec insistance dans les yeux.

- " Ce n'est pas ta faute Sam ! Tu es un très bon chef alpha, ok ! Ne te dévalorise pas à cause de ce mec, tu l'auras, je le sais et tu lui feras payer ! Nous avons confiance en toi, et Max encore plus !"me dit-il, comme s'il avait lu dans mes pensées, me souriant.
- " Comment tu fais, pour savoir ?" lui demandai-je.
- " Déformation professionnelle" me dit-il, tout sourire avec un clin d'œil, qui me fait sourire aussi.
- " Va voir Max, il a besoin de toi !" reprend-il.
- " Oui et toi, va t'occuper de Tom !" lui dis-je, avec un sourire taquin.

Chacun de nous prit le chemin de la chambre de son compagnon respectif, oui parce que je ne suis pas aveugle, j'ai bien compris pour Tom et Rory. Je suis heureux pour eux, même si je sais d'avance que le doc devra être patient au vu de ce qu'a subi Tom. Mais j'ai toute confiance en mon ami et vu le regard qu'il a quand il pense à lui ou qu'il le regarde, je sais qu'il fera tout ce qu'il faut pour son bien, pour leur bien.

Je me retrouve donc devant la porte de la chambre de Max, hésitant à entrer. Quand quelqu'un ouvre la porte de l'intérieur. Je tombe nez à nez avec l'infirmière qui s'occupe de lui, depuis son admission.

- "Excusez-moi, je ne vous ai pas vue !" me dit-elle, embarrassée.
- " Ce n'est pas grave, ne vous en faites pas ! Comment va-t-il ?" lui demandai-je.
- " Il va mieux, même si ces cauchemars persistent, mais le docteur dit qu'il pourrait sortir sous peu !" me répond-elle, souriante.

Je la remercie et me décale de côté pour la laisser passer. Je rentre par la suite dans la chambre, prenant une chaise pour m'asseoir et me rapprocher du lit, où dort profondément mon âme-sœur. Son visage est serein et posé, il est calme, avec ses cheveux couleur blé doré et les reflets des rayons du soleil sur eux, on dirait un ange, mon ange.

A force de le regarder dormir, j'ai dû m'assoupir. Quelques heures plus tard, je suis réveillé par de petits gémissements de douleur. Totalement réveillé, je le vois, gesticuler dans tous les sens, son monitoring s'emballant au rythme de son cœur affolé. Sa respiration est saccadée, ses poings sont serrés et ses yeux plus fermés que jamais, son visage est crispé par je ne sais quelle douleur ou peur. Alors sans réfléchir, je m'assois sur le lit et je le prends doucement dans mes bras, calant sa tête sur mon épaule d'une main, son nez dans le creux de mon cou, mon autre main dans son dos, le maintenant contre mon torse et je relâche mes phéromones d'apaisement. Leurs effets sont immédiats et sans appel.

Je le sens se calmer, respirer normalement, je l'entends humer mon odeur, son nez me chatouille légèrement, puis je le sens me lécher le cou à plusieurs reprises, comme pour s'imprégner encore un peu plus de moi, ce qui me procure de divins frissons sur l'épiderme. Même mon loup a réagi à cette douce caresse.

Je le repose délicatement dans son lit et là tout en me relevant de lui, nos regards se croisent, comme hypnotisé par ses yeux vairons, je me stoppe, étant à moitié penché sur lui. Je vois ses prunelles dérivées sur mes lèvres, alors qu'il se lèche les siennes avec envie, puis son magnifique regard, remonte sur mes yeux et tout en nous rapprochant sans nous lâcher une seule seconde de vue, nous nous embrassons, doucement, tendrement avec amour et respect l'un de l'autre. Notre baiser prend fin quand quelqu'un cogne à la porte et entre. Ce n'est autre que le médecin qui suit Max, suivie de l'infirmière.

- " Oh, excusez-nous, nous ne voulions pas vous déranger !" nous dit le médecin, géné.
- " Non, non, rien de grave, ne vous en faites pas !" lui répondis-je.
- " Nous avons les résultats des prises de sang et autres examens, fait sur Monsieur O'Neill. Ils sont très satisfaisants." dit-il, puis regardant Max, il reprend.
- " À la suite du traitement que votre ami avait mis en place sur vous, ça a complètement anéanti l'effet toxique de la plante avant que cela ne tourne au drame, il vous a sauvé la vie. Nina va vous retirer la perfusion et vous débrancher du monitoring, vous n'en avez plus besoin. Elle va vous amenez votre plateau repas. Je pense qu'après avoir mangé, vos papiers de sortie seront prêts, vous pourrez rentrer chez vous. Bon retour à vous deux." nous dit-il, en souriant et nous faisant un signe de tête.

Une fois le médecin sortit de la chambre, l'auxiliaire retira la perfusion et le cathéter du bras de Max ainsi que les électrodes sur son torse, qui le relié au monitoring, elle s'absenta l'espace de cinq minutes revenant avec le plateau repas de mon petit-ami.

Étant de nouveau seul dans la pièce, toujours assis face à lui avec seulement son plateau repas sur sa table de lit, nous séparant l'un de l'autre. Il commence à manger avec appétit, son sourire se dessine sur ses lèvres et son regard rieur est splendide. Je découvre avec plaisir un Max heureux. Je ne peux m'empêcher de poser ma main sur sa joue et de la caresser avec mon pouce. Il est magnifique, mon envie de le protéger et encore plus forte sachant que Morgan est toujours dans la nature … Par ma faute.

- " Ne t'inquiète pas, Sam ! On l'aura et on pourra lui faire payer son affront !" me dit-il, souriant et confiant.
- " Je suis désolé, mon Cœur ! Je … Je …" bégayais-je, mal à l'aise et fuyant son regard.
- " Hey … Regarde-moi ! Honey, regarde-moi !" me dit-il, tout en poussant la table, se rapprochant de moi, prenant mon visage en coupe et ancrant ses orbes bleu/marrons à mes yeux.
- " J'ai confiance en toi, et je t'aime de tout mon cœur ! Crois-moi, quand je te dis qu'il paiera le prix !" reprends-t-il, sûr de lui.
Je peux voir la colère qui le gagne pour Morgan dans ses yeux. Le voir ainsi réagir me redonne confiance en moi. Que ferais-je sans lui ? D'ailleurs quelque chose me revient …
- " Je peux te poser une question Max ?" lui demandai-je.
- " Oui, bien sûr !"me répond-il.
- " Pourquoi, quand tu t'es réveillé, hier … tu m'as appelé Dam ?" le questionnais-je, attendant sa réponse.

Me regardant bizarrement, il hésite à me répondre puis il se lance et me dit :
- " Tu promets de ne pas me prendre pour un fou ?"
- " Non, bien sûr que non !" répliquai-je, tout de suite, curieux de savoir ce qu'il va me dire.

- " Eh bien, je sais que l'aconit provoque des hallucinations et j'ai bien cru que ça en était une. Surtout quand j'ai vu ce superbe loup blanc avec son aura bleu, sortie de nulle part. Mais quand il m'a dit qu'il s'appelait Damian, que c'était ton mari et qu'il était là pour me protéger, je suis revenu à moi et j'ai compris que c'était réel. Il m'a soutenu, m'a dit de me battre pour toi, de vivre pour toi, que je n'avais pas le droit de te laisser seul, une nouvelle fois. Puis, il m'a aussi dit de penser fort à toi … Et … Et je t'ai vu courir sous ta forme lupine avec d'autres personnes, je t'ai vu dans un salon avec nos amis et plein d'autres personnes, j'ai vu tes yeux tristes et ton visage abattu … Je t'ai vu devant un miroir te parler à toi-même, et aussi t'adressent à moi, je t'ai vu pleurer pour moi, j'ai … J'ai senti ta détresse, ta tristesse et j'avais encore plus mal de savoir que c'était ma faute..." raconte-t-il, les larmes aux yeux.
- " Tu es loin d'être fou, mon Cœur, et pour preuve ! Regarde !" lui dis-je.

Suivant mon regard, nous admirons de nouveau ce magnifique loup blanc et son aura bleu, juste à côté de Max, sa patte posée sur le lit. Par un simple geste de mon compagnon, il pose sa main sur celle de Dam et je fais de même, reliant ainsi nos mains tous les trois. De cet acte naîtra une petite étincelle blanche, brillant de mille feux, signe d'une promesse de protection et d'un amour sincère et réciproque.

- " *L'avenir vous appartient, une longue vie heureuse vous attend. Il y aura des hauts et des bas, mais votre amour, le vrai amour sera toujours là !*" nous dit Dam.
- " Merci pour tout !" lui dit Max en lui caressant la tête.
- " *Ne me remercie pas, je n'ai fait que mon rôle de protecteur !*" Répond-il à mon petit-ami.
- " Merci pour lui, Dam ! Tu as fait plus que de le protéger !" lui dis-je, en le caressant aussi.

- *" Non, Sami ! Une promesse est une promesse ! Je te l'avais dit que tu ne resterais pas seul et qu'une belle vie t'attendais, alors profite Poussin ! Fait avec lui ce que tu as fait avec moi et même plus! Vous êtes fait l'un pour l'autre, ta vraie âme-sœur c'est lui !"* nous explique-t-il.

Je me rapproche de Dam et le prend dans mes bras, lui prodiguant le dernier câlin avant qu'il ne parte définitivement. Max se lève doucement faisant de même avec le loup qui lui lèche la main pour le remercier de ce geste tant apprécié.

- *" Soyez heureux tous les deux, c'est tout ce que je vous demande !"* nous dit Dam.

Disparaissant comme il est venu. J'aide mon compagnon à se relever doucement et se poser sur le lit. Puis d'un commun accord, il va se prendre une douche, et se prépare pour sa sortie. Une fois prêt, j'envoie un message à Gabriel et Rory, les prévenant que Maxwell est sortant, que nous rentrons en taxi, et que nous nous retrouverons à la maison familiale d'Ezra.

PDV Rory

Après que Gabriel nous est emmené à l'hôpital, il nous a laissés dans le couloir pour rejoindre au plus vite Wyatt, ce que je comprends tout à fait.

Par-là suite, il m'a fallu réconforter, mon chef alpha, ça n'est pas facile pour lui non plus en ce moment. Il s'en veut beaucoup d'avoir laissé s'échapper Morgan. Il se dévalorise, à la suite de cet échec, car pour lui, il doit montrer l'exemple, il n'a pas été à la hauteur de son rang. Mais tout ça c'est dans sa tête, car moi et la meute sommes toujours derrière lui et il a toute notre confiance. Mais ça, c'est à lui de le voir, de le sentir et de le comprendre. Plus tard, après notre conversation, qui j'espère l'a un peu aidé, nous nous séparons.

- " Va voir Max, il a besoin de toi !"lui dis-je.
- " Oui et toi, va t'occuper de Tom !" me dit-il, avec un sourire taquin.

Qu'est-ce qu'il me fait ? A part Ezra, personne n'est censé le savoir. Suis-je aussi lisible qu'un livre ouvert.

J'arrive devant la porte de la chambre de Tom, mais je ne sais pas comment je vais le retrouver. Hier soir avant que je ne parte, il a fait un arrêt cardiaque et le médecin a préféré le mettre dans un coma artificiel, pour mettre son cerveau en repos, pour quelques heures. Quand nous étions tous les deux, tout allait bien et puis d'un seul coup tout à basculer. De ce que m'a dit le médecin, son cerveau à déconnecter, il se serait revu pendant son agression, sa panique, son angoisse tout est remonté à la surface, trop d'émotions d'un coup et son cœur n'ayant pas supporté à fait un arrêt. Le seul moyen de le stabiliser était de le mettre en coma artificiel.

Ayant eu son praticien au téléphone de bonne heure ce matin, je sais qu'il sait réveiller et m'a demandé, mais étant moi-même très mal en point du fait de son état d'hier soir, j'avais besoin de dormir ne serait-ce que 3 voir 4 heures. Me voici, maintenant devant sa porte et j'entends deux personnes parler.

- " Bonjour Monsieur Mc Cole, je suis le Dr Malo. Je suis la psychologue de l'hôpital. On m'envoie vers vous, pour donner suite à notre protocole. Je suis là pour vous aider." lui dit-elle, calmement.
- " Bonjour Docteur, je pense que vous perdez votre temps avec moi !" réplique Tom, durement.
- " Sachez que je suis là, si vous avez besoin de parler, vous confiez, je suis à votre disposition." réplique-t-elle, tout aussi posément.
- " Je n'ai rien à vous dire" certifie-t-il.
- " Vous en êtes sûr ?" insiste-t-elle.
- " Que voulez-vous que je vous dise, exactement ?" articule-t-il, commençant à s'énerver.
- " Tout ce que vous voulez ! Vous ne devez pas garder tout cela au fond de vous, ça va vous ronger de l'intérieur et vous faire du mal ! Je suis là pour vous aider !" , dit-elle, toujours aussi doucement.

- " M'aider … M'aider à quoi ? M'aider à accepter le fait que … que je … que je … que l'on m'a drogué … que l'on m'a … que l'on a été contre ma volonté … que … que … j'ai subi des attouchements … sans pouvoir me défendre … M'aider à quoi ??? Bordel, à quoi ? " hurle-t-il, en pleurs, énervé.
- " Je repasserais plus tard, calmez-vous !" ajoute-t-elle, puis elle sort de la chambre et se retrouve devant moi.
- " Bonjour, je suis le Dr Malo, la psychologue de l'hôpital !" me dit-elle.
- " Bonjour, je suis Rory, un ami de Tom" lui répondis-je.
- " On se reverra sûrement, à bientôt !" réplique-t-elle, avant de partir.

Par la suite, je rentre dans la pièce où se trouve mon âme-sœur, j'ai mal au cœur de le voir aussi mal, je le sens à ses phéromones de stress qu'il a laissés lui échapper et je le vois, pleurant et tout tremblant, complètement retourné de cette première séance avec la psy.

Je me rapproche lentement de lui, essayant d'ancrer mon regard au sien, mais il me fuit et tourne la tête à l'opposé.

- " Bonjour, Tom ! Qu'est ce qui t'arrive ? C'est le Dr Malo ?" lui demandai-je.
- " Oui … elle … elle veut que … je parle … mais … mais je ne veux pas … je … je ne suis pas prêt … " me dit-il, pleurant à chaudes larmes.
- "Dis-moi, ce que je peux faire pour toi !" lui répliquai-je.
- " Prends-moi dans tes bras … s'il te plaît !" me quémande-t-il, toujours en pleurs.

Je m'assois sur le lit juste à côté de lui et tends mes bras grands ouverts, il vient se lover contre moi, n'attendant que mon autorisation. Pour être en meilleure position, je nous allonge doucement, je le cale contre moi au plus près. Sa tête sur mon épaule, son nez humant mon odeur pour s'apaiser, ses bras m'enlacent par la taille, tout comme les miens. Je relâche une bonne dose de mes phéromones réconfortantes, au fur et à mesure je sens mon petit-ami, qui se calme, respire plus doucement et régulièrement, allant jusqu'à s'endormir.

Je lui embrasse le front avec tout l'amour que je lui porte, et quelques minutes plus tard je m'assoupi aussi, étant à ma place avec mon âme-sœur.

Chapitre 19 " Retour "

PDV Gabriel

Tout mon corps tremble, je suis énervé, ce que je vois me retourne l'estomac, je n'ai qu'une envie … le tuer … le tuer pour ce qu'il est en train de faire.

Ses vas et viens sur Wyatt, son râle bestial, m'indiquant qu'il prend son pied, alors que moi, je suis comme figé, incapable de bouger le petit doigt pour aider mon petit-ami, qui se fait détruire par son agresseur, incapable de bouger pour lui faire payer à cette raclure ce qu'il est en train de faire.

- " Tu veux participer ? Quand il y en a pour un, il y en a pour deux !" me balance-t-il, avec son sourire de pervers et son regard sombre rempli de plaisir qu'il vient de prendre.

Mon âme-sœur tourne la tête vers moi mais, me regarde sans me voir, ses yeux sont désarmants, voilés, perdus, il ne réagit pas, son corps bouge en fonction des assauts de son agresseur, il est en état de choc, comme dans une bulle où rien ne peut l'atteindre, un endroit où son esprit est au calme et serein mais son corps est ici. Mon cœur se serre à cette vue d'horreur, alors que je suis toujours là sans pouvoir rien faire.

- "Je comprends mieux Gab ! C'est un super coup ! J'avais oublié à quels points, il était si bon de le baiser aussi durement" dit-il, tout en continuant de ravager mon oméga.
- " A voir ton regard, tu n'as pas eu droit à cela encore, n'est-ce pas ?" continue-t-il, avec son sourire de victoire, continuant à se mouvoir sur lui.
- " Et vu dans l'état qu'il est, tu ne risques pas d'y avoir droit de sitôt !", rigole-t-il, si fort que son rire fait écho dans toute la pièce.

- " Ça te gêne que je sois sur lui, à profiter, à le baiser comme une chienne qu'il est ! J'avais eu un avant-goût, il y a 5 ans, mais là c'est encore mieux, hhhhmmm !" dit-il en prenant son pied, une nouvelle fois.

Je n'en peux plus de voir ce spectacle d'horreur et avant qu'il ne continue, j'arrive de nouveau à bouger, la colère aidant à me dégager et je lui saute dessus et lui arrache la carotide de mes dents, mais quand je me retourne, Diane est là, un couteau à la main, juste derrière Wyatt. Elle l'attrape par le cou et lui tranche la gorge … Je hurle de toutes mes forces, le prénom de mon âme-sœur perdue et pleurant toutes les larmes de mon corps.

Je me sens secoué dans tous les sens, je me débats comme un beau diable, ne supportant pas qu'on me touche. Puis doucement, j'ouvre les yeux et vois mon père face à moi, je peux lire dans son regard qu'il est inquiet pour moi.

- " Du calme fils, ce n'est que moi ! Tu faisais un cauchemar" me dit-il.
- " Oui, je … ça va aller !" lui répondis-je.
- " Tu es sur ? Tu veux en parler ?" insiste-t-il.

Après un long moment d'hésitation, mon père se lève, mais je me redresse et lui attrape le poignet et lui fait signe de se rasseoir. Il se place juste en face de moi et me regarde intensément, attendant que je parle. Je déglutis plusieurs fois avant de lui raconter mon cauchemar qui est en partie vrai pour la moitié. Mes mains tremblent sans que je ne puisse les contrôler. Je sens des larmes se former dans mes yeux mais je les retiens, le plus que je peux, puis je commence à raconter à mon père, mon sombre rêve.

- " Je … Je revois … Wyatt se … se faire … violer par Nathan, et … et il était tellement mal … je ne pouvais plus bouger … et les paroles de Nathan … Je … je l'ai tué mais … mais Diane est arrivée par derrière et … elle avait un couteau … et elle a … tué Wyatt …" avouais-je, en larmes, tellement mon tourment m'avait retourné.

- " Ce n'est qu'un mauvais rêve … du moins pour une partie. Pour l'autre Nathan est bel et bien mort, tu l'as tué fils, tu as vengé l'outrage de ton oméga. Sache qu'Arthur et Demi ne t'en tiennent pas rigueur, ils ne se doutaient pas que Nathan était aussi malade. Pour Diane, elle est enfermée à Polyclinique d'Ithaca, c'est un asile et elle y a toute sa place. Elle ne ressortira pas de sitôt", essaie de me rassurer mon alpha.

- " Je m'en veux tellement papa, c'est ma faute ce qui est arrivé à Wyatt. Il a croisé Nathan, par ma faute. Je m'en voudrais toute ma vie" lui dis-je, tout tremblant, les larmes continuant de dévaler mon visage.

Mon père sentant mon malaise, à travers mes phéromones de tristesse, se rapproche de moi, pose une de ses mains sur les miennes et de l'autre il me caresse la joue et me dit.

- " Je refuse que tu t'en veuilles, ce n'est en rien ta faute, Nathan était malade, le fait qu'il ait revu Morgan n'a rien arrangé, mais ça n'est certainement pas ta faute, mais la leur et celle de Diane !", me réplique-t-il énervé de cette situation.
- " Comment va-t-il ?" reprend-il.

Me remémorant ma journée avec lui, son état second, son changement de pansement avec l'infirmière qui était très gentille, le moment ou Wyatt a rouvert ses magnifiques yeux bleus, ou il s'est cramponné à moi, ou il a respiré mon odeur et que je l'ai senti apaisé et serein. Ce moment où il a murmuré mon surnom, puis qu'il s'est blotti au plus près de moi et que je l'ai senti pleurer tout en me suppliant de rester avec lui. Ce moment où nos lèvres se sont effleurées chastement, ou il a par la suite répondu à mon baiser aussi lentement que le mien en soupirant d'aise. Ce moment où j'ai senti nos loups se retrouver, où ils ont réglé les battements de nos cœurs dans une parfaite harmonie, comme si nous n'étions qu'une seule et même personne, un seul et même loup.

Ce moment où nous nous sommes allongés sur son lit que l'on s'est blottis dans les bras l'un de l'autre et que l'on s'est endormis jusqu'à pas d'heures tellement nous étions fatigués mais, bien et heureux de nous retrouver.

- " Il fait toujours des cauchemars, il revit à répétitions son agression. Les calmants agissent un peu mais les seuls moments où il est calme et serein, c'est quand il est dans mes bras" lui affirmais-je, essuyant mes yeux rougis par les larmes.

Mon père me prend dans ses bras et me frotte le dos, ce geste est peut-être classique mais il est tellement apaisant pour moi. Même à mon âge un câlin de mes parents fait toujours du bien, encore plus en ce moment, dur pour moi, surtout psychologiquement.

- " Tu devras bien prendre soin de lui, Gab ! Votre retour ne va pas être facile et même dur, je pense. Car il va passer par plusieurs étapes. Il aura des périodes de peurs intenses, il aura honte de ce qu'il lui est arrivé, il sera triste. Surveille qu'il ne soit pas en dépression, il va être énervé pour un rien et puis calme par la suite. Il ne supportera pas que quiconque le touche, le frôle même toi. Surtout, il ne faut pas qu'il reste seul, sinon les idées noires arrivent et il peut se faire du mal. Mais je compte sur toi, pour être là pour lui. Je te fais confiance, fils !", m'explique mon Père.

- " Il sort de l'hôpital, tout à l'heure, j'irai le chercher. Je crois que Tom aussi est sortant, alors j'irai avec Rory" dis-je à mon alpha.
- " Ce sont de bonnes nouvelles. Sam et Max sont rentrés hier soir en taxi. Ils avaient l'air d'aller bien" m'explique-il, mais je vois dans son regard de l'inquiétude par rapport à son ami. Avec Sam, ils se connaissent depuis dix ans, une Meute en aidant une autre, des liens se créer et de ce lien parfois une amitié voit le jour, et ça a été leur cas.

J'ai appris de la bouche de mon père que depuis 5 ans, il savait où était Wyatt et avec qui. Mais sachant qu'il était entre de bonnes mains et devant laisser le temps au temps, il ne m'a jamais rien dit pour le protéger et moi aussi. Pendant ses conversations avec Sam, il a su ce qui était arrivé à Wyatt mais il n'a jamais trouvé de preuve ou autre pour savoir qui étaient les auteurs de cette agression. Il a tout de suite pensé à Diane et Brad et c'est pour cela qu'ils les avaient mis sur écoute et que le Meute surveillait leurs moindres gestes. Mais bon rien, aucun signe, jusqu'à ce que j'arrive à New-York avec ma sœur.

Je comprends mieux pourquoi avec ma mère, ils ont littéralement sauté de joie quand je leur ai fait part du fait que j'étais muté dans une caserne de l'Upper-East-Side. Ils savaient qu'il était là-bas. Tout comme Yaël n'a pas retrouvé Wyatt par hasard, mon père lui avait conseillé ce bar et bien évidemment, il savait que mon petit-ami y était pianiste, puisque Sam, lui donnait régulièrement des nouvelles. Mon père et ma mère ayant toujours apprécié Wyatt, comme un fils, c'était normal pour eux de le protéger comme tel.

Dans tout cela, la vie s'en est mêlée et a mis Morgan, Nathan, Tom et Max sur notre route, quelque peu caillouteuse et voilà ce que ça nous donne, un sacré bordel, rempli de haine et de jalousie mal placée et surtout beaucoup de méchanceté et de torture.

Après avoir pris une bonne douche chaude, qui m'a bien réveillé, je descends rejoindre ma famille pour le petit déjeuner. Tout le monde parle de tout et de rien, mes parents taquinent Tara et Yaël, qu'ils apprécient vraiment beaucoup, mais quelque chose m'interpelle. Seul dans son coin Rory, n'interagit pas avec nous dans nos conversations, chose inhabituelle avec lui, il a l'air loin et n'a pas l'air d'aller bien. Son visage est plutôt renfermé, triste, soucieux. Je ne suis pas le seul à l'avoir remarqué car je vois mon père de temps en temps le regarder avec tristesse, il sait quelque chose que j'ignore, mais quoi ? Au détour d'une conversation avec ma mère, mon père se tourne vers Rory et moi pour nous prévenir d'un changement dans notre retour.

- " Au fait, les garçons, ne cherchez pas Samuel et Maxwell, ils sont repartis cette nuit pour New-York. Ils avaient besoin de se retrouver seuls après ces quelques jours de stress" nous dit mon père avec un sourire en coin qui en dit long. Nous nous regardons Rory et moi, nous nous sourions d'avoir compris le message sous-entendu de mon alpha.

Une fois le petit déjeuner pris et fini, je demande à Rory, s'il m'accompagne toujours et il me répond que oui. Nous sortons prendre la voiture direction l'hôpital pour aller chercher nos amis. Si moi, j'ai l'air pressé de retrouver Wyatt, je n'ai pas l'impression que Rory soit aussi enjoué de retrouver Tom.

- "Quelque chose ne va pas, Rory ? Tu as l'air bien pensif." lui demandai-je.
- " Non, tout va bien ! Pourquoi ?" me dit-il.
- " Tu as l'air soucieux, complètement ailleurs !" répliquai-je, inquiet.
- " En fait … Je … J'ai demandé un renseignement à ton père et … comment te dire ?" essaye-t-il, jouant avec ses doigts mal à l'aise. Je ne l'avais jamais vu comme ça auparavant.
- " Vas-y balance, ne tourne pas autour du pot, crache !!!" le pressais-je, encore plus anxieux de ce qu'il doit me dire. Est-ce aussi mauvais que cela, pour qu'il ait du mal à le sortir.
- " En fait … il se trouve que … j'ai trouvé mon âme-sœur …" commence-t-il, angoissé.
- " Mais c'est génial, qui est-ce ?" lui demandais-je, trop content pour lui, qu'il ait enfin trouvé sa moitié.
- " Bah le problème est là en fait …" me sort-il, détournant son regard du mieux qu'il peut.
- " C'est qui ?" insistai-je, car là, il me fait vraiment flipper.
- " Ce n'est quand même pas Morgan, rassure-moi ?" lui dis-je, complètement apeuré de sa réaction.
- " Non, non, bien sûr que non, ça ne va pas la tête ou quoi ! C'est Tom !" réplique-t-il, du tac au tac, rougissant à la suite de son aveu qui est sorti trop vite à son goût je pense, au vu du regard qu'il envoie.

- "Tom ! Ok et où est le problème ?" le questionnais-je, ne voyant pas où était le souci.

- " Tom est un alpha et moi aussi, ton père m'a confirmé que c'était très rare mais que c'était déjà arrivé par le passé, que deux alphas puissent être des âmes-sœurs ! Mais il a déjà du mal à encaisser ce qui lui est arrivé alors une âme-sœur alpha, il le refuse mais en même temps quand je suis avec lui, il ne me lâche pas et s'accroche. Je suis perdu en fait, complètement !" me confia-t-il, totalement déboussolé, sur ce qu'il doit faire ou pas avec Tom.

Le reste du chemin qui mène jusqu'à l'hôpital se fait dans un silence total et songeur. Rory a l'air vraiment perdu et de plus je le sens comme accroché aussi à Tom, et j'espère sincèrement qu'ils trouveront leurs chemins à deux, car il n'y a rien de pire que de perdre son âme-sœur.

Chapitre 20 "Dure réalité"

PDV Rory

J'arrive dans la chambre de Tom, et je le vois endormi, avec son magnifique visage d'ange. Il a l'air serein et calme, ses cheveux blonds comme les blés étalés sur son oreiller, une mèche lui tombant sur les yeux, ses traits fins et ses lèvres fines et pulpeuses, il est tellement beau. Je prends une chaise sans faire de bruit et me place juste à côté de lui. Je n'ai pas le temps de m'asseoir que je le vois se tendre, il tremble de partout, bouge dans tous les sens, puis se recroqueville sur lui-même, en sueur et en larmes, faisant certainement un mauvais rêve. Je m'approche de lui, pour le calmer, je vais pour le secouer doucement mais il se réveille en sursaut, s'assoie sur le lit et quand il me voit, me gifle, me tape, me pousse et me crie dessus.

- "NE ME TOUCHEZ PAS !!! NE… ME … touchez … pas … !!" hurle-t-il, ses yeux verts durcis par son énervement dû au cauchemar, pleurant à chaudes larmes, il reste sur la défensive. - " Hey... Ce n'est que moi, Tom ! C'est moi, Rory !" lui répliquai-je doucement, amorçant un geste vers lui.

Mais toujours sur la défensive, il recule violemment contre la tête de lit, toujours paniqué.

- " Ro … Rory …" dit-il, complètement perdu.

Je vois dans son regard qu'il n'est qu'à moitié avec moi, son corps est ici mais son esprit est perdu quelque part, cela me rend d'autant plus triste de le voir ainsi, il ne mérite pas cela.

- " Oui, je suis là ! Je ne te ferais jamais de mal !" lui rappelais-je, lentement, tendant ma main vers lui, comme pour l'apprivoiser.

Il me fait penser à un animal apeuré de tout ce qui l'entoure et j'en ai mal au cœur de voir mon âme-sœur dans cet état.

- " Rory …"répète-t-il, complètement amorphe.

- " Oui, c'est moi" lui répétais-je, en le regardant, ma main est toujours tendue vers lui, espérant qu'il réponde à ma demande silencieuse de l'approcher, le toucher, de le prendre dans mes bras et ainsi pouvoir l'apaiser du mieux que je peux.
- " Rory … Ro … Ry …" répète-t-il, comme une litanie me faisant frissonner.

Puis à mon grand étonnement, il se rapproche de moi, me prend la main, vient placer son dos contre mon torse et mettant sa tête sur mon épaule et son nez dans mon cou, me chatouillant avec le sien, humant mon odeur, et léchant ce creux qui me fait frémir. Puis je lâche un peu de phéromones pour l'apaiser et qu'il se sente en sécurité. Je peux entendre nos loups ronronner de bonheur grâce à notre étreinte, je l'entends soupirer d'aise et se blottir encore plus contre moi. Le gardant dans mes bras, ravi qu'il ne rompe pas notre rapprochement, et je reprends notre conversation.

- " Je suis venu te chercher, car le médecin nous a dit hier que tu étais sortant. Est-ce-que tu t'en souviens ?" lui rappelais-je.
- " Je … Je sors … oui, c'est vrai …L'infirmière me l'a dit tout à l'heure …" me précise-il, lentement.

Il a tellement l'air ailleurs, j'ai du mal à déglutir de le voir ainsi, certes je ne le connais pas depuis longtemps, je ne l'avais jamais vu avant, mais là son état est aussi dur à voir qu'à entendre. Je le sers un peu plus fort dans mes bras, pour lui faire ressentir que je suis là, qu'il est en sécurité et qu'il n'est pas tout seul.

- " Je t'ai amené des vêtements, que ta mère t'a préparée. Tes parents s'excusent d'ailleurs de ne pas être là, ils avaient une réunion avec Ezra et la Meute" lui expliquais-je, à voix basse.
- " Oui, merci ! Je … Je vais … Aller me préparer !" articule-t-il avec beaucoup de mal.

Il m'embrasse dans le creux du cou, ce qui me fait de nouveau tressaillir. Puis il se dégage doucement de notre étreinte et stoppe son visage à hauteur du mien, ancrant ses émeraudes à mes yeux, ses lèvres effleurent les miennes chastement, tout en gardant le contact visuel, il se redresse et part dans la salle de bain prendre sa douche.

Ses yeux, son regard, je peux me noyer dedans de bonheur et d'amour, tout comme je peux me noyer de toute cette tristesse et ce mal être que je peux y lire. Je vais devoir être prêt à toute éventualité, étant donné mon métier, j'ai appris que chaque personne ayant subi une agression sexuelle, ne réagit pas pareil. Le corps et le cerveau humain, sont assez complexes et de ce que j'ai pu lire dans les yeux de Tomy , ça ne présage rien de bon. Rien qu'à cette pensée mon cœur se serre et je peux sentir mes yeux s'humidifier, je me les frotte, je m'interdis cette émotion, je dois rester fort pour lui et pouvoir l'aider du mieux que je peux, ses parents, ses amis, sa Meute, Ezra, comptent sur moi.

Après qu'il a fini de se préparer, l'infirmière lui ayant déjà donné ses papiers de sortie, nous pouvons donc rentrer. La seule question qui me vient à l'esprit c'est que fait-on maintenant ?

Je prends mon portable et appelle Gabriel pour le prévenir que nous rentrons en taxi, et que donc il n'a pas à nous attendre pour rien, il me remercie et nous raccrochons.

Arrivés devant la maison familiale de Tom, j'ouvre la porte grâce aux clés que m'a donné Demi, pour que leur fils puisse se détendre au calme et dans un endroit familier. Ses parents m'ont préparé une des chambres d'amis, pour que je puisse, moi aussi, me reposer durant les quelques jours à venir. Pour pouvoir être là pour mon âme-sœur, j'ai posé plusieurs jours de congés que mon chef de service à signé sans soucis, sans poser de questions.

Gabriel s'est occupé de prévenir la caserne pour Tom qui fait partie d'une des équipes d'incendies et pour lui. Leur boss étant compréhensif, il leur a accordé plusieurs jours de congés. Nous pourrons ainsi tous nous occuper de nos compagnons respectifs.

J'ouvre la porte de la demeure et je vois Tom passer à côté de moi sans sourciller, il fonce directement au fond du couloir et tourne sur sa droite et j'entends une porte claquer, puis plus un bruit. Je rentre, ferme la porte à clé, derrière moi et en m'approchant de la cuisine ouverte, je vois un message sur le frigo tenu par deux aimants.

" Nous rentrerons tard. Bienvenue à la maison mon fils.
Rory fait comme chez toi, des plats sont prêts dans le frigo,
ta chambre est au fond du couloir à gauche, en face de celle de Tom.
Bisous à vous deux, les garçons, Demi"

Tout d'un coup j'entends, des hurlements et du bruit, des choses qui explosent ou se brisent, je cours directement dans la chambre de Tomy, je l'ouvre violemment et le vois tout foutre en l'air, en hurlant.

- " POURQUOI !!! POURQUOI LUI ET PAS MOI !!! POURQUOI !!!"hurle-t-il, de toutes ses forces.

Puis je le vois, s'appuyer sur le mur derrière lui, et il s'effondre au sol, son dos contre le mur, prenant sa tête dans ses mains, pleurant tout ce qu'il peut, laissant toutes ses barrières s'écrouler. Il est tellement mal, tellement vulnérable, il tremble de tout son corps, il somatise.

Je m'avance vers lui, tout doucement pour ne pas le brusquer, il me laisse l'approcher et arrivé à sa hauteur, je me mets à genoux devant lui. Il se jette dans mes bras, toujours tremblant et pleurant à chaudes larmes. Il vient caler sa tête sur mon épaule, et son nez dans mon cou, respirant mon odeur, ce qui le rassure et le calme lentement. Je l'enlace de mes bras, l'un dans son dos et l'autre à sa taille. Puis comme pour mettre une ambiance apaisante, je lâche mes phéromones.

Je le sens bouger dans mes bras, il se redresse, me regardant droit dans les yeux et s'approche de moi, je sens ses lèvres de nouveau effleurer chastement les miennes, étant pris au dépourvu je ne réponds pas assez vite a son baiser.

Voyant que je ne lui réponds pas, il se dégage et me pousse de notre étreinte et se relève brutalement tout en hurlant, je me relève également ayant un peu peur de la suite et de ses éventuelles réactions.

- " JE TE DÉGOÛTE, C'EST CA ?!! JE DÉGOUTE MA SOI-DISANT ÂME-SOEUR ?!!" hurle-t-il, énervé, rouge de colère et toujours en pleurs.

- " Non, non pas du tout, arrête !!!" lui dis-je, m'approchant de lui, mais il se braque et recule.

- " Non, je le sais ! Je te dégoûte et tu ne peux pas être mon âme-sœur, non c'est impossible, non !!! Comment … Comment … Je … Je pourrais être l'âme-sœur d'un alpha, c'est impossible !!!" bégaye-t-il.

- " Ezra, m'a dit que c'est rare mais que c'est déjà arrivé ! Tu … Tu le sens ce lien, n'est-ce pas ?" lui demandai-je, ayant affreusement peur de sa réponse.

- " Je suis un alpha, ayant une âme-sœur alpha !! Ah ah ah je suis mort de rire !!! Arrête de te foutre de moi, Rory !!! Regarde-moi, regarde la loque que je suis, je suis l'ombre de moi-même, comment … comment un mec comme toi … pourrait avoir une âme-sœur telle que moi … Hein ?! REGARDE-MOI ET REGARDE-TOI !!! J'ai suivi toutes les conneries de mon frère … Je … Putain si j'avais su … Et ce … Ce … Ce connard … Qui … qui m'a … POURQUOI ??? POURQUOI MOI ??? Laisse-moi seul … s'il te plait … Je suis … suis … fatig...." dit-il, tout en s'écroulant dans mes bras, ses yeux papillonnant et tremblant.

Trop d'émotions, énervement, colère, baisse de tension et le voilà évanoui dans mes bras. Je passe un de mes bras dans son dos et l'autre sous ses genoux, pour le porter et le déposer délicatement dans son lit. Une fois allongé, je lui remonte les draps et les couvertures pour qu'il soit bien au chaud mais au moment de partir, je sens que mon poignet est bloqué dans une de ses mains, remontant mon regard sur lui, je le vois me regarder, puis tourner la tête gênée.

- " Reste … Reste … S'il te plait … S'il te plait … J'ai … J'ai besoin de toi … Rory" me supplie-t-il sans me regarder, ayant peur de ma réponse.

Sans répondre, je retire mes chaussures, soulève ses draps et couvertures, me glisse en dessous. Il se rapproche de moi et quand j'ouvre mes bras, il vient se blottir à l'intérieur d'eux, comme à son habitude il prend sa place dans le creux de mon épaule, il ne tremble plus, ne pleure plus. Nos phéromones dansent entre eux ce qui nous procure un bien fou comme si nous étions en train de fusionner. Nos loups se sentent bien et en harmonie, ils ronronnent de bonheur.

- " Je suis désolé … Rory … Je suis …" bégaye-t-il.
- " Chuuut … Ce n'est rien ! Dort Tomy, je suis là ! Je veille sur toi !" lui répondis-je.

Mon cœur se serre affreusement et ma colère monte lentement, pas contre lui mais contre ce connard de Morgan. Là tout de suite je voudrais le tuer de mes mains pour ce qu'il a osé faire à mon âme-sœur. Tant que Tomy aura besoin de moi, je serai là mais si jamais Morgan croise de nouveau mon chemin, il est un loup mort.

Durant toute la nuit, je ne dors que d'un œil, me réveillant aux moindres mouvements de mon âme-sœur. Malgré tous ces mouvements pendant son sommeil, il me garde au plus près de lui, ne rompant jamais le contact, gardant toujours mes bras autour de lui, se blottissant soit de torse à torse, soit son dos sur mon torse mais toujours nos mains reliées entre elles et autour de lui, comme une barrière que rien ne peut franchir sans mon accord.

Chapitre 21 " New-York"

PDV Samuel

Après avoir prévenu Gabriel et Rory que nous quittions l'hôpital, nous arrivons à la maison d'Ezra. Celui-ci, nous accueille avec sa femme, content de me revoir et de faire connaissance avec mon âme-sœur.

- " Bonsoir, Sam ! Maxwell !" nous saluent Ezra et Oriane, avec un grand sourire et une étreinte chaleureuse de la part de celle-ci.
- " Bonsoir et merci pour ce que vous avez fait pour nous " fit timidement ma moitié.

Faisant un signe de tête à Ezra, pour lui faire comprendre que je souhaite lui parler, nous nous dirigeons vers son bureau, prévenant nos conjoints de notre absence momentanée.

- " Je reviens, mon Cœur" lui dis-je, lui embrassant la tempe avant de rejoindre le chef alpha, dans la pièce voisine.
- " N'ai crainte, je vais veiller sur lui !" me dit Oriane, le sourire aux lèvres.

Je vois mon compagnon se diriger vers la cuisine avec la mère de Gab. Cette femme a toujours le sourire, en toutes circonstances, parfois ça en est impressionnant et déstabilisant. Arrivés dans le bureau d'Ezra, nous nous installons, sur le canapé pour moi et le fauteuil pour lui, face à moi.

- " Alors comment va-t-il ?" me demande-t-il, inquiet autant pour Max que pour moi.
- " Mieux que moi, en tout cas !" répliquai-je, mal à l'aise.
- " Ne t'inquiète pas, nous le retrouverons et tu pourras finir ton combat à mort avec lui, je sais qu'il va morfler encore plus, vu ton énervement et ta colère que je ressens envers lui !" me rassure-t-il
- "Le souci, c'est que mon rôle de Chef Alpha va en prendre un coup, à la suite de sa fuite juste sous mes yeux !" dis-je, tout penaud.

- " Non, certainement pas ! On avait pensé à toutes les sorties de secours, les entrées, les bouches d'aérations et les caves, mais personne n'a pensé aux bouches d'égout ! Et puis, tu as déjà fait tes preuves pour ta Meute, alors ne te rabaisse pas sur un petit oubli, ok ! Tu l'auras, ma Meute et la tienne sont aux aguets, sans oublier les autres Meutes qui nous soutiennent !" me rassure-t-il.

- " Max voudrait rentrer au plus vite chez nous. Le médecin lui a conseillé de se reposer encore avant de reprendre le boulot, mais nous ne voulons pas abuser de votre hospitalité à tous les deux. Et puis pour t'avouer, nous avons besoin de nous retrouver un peu seuls" lui expliquais-je.

- " Je comprends tout à fait, ne t'inquiète pas. Vu par où vous en êtes passés depuis que vous vous fréquentez, c'est normal de vouloir se retrouver" me rassure-t-il, avec un sourire en coin et ses yeux rieurs.

Nous nous relevons en même temps et après une étreinte amicale, nous nous dirigeons vers la cuisine, où nous entendons de superbes éclats de rires. Arrivés dans la cuisine, nous découvrons une Oriane pliée en deux de rire regardant Max, pleurant de rire et se frottant les yeux. Quand il se retourne vers Ezra et moi, nous ne pouvons pas nous retenir d'exploser de rire également. Je découvre mon oméga, couvert de farine sur tout le haut du corps, visage compris, lui faisant un visage de clown à mourir de rire.

- " Il ... Il a voulu ... m'aider à faire ... un gâteau ... et ... il a ... éternué ..." essaye de nous expliquer Oriane, tout en rigolant de plus belle.

- " Et ... Je ... me suis ... pris toute la farine ..." rigole aussi Max, tout en se frottant les yeux.

- " Viens là, mon Cœur" lui dis-je, l'attrapant par la taille doucement et le plaçant devant moi et l'évier pour l'aider à nettoyer, son magnifique visage d'ange et ses superbes orbes vairons avec un torchon humidifié.

Oriane en profite pour mettre son gâteau au four et la minuterie en route, après avoir secoué son tee-shirt plein de poussière de farine dehors, Maxwell l'aide à ranger et laver le bazar qu'il a mis sur le plan de travail. Ezra, nous propose un café, mais je vois le regard fatigué de mon compagnon, il se bat pour ne pas s'endormir mais baille quand même, montrant son état de fatigue avancé.

- " Non, merci. Nous allons appeler un taxi, et rentrer chez nous" dis-je, avec un sourire de remerciements.
- " Vous revenez quand vous voulez, la porte vous sera toujours ouverte" nous précise Oriane, avec un signe de tête d'Ezra qui approuve la décision de sa femme.

Après avoir remercié nos hôtes pour leur aide et leur hospitalité, nous montons dans le taxi et prenons la route pour notre appartement dans la 63eme Upper-East-Side, New-York. Max se cale dans mes bras et s'endort très vite, la fatigue de ces derniers jours aidant beaucoup. Pour ma part je m'assoupi aussi, mais je me réveille pour reconnaître notre rue. Le chauffeur, nous dépose juste devant notre immeuble, je le paie et récupère Max dans mes bras, c'est à ce moment-là qu'il se réveille doucement.

Nous entrons enfin dans notre appartement, Max se dirige directement vers la salle de bain et me fait un clin d'œil. Que dois-je comprendre ? Pendant que ma moitié prend sa douche, j'en profite pour écouter mon répondeur. Beaucoup de messages pour mes futures livraisons pour le bar et son entretien, puis le dernier message me fait froid dans le dos, et fait monter en moi, cette colère refoulée depuis quelques jours.

- " *Bonjour, cher Samuel, Chef Alpha de la Meute de l'Upper-East-Side, incapable d'arrêter ou de tuer, le bourreau de son cher et tendre oméga. Laisse-moi rire, ah, ah, ah !!! N'ai crainte bientôt je prendrais ma revanche et crois moi l'un de nous mourra, mais pas celui que tu crois. Et quand j'en aurai fini avec toi, je serai ravi de m'occuper de mon cher et tendre Chéri, que tu me gardes bien au chaud. Ah, ah, ah !!! Allez à très bientôt, fais une bise à MON CHÉRI*" me prévient Morgan, mort de rire et encore plus déchaîné que la dernière fois.

J'avais lâché des phéromones de colère à la suite de ce message qui m'avait énervé au plus haut point, mais lorsque je sens les phéromones apaisantes de ma moitié, je me calme. Je le sens m'enlacer de ses bras par derrière, ses mains me caresser le torse, et qu'il m'embrasse la tempe aussi doucement que possible. Cette étreinte me fait frissonner de contentement. Je me retourne vers lui, nos regards se croisent et autant dans ses yeux que dans sa façon de me regarder, je peux voir tellement d'amour.

Je m'aperçois qu'une musique de fond se joue sur ma chaîne hi-fi "Love me like you do" au piano par Robert Mendoza. Je sens Max se coller encore plus près de moi, prenant mon visage en coupe et m'embrassant comme jamais il ne l'avait fait auparavant, je l'enlace par la taille voulant le rapprocher encore plus de moi. Il se recule tout en m'entrainant avec lui jusque dans notre chambre.

Arrivé devant le lit, il me pousse sur celui-ci et vient se mettre à califourchon sur moi, son regard empli de désir me fait l'effet d'une bombe. Il m'arrache les boutons de ma chemise sans aucune pudeur et vient prendre possession de ma bouche, tout en me caressant le torse du bout de ses doigts, me faisant frémir, un gémissement m'échappe et glisse sur nos lèvres. Son baiser devient plus ardent, frottant son bassin contre le mien, faisant se gonfler nos érections.

Puis ses baisers descendent sur ma joue, mon cou où il lèche le creux, me provoquant une nouvelle complainte, puis il continue à descendre ses baisers sur mon torse, tout en prenant le temps de mordiller mes boutons de chairs et les léchant par la suite, prenant le temps de découvrir mes pectoraux et mes abdos de sa bouche, pendant que ses mains déboutonnent mon pantalon. Il continue sa descente, enlève mon vêtement avec mon boxer qu'il balance derrière lui sans lâcher mon regard rempli de désir et d'envie pour lui et réciproquement.

- " Tu es magnifique Honey" me murmure-t-il, avec ses orbes vairons empli de convoitise.

- " Viens ici" lui dis-je, l'enlaçant par la taille et le chatouillant en même temps, son rire résonnant sur les murs de la chambre, faisant écho à notre bulle d'amour qui nous entoure.

Lui ayant retiré ses vêtements et ma chemise à la hâte, nous voici tous les deux nus sur le lit. Il s'est mis sur le dos et je suis au-dessus de lui, nos mains entrelacées au-dessus de nos têtes, nous admirant avec amour.

- " Tu es sûr de toi, mon Cœur ?" lui demandai-je, ne voulant pas la brusquer pour quoique ce soit.
- " Plus que jamais !" me répond-il, avec un sourire espiègle sur ses lèvres pulpeuses.

Sans attendre une minute de plus, je l'embrasse à pleine bouche comme jamais, quémandant l'accès, il entre-ouvre celle-ci permettant à nos langues de faire plus ample connaissance dans une danse pleine de sensualité. Notre envie grandissante, j'ondule sur lui, nos bassins s'emboitant, nos érections se frictionnent avec délice, ses gémissements de plaisir sont un véritable régal à mes oreilles.

- " Honey … Haannn …" gémit-il.
- " Oui … Mon Cœur …" répondis-je.
- " Je veux … plus de toi …" me dit-il, tout en me regardant si ardemment dans les yeux.

- " Tu es sur ?" lui dis-je, voulant m'assurer de son envie et de son
état.

- " Oui … Fais-moi l'amour … Honey …" me demande-t-il, ses
superbes yeux vairons me confirmant sa demande.

Je m'exécute sans plus attendre, je reprends immédiatement
possession de sa sublime bouche, pendant que mes mains câlinent ses
flancs, je le sens frissonner à mon toucher, ses complaintes m'enivrent
tous comme nos phéromones que nous avons lâchées, qui nous
excitent de plus belles et qui s'enlacent comme nos corps. Nos loups
sont heureux et ronronnent de ce bonheur qui nous entoure dans cette
bulle qui est la nôtre.

Je descends mes baisers sur son corps n'oubliant aucune parcelle, son
corps devant être aimé, goûté, respecté et chéri de mille façons. Je me
délecte de mon ange, qui se laisse complètement aller à mes baisers, à
mes câlineries, à mes attouchements. Je l'aime tellement et ses petits
bruits qu'il fait sont de plus en plus sensuels et érotiques.

Il pousse un gémissement de surprise lorsque je le prends en bouche,
faisant de lents vas et viens pour qu'il apprécie encore plus ce
moment. Je le sens totalement s'abandonner à moi, ses doigts crispés
sur mes cheveux mais sans les tirer, me font savoir qu'il est dans un
autre monde. Ses doigts me tirent vers le haut, je me redresse sur lui,
m'approche de son visage, il prend le mien en coupe, m'embrasse
avec amour et passion, ses jambes s'enroulent autour de mes hanches.
Sa langue joue avec la mienne dans une danse fiévreuse, où se mêlent
nos gémissements de pur bonheur. Une de mes mains continue de le
caresser, pendant que l'autre attrape dans le tiroir de la table de chevet,
le tube de lubrifiant et un préservatif.

Après avoir réussi à mettre du gel sur mes doigts, je les descends vers
son entrée et quand il sent la froideur de mes doigts sur lui, un petit
sursaut le prend suivi d'un rire pour nous deux.

Puis nous reprenons notre baiser, pendant que je le prépare, il me caresse, me susurre des mots doux. Je vais doucement, un doigt, puis un deuxième, puis un troisième, lui laissant le temps de s'habituer, faisant de petits vas et viens.

Une fois que je le juge prêt, je me redresse pour dérouler le préservatif sur moi avant de me pencher à nouveau sur lui. Je récupère ses mains que j'enlace de nouveau aux miennes au-dessus de nos têtes, nos regards en disent long, nous nous embrassons, ne rompant pas le contact visuel et quand je le pénètre doucement, mais en profondeur, sa tête part en arrière avec un long soupir d'extase. Il est magnifique ainsi offert à mes soins, je meurs un peu plus d'amour pour lui, chaque minute qui passe.

Je fais de lents vas et vient, tout en frictionnant son érection entre nos deux ventres, j'ondule de plus en plus, nos corps s'emboîtant à la perfection, de plus en plus fort, de plus en plus rapide, nos respirations sont saccadées. Puis dans un coup de rein bien placé, mon compagnon gémit de plus belle, sentant son orgasme arriver, et je ne peux que le regarder, il est tellement beau. Un dernier coup de rein, nous fait basculer tous les deux au septième ciel. Notre jouissance est intense. Nos corps tremblent de ce délicieux orgasme mutuel. Nos mains se relâchent, les siennes m'enlacent et caressent mon dos, tandis que les miennes restent au-dessus de sa tête, je place ma tête dans le creux de son cou, humant son odeur de jasmin vanillé, lui fait de même.

- " je t'aime tellement Honey" me murmure-t-il, à l'oreille, tout en sanglotant.

Je lève ma tête pour l'admirer et je l'embrasse une nouvelle fois, j'adore faire cela, il me redonne goût à la vie, de nouveau. Cette confiance qu'il me donne, ce pouvoir qu'il m'octroie sur lui, après tout ce qu'il a vécu est une bénédiction pour moi et jamais je ne le trahirais, ô grand jamais.

- " Je t'aime aussi mon Cœur, de toute mon âme" murmurais-je, sur ses lèvres.

- " Douche ?" demandais-je, par la suite.
- " Douche" me répond-il, les yeux brillants toujours de désir et de malice.

C'est ainsi que nos corps s'unirent une nouvelle fois avec passion dans la douche italienne de l'appartement, nos gémissements de plaisir et de bonheur emplissant tout le logement, si ce n'est plus.

Chapitre 22 " Éclaircissements"

PDV Wyatt

Je suis dans cette satanée cabane en bois, je sens des yeux qui m'observent, quelqu'un s'approche de moi, je distingue à peine ses yeux mais je peux voir son sourire carnassier et ça ne me dit rien de bon. La panique me prend, bougeant mes poignets qui me font mal, je réalise avec effroi que je suis attaché avec des chaînes au mur.

Ma tête me tourne alors que le décor change. Je me retrouve dans une salle sombre, il allume et je le vois face à moi. Il se muni d'un fouet, il fait glisser les lanières de celui-ci entre ses doigts et les fait claquer ce qui me provoque un sursaut de peur. Je peux voir à son visage qu'il a aimé ma réaction et puis sans prévenir il me frappe le dos avec, encore et encore, de plus en plus fort. Il enchaîne en m'attrapant les cheveux brutalement, il se penche sur moi et m'embrasse violemment, puis ses doigts explorent mon corps mais je ne suis pas d'accord, je bouge comme un beau diable je fuis sous ses attouchements. Énervé, il me plaque sur le lit juste derrière et vient me surplomber de tout son poids et écarte mes jambes à outrance. Ses phéromones m'étouffent et je ne deviens que l'ombre de moi-même, l'angoisse et la panique prennent le contrôle sur moi quand je sens son membre durci frôler mon entre-jambe.

Sans plus attendre, il prend possession de ma bouche avec force, me suce et me mord le cou y laissant certainement des marques, me lèche le torse, tout en s'enfonçant en moi. Ses vas et viens, de plus en plus forts me font tellement mal, lui crie son plaisir alors que moi je crie mon désarroi.

Je sens que l'on me secoue doucement, j'entends en même temps comme des murmures, comme des mots doux que je n'arrive pas à distinguer et puis je sens des phéromones d'apaisement m'entourer et me protéger.

Mes yeux papillonnent et s'ouvrent lentement et là je vois la plus belle chose que j'ai dans ma vie, de magnifiques yeux noisette me regardent inquiet, mon beau ténébreux se tient juste devant moi. Je peux sentir son chagrin à la suite de mon cauchemar alors comme pour le rassurer je prends ses mains dans les miennes, les embrasse et lui fait signe de la tête.

- " Tout va bien, maintenant que tu es là ! Viens", lui dis-je, en lui faisant de la place à côté de moi.

Il ne perd pas une minute et vient s'asseoir à mes côtés, il m'ouvre grand ses bras et sans même réfléchir je viens me blottir contre lui, ma tête sur son épaule, mon nez humant à en perdre la tête cette divine odeur de rose et de cannelle qui m'enivre tant. L'une de ses mains passe derrière mon dos et me caresse à son passage, alors que de son autre main il remonte mon visage, que j'avais machinalement baissé, nos yeux se croisent et sans se quitter, tout en maintenant ce contact mon âme-sœur se penche et m'embrasse chastement, je peux y contempler tellement d'éclats de couleurs passant du vert en un dégradé de marron et finissant par de l'ocre, ses orbes sont magnifiques, ses lèvres sont tellement douces, je ne veux pas que cet instant s'arrête.

Comme si mon beau ténébreux avait lu en moi, nous reprenons notre souffle quelques secondes avant de replonger dans les méandres de nos baisers, il m'embrasse de plus belle tout aussi doucement, tendrement, amoureusement. Nos cœurs battent à l'unisson et même si au fond de moi je sais que les jours à venir vont être durs pour notre couple, je sais qu'il sera toujours là pour moi. Notre baiser prend fin et je me blottis encore plus dans ses bras et lui m'enlace encore plus passionnément. La seule chose que j'espère c'est que Gab n'ait rien vu de ce que Nathan m'a fait subir.

- " Comment te sens tu, Petit-Cœur ?" me demande-t-il.
- " Si ces affreux cauchemars arrêtaient de me hanter, peut-être que j'irai mieux !" dis-je, énervé, me levant brutalement du lit.

- " Wy, tu vas aller prendre une douche et nous allons rentrer, tu es sortant et mes parents ont hâte de te revoir !" me dit-il, en souriant, essayant de me calmer.

- " Hâte, hâte de quoi, hâte de revoir celui qui s'est fait niquer et détruire il y a 5 ans, hâte de revoir celui qui s'est encore fait choper, kidnapper et violer une nouvelle fois. Hâte de quoi, bordel !! Mes parents sont toujours restés dans la Meute alors qu'ils n'y avaient plus leur place. Ils ont toujours été hypocrites. Et… Et moi, c'est moi qui suis parti pour leur éviter une honte de plus de leur chère anomalie génétique." hurlais-je, énervé, pleurant à chaudes larmes.

Il tente de se rapprocher de moi, mais je le stoppe par ma main tendue vers lui, lui faisant non de la tête. Je vois dans ses yeux quelque chose qui me dérange mais je ne sais quoi. Comme quelque chose qu'il n'ose pas me dire, mais quoi ?

- " Je vais prendre ma douche et nous rentrerons." lui dis-je, agacé de cette situation. Je vais devoir faire bonne figure devant Ezra et Oriane, après tout, ils ne m'ont rien fait, ils ont toujours été là quand j'en avais besoin. Et puis ma colère n'est pas dirigée contre eux, ni contre Gab, elle est dirigée contre moi, je suis le seul fautif de toute cette histoire.

Quelques minutes plus tard nous voici devant la voiture que son père lui a prêté pour l'occasion, Gabriel m'ouvre la porte et je m'installe côté passager et lui conducteur. Il me demande s'il peut mettre de la musique, je lui fais "oui" de la tête. La radio passe une chanson que je connais par cœur pour l'avoir écouté pendant longtemps, qui en dit long sur mon état et avec laquelle je suis d'accord, son titre "Not Strong Enough" (Pas assez fort).

Dans son refrain le chanteur dit :
- *And it's killin'me when you're away, I wanna leave and I wanna stay.*
Cela m'anéantit lorsque tu es loin, je veux partir et je veux rester
- *I'm so confused, So hard to choose.*
Je suis si confus, il est si dur de choisir

- Between the pleasure and the pain.
Entre le plaisir et la peine

Que dois-je faire, je suis complètement perdu. Dois-je encore fuir pour éviter de souffrir et de mettre la honte sur ma Meute, celle qui m'a toujours accueillie et aidée et la honte que je vais encore ajouter à mes géniteurs, que dois-je faire ? Ma tête me tourne, tellement mes pensées sont mélangées et confuses. Je pose ma tête sur la vitre, son froid me fait du bien.

Le trajet n'a jamais été aussi silencieux, le stress et l'angoisse s'infiltrent en moi sans que je ne puisse faire quoique ce soit. Comme chaque fois Gab ressent mon mal être et je le vois venir poser sa main sur la mienne pour me calmer, mais je le repousse assez vivement, je ne veux pas de sa pitié, jamais.

Nous arrivons devant la maison familiale de mon petit-ami, nous sommes accueillis sur le perron par Ezra et Oriane. Chacun leur tour, ils me serrent dans leur bras, je peux sentir que l'amour qu'ils avaient pour moi n'a pas changé depuis tout ce temps écoulé et j'en suis ravi, mais moi j'ai changé, ou peut-être pas en fait, sinon rien ne serait de nouveau arrivé.

Alors que nous rentrons dans la maison, Oriane ne me lâchant pas de ses bras, elle a toujours aimée me materner, nous nous dirigeons vers le salon, mais quelque chose ne va pas, quelque chose me gêne, je sens comme une odeur familière mais je n'arrive pas à me souvenir et puis lorsque j'ai la personne en face de moi, tout me revient. J'ai comme un mouvement de recul mais Oriane me tient fermement dans ses bras.

- " Ne t'inquiète pas nous sommes avec toi, mais écoute le !" me dit-elle, je peux lire dans ses yeux tout l'amour et la tendresse qu'elle m'a toujours portée et ne vois aucun piège.

- " Que fais-tu ici ? Tu es venu voir par toi-même à quel point ton anomalie génétique est anéantie, c'est ça ? Et donc, tu en penses quoi, dis-moi ! Satisfait du résultat ? Où est ta chère femme, elle n'aurait pas manquée de me rabaisser devant tant de monde ?" dis-je, énervé, en regardant cette personne, droit dans les yeux.

- " Fils, je …"commence-t-il.

- " NON, non, jamais, ne joue pas à ça avec moi, je n'ai jamais été ton fils, jamais tu ne m'as appelé comme ça, ce n'est pas aujourd'hui que ça va commencer. Tu as perdu ce droit depuis bien longtemps !" le coupais-je, encore plus énervé contre lui.

- " Je suis désolé Wyatt. Je ne savais pas, je suis désolé de tout ce qui t'es arrivée, je ne savais pas qu'elle était capable de tant de méchanceté." me dit-il, tout penaud.

- " Mais de quoi tu parles ? Vous ne m'avez jamais voulu, vous m'avez toujours détesté, vous n'avez jamais eu un geste tendre ou aimant envers moi, JAMAIS !!!" hurlais-je, hors de moi.

- " Wyatt, ton père, ainsi que les membres haut placés de la Meute ont su hier, ce qui se passait vraiment depuis que tu as disparu il y a 5 ans, et nous aimerions t'expliquer calmement les choses et comment nous les avons réglées." me dit calmement Ezra, qui s'est placé face à moi, ses mains posées sur mes épaules et ses yeux droits dans les miens, alors que des larmes coulent de mes yeux par mon énervement peu calmé.

J'ai toujours eu confiance en lui aussi bien en tant que Chef Alpha que comme père de substitution. Je m'assois sur le canapé derrière moi avec à ma gauche Gab et à ma droite Oriane et sur les deux fauteuils en face de nous Ezra face à moi et Brad sur l'autre.

Ezra m'explique qu'avec l'aide de la Meute, ils ont pu intercepter la personne à la tête de ce plan immonde. Il me fait écouter un enregistrement où je reconnais les voix de ma génitrice et Nathan, mes mains tremblent, ma tête me fait mal, comment peut-on détester son enfant à ce point, qu'ai-je fais pour mériter cela. Et puis comme si cela ne suffisait pas, Ezra m'en fait écouter un autre, où l'on entend Gabriel s'énerver après Diane, et puis celle-ci s'explique.

- " Je n'ai jamais voulu d'enfant … Il n'avait rien pour lui … Je ne le désirais pas … un oméga, un faible, une erreur génétique, je le haï depuis sa naissance … en plus il est gay … J'ai monté Nathan contre Wyatt … que Wyatt et Gabriel étaient âme-sœur, c'était du pain béni pour moi et mon plan … Tant que je savais que Wyatt souffrait, je me foutais de savoir comment il s'y prenait …"

Le reste de la conversation m'échappe complètement, j'entends mon père murmurer qu'il s'excuse, qu'il ne savait rien de tout cela, qu'il s'en voulait d'avoir été aussi aveugle, mais ma tête tourne tellement que tout s'embrouille, je distingue une dispute entre Diane et Demi, puis Ezra qui s'énerve et dit d'emmener ma génitrice à la Polyclinique. Mes mains tremblent, je ne veux pas rester une minute de plus ici, je me lève et file dans le couloir mais trop d'émotions font que mes jambes flageolent, je m'écroule au sol contre le mur et je n'arrive plus à respirer, je panique, j'angoisse, je tremble de partout, je sens la crise d'angoisse qui s'amplifie, ma respiration se fait haletante et se bloque.

Puis je sens ses mains tendres se poser sur moi, l'une dans ma nuque car je ressens sa chaleur et l'autre sur le cœur de mon Gab dont je reconnais les battements. Il ancre ses yeux aux miens, me faisant comprendre qu'il est là, qu'il sera toujours là. Puis je l'entends me parler, mais ses mots restent comme des murmures que je distingue à peine.

- " Respire … Doucement … Suis mon rythme, regarde-moi … ne lâche pas mes yeux … Regarde-moi, Petit Cœur, regarde-moi … tu es en sécurité avec moi … doucement … respire … Wy suis mon rythme … je t'en prie …" me dit-il, mais mes yeux se voilent et même si je retrouve ma respiration je ne tiendrais pas le choc. Qu'ai-je fait pour que l'on me déteste sans que je ne fasse rien ? Pourquoi tant de souffrance ? Pourquoi suis-je encore en vie, alors que j'aurai dû mourir depuis longtemps ?

Comme une réponse à mon appel à l'aide silencieuse, je sens ses phéromones qui m'entourent, qui me bercent, qui me câlinent avec douceur et tendresse. Mes yeux papillonnent, mais je peux entrapercevoir le profil de mon âme-sœur, je sens que l'on me porte, je sens son odeur et me sens en sécurité dans ses bras, il me serre au plus près de lui, je peux entendre son loup ronronner de cette proximité, le mien hurle de tristesse de tout ce mal gratuit que nous avons dû subir ensemble.

PDV Gabriel

- " Papa, maman, nous rentrons à New-York. Wyatt a assez souffert comme ça, finalement il a plus de mauvais souvenirs ici que de bons. Brad ne cherche pas à le contacter, s'il veut vous revoir c'est lui qui prendra la décision, vous en avez assez fait comme cela je pense !" leur dis-je, énervé de voir une fois de plus mon oméga dans un état second à cause de toute cette souffrance qu'il endure encore et encore.

- " Fils, prends bien soin de lui, il en aura besoin, ta mère et moi te faisons confiance, nous savons qu'il est entre de bonnes mains" me dit mon père, en se rapprochant de nous. Ayant Wyatt dans les bras, qui s'est évanoui par suite de cette crise d'angoisse fracassante, il lui embrasse le front et je l'entends lui dire " Courage mon garçon, tu es plus fort que ce que tu crois !". Puis ma mère l'embrasse sur la joue.

Avec l'aide de mes parents j'installe Wyatt côté passager, une fois que mon Chef Alpha a baissé un peu le fauteuil pour qu'il soit plus à l'aise pour se reposer, je lui mets sa ceinture de sécurité et ferme la porte. Je me tourne alors vers mes parents que j'enlace et je les remercie de tout cœur de ce qu'ils ont fait pour nous, une fois de plus grâce à mon père j'ai pu retrouver mon petit-ami. Mon père me réitère ses conseils qu'il m'a donnés la veille pour bien m'occuper de mon âme-sœur, conseils que je ne manquerais pas d'appliquer en temps et en heure.

Après nos au revoir, je monte dans la voiture que mon père me laisse sans soucis, mettant le contact je monte le chauffage car il ne fait pas très chaud et je ne voudrais pas que Wyatt tombe malade. Je regarde mon oméga dormir, je me penche vers lui et lui murmure "je t'aime tellement Petit-Cœur, je ne suis rien sans toi" et j'effleure avec amour ses lèvres des miennes, du bout desquelles je l'entends me répondre tout bas "je t'aime aussi Amour, sans toi je ne suis rien non plus". Il repart dans les bras de Morphée et je me décide enfin à prendre la route. Yaël et Tara sont probablement chez nous, quand elles ont su que tout le monde était sain et sauf, elles sont rentrées plutôt pour reprendre en main le bar, et éviter à Sam de s'en soucier, ayant d'autres choses en tête. Alors ne voulant pas les déranger j'irai directement chez Wyatt.

Chapitre 23 " Dure réalité suite"

PDV Tom

Je suis tellement mal que je ne sais pas comment j'arrive à tenir encore debout. Arrivés devant la maison de mes parents, Rory ouvre la porte, et je fonce direct dans ma chambre sans même le regarder. Je ne veux pas qu'il me voit, qu'il me regarde, je ne le mérite pas. A peine rentrée dans celle-ci, je claque la porte, lui faisant comprendre que je ne veux pas qu'on me dérange. Je m'allonge sur mon lit, j'ai tellement mal partout. J'essaye de fermer les yeux, mais les seules choses que je vois c'est mon agression, cette saleté de Morgan qui minaude des petits surnoms à mon égard, ses yeux sombres emplis de sadisme et de folie. Je réalise ma nudité à sa manière de me regarder, mon angoisse et mon stress montant crescendo, je lâche des phéromones de panique et ça le fait rire, je le vois, il jubile de me voir ainsi. Son visage face à moi, me donne envie de vomir, il m'embrasse violemment, me mord la lèvre, ses mains parcourent tout mon corps sans exception. J'ai beau me débattre il me maintient contre lui. Puis il me surplombe de son poids, mettant son bassin sur le mien et ses jambes prenant places entre les miennes. Je me sens de plus en plus mal sentant son membre se frotter à mon entrejambe et gonflant à ce contact. Ma tête me tourne de nouveau, je le vois une seringue à la main et je peux sentir cette piqûre, cette drogue me rends docile, moi qui suis un alpha, je suis incapable de me défendre contre ce type. Tout en étant dans un état second je réalise ce qu'il me fait et des larmes coulent de mes yeux sans que je ne contrôle quoi que ce soit, ses vas et viens incessants, de plus en plus forts, de plus en plus rapide et ses râles de plaisirs, à ce moment je n'ai qu'une envie c'est mourir. Puis d'un coup je me redresse sur mon lit et pense à mon frère, Nathan où est-il ? Je me prends la tête dans les mains me remémorant ce que m'a dit Rory à l'hôpital, il est mort.

Pourquoi lui et pas moi ? Je mérite aussi de mourir pourquoi ? Et puis une rage me prend je me lève de mon lit et balance tout ce qui est dans ma chambre, les cadres photos, l'ordinateur, mes livres, toutes les babioles sur les étagères tout y passe.

- " POURQUOI !!! POURQUOI LUI ET PAS MOI !!! POURQUOI !!!" hurlais-je, de toutes mes forces, complètement ravagé par l'abandon de mon jumeau.

Puis je m'appuie sur le mur juste derrière moi et m'effondre au sol, mes jambes ne me tenant plus, n'ayant plus aucune force, mon corps tremble et mes yeux se voilent, deviennent troubles.

Je sens que quelqu'un s'approche de moi, ça ne peut être que Rory, il se met à genoux devant moi et je n'ai qu'une envie être dans ses bras, alors sans réfléchir je lui saute dessus me blottissant dans ses bras, mettant ma tête sur son épaule et mon nez dans son cou, humant son odeur qui me rassure et m'apaise, je le sens m'enlacer et me rapprocher de lui.

J'ai tellement mal, je me sens tellement stupide et inintéressant, je ne suis rien, je n'étais rien sans mon frère, maintenant seul je suis un moins que rien. Je sens Rory lâcher des phéromones apaisantes, ce qui me fait me redresser, je le regarde droit dans ses superbes yeux marrons et je m'approche de lui, une envie me vient, j'effleure ses lèvres des miennes chastement de nouveau, leur goût m'ayant beaucoup plu la dernière fois, mais il ne répond pas à mon baiser. Je me dégage brutalement de son étreinte et le pousse, il se relève en même temps que moi, nous sommes face à face.

- " JE TE DÉGOÛTE, C'EST CA ?!! JE DÉGOUTE MA SOI-DISANT ÂME-SOEUR ?!!" hurlais-je, énervé, rouge de colère et toujours en pleurs.

- " Non, non pas du tout, arrête !!!" me dit-il, essayant de m'approcher mais je recule de plus belle.

- " Non, je le sais ! Je te dégoûte et tu ne peux pas être mon âme-sœur, non c'est impossible, non !!! Comment … Comment … je … Je pourrais être l'âme-sœur d'un alpha, c'est impossible !!!" bégayais-je, tout tremblant.

- " Ezra, m'a dit que c'était rare mais que c'était déjà arrivé ! Tu … Tu le sens ce lien, n'est-ce pas ?" me demande-t-il, angoissé de ma réponse à venir.

- " Je suis un alpha, ayant une âme-sœur alpha !!! Ah, ah, ah, je suis mort de rire !!! Arrête de te foutre de moi, Rory !!! Regarde-moi, regarde la loque que je suis, je suis l'ombre de moi-même, comment … comment un mec comme toi … pourrait avoir une âme-sœur telle que moi … Hein ?!! REGARDE-MOI ET REGARDE-TOI !!! J'ai suivi toutes les conneries de mon frère … Je … Putain si j'avais su … Et ce … Ce … CE CONNARD … Qui … Qui m'a … POURQUOI ??? POURQUOI MOI ??? Laisse-moi seul … s'il te plait … je suis … suis … fatig..." dis-je, en sentant mon corps s'écrouler, mais il me rattrape dans ses bras, je tremble, j'ai froid, mes yeux papillonnent, je le vois à peine, mes dernières forces m'abandonnent.

Je peux sentir qu'il me porte et me dépose sur mon lit comme si j'étais la 8ème Merveilles du monde, de son monde. Je le sens remonter les draps et couvertures sur moi, pour être comme dans un cocon, pour me sentir en sécurité. Je le sens partir mais je ne veux pas être seul, j'ai besoin de lui. J'ouvre les yeux et attrape son poignet au passage, il se retourne et nos regards s'accrochent, puis je tourne la tête gênée. Il est vrai que mon comportement ne donnerait envie à personne de rester avec moi.

- " Reste … Reste … S'il te plait … S'il te plait … J'ai … J'ai besoin de toi … Rory" le suppliais-je, sans le regarder, ayant peur qu'il refuse après ce que je viens de lui faire vivre.

Il ne me répond pas, le silence est le pire ennemi dans ces cas-là, mais je l'entends retirer ses chaussures, il soulève les draps et couvertures pour se glisser en dessous.

Nous sommes face à face, il me regarde et quand il ouvre ses bras, je vais me blottir tout contre lui, comme à mon habitude, je prends place dans le creux de son épaule, sa chaleur me fait tellement de bien. A son contact, mon corps ne tremble plus et mes pleurs se sont aussi arrêtés. Ayant relâché des phéromones, ceux-ci dansent entre eux ce qui nous procure un bien fou, comme si nous étions en train de fusionner. Nos loups se sentent bien et en harmonie, ils ronronnent de bonheur.

- " Je suis désolé … Rory … Je suis …"bégayais-je.
- " Chuuut … Ce n'est rien ! Dort Tomy, je suis là ! Je veille sur toi !" me répond -il.

Je peux sentir sa colère monter en lui, mais est-elle contre moi ou contre Morgan ? Contre moi, elle serait justifiée, je suis aussi fautif que les autres, j'ai participé à ce mauvais coup, même si par la suite j'ai appelé Gabriel. Pourquoi ai-je encore suivi mon frère dans ses galères, par peur de l'abandon de mon jumeau. Ouais et maintenant j'en suis où, seul sans mon frère car il a été puni de ses fautes. Mon tour viendra, je le sais, je le sens, il viendra, même si j'ai aidé à retrouver son oméga, Gabriel voudra me faire la peau et il aura raison. Je ne peux plus lutter contre la fatigue qui me gagne, mes yeux deviennent lourds et Morphée m'emporte avec lui.

- " Tu es enfin réveillé, ma merveille … Que tu es beau ainsi, installé … Je t'ai juste un peu drogué pour pouvoir m'amuser avec toi, mon cher Tom … Oui mon chéri … Ici je vais pouvoir faire tout ce que je veux de toi … J'ai plein d'idées à assouvir avec toi … Nathan est mort … Il ne t'entendra pas … Ne tremble pas voyons, je ne vais pas te faire de mal … On va juste s'amuser … Tu es magnifique …Je reviendrais te voir … On s'amusera encore tu verras"

- " NON, NON, NON, PAS ÇA …. NON, NON, PITIÉ …"hurlais-je, tout tremblant, tout haletant et en sueur. Je me redresse dans le lit, encore apeuré de mon cauchemar, je sens des bras m'entourer et des phéromones d'apaisements mais je me dégage violemment de cette étreinte et me lève aussi vite.

Je me retrouve debout au pied du lit, Rory allume la lampe de chevet et me regarde inquiet.

- "Tomy !"me dit-il, inquiet de ma réaction.
- " Ça va, je vais juste à la salle de bain, je reviens, ne t'inquiète pas !"lui dis-je, avec un petit sourire, nos yeux se croisent avant que je ne sorte de la chambre.

Je … Je ne peux pas lui infliger cette vie, il mérite mieux que moi, il est tellement beau, il trouvera quelqu'un de largement mieux que moi, je n'en doute pas. Ces cauchemars, je ne les supporte plus, j'en peux plus, dès que je ferme les yeux je le vois, je l'entends partout, je le sens encore en moi et je me dégoute, je suis immonde. Il m'a détruit, moi un alpha, il a ruiné ma vie, jamais on ne se remet de cet acte odieux. Mon frère me manque même si j'en suis là par sa faute mais mon jumeau me manque.

Je me dirige vers la salle de bain devant me nettoyer de cette sueur, peut-être prendre une douche même, ouais ça serait bien. Allez à la douche. Je fais couler l'eau de la douche pour qu'elle soit à bonne température, pendant ce temps je me déshabille, une fois fait je me stoppe. Je me regarde dans le miroir, je suis moche, cerné, amaigri, je ne suis que l'ombre de moi-même. Je me fais pitié, c'est pour dire, qui voudrait de moi, sérieusement. Il faudrait être fou pour être avec quelqu'un comme moi, Rory est aveuglé par le lien d'âme-sœur, c'est impossible qu'il m'aime, je ne m'aime déjà pas, qui le pourrait.

Puis sur l'étagère en verre sous le miroir une petite chose qui brille, attire mes yeux comme hypnotisés par ce minuscule objet.

Je suis bloqué dessus, tout en l'observant je repense à Nathan qui m'attends quelque part, sûrement en enfer. Et puis je relève ma tête tout en regardant de nouveau le miroir, et je vois Nathan me faire signe de venir, de le suivre.

- " Viens, Tomy, suis-moi, viens me rejoindre, viens je t'attends" me dit-il, de son plus beau sourire.

De nouveau cette petite chose me fait de l'œil par sa brillance, je la prends délicatement et me dirige sous la douche, n'ayant plus qu'une seule chose en tête, retrouver mon frère.

PDV Rory

Quelque chose me gêne mais quoi, quand Tomy est parti dans la salle de bain, quelque chose m'a interpellé mais quoi. Putain Rory réfléchi, réfléchi merde.

Il sait lever brutalement refusant mon étreinte pour le calmer, il m'a dit :
- " Ça va, je vais juste à la salle de bain, je reviens, ne t'inquiète pas !" avec un magnifique sourire à se damner.

Un magnifique sourire à se damner … Un magnifique sourire … Un magnifique …. Putain... Mais le temps que je réagisse et me lève, j'entends un énorme boom, comme quelque chose qui tombe … quelque chose … ou quelqu'un … putain. Je cours en direction de la salle de bain et là mon sang ne fait qu'un tour, j'ai beau être médecin urgentiste, quand on connaît la personne ne pas paniquer est très dur, garde ton sang-froid mon gars, il a besoin de toi pas de ton stress. Ayant toujours mon portable dans ma poche, j'appelle les urgences, mets mon appel sur haut-parleurs et pose mon téléphone à côté du lavabo, pendant ce temps j'ouvre la porte de la douche, prend des serviettes et entourent les poignets ensanglantés de Tomy et je fais pression pour éviter le sang de couler de plus belle, tout en plaçant sa tête sur mes genoux, faisant attention à sa nuque, la douche me fait penser au bal de promo de Carrie.

- " Allô, les urgences d'Ithaca, je vous écoute" me dit une douce voix féminine.

- "Bonsoir, je suis le Docteur Rory Collins, mon ami a fait une tentative de suicide, j'aurai besoin d'une ambulance rapidement" lui expliquais-je, paniquant légèrement.

- " Oui, Docteur Collins, pouvez-vous me donner l'adresse de la maison et l'identité de votre ami ?" me demande-t-elle calmement.

- " Oui, nous sommes au 13 Rue des Acacias dans la ville d'Ithaca, la maison de Mr et Mme Mc Cole. Mon ami est leur fils, Tom Mc Cole. Faite vite, j'ai beau faire pression sur ses poignets, son sang coule toujours" lui répondis-je, la voix déraillante par mon angoisse de le perdre.

- "Oui, Docteur Collins, l'ambulance est déjà en route. Comment est-il ?" me demande-t-elle, toujours aussi calmement.

- " Il est dans la douche, totalement inconscient, ne réagit à rien, son pouls est faible, putain, vite" criais-je, ma panique se faisant sentir.

Puis j'entends du bruit dans l'escalier, comme des gens qui montent, quand je lève la tête je vois dans l'embrasure de la porte les ambulanciers, je leur répète ce que j'ai dit au téléphone à leur collègue, leur laisse la place pour s'occuper de Tomy. Je me recule tremblant de tous mes membres, des larmes coulent sur mes joues sans que je ne contrôle quoi que ce soit, ma peur de le perdre est bien trop forte. Leurs gestes me sont familiers mais là maintenant, je ne les vois plus, je ne vois que mon âme-sœur en pleine détresse, des poches de glace lui sont fixées aux poignets pour stopper les saignements, une minerve cervicale lui est posé aussi, mais il se mets à convulser tellement fort, que j'ai l'impression qu'il est possédé, ses yeux s'ouvrent et se révulsent, son cœur s'est arrêté, le massage cardiaque n'ayant servis à rien, ils se servent du défibrillateur qui le fait repartir au bout de trois électrochocs. Puis l'ayant stabilisé, ils le couvrent avec une couverture de survie et l'attachent à la civière qu'ils avaient montée avec eux.

Au moment où les ambulances placent mon âme-sœur dans leur camion, Arthur, Demi ainsi qu'Ezra et Oriane arrivent en même temps, paniqués par ce qui a pu se passer. Mon regard s'ancre à celui d'Ezra et je m'écroule, tout mon corps ne répondant plus à aucune de mes demandes. Je vois Demi et Arthur montés dans l'ambulance avec leur fils, alors qu'Ezra et Oriane viennent vers moi.

Pendant que le Chef Alpha me porte dans ses bras je peux apercevoir Oriane fermer la maison de la famille Mc Cole.

- "Je dois … nettoyer … Mr et Mme Mc Cole … ne doivent pas … ne doivent pas voir cela" bégayais-je.

- " On s'en occupera, tu as besoin de repos Rory" me dit-il, en me regardant, inquiet de mon état.

- " Je … Je vous ai … déçu … je ne l'ai pas … assez surveiller" lui dis-je, en pleurant de fatigue, d'angoisse, tant de choses se mélange en moi, que je ne sais plus.

- " Non, Rory, loin de là" réplique-t-il, très calme et posé.

Alors que je sens mes dernières forces m'échapper, je sens qu'on me pose sur un lit et qu'on me recouvre de draps et de couvertures, quelqu'un m'embrasse le front, ce parfum, la mère de Gab a toujours été très maternel avec les amis de son fils. Ses parents ont toujours eux un grand cœur et ils le prouvent encore aujourd'hui. Mes pensées sont vides de toutes réflexions et mes yeux papillonnent et se ferment, la fatigue et l'émotion ont eu raison de moi. Derrière mes yeux clos je revois ce magnifique sourire que m'a lancé Tomy avant de partir dans la salle de bain, faite qu'il survive, faite que je puisse lui montrer la vie et l'aider. Faite que je puisse lui apprendre à s'aimer et aimer en retour.

Chapitre 24 "Allergie sévère"

PDV Maxwell

Je me réveille en sursaut, tout tremblant, trempé de sueur, avec des courbatures dans tout le corps. Elles sont certainement dues au fait que nous avons profité de nos retrouvailles pour nous prouver une grande partie de la nuit, tout l'amour qui nous unit. Toutefois ces douleurs ne sont pas habituelles, je me sens très mal.

Je n'avais pas eu ce genre de douleurs depuis … merde …Oh putain de … Avec tous ces événements à la chaîne, je n'ai pas du tout pensé à prendre mes …

Je m'extirpe du lit avec beaucoup de mal, tout en essayant de ne pas réveiller mon compagnon. Je suis limite pliée en deux tellement la douleur est horrible, une fois debout je vais en direction de la salle de bain. Je longe le couloir qui mène à cette pièce me tenant au mur du mieux que je peux, mais je n'ai pas le temps d'y arriver que je m'écroule au sol, tremblant de douleurs, sentant la sueur couler dans mon cou, mon dos et mon torse, me sentant tout collant, je me recroqueville sur moi-même. Ma souffrance étant trop forte, trop douloureuse, mes yeux sont voilés par mes larmes, cette douleur lancinante me torture tellement qu'elle me provoque un malaise.

Tout mon corps est en ébullition et je ne peux rien y faire, je n'ai aucun contrôle. Mes chaleurs vont arriver et je suis au plus mal dans le couloir. Ma tête me tourne, mon corps est de plus en plus douloureux, mes reins me lancent affreusement et mes yeux sont tellement lourds.

Je distingue de légers bruits de pas, je sens les phéromones de Sam, je le sens paniquer, je sens qu'il me prend dans ses bras et me porte. Je reste concentré sur ce mélange de lavande muscadée, qui m'apaise un tant soit peu.

Il me déshabille avec beaucoup de mal, n'étant qu'un poids mort pour lui en vue de mon état et me dépose dans la douche italienne. Après s'être déshabillé lui aussi, il revient vers moi pour me tenir tout contre lui et allume l'eau pour me rafraîchir.

- " Max, ça va ?" me demande-t-il, inquiet.
- " Je … Je … mes supp … mes suppresseurs … s'il … te plait … je … mes chaleurs …arrivent ..." bégayais-je, tremblant et douloureux, mes yeux se fermant par moment à cause de la fatigue que je ressens.

Il s'écarte de moi, j'entends un bruit de tiroir, puis je ressens comme une piqûre sur ma jambe qui me fait hurler de douleur. Sam me sert tout contre lui, s'excusant à demi-mots, m'embrassant le visage, alors qu'il n'y est pour rien si j'ai oublié de prendre mes pilules. Je ne me sens pas mieux mais j'ai moins chaud. Sam me pose contre le mur de la douche, je le vois prendre le shampoing, il se met face à moi pour me laver la tête puis me rince, mes yeux se bloquant sur le corps parfait de mon alpha.

- " Tu aimes ce que tu vois ?" me demanda-t-il, avec son magnifique sourire.
- "Je t'aime Honey" lui répondis-je, amoureusement.

Il se baisse à la hauteur de mon visage, et dépose délicatement ses lèvres sur les miennes. Au départ je frissonne de plaisir et d'envie, mais mes frissons ne s'arrêtant pas, Sam prend le gel douche, me savonne partout et une fois encore me rince. Je me laisse aller à ses petites attentions, n'ayant aucune force, puis il arrête l'eau et me prend dans ses bras.

Je sens qu'il me soulève avec prudence pour me faire asseoir sur le tabouret présent dans la salle et m'essuie le corps tout en frictionnant mes épaules courbaturées ainsi que mes jambes. Ce qui me fait du bien et arrête mes frissons. Il me met un boxer, un bas de jogging et un tee-shirt propre, après s'être lui-même essuyé et changé, il me prend de nouveau dans ses bras jusqu'à notre chambre.

Il me dépose délicatement sur le lit, il remonte la couette sur moi, pour que je n'ai pas froid et il vient me prendre dans ses bras pour me donner un peu de soutien dans ce mauvais moment à passer. Je sens que les suppresseurs commencent à agir, ma tête tourne toujours mais moins, la douleur à l'air de diminuer et la chaleur de mon corps se calme aussi mais la fatigue me gagne et je me sens partir dans les bras de Sam. Je me blottis au plus près de lui, mon dos sur son torse, ses phéromones m'enlacent tout comme ses bras musclés et protecteurs. Mon combat contre la fatigue est perdu d'avance et me sentant en sécurité, je me laisse partir cette fois-ci dans les bras de Morphée.

Quelques heures plus tard, mon corps redevient tout transpirant et encore plus brûlant que tout à l'heure, j'ai l'impression qu'un volcan a pris possession de moi, tellement la chaleur me tourmente, mon corps est également bien plus douloureux. Je rejette la couette, j'étouffe, j'ai beaucoup de mal à respirer, j'ai l'impression de me noyer et je ne peux rien faire, j'halète, ma tête me faisant un mal de chien.

- " Mon cœur, ça va ?" me demande Sam, enfin je suppose, ma tête me tourne et mes oreilles bourdonnent.

- " Je ne sais pas … J'ai de nouveau … mal partout mais en pire !!" m'entends-je, lui répondre.

Je me lève pour, je ne sais pas, voir mes réactions. J'ai très vite la réponse quand je sens mes jambes qui se dérobent sous mon poids, je m'écroule au sol, comme paralysé par la douleur et la chaleur qui me torturent dans tout le corps.

- " MAX... MAX....Max répond moi" j'entends de loin comme un écho, avant qu'un trou noir ne m'envahisse.

PDV Samuel

Je me lève précipitamment du lit et me dirige vers Max qui s'est écroulé à terre. Je m'agenouille à côté de lui et constate qu'il respire très mal, que son corps est encore plus chaud que tout à l'heure, je n'imagine pas la douleur qu'il peut ressentir.

Son front est brûlant, ses yeux papillonnent et il est haletant. Ni une, ni deux, j'attrape mon téléphone sur la table de chevet et appelle Gabriel, qui me répond dans la seconde.

Moins de cinq minutes plus tard Gabriel est là avec Wyatt. Gab met Max en position latérale de sécurité, puis ayant pris sa trousse de secours, il prend les constantes de son ami. Wyatt reste en retrait tout en regardant son ami mal en point. Puis Gabriel me regarde inquiet et me demande.

- " Qu'est ce qui s'est passé ?" me demande-t-il, continuant d'examiner Max.

Je regarde l'heure sur mon réveil, qui indique 6h00 et lui explique.

- " Il y a moins d'une heure, il s'est senti mal, douloureux dans tout le corps, transpirant et tremblant, il a voulu aller à la salle de bain pour se rafraîchir, mais il s'est écroulé dans le couloir, alors je l'ai aidé. Il n'avait pas pris ses suppresseurs je lui en ai donc injecté en liquide dans la cuisse, ce qui l'a calmé, mais au vu de son état ça n'a pas marché. Qu'est-ce qu'il a ?" lui dis-je inquiet de l'état de mon âme-sœur.

- " Il a des plaques rouges au niveau de l'injection et ça c'est une réaction allergique, mais à cause de quoi, je ne sais pas, il faut l'emmener aux urgences, on ne peut pas le laisser comme ça." me répond mon ami, inquiet lui aussi, le son de sa voix le trahissant.

Wyatt s'agenouille auprès de son ami, lui tenant une main dans la sienne, et de l'autre il lui remonte ses mèches de cheveux qui se trouvaient sur ses yeux clos, inquiet lui aussi de son état.

- " Ses chaleurs ne l'ont jamais rendu aussi malade, ce ne sont pas les suppresseurs la cause mais autre chose ! Max a toujours été très sérieux avec la prise de ses suppresseurs." nous dit Wyatt.

- " Mais si ça ne vient pas des suppresseurs, ça vient d'où ?" leur demandais-je, encore plus inquiet pour mon petit-ami.

Je me retourne pour regarder Gabriel, qui est au téléphone avec le service des urgences.

- " Allô, bonjour, je suis Gabriel Saint-Clair, matricule 281078. Non je ne suis pas en service, un ami à moi fait une réaction allergique, il est très mal en point, si on pouvait m'envoyer une ambulance au plus vite. Oui... On est au 2éme étage de l'immeuble de la 63émé Rue East... Oui... Merci... Bon courage et bonne journée à vous aussi." leur dit Gab très calmement.

- " Ils arrivent tout de suite" nous prévient Gab.
- " Je l'accompagne, il ne peut pas partir tout seul, impossible !" leur dis-je, paniquant au vu de l'état de mon âme-sœur.

Quelques minutes plus tard, les ambulanciers sont là, ils reprennent les constantes de Max, écoutant avec intérêt les explications de Gabriel. Maxwell, lui, est toujours évanoui, tremblant, transpirant et papillonne des yeux. Ils lui mettent des électrodes sur le haut du torse, pour le pouls, les battements de son cœur et l'oxygène, mais à peine ont-ils finis leur installation que Max se mets à convulser, ses yeux se révulsent, sa respiration devient de plus en plus sifflante, son cœur s'affole, que lui arrive-t-il ? Ni une ni deux, les ambulanciers lui posent un masque à oxygène sur le nez, et lui installe un cathéter pour lui faire passer une solution saline pour éviter la déshydratation, puis ils installent Max sur le brancard, qu'ils avaient montés avec eux, lui mettant une couverture pour qu'il n'ait pas froid et le sanglent pour qu'il ne tombe pas.

- " Nous allons l'emmener au Lenox Hill, votre ami a l'air de faire une réaction allergique sévère à un produit mais nous ne savons pas à quoi et donc il va falloir lui faire faire des tests et seul un médecin est habilité à le faire", nous dit l'un des deux ambulanciers.
- " Je viens avec vous !" leur dis-je, paniqué.
- " Nous ne pouvons prendre personne d'autre que le malade avec nous" nous dit l'autre ambulancier, calmement.

- " Je suis son alpha et âme-sœur, donc je viens avec vous. Il est hors de question qu'il reste seul avec des inconnus, surtout en plein moment de ses chaleurs" leur dis-je, commençant à voir rouge, d'agacement.

- " Monsieur Mc Coy, avec tout le respect que je vous dois, ne vous inquiétez pas pour votre âme-sœur, nous veillerons sur lui, nous sommes tous les deux des betas. Notre Meute vous doit beaucoup, jamais l'un de nous n'oserait vous décevoir de quelque façon que ce soit, mais là nous avons un protocole à suivre, malheureusement" me dit l'un d'eux, avec respect et loyauté.
- " Merci, mais ce n'est pas négociable" leur dis-je, insistant.
- " BIEN OK, on y va, aller en route, sinon il ne va pas tenir à ce rythme-là !!! BOUGEZ-VOUS LE CUL. Nous vous suivons en voiture, ALLEZ, ALLEZ !!!", nous crie Wyatt, paniqué par l'état de son ami.

Nous nous regardons avec Gabriel, étonnés de la réaction de notre ami. Wyatt aurait-il bouffé du lion ? Toujours est-il que ça a réveillé les ambulanciers, et nous voici en route pour l'hôpital, dans la voiture de Gabriel suivant l'ambulance.

Je me trouve dans la salle d'attente des urgences, j'attends avec impatience, de voir le médecin qui a pris en charge Max. Gabriel et Wyatt reviennent avec des cafés, Wyatt me tend un latté que je prends avec grand plaisir. Je le remercie d'un signe de tête accompagné d'un sourire, Wyatt fait de même.

Les portes battantes des urgences s'ouvrent et nous voyons arriver un médecin vers nous.

- " Vous êtes de la famille de Monsieur O'Neil ?" nous demande le médecin.
- " Oui, je suis son compagnon, Monsieur Mc Coy." lui répondis-je, du tac-o-tac.

- " Enchanté, Monsieur Mc Coy, je suis le Docteur Ryan, je m'occupe de Monsieur O'Neil. J'aimerai savoir ce qu'il s'est passé avant qu'il arrive dans notre service, si cela ne vous dérange pas ?" me dit-il, avec un sourire enjoué.

Je lui explique tout ce qui s'est passé depuis ce matin 5h, le premier réveil de mon compagnon, son mal être à la suite du déclenchement de ses chaleurs, ses suppresseurs oubliés par suite de son enlèvement, l'injection liquide de suppresseur, et son état qui a fait qu'il arrive dans ses locaux. Le docteur Ryan me demande dans quel hôpital a été hospitalisé Maxwell pour savoir ce qui lui a été prescrit ou autre, en vue d'éventuels examens à faire. Je lui indique toutes les informations qu'il me demande et avant de repartir par là où il est venu, il me dit que dès qu'il a d'autres infos il viendra me les communiquer. Il me précise aussi que dès que mon compagnon ira mieux je pourrais aller le rejoindre mais que pour le moment il est en réanimation, il me précise aussi, avec un petit sourire, que toutes les personnes qui s'occupent de lui sont des betas. Pourquoi me dire cela?

Chapitre 25 "Ensembles"

PDV Wyatt

Après être rentrés des urgences en taxi, Gab et étant remonté à l'appartement pour se reposer, j'ai besoin de me retrouver, me ressourcer et de réfléchir. Je me dirige donc vers le bar de Sam, ayant mes propres clés. La seule chose qui m'attire, qui m'hypnotise ici, c'est ce piano qui m'appelle à l'aide tout le temps … ou … Est-ce moi qui l'appelle ?

Je m'installe sur le banc, devant le piano, posant mes doigts sur celui-ci, écoutant mon cœur qui bat la chamade, je laisse alors mes doigts prendre place sur les touches, ils commencent à jouer "One World" de Billy Lockett. La musique prend possession de moi, je me laisse porter par les notes, qui se suivent les uns derrières les autres, comme si j'étais le compositeur de cette superbe musique.

"Un seul monde" où tous les genres et les êtres se mélangent, se parlent, se jalousent, s'aiment, se détestent, se haïssent et se détruisent. "Un seul monde" où nous devons apprendre à avancer coûte que coûte, où chaque attaque, menace, se révèlent un jour être ce qui nous fait avancer et nous endurcir dans ce monde cruel et sans pitié.

Puis, j'enchaîne avec "Together At Home" toujours du même chanteur/compositeur, mes doigts glissent sur les touches comme s'ils avaient retrouvé leur place à la maison. Oui "ensemble à la maison". Mes yeux sont fermés, comme chaque fois que je joue, me concentrant, vivant la musique avec mon cœur, c'est elle qui me fait vivre. Chaque note me réveille, chaque toucher me fait me sentir bien, j'aime jouer, j'aime vivre, alors pourquoi est-ce-que je me sens mal ? Pourquoi j'ai l'impression d'être revenu en arrière, d'avoir toujours aussi mal ?

Par la suite, mes doigts suivent mon cœur qui pense à cette chanson, tout en jouant, je me mets à chanter "Who I am" toujours de Billy Lockett. Derrière mes yeux clos, je revois toute ma vie, mes amis, ma famille de cœur, ma pseudo famille, Gab, nos moments à nous, des moments heureux et nos malheurs aussi. Malgré tout cela, je réalise que j'ai été et que je suis toujours, entouré de personnes qui m'apprécient vraiment et qui m'aiment pour ce que je suis, que ces personnes seront toujours là pour moi et que je peux compter sur elles, comme elles peuvent compter sur moi.

"How long do I have to pretend that it's for the best
Combien de temps dois-je prétendre que c'est pour le mieux
Till I call you up screaming forgive and forget about it?
Jusqu'à ce que je t'appelle en hurlant de pardonner et de l'oublier ?
Forget about it
Oublie ça
They say time is a healer but I keep getting weaker
Ils disent que le temps est un guérisseur mais je continue de m'affaiblir
I know that you're over and I should be too but I can't forget
Je sais que tu as fini et que je devrais l'être aussi mais je ne peux pas oublier
Forget about it
Oublie ça

(Chorus) /(Refrain)
'Cause I'm not letting go
Parce que je ne lâche pas prise
Of who I am
De qui je suis
And what we were
Et ce que nous étions
No, I'm not letting go
Non, je ne lâche pas prise

Of who I am
De qui je suis
And what we were
Et ce que nous étions
And where we'll be
Et où nous serons

(Verse 2) / (Verset 2)
How long did I have to wait till I'm ready
Combien de temps dois-je attendre pour être prêt
To open my heart up to somebody new ? I'm not looking for them
Pour ouvrir mon cœur à quelqu'un de nouveau ? Je ne les cherche pas
I'm looking for you
Je te cherche
Maybe I'll be okay in a week or a year
Peut-être que je serais bien dans une semaine ou un an
I don't want you to feel bad for what you left here
Je ne veux pas que vous vous sentiez mal pour ce que vous avez laissé
ici
You can't help who you love
Vous ne pouvez pas aider qui vous aimez
And who you lose
Et qui vous perdez

(Chorus)/(Refrain)
'Cause I'm not letting go
Parce que je ne lâche pas prise
Of who I am
De qui je suis
And what we were
Et ce que nous étions
No, I'm not letting go
Non, je ne lâche pas prise

Of who I am
De qui je suis
And what we were
Et ce que nous étions

(Outro)
How long do I have to pretend that it's for the best
Combien de temps dois-je prétendre que c'est pour le mieux
Till I call you up screaming forgive and forget about it ?
Jusqu'à ce que je t'appelle en hurlant de pardonner et de l'oublier ?
Forget about us
Oubliez-nous"

Tout en jouant et chantant, je sens des larmes couler le long de mes joues, même si ma voix déraille un peu sur la fin, je fini la chanson.

Mes larmes coulant à flot, je me mets à hurler le prénom de mon âme-sœur, de mon amour, lui seul peut me sortir de cet enfer, alors je me mets à hurler plus fort ...

- " GAB, … GAB, ...GABRIEL, ...GABRIEL..."

Comme une réponse à mon appel, je sens des bras m'enlacer par derrière, ressentant tout l'amour qu'il me porte dans ce simple geste, ses phéromones ne me trompent jamais, ce mélange de rose et de cannelle m'enivre comme à chaque fois. Il me serre contre lui, comme si sa vie en dépendait … C'est tout à fait ça … J'ai besoin de lui … Tout comme il a besoin de moi.

Il m'embrasse la tempe et je me laisse aller à son étreinte qui m'avait tellement manqué, me resserrant encore plus contre lui, pleurant toutes les larmes de mon corps, libérant tout ce mal et cette tristesse qui me ronge de l'intérieur. Je ne peux plus, je dois me battre pour moi, pour lui, pour nous.

Gab s'assoit à côté de moi, sur le banc du piano, tout en me gardant dans ses bras, il relève mon menton et quand mes yeux s'ancrent aux siens, je le vois, je le sens, notre lien. Son loup appelle le mien et je m'aperçois que ma tristesse et mon mal-être, nous ont touchés tous les deux.

Mais c'est fini plus jamais. Gab me murmure des mots doux à l'oreille, qui me font me blottir encore plus contre lui et par ses gestes, ses murmures, ses attentions, je réalise enfin que nous deux … ça a toujours été, nous deux " ensemble", on y arrivera.

Puis Gab se redresse, et s'installe comme s'il allait jouer au piano, tout en me regardant, il me fait un clin d'œil.

- " J'ai aussi quelque chose pour toi "me dit-il, avec un sourire où je perçois un peu de tristesse et de mélancolie, même ses yeux le trahissent, sur son état.

Je vois les doigts de mon âme-sœur, s'activer sur les touches. En plus de jouer, il se met à chanter "Speak to me" de Amy Lee, lui aussi les yeux fermés, sentant la musique prendre possession de lui, il est magnifique, à mes yeux rien n'est plus beau que lui.

"Be still, my love
Sois tranquille, mon amour
I Will return to you
Je te reviendrai
However far you feel from me
Peu importe comme tu te sens loin de moi
You are not alone
Tu n'es pas seul

I will always be waiting
J'attendrai toujours
And I'll always be watching you
Et je veillerai toujours sur toi

Speak to me, speak to me, speak to me
Parle-moi, parle-moi, parle-moi

I can't let go
Je ne peux abandonner
You're every part of me
Tu es chaque part de moi
The space between in just a dream
L'espace entre nous est juste un rêve
You will never be alone
Tu ne seras jamais seul

I will always be waiting
J'attendrai toujours
And I'll always be watching
Et je veillerai toujours
We are one breath apart, my love
Nous ne sommes qu'à un souffle l'un de l'autre, mon amour
And I'll be holding it in 'til we're together
Et je m'y accrocherai jusqu'à ce que l'on soit réunis
Hear me call your name
Entends-moi t'appeler
Just speak, speak to me, speak to me, speak
Parle-moi simplement, parle-moi, parle-moi, parle

I feel you rushing all through me
Je te sens me parcourir
In these walls I still hear your heartbeat
Dans ces murs, j'entends encore le battement de ton cœur
And nothing in this world can hold me back
Et rien dans ce monde ne peut me retenir
From breaking through to you
De revenir vers toi

We are one breath apart, my love
Nous ne sommes qu'à un souffle l'un de l'autre, mon amour
And I'll be holding it in 'til we're together
Et je m'y accrocherai jusqu'à ce que l'on soit réunis
Hear me call your name
Entends-moi t'appeler
Just speak, speak to me, speak to me, speak
Parle-moi simplement, parle-moi, parle-moi, parle
Be still, my love
Sois tranquille, mon amour
I will return to you...
Je reviendrai vers toi..."

Gab se stoppe à la fin de cette superbe chanson, je le vois les yeux toujours clos mais ruisselant de larmes sur ses joues et je ne peux m'empêcher de me rapprocher de lui et de poser mes mains, que je veux rassurantes, sur son bras. Son mal être est le mien, sa tristesse est la mienne, ses larmes sont les miennes. Gab ouvre ses magnifiques yeux noisette inondés de larmes, il tourne la tête vers moi et me regarde si intensément que j'en ai des frissons.

Mes mains prennent son visage en coupe et de mes pouces, je lui essuie ses larmes qui perlent encore sur ses joues, il me sourit mal à l'aise. Mon compagnon se penche sur moi et m'embrasse chastement, je réponds à son baiser timidement, cela fait tellement longtemps, que j'ai l'impression que c'est notre tout premier baiser. Tout en s'embrassant, ressentant tout l'amour que nous avons l'un pour l'autre, mon corps se replace devant le piano et mes doigts s'agitent sur le clavier pour jouer notre chanson "I love you" de Riopy.

Plus la musique avance et plus nos baisers deviennent ardents, fiévreux. Je réponds à chacun d'eux avec autant d'envie et me fond complètement entre mon petit-ami et le piano, ne faisant aucunes fausses notes connaissant par cœur notre chanson.

Nos baisers s'arrêtent en même temps que la dernière note de musique. Je me retourne vers mon petit-ami, qui me regarde si intensément, que je dois lui dire, je lui dois.

- "Gab, je suis ..." commençais-je à dire, le regardant droit dans les yeux, mais il me coupe en mettant un doigt sur ma bouche.
- "Non, ne dis rien ! Tu n'y es pour rien, Petit-Cœur", me dit-il, tout en me serrant dans ses bras.
- "Mais je dois t'expliquer que ..." commençais-je, à dire.
- "Non, pas ce soir. La journée a été longue, demain si tu veux bien." me dit Gab.
- " Oui, tu as raison. Je suis fatigué, Amour", lui dis-je, baillant à m'en décrocher la mâchoire.
- " Allons-nous coucher, Petit-Cœur", me répond-il.

C'est ainsi que sans jamais nous lâcher la main, nous refermons le bar, montons à l'appartement, nous douchons ensemble certes, mais juste des câlins, je ne suis pas encore prêt pour plus, Gabriel l'a bien compris. Puis nous allons nous coucher. Je me blottis dans ses bras, ma tête sur son épaule, mon nez dans son cou, humant son odeur qui m'apaise, me rassure mais surtout que j'aime par-dessus tout. Lui m'enlace au plus près de lui et fais de même dans mon cou, tout en me chatouillant légèrement.

C'est ainsi que cette nuit, blotti dans ses bras, je dormirais une nuit complète sans cauchemar, sans tremblement, ni crise d'angoisse, rien. Juste l'amour, la tendresse et la protection de mon alpha, que j'aime par-dessus tout ... Depuis tellement longtemps.

Chapitre 26 "Réapprendre à vivre"

PDV Tom

Je me réveille une nouvelle fois dans cette chambre d'hôpital aux murs d'un blanc immaculé, mes yeux papillonnants à la suite du peu de lumière dans la pièce, ce qui fait que j'ai l'impression qu'ils sont voilés. Je distingue un monitoring branché à mon torse, grâce à quatre électrodes, une perfusion dans mon bras, me donnant de quoi ne pas me déshydrater et certainement un anti-douleur. Je lève mes bras et vois mes poignets bandés, me souvenant de ce que j'ai fait. Je regarde partout dans la chambre et je réalise que je suis seul, je tourne la tête vers la fenêtre et admire le soleil se lever tout doucement. Ses rayons sont magnifiques, dans des tons dégradés de rose orangé, c'est superbe. Tout en me surprenant à contempler la nature s'éveiller tranquillement, chose que je n'ai jamais pris le temps de faire de ma vie, je sens quelques larmes s'échapper de mes yeux, tellement ce spectacle est magnifique. Puis quelqu'un frappe à la porte de ma chambre et entre doucement, sans attendre de réponse de ma part.

- " Bonjour Tom, je suis le Docteur Malo, la psychologue de l'hôpital" me dit-elle.
- " Bonjour Docteur, je vous ai déjà vu, n'est-ce-pas ?" lui demandai-je, peu sur de moi.
- " Oui, tout à fait. Comment te sens-tu ?", me demande-t-elle.
- " Je me sens … je me sens lessivé, vidé et fatigué", lui répondis-je, vraiment claqué.
- " Te souviens-tu de pourquoi tu es ici de nouveau ?", me questionne-t-elle.
- " Oui, je … j'ai … j'ai essayé de me … de me … de mettre fin à mes jours …", lui dis-je, honteux de mon geste et baissant les yeux, sur mes poignets.

- " Tom, regarde-moi, tu n'as pas à avoir honte. Sais-tu pourquoi tu as fait ce geste ?", continue-t-elle, très douce dans ses paroles et son regard.

- " Oui, j'étais mal … très mal … je … je voulais mourir pour … pour oublier et … parce que … J'avais honte", lui répondis-je, les larmes aux yeux.

- " Et maintenant, as-tu toujours mal ?", m'interroge-t-elle.

- " Non, je … c'est comme si je m'étais libéré de … d'un poids … je … je me sens plus léger, plus serein, tout en-là regardant droit dans les yeux, je lui dis, je ne veux plus mourir, mais vivre."

- " Te souviens-tu de quelque chose avant de te réveiller ici ?", me demande-t-elle.

- " Je … j'étais dans ma chambre avec Rory, mon … mon petit-ami, je m'étais énervé … j'avais tout envoyer valser dans ma chambre, il est venu pour m'aider à me calmer et je me souviens m'être endormi dans ses bras. Plus tard, dans la nuit, je crois, je me suis réveillé, je suis allé dans la salle de bain … Je me souviens d'avoir été comme hypnotisé par la lame de rasoir de mon père qui traînait sur l'étagère au-dessus du lavabo et d'avoir vu mon frère dans le miroir qui me disait de venir le rejoindre et après … Je me suis réveillé ici", répondis-je, ne me souvenant de rien d'autre.

- " Tom, c'est Rory qui t'a sauvé la vie, et qui a appelé les urgences. Il est derrière la porte, il voudrait te voir, mais il a peur de ta réaction et que tu le rejettes. Veux-tu le voir ou pas ? C'est toi qui décides !", m'explique-t-elle, doucement.

- " Oui, je voudrais le voir, mais je voulais savoir, quand vais-je sortir ?", lui demandai-je.

- " Le médecin doit passer te voir, c'est lui qui te dira tout ça. Je te laisse ma carte, si tu veux que l'on se revoie, si tu estimes que tu as besoin qu'on se reparle, je serais là. Je te dis à plus tard. Je laisse entrer Rory ?", me dit-elle.

- " Oui, oui merci beaucoup. Peut-être à bientôt Docteur Malo !", répliquai-je.

Elle s'en va en laissant la porte ouverte mais Rory reste dans l'embrasure de la porte, n'osant pas rentrer sans mon accord. Il est tellement beau, mais il a l'air fatigué, ses yeux sont cernés, rougis et gonflés, aurait-il pleuré ? Pour qui ? Pour moi ?

- "Rentre, ne reste pas à la porte", lui dis-je, doucement.
- " Je ne vais pas te déranger longtemps, je voulais juste savoir comment tu allais ?" me répond-t-il, tristement.
- "Rory vient ici, lui montrant le lit pour qu'il vienne s'asseoir près de moi, je ne vais pas te mordre et nous devons parler !", lui expliquais-je, sérieusement.

Il vient s'asseoir sur mon lit, face à moi, je peux voir ses mains trembler et ses yeux remplis de larmes qui menacent de s'échapper à tout moment. Je le sens angoissé et stressé, donc pour l'apaiser, je prends ses mains dans les miennes. Ce simple petit geste fait ronronner mon loup de bonheur. Rory penche sa tête sur le côté, ne comprenant pas ce qui se passe. Tout en me regardant droit dans les yeux et je vois à son regard qu'il est surpris par ce geste tendre que je n'ai jamais eu envers lui, ni envers qui que ce soit d'ailleurs. Baissant les yeux sur nos mains liées entre elles, je lui dis.

- " Rory, je suis désolé de ce que j'ai fait … j'ai grave déconné. Si tu savais comme j'ai honte de mon geste, je n'aurais pas dû faire cela devant toi, je suis désolé mais j'étais tellement mal, que je n'avais plus que ça en tête, et … quand j'ai fait mon geste … je me suis senti ... comme libre … libéré de ces chaînes … libre de ce mal qui me hantait, je me suis senti si léger, si vivant. J'ai été égoïste, excuse-moi !" lui expliquai-je, doucement et calmement.

Relevant les yeux sur lui, je le vois pleurer, ses larmes dévalant de ses superbes orbes marrons, sur ses joues et venant mourir sur ses lèvres qui sont un peu pincées. Je prends son visage en coupe et de mes pouces, je ne peux m'empêcher de les essuyer. Je dépose un baiser sur chacune de ses joues, tout en lui souriant.

- " Rory, je suis tellement désolé. Je ne voulais pas te faire souffrir, je pensais être le seul dans cet état", lui dis-je, mal à l'aise, fuyant son regard.

- " Tom, Tom, regarde-moi. Si tu as besoin d'aide, je suis là pour toi !", me dit-il, avec son sourire qui me fait fondre.

- " Rory, je voudrais être sûr que notre lien est réel … je ressens quelque chose pour toi … mon loup ne peut pas se passer de toi … ton odeur m'enivre, c'est vrai … tes petites attentions sont très touchantes … dès que je te vois … je suis … bluffé par ta beauté … mais j'aimerais être sûr que … ce que je ressens pour toi est réel étant donné notre lien … et non pas parce que je te vois comme mon sauveur … j'aimerai qu'on apprenne à se connaître …", lui dis-je, timidement.

- " D'accord, je te propose que l'on se promène dans les bois sous notre forme lupine, nos loups sont plus à même de nous faire ressentir ce lien d'âmes-sœurs", m'explique-il, avec un petit sourire.

- " D'accord, quand ?", répliquai-je.

- " Dès que tu es sortant, qu'en penses-tu ?", me demande-t-il, content de ma réponse.

Bizarrement mon cœur et ma tête se sentent bien, je peux même sentir mon loup ronronner et se sentir heureux, je n'avais jamais ressenti cela avant, mais ça fait du bien.

Quelqu'un tape à la porte et quand celle-ci s'ouvre, nous voyons le médecin qui me suit, suivie de son infirmière. Rory se lève du lit, mais je garde une de ses mains dans les miennes, à ce contact, il me regarde souriant et heureux de mon geste.

Le médecin m'explique que je suis sortant, mais qu'une infirmière devra me faire mes pansements. Rory se propose, étant médecin, il connaît son métier et les gestes à prodiguer. Je dois aussi revoir le docteur Malo, dès que j'en ressentirai le besoin. Il me donne mes ordonnances, l'infirmière me retire tous les branchements, la perfusion et il nous souhaite un bon retour chez nous.

Mes parents ayant prêté une de leur voiture à Rory, nous rentrons chez mes parents qui nous attendent avec Ezra et Oriane, ainsi qu'une partie de la Meute pour mon retour.

Dans le salon, je salue tout le monde mais je me sens mal à l'aise, je les connais tous, mais avec ce qui s'est passé avec mon frère, je me sens mal.

Comme une réponse à mon mal être, Ezra vient me prendre dans ses bras et me dit :
- " Tom, ici personne ne t'en veux, ok ! Nous savons tous que tu n'es pas comme ton frère. Toi-même, tu en as souffert. Maintenant, on avance ensemble, avec la Meute et tous ceux qui t'aiment et tiennent à toi", m'explique-t-il.

Il me fait un signe de tête et me montre Rory qui est sorti sur la terrasse, prendre l'air, je suppose. Saluant à nouveau la Meute et mon Alpha, je me dirige vers Rory. Tout en m'approchant de lui, je le sens triste, il pleure, je l'entends renifler. Je pose ma main sur son épaule, dans un geste doux et tendre, mais il sursaute et se retourne vers moi, tout en essuyant ses yeux et me souriant.

- " Désolé, j'étais dans mes pensées et j'ai eu une poussière dans l'œil à cause du vent", m'explique-il, en souriant timidement.
- " Que dirais-tu, que l'on suive ton idée de promenade maintenant", lui dis-je, tout sourire.

Il me fait "oui" de la tête, et après avoir prévenu mes parents, nous partons en forêt, nous promenant jusqu'à l'une des magnifiques cascades du Finger Lakes.

- " Tom, tu es sûr que ...", commence-t-il à dire, avant que je ne le coupe, avec mon doigt sur sa bouche.

- " Rory, je veux être sûr de ce lien, et si nos loups se reconnaissent, je n'aurais plus de doutes. Le voyant baisser la tête à mes propos, j'essaye de me rattraper, "écoute Rory, je ne veux pas dire que tu mens, je suis un peu perdu. Je … je n'ai jamais entendu parler de deux âmes-sœurs alpha, même si Ezra te l'a confirmé, je veux que ce soient nos loups qui nous le confirment", lui expliquai-je, en souriant.
- " Pas de soucis Tom, alors on le fait ce plongeon ?", dit-il, en me souriant.

Nous déshabillant, posant nos affaires sur les rochers, nous sautons en même temps dans la cascade. Nous sautons avec nos corps humains, mais ressortons de l'eau sous notre forme lupine.

Nous nous secouons sur la bordure du lac et je me sens bizarre, je sens comme une odeur de bois de cèdre qui m'enivre totalement, c'est très agréable et puis en relevant la tête doucement je réalise alors que cette fragrance vient de Rory. J'observe mon compagnon qui ne me lâche pas, nos yeux s'accrochent, je ne sais pas pour lui, mais moi j'ai l'impression de me noyer dans ses superbes orbes marrons. Comme une petite étincelle scintillante devant nos yeux, je ressens comme une connexion avec lui, nos phéromones s'enlacent autour de nous, je peux sentir nos loups heureux, sereins et … amoureux. Nos loups se rapprochent alors tout doucement, Rory vient frotter son museau sur le mien puis, continu jusque sur mon cou et mes flancs. Il refait les mêmes gestes en sens inverse et vient me lécher le museau. Je me sens tellement bien, nos loups sont heureux, ils ronronnent de plaisir, on peut le sentir dans l'air, je n'ai jamais été aussi bien de ma vie et je le dois à Rory.

Puis comme une envie de jouer, nous nous mettons à courir partout comme des gamins, jouant à cache-cache entre les arbres. Sentir le vent dans ma fourrure et la nature sous mes pattes me donne l'impression de renaître, de redécouvrir la nature, l'impression de me réveiller d'un long sommeil. D'un seul coup, on me pousse, et je m'aperçois que c'est Rory qui me saute dessus.

Nous tombons ensemble, faisant un rouler bouler dans les feuilles, dévalant une petite pente, arrivés en bas, je me retrouve sur le dos avec Rory au- dessus de moi. Nos yeux s'ancrent et ne se lâchent pas, il laisse s'échapper ses phéromones qui m'enivrent et m'apaisent et je fais de même pour lui, et à voir son museau qui hume l'air, il apprécie aussi les miens.

Nos yeux en disent long et nos loups le savent, c'est comme une évidence pour moi maintenant, ce que Rory ressent depuis le début pour moi, je le ressens grâce à mon loup et au sien, ce lien est puissant et réel. Je dois bien me l'avouer, Rory est mon âme-sœur. Rien qu'à cette pensée mon cœur se gonfle et mon loup ronronne de mon raisonnement évident.

Mon compagnon se baisse alors sur moi, il me lèche le museau et le cou, tout en douceur et avec tendresse. Pour le rapprocher au plus près de moi, je passe mes pattes derrière son cou, ce qui lui fait perdre l'équilibre et le fait tomber sur moi. Nos yeux se sondent, ne dit-on pas que les yeux sont le reflet de notre âme. Dans ceux de mon âme-sœur, je peux y voir tellement d'amour et de tendresse que ça m'en bouleverse. Je sens mes yeux s'humidifier tellement il est magnifique, avec les rayons du soleil sur sa fourrure.

Nous sommes deux loups gris, aux yeux ocres que les rayons du soleil illuminent du plus bel effet, comment ne pas tomber sous le charme de Rory ? Comme s'il m'avait entendu, il me lèche de nouveau le museau, tout en me regardant droit dans les yeux, il se met à japper et je comprends ce qu'il veut pour la suite, je lui fais un signe de tête pour lui donner mon accord, lui faisant totalement confiance. Mon alpha couché sur moi, frotte son corps sur le mien puis commence à onduler, nos bassins l'un contre l'autre, je peux sentir son excitation grandissante tout contre la mienne qui l'est tout autant, nos phéromones d'excitation se mélangent et plus nous montons, plus nos phéromones suivent le même chemin. Cette odeur nous entraîne encore plus dans notre moment, nous faisant perdre pieds et par la même occasion, elle fait tomber mes dernières barrières.

C'est ainsi que sans rien me demander, je me retourne et me mets sur le ventre laissant mon alpha derrière moi, le laissant faire à sa guise. J'ai pu voir dans ses orbes lumineux, de la surprise mais du désir encore plus grand par mon geste et la confiance que je lui accorde. Sans plus attendre, il me pénètre suivis de petits gémissements de notre part à tous les deux, nos corps s'unissent dans la plus grande simplicité, avec tout l'amour que nous avons l'un pour l'autre. Tout en me faisant l'amour, mon compagnon m'agrippe le cou de ses crocs, sans le moindre mal, c'est tellement bon. Sentir sa puissance, sa force m'excite encore plus.

Nous montons ainsi au septième ciel, ensemble, ressentons la jouissance à l'unisson, nos cœurs battent comme un seul, nous ne formons plus qu'un seul loup. Notre communion finie, nous hurlons tous les deux de bonheurs, pour que tout le monde le sache. Que toute la Meute sache qu'un nouveau couple est né et que rien ni personne ne pourra changer cela, car désormais nous serons plus forts à deux.

Chapitre 27 " Allergie sévère suite"

PDV Maxwell

Je me réveille, me sentant bizarre, comme si j'étais tout engourdi, mes yeux ne voient pas grand-chose à part une lumière aveuglante, du blanc dans tous les coins de la pièce, c'est encore un peu flou. Puis battant des cils plusieurs fois, ma vue redevient normale. Je distingue un léger bruit sur ma gauche et quand je tourne la tête, je vois un monitoring. En touchant mon torse, je comprends qu'il est branché à mon cœur grâce à des électrodes et donc je conclus que le bruit que j'entends sont les battements de mon cœur qui ont l'air régulier. Tournant la tête sur ma droite, j'aperçois une perfusion, clipsée sur un cathéter, qui est piqué dans mon bras.

Seulement maintenant, je réalise qu'un masque à oxygène orne mon nez et ma bouche. Qu'est-ce-qui m'est arrivé ? Que s'est-il passé ? Qu'est-ce- que je fais de nouveau à l'hôpital ?

Je sens des larmes couler de mes yeux, sans que je ne les contrôle, j'ai l'impression que mon cœur va exploser, ses battements vont trop vite. J'entends le monitoring qui s'accélère, que se passe-t-il ? Il passe au rouge, cette alarme me fait encore plus paniquer et j'ai comme une impression de suffoquer et je sens que je vais m'évanouir, ma tête me tourne et ma respiration est haletante, mes doigts resserrent les draps de chaque côté de mon corps et mes yeux papillonnent.

Je vois entre deux battements de cils, une infirmière arriver en courant avec un médecin, suivie d'une autre personne que je n'arrive pas à distinguer. Je sens qu'un produit m'est administré dans le bras car il est froid, il parcourt mes veines, il me fait du bien et il a le mérite de me calmer. Ma vue devenant de plus en plus flou, mes yeux pleurent toujours mais se ferment d'eux-mêmes, étant trop lourds pour rester ouverts.

Je sens une main chaude sur mon front, qui repousse doucement mes quelques mèches qui me chatouillent le haut du visage. Une douce voix me murmure des mots tendres, je peux sentir ses phéromones d'apaisements et je reconnais son odeur de lavande muscadée. Malgré le fait de savoir que je suis en sécurité et que mon âme-sœur est à mes côtés, mes yeux restent fermés, par fatigue je suppose. Je peux sentir la main de Sam descendre le long de mon visage et me caresser la joue. Ma tête se frotte à cette attention, comme un félin demandant des caresses et de l'affection. Par la suite, je sens mon corps se relâcher et je me sens complètement vidé de toutes forces, mais cela ne m'empêche pas de suivre la conversation entre mon alpha et le médecin.

- " Qu'est-ce-qui se passe Docteur ?", lui demande mon alpha, inquiet.
- " Il a fait un début de crise d'angoisse en se réveillant, ce qui est une réaction normale", lui répond celui-ci.

J'essaye d'ouvrir mes yeux, mais ils sont tellement lourds, je les sens papillonner mais n'arrive pas à les garder ouverts.

- " Hey … Mon cœur … tu m'entends ?", me murmure-t-il, doucement à l'oreille, en frôlant lentement ma joue, de la pulpe de ses doigts.
- " Oui … Honey … mes yeux … sont lourds …" lui expliquai-je, aussi bas.
- " Nous lui avons mis un tranquillisant pour calmer la crise d'angoisse qui arrivait, c'est tout à fait normal. Il va certainement s'endormir un peu et après ça devrait aller", nous explique le médecin.

En effet, je me réveille quelques heures plus tard, dans ce lit d'hôpital, je suis calé contre son corps juste à côté de moi. Ma tête est dans son cou, je hume son odeur que j'adore tant, je lèche et embrasse ce creux que j'apprécie et je le sens frissonner à mon contact. Je sens ses bras me resserrer au plus près de lui et quand je lève la tête je m'aperçois que mon compagnon est réveillé. Ce câlin, cette chaleur m'avait tant manqué.

- " Comment te sens-tu ?", me demande Sam, au son de sa voix, je sens qu'il est inquiet.

- " Ma tête me tourne un peu mais ça va, c'est gérable", lui répondis-je, encore ensommeillé.

Je vois mon compagnon appuyer sur le bouton d'appel de ma chambre.

- " Le Docteur Ryan, voulait nous voir tous les deux quand tu serais réveillé", m'explique-t-il.

- " Mais pourquoi ? Qu'est-ce-que j'ai ?", lui demandai-je, un peu en panique.

On tape à la porte, et le médecin entre doucement pour être sûr que je suis bien réveillé et que tout va bien. Je peux sentir comme du stress émanant de lui, qu'est-ce qu'il va nous annoncer ?

- " Comment vous sentez-vous Maxwell ?", me demande-t-il.

- " Bien pour le moment, docteur !", lui répondis-je.

- " Bien, je viens vous parler de vos examens, qui sont bons, ne vous en inquiétez pas. Nous avons, après des recherches pu constater, que votre malaise fait suite à une allergie sévère", nous explique-t-il.

- " Mais je n'ai jamais été allergique à quoique ce soit, docteur, je ne comprends pas !", lui dis-je, surpris.

- " Nous avons reçu votre dossier, après votre hospitalisation dans la ville d'Ithaca. À la suite des recherches faites, vous concernant, vous êtes devenu allergique aux suppresseurs pour vos chaleurs. Les produits composant ces médicaments sont incompatibles avec l'aconit tue-loup, dont vous avez été victime récemment. Votre corps a mis quelque temps avant de réagir, mais votre malaise a été très violent, heureusement que votre ami a su vite réagir", nous explique-t-il.

- " Mais comment vais- je faire pour mes futures chaleurs … je … je ne peux pas … rester sans rien … je …", bégayais-je, complètement perdu.

- " Mon Cœur, il a bien d'autres solutions ne tant fait pas pour cela", me dit Sam, me faisant un clin-d 'œil avec son sourire magnifique.

- " Vous êtes sortant, donc une infirmière viendra vous retirer la perfusion et vous débrancher du monitoring. Si jamais vous avez des questions qui vous viennent en tête plus tard n'hésitez pas à venir me voir. Bon retour chez vous, messieurs", nous dit-il, tout sourire.

Le médecin sort de la chambre, nous laissant tous les deux. Pendant tout l'échange avec le docteur Ryan, Sam m'a gardé dans ses bras, sentant mon mal-être et mon inquiétude, à la suite de la découverte de mon allergie.

- " Ça va mon Cœur ?", me demande-t-il.
- " Oui, je crois … je … Comment on va faire ? … on vient seulement de se retrouver … je ne peux pas tomber enceint maintenant … Sam … !", lui dis-je, complètement perdu, ne sachant pas trop comment faire.
- " Hey … mon Cœur calme toi, il n'y a rien d'alarmant, je mettrais des préservatifs et quand nous serons prêts pour fonder notre famille, je n'en mettrais plus, c'est tout simple" m'explique mon alpha avec un sourire qui me fait fondre.
- " Ou alors, j'ai une autre idée", reprend-il, tout sourire.
- " Ah, oui et quelle idée ? Dis-moi !", le suppliais-je.
- " Oriane est une spécialiste des plantes, je suis sûr qu'elle connait un remède. Elle a un remède à chaque situation", me répond-il, sûr de lui.

Je n'ai pas le temps de plus le questionner que l'on tape à la porte de nouveau, l'infirmière entre dans la chambre, retire la perfusion et toutes les électrodes du monitoring. Elle pose sur la table de chevet mes papiers de sortie et s'en va, en nous souhaitant un bon retour.

Après avoir embrassé le creux du cou de Sam, je me mets au bord du lit pour me lever, mon compagnon a déjà fait le tour au cas où. Ma tête me tourne légèrement, j'ai peut-être bougé trop vite.

- " Ça va mon Cœur ?" me demande de nouveau Sam, tout en se plaçant devant moi, prêt à me réceptionner si je m'écroule.
- " Ça tourne un peu", lui dis-je, tout en me faisant glisser sur le bord du lit.

Je me lève tout doucement, ma tête tourne légèrement mais mon compagnon est juste à côté de moi, il m'accompagne jusque dans la salle de bain. Je m'assois sur le tabouret qui est disposé dans un coin de la pièce, pour me déshabiller en sécurité.

- " Que fais-tu ?" demandais-je à Sam, le voyant se déshabiller.
- " Pour t'aider à prendre ta douche, il faut bien que je sois nu comme toi", me dit-il avec un clin d'œil et un sourire en coin.

Il m'aide à me lever et nous nous dirigeons vers la douche, il allume l'eau et les jets que je reçois sur mon corps me font un bien fou, me redonnant comme un coup de fouet. Sam s'approche de moi avec ses yeux emplis de désir et son sourire ravageur, il se met rapidement face à moi, et il capture mes lèvres tout en m'attrapant par la taille.

Son baiser est ardent et j'y répond avec tellement d'envie et de passion que je sais qu'on ne va pas s'arrêter là. Nos baisers n'en finissent plus et nos mains redécouvrent mutuellement nos corps excités et sensibles à la moindre attention. Sam dévie ses baisers sur mon cou, qu'il suce, mordille et embrasse, puis il descend sur mon torse, redessinant avec sa langue les courbes de mes pectoraux, de mes abdos en passant par mon nombril qui me fait frissonner toujours plus.

Arrivé sur mon pubis qu'il embrasse avec plaisir, il lève les yeux vers moi et son regard en dit long sur le désir qui l'anime et qui, moi, me fait vibrer. Nous sentons nos phéromones se mélanger, nos loups ronronner de cet instant de plénitude. Puis je suis pris d'un sursaut quand mon compagnon me prend en bouche, jouant avec ma hampe, faisant des vas et viens langoureux, le regarder faire m'excite encore plus et je sens mon membre gonflé dans sa bouche.

Je m'agrippe à ses cheveux d'une main, lui montrant que j'arrive à un point de non-retour, plus ses mouvements sont rapides et plus je perds pieds mais Sam reste à sa place et quand la jouissance me gagne, il prend tout sans rien perdre de ce nectar que je lui offre.

Tout en caressant les courbes de mes hanches, il remonte vers moi et m'embrasse à pleine bouche partageant ainsi sa récompense. Je me délecte de cet échange, car lui seul sait me montrer que d'aimer et partager est le plus beau des cadeaux.

Nos corps se frottent, l'un sur l'autre, provoquant de divines frictions sur nos membres, nos gémissements meurent dans nos baisers. Sam passe ses mains sous mes fesses et me soulève, il plaque mon dos avec douceur contre le mur de la douche et moi j'enroule mes jambes autour de sa taille.

Ses mains glissent jusque sur mes cuisses, il se décale pour me regarder droit dans les yeux et tout en sentant son membre coulisser en moi, je gémis tout en ayant ma tête qui part légèrement en arrière, laissant accès sur mon cou à mon compagnon, qui saute sur cette occasion, il me mordille, me suce et m'embrasse tendrement, me faisant l'amour avec tellement de passion que notre jouissance monte crescendo, pour exploser de concert.

Nos respirations saccadées, haletantes, et nos corps tremblants à la suite de notre orgasme mutuel, il nous faut un peu de temps avant de redescendre. Sam me repose doucement au sol mais me maintient pour que je ne tombe pas, tout en continuant de m'embrasser, nous restons enlacés quelques minutes puis nous nous lavons mutuellement.

Une fois propres et rhabillés, nous partons de l'hôpital, nous montons dans le 4x4 de mon compagnon et prenons le chemin de l'appartement. Sur la route, nous nous arrêtons dans un restaurant où Sam avait appelé pour commander à emporter.

Arrivés à l'appartement, nous mangeons de bon cœur et avec appétit, nous passons le reste de la soirée assis sur le canapé à regarder plus ou moins des séries diverses. Sam ne me lâche pas, nous sommes lovés comme cela jusqu'à ce que l'on se couche. Une fois dans notre lit, n'étant pas rassasiés ni Sam ni moi, nous nous aimons de nouveau une bonne partie de la nuit, nos corps et nos loups étant insatiables.

Chapitre 28 " Ensembles suite "

PDV Gabriel

Je me réveille grâce aux rayons du soleil qui traversent les rideaux et illuminent la chambre, mais aussi et surtout à cause d'une odeur agréable de pancakes aux myrtilles qui vient me chatouiller les narines avec délice. Je m'étire tel un chat se réveillant d'une longue nuit courbaturée et me lève. Je vais rejoindre mon compagnon, et arrivant dans l'embrasure de la chambre, je me stoppe pour l'observer dans sa préparation du petit déjeuner.

Il ne porte qu'un simple bas de jogging et un tablier, ses cheveux blonds en bataille lui donnent un charme fou, ses muscles roulent suivant les gestes qu'il fait et quand il se retourne enfin vers moi, ses magnifiques yeux bleus me fixent et je tombe une nouvelle fois en amour pour lui. Son superbe sourire finit de m'achever et sa voix, mon Dieu cette voix. Je réalise à quel point j'ai la chance de l'avoir retrouvé.

- " Tout va bien, Amour ? Bien dormi ?", me demande-t-il, tout sourire, tout en nous servant nos assiettes sur le bar, un vrai petit-déjeuner de roi. Il retire son tablier, le posant sur le crochet au mur fait à cet effet dans le coin cuisine et met la poêle des pancakes ainsi que tous les autres ustensiles au lave-vaisselle.
- " Oui, tout va bien. J'étais juste en train de te contempler, tu es tellement beau, Petit Cœur. Je me disais que j'ai beaucoup de chance de t'avoir avec moi", lui expliquai-je, tout sourire.

Comme une réponse à mes paroles, Wyatt se rapproche de moi avec une démarche sensuelle et féline que je ne lui connaissais pas, et qui me fait hausser un sourcil interrogateur. Il me regarde intensément dans les yeux, avec un sourire à tomber par terre, une de ses mains m'enlace par la taille, tandis que l'autre se pose aussi doucement qu'un papillon sur mon torse, puis il se met sur la pointe des pieds et m'embrasse avec assurance.

Une assurance qui m'émeut et me surprend tout en faisant faire des sauts périlleux à mon cœur, et gronder mon loup d'envie. Petit à petit, il approfondit son baiser, quémandant l'accès avec une infinie tendresse, me mordillant légèrement la lèvre supérieure, et je réponds à sa demande silencieuse sans sourciller. Nos langues entrelacées, entament une danse d'abord hésitante et puis plus le baiser s'intensifie, plus il devient fiévreux et ardent.

Moi, je ne peux que suivre sa cadence ne voulant pas le brusquer ni l'effrayer, tant je suis surpris des devants qu'il prend, mais ce serait mentir de dire que je n'aime pas cela, bien au contraire. Ses mains partent à l'exploration de mon torse et ses lèvres qui continuaient de m'embrasser avec délicatesse, dévient dans mon cou, qu'il suce, mordille, lèche, embrasse avec passion et amour. Il me pousse doucement vers le lit, faisant de petits pas pour ne pas tomber à la renverse, enlacés, collés l'un à l'autre, torse contre torse, peau contre peau, sentant nos cœurs battre, l'un faisant écho à l'autre.

Je suis ses gestes me laissant faire par ses bons soins, m'offrant entièrement à lui et à ses envies. Nous nous allongeons sur le lit, moi sur le dos, lui au-dessus de moi, je le réceptionne dans mes bras et nous continuons de nous embrasser inlassablement, comme si en cet instant, nous étions seuls sur cette terre, dans notre bulle d'amour.

Très vite la chaleur et l'excitation nous montent à la tête et la température de la chambre prend une tout autre cadence. Il me déshabille avec douceur et tendresse, chacun de ses mouvements est naturel et m'étonne quelque peu, je ne savais pas que mon compagnon était capable de cela, je suis agréablement surpris.

Une fois mis à nu devant lui, je me redresse pour faire de même avec lui, mais il me repousse gentiment, me faisant "non" de la tête et je regarde mon oméga se déshabiller sans gêne aucune avec un sourire enjôleur et son regard bleu persan et provoquant.

Son déhanché quand il revient vers moi sur le lit, me rend toute chose, et lorsque ses mains m'effleurent, un soupir de bien-être m'échappe étant déjà dans un état second, rien qu'à le regarder faire.

Mon âme-sœur est tellement beau, je pourrais tuer pour lui … En y réfléchissant c'est déjà chose faite, mais je pourrais le refaire de nouveau, personne ne touche à lui. Il est la plus belle chose que j'ai dans ma vie et rien ni personne ne changera cela.

Son corps vient se poser sur moi, telle la douceur d'un félin, il m'embrasse de nouveau, pendant que ses mains partent à l'exploration de mon corps. Il m'écarte les jambes avec délicatesse et se place entre celles-ci. Petit à petit, ses baisers descendent sur mon corps, pas une parcelle de ma peau n'est oubliée. Sa langue et sa bouche lèchent et embrassent tout sur leur chemin, de mon cou à ma clavicule, profitant du creux de celui-ci pour s'y attarder et apprécier par la même occasion les frissons qu'il me procure. Continuant sur mes pectoraux, mes abdominaux qui se contractent à cette divine caresse et me font de nouveau frémir de plaisir, arrivant à mon nombril qu'il s'amuse à chatouiller de sa langue aguicheuse. Continuant ses petites attentions sur mon pubis, je peux sentir son souffle chaud sur mon membre, ce qui me provoque de divins tremblements, sentant mon sexe se gonfler d'excitation.

Mon amant sait très bien y faire, même nos loups ronronnent de ce moment si spécial pour nous. Je sursaute et suis pris de frissons quand il me prend en bouche, une autre complainte m'échappe, et je me cambre, cette attention étant tellement bonne. Dans chacun de ses mouvements, de ses caresses ou de ses regards, je peux ressentir tout l'amour qui nous unit, et c'est juste "magique".

Mon oméga fait des vas et viens sur ma hampe, me jetant par moment de petits regards. Je le sens prendre autant de plaisir qu'il m'en procure, se délectant de mon membre viril, dressé rien que pour lui, qu'il suce et lèche avec gourmandise.

Sa gestuelle est de plus en plus rapide, il aspire mon membre, et mes mains serrent les draps tellement je me sens partir et arriver au point crucial de ma jouissance. Puis sans prévenir je me tends, tout tremblant, perdant totalement pied dans cet orgasme délicieux qu'il me procure. Je me déverse dans sa superbe bouche, et tout en me regardant droit dans les yeux, il lèche de nouveau mon sexe pour ne perdre aucune goutte de mon nectar. Il se lèche les lèvres et remonte vers moi, mon souffle étant saccadé, il me laisse juste le temps de le reprendre quelques minutes.

Wyatt me regarde avec ses yeux emplis de désir, puis il se penche sur moi, m'embrasse à pleine bouche partageant sa récompense, pendant qu'une de ses mains sur mon membre lui redonne vie une seconde fois, ce qui ne tarde pas, le toucher de mon oméga me faisant l'effet d'une bombe. Nos phéromones se mélangent et s'enlacent, tout comme nos corps. Mon sexe de nouveau au garde à vous, je vois Wyatt se mettre à califourchon sur moi.

Me doutant de ce qu'il va faire, je tends une main pour le préparer mais je peux sentir sur mes cuisses, que son lubrifiant naturel est en action. Nos yeux ne se quittent pas, alors qu'il se lève doucement et s'abaisse sur ma hampe, s'empalant de lui-même, et nous gémissons à l'unisson, gardant toujours le contact visuel. Il est si beau ainsi offert, je tends mes mains vers lui pour le toucher, j'en ai besoin, mais il me les attrape et place nos mains enlacées au-dessus de ma tête, tout en se mouvant sur moi sensuellement, ses vas et vient deviennent plus rapides, plus forts, tout en continuant à nous embrasser. Il se redresse sur moi, mettant mes mains sur ses cuisses, ses mouvements deviennent désordonnés, rapides, forts et passionnés, nos gémissements de plaisir montant crescendo, nos cœurs s'emballent, nos respirations deviennent erratiques, haletantes, nos corps fusionnent, s'emboîtent parfaitement.

Nos phéromones se mélangent, nous enivrent, nos loups hurlent de bonheur toujours plus haut, toujours plus fort. Puis dans un ultime coup de rein de Wyatt, qui me fait toucher pour la énième fois son nœud de plaisir, celui-ci nous fait monter au septième ciel, notre jouissance est ultime, je me déverse dans mon âme-sœur, lui sur nos torses, nos corps tremblant de cet orgasme somptueux et mutuel. Il s'écroule sur moi et je l'enlace de mes bras, continuant ainsi notre câlin, gardant encore sa chaleur contre moi, nous laissant le temps de nous remettre tranquillement. Nous avions tellement besoin de câlin, de cette communion entre nos deux corps, entre nos deux âmes. Nous nous embrassons encore et encore gardant cette position, le temps de redescendre de notre nuage de bien être retrouvé.

Nos cœurs battent à l'unisson comme s'ils ne formaient plus qu'un. Après s'être remis de nos émotions, Wy se redresse, m'embrasse et se lève. Il me regarde droit dans les yeux et me propose de prendre une douche ensemble pour mieux nous remettre de ce somptueux moment que nous venons de partager avec tant d'amour et de douceur.

C'était sans me douter qu'un deuxième round m'attendait, nos corps et nos loups demandaient encore à se retrouver tellement le manque de toutes ces années était lourd de sens.

Après cette douche torride, passionnée et aimante, nous voilà allongés de nouveau sur son lit. Je le prends dans mes bras, calant sa tête dans mon cou, lui permettant de respirer mon odeur qui l'apaise et le sécurise. Sentant son épuisement, le sommeil le gagnant, il ferme ses yeux lentement tout en souriant. Je lui embrasse le front, lui dit que je l'aime et il en fait tout autant. Mon petit-Cœur est de retour, pour de bon.

Plusieurs heures plus tard, m'étant moi-même assoupi, ayant suivi la respiration de mon compagnon, nous nous réveillons une nouvelle fois, dans les bras l'un de l'autre, partageant la même chaleur et cet amour qui nous unit depuis maintenant des années.

Wyatt relève la tête et me regarde, il est sublime, même avec son air encore endormi, je craque complètement pour lui. Wyatt se relève légèrement en regardant vers le bar, puis tourne la tête vers moi, tristement.

- " Je crois que le petit déjeuner est froid maintenant. Je te l'avais préparé avec tant d'amour", me dit-il avec un air renfrogné, me faisant mal au cœur.

Nous regardant sans nous lâcher, un rictus prend place sur le coin de sa bouche et nous partons dans un éclat de rire tous les deux. Par la suite nous faisons un petit brunch en réchauffant légèrement ce que mon compagnon avait préparé avec tant de soin et d'amour, nous câlinant et nous embrassant entre deux mouvements de préparations de nos assiettes et de nos deux cafés lattés.

Le reste de la journée, nous restons enlacés l'un à l'autre en regardant des émissions sans intérêt sur son canapé, parlant de tout et de rien, riant aux éclats par moments suite à quelques anecdotes que je lui raconte. Le midi nous avons appelé pour commander au chinois du coin et être livré une heure plus tard.

Pendant que nous dégustons notre repas, mon téléphone sonne et voyant qui essaye de me joindre, je réponds tout de suite.

- " Allô papa, tout va bien ?", demandais-je tout sourire.
- " Bonjour fils, comment vous allez, tous les deux ?", me demande-t-il avec un intérêt sincère, mais je sens de l'inquiétude dans sa voix.
- " Bien mieux pourquoi ? Papa, ta voix est bizarre, que se passe-t-il ?", lui demandais-je, inquiet.
- " Ecoute fils, j'ai deux très mauvaises nouvelles à t'annoncer", me dit-il, mal à l'aise.
- " Maman ?", demandais-je, angoissé.
- " Non ta mère va bien. Le souci c'est que Diane s'est évadée de la Polyclinique", m'explique-t-il.

- " ça fait une et la deuxième c'est quoi ?", lui demandais-je, énervé.

- " La personne qui a permis à Diane de s'évader … c'est Morgan", m'explique mon père, gêné de ces mauvaises nouvelles.

- " Quoi ? Mais ils sont où maintenant, tu as une idée ?" m'énervais-je au téléphone, provoquant un regard choqué à Wy, qui a entendu que je parle avec mon père, alors que jamais je ne perdais mon sang froid comme cela avec mon alpha.

- " Ecoute fils, sur la vidéo de sécurité, on les voit partir ensemble. Par la suite, la Meute a pu les suivre et ils ont pris la direction de New-York, mais tout aussi bien ils ne sont plus là-bas, voir même pas du tout chez toi. J'ai contacté mes amis chef de Meute de New-York et des alentours et personne ne les a vus. Alors faites attention à vous, fils. J'ai appelé Samuel, mais il ne répond pas, alors si tu le vois préviens le. Je m'inquiète pour vous les enfants. Au moindre souci tu m'appelle, ok ?" m'explique mon père.

- " Oui, papa, pas de soucis. Merci d'avoir appelé pour nous prévenir. Embrasse maman de notre part à tous les deux et faites attention à vous", dis-je à mon chef de Meute, avec beaucoup trop d'inquiétude dans la voix, ce qui fait que Wyatt a compris qu'un problème allait arriver à grand pas.

- " Que se passe-t-il, Amour ? Tu m'inquiètes !", me dit mon âme-sœur.

- " Diane s'est échappée de la Polyclinique avec l'aide de Morgan, et il ne sait pas où ils sont", lui expliquai-je, énervé et angoissé.

Chapitre 29 "Une grande et belle famille"

PDV Ezra

Cela fait maintenant deux mois, que mon fils et ses amis ont repris une vie normale, chaque couple avançant à son rythme, pour mon plus grand plaisir. Samuel et Maxwell, ont repris le bar de l'alpha en main avec l'aide bien évidemment de ma fille et de Tara, sans oublier Wyatt qui continue chaque soir à jouer de magnifiques chansons au piano, pour le plaisir de tous et pour son plaisir personnel, le piano lui ayant beaucoup manqué.

Mon aîné a repris son poste à la caserne, il a un nouveau coéquipier qui n'est autre que Tom. Au début, ça a été un peu chaotique entre eux, parce que Tom avait peur que Gabriel lui en veuille au point de vouloir le tuer. Finalement après s'être expliqués calmement pendant une soirée chez Samuel et Maxwell, avec leur aide et celle de Rory, tout est rentré dans l'ordre. Les coéquipiers sont devenus amis et leur binôme fonctionne à merveille, pour le plus grand plaisir de leur chef de caserne.

Rory, lui, est toujours médecin urgentiste au Lenox Hill Hospital et il adore toujours autant son métier, même si au début, reprendre le travail n'était pas évident pour lui. Il pensait beaucoup à Tom. Les séances chez le psychologue, ont fait beaucoup de bien à celui-ci, par la suite Rory a assisté à deux d'entre elles sur demande du médecin, ce qui leur a permis de s'expliquer sur leur ressenti, de pleurer aussi, en évacuant leur tristesse, mais surtout de pouvoir se retrouver et d'avancer plus sereinement et main dans la main.

Nos quatre couples d'amis se retrouvent souvent, quand leur planning le permet. Cette petite bande ne se lâche plus, ils ne peuvent que se comprendre avec tout ce qu'ils ont traversé. Chaque moment passé ensemble ne fait que ressouder les liens entre eux, plus comme une famille que comme des amis, d'ailleurs, pour mon plus grand plaisir et celui de Samuel.

C'est désormais officiel :

- Samuel et Maxwell vivent ensemble chez celui-ci. Après de petits soucis de santé, pour Maxwell, à la suite de son allergie aux produits des suppresseurs, à cause de l'aconit-tue-loup, il a réussi à trouver une solution grâce à l'aide de ma femme. Étant une grande spécialiste des plantes médicinales, elle lui a préparé une infusion à base de feuilles de framboisiers, quelques gouttes d'essence de Valériane et des fleurs de camomille romaine. Il doit prendre cette infusion une semaine avant et pendant ses chaleurs tous les soirs, en continu et sans oubli. Bien évidemment étant un produit naturel, ça n'est pas dangereux, et quand ils décideront de fonder leur famille, Max n'aura qu'à arrêter de la prendre.

- Gabriel est venu emménager chez Wyatt ne pouvant plus être séparés l'un de l'autre plus d'une journée. Grâce à l'aide de mon fils, Wy a réussi à retrouver confiance en lui et petit à petit a repris goût à la vie et à avancer sans avoir peur du lendemain. Ils ont su s'écouter, se parler et avancer ensemble, se soutenant dès qu'un souci ou une angoisse pointe le bout de son nez. Mon grand m'a parfois appelé pour mes conseils et avoir mon avis ou celui de sa mère. Jamais ils n'ont baissé les bras et avec l'aide de leurs amis, ils ont évolué et ont su se retrouver.

- Du coup, ma cadette a récupéré l'appartement pour elle et Tara. Elles l'ont réaménagé à leur façon et dès que la petite bande souhaite faire la fête, ça se passe ici, la plupart du temps ou au bar quand celui-ci est fermé, bien sûr. Ayant deux chambres plus un convertible, le domicile est assez grand pour que tout ce petit monde dorme sur place sans souci de reprendre le volant par la suite, fort heureusement.

- Et puis à la surprise de tous, mais heureux pour leurs amis, même si moi j'étais au courant depuis un moment, Tom est venu s'installer chez Rory. Quand celui-ci a compris que le médecin n'était là que pour le protéger et l'aimer par leur lien d'âmes-sœurs et même plus, il ne supportait plus d'être éloigné de son compagnon.

Dès qu'il quittait le boulot, ils se retrouvaient chez le doc. Alors quand Rory a proposé à Tom, pendant un soir en amoureux, d'emménager avec lui, celui-ci tellement heureux, lui a sauté dans les bras et l'a embrassé à perdre haleine, s'en est suivie une nuit … qui ne regarde qu'eux.

Depuis que j'ai prévenu mon fils que Diane s'est enfuie de la Polyclinique grâce à l'aide de Morgan, ses amis et lui sont sur leur garde. À la suite de cette annonce, nos alphas, Samuel, Gabriel, Rory et Tom, se sont entraînés dur, dans la salle de sport privée du patron du bar, pour être prêts en cas d'attaque et pour pouvoir ainsi protéger leurs amis omégas. Mais bien sûr c'était sans compter sur les caractères têtus de Wyatt et Maxwell qui ont souhaité eux aussi, savoir se défendre et se battre, ne voulant plus être un fardeau pour leur alpha, ni être considérés comme des personnes faibles, et pourquoi pas surprendre Diane et Morgan, en cas d'attaque, car soyons réaliste, cette histoire n'est pas finie, et ils en sont tous conscients. Moi-même je m'inquiète beaucoup pour eux, ne sachant pas ce qui les attend avec ces deux malades en liberté. C'est comme cela que nos trois couples se sont entraînés pendant des heures et des heures, sans relâche, entre la concentration et les taquineries, jusqu'aux éclats de rire parfois.

Un soir pendant que nos quatre couples fêtaient l'anniversaire de Rory, pour ses 26 ans, comme il se doit, j'ai appelé mon fils, qui a mis son portable sur haut-parleur, sur ma demande. Oriane et moi, les avons invités à venir passer quelques jours chez nous, pour profiter du calme, se reposer et discuter. C'est ainsi qu'après avoir posé des jours de congé, nous nous sommes tous retrouvés de nouveau dans notre maison familiale.

Rory et Tom, logent chez les parents de celui-ci, Arthur et Demi, étant très heureux de les retrouver, autant amoureux si ce n'est plus et complices comme jamais.

Ils ont eu tellement peur de perdre leur deuxième fils à cause du mal qu'a pu causer leur premier, mais fort heureusement Tom est tombé sur quelqu'un de bien en la personne de Rory. Ils ont pu constater que leur garçon était bien entouré et que personne ne lui en voulait de ce qui c'était passé. Ils ont eu peur à un moment de devoir partir de la Meute pour ce que Nathan avait pu faire, mais Oriane et moi, leur avons fait comprendre qu'ils n'étaient en rien responsable des mauvais agissements de leur fils aîné et que par conséquent, ils avaient toujours leur place dans notre famille et que la Meute et moi, avions toujours confiance et foi en eux. Tom a retrouvé goût à la vie et est devenu plus serein et surtout il a enfin compris que même si c'est très rare, deux alphas peuvent être âme-sœur. Depuis Arthur et Demi, sont tellement contents de retrouver leur fils plus heureux que jamais et souriant, qu'ils profitent à chaque passage du couple pour les avoir chez eux, de plus Rory est un jeune homme agréable et adorable.

Pendant que Gabriel sera avec Wyatt dans son ancienne chambre, tout comme Yaël et Tara dans celle de cette dernière, Samuel et Maxwell seront dans la chambre d'amis, qu'ils occupent habituellement. Les chambres étant assez espacées … Pour … enfin vous voyez quoi …

Oriane adorant recevoir du monde à la maison et cuisiner pour eux, sachant que toute cette belle petite bande adore manger, elle ne se prive pas de leur faire de bons petits plats. Je pourrais même en être jaloux, n'ayant pas autant de choix d'habitude. Mais je ne vais pas me plaindre Oriane est un amour. Revenons à notre petit groupe de jeunes, chacun aide ma compagne à la préparation des diverses recettes et de la vaisselle accumulée à nettoyer sans jamais se plaindre de quoique ce soit, et tous sont heureux de nous retrouver dans ces moments privilégiés.

Pendant qu'Oriane, Wyatt, Maxwell, Yaël et Tara préparent le futur repas avec application et suivant ses directives, je me retrouve dans mon bureau pour discuter avec mon fils, Samuel, Rory et Tom. Je leur apprends que Diane a été aperçue au petit motel en sortie de ville, mais seule, aucunes traces de Morgan.

La Meute a veillé de loin, tous les jours et a suivi tous ses faits et gestes. Bien évidemment, pour donner suite à cette annonce, je peux ressentir la colère de Samuel, de Rory et de mon fils, tout comme le stress et l'angoisse de Tom.

Quand l'heure du repas arrive, chacun s'installe à côté de son conjoint respectif. La table regorge de succulents plats divers et variés, ce qui donne faim à tout ce petit monde. Pourtant parmi la tablée, l'un d'eux n'est pas rassuré et n'a pas plus faim que cela, et nous pouvons tous le sentir.

- " Tom, ne t'inquiète pas, tout se passera bien", lui dis-je, sûr de moi. Alors pour le rassurer, je vois Rory poser sa main sur sa cuisse, tout en lui caressant pour l'apaiser et le calmer. Tom, tournant la tête vers son compagnon et moi, ne peut que répondre par un sourire timide. Je sais que ce garçon a énormément souffert et que même si aujourd'hui il va mieux, il reste et restera des séquelles de ce traumatisme. Mais que ce soit dans notre Meute, tout comme celle de Samuel, ou même une autre, c'est un pour tous et tous pour un, on n'abandonne personne sur la route, on part ensemble on rentre ensemble, ça l'a toujours été et ça le restera.
- " Nous tous, autour de cette table, nous formons une grande et belle famille, et quiconque attaque un membre de celle-ci doit en payer le prix de sa vie", expliquais-je, ayant pris la main de ma femme chérie dans la mienne, cette dernière me faisant un signe de tête pour approuver mes dires.

Cette femme, ma femme, la femme de ma vie, qui en a vu des vertes et des pas mûres, a toujours été là, à me soutenir quelques soit mes choix bons ou mauvais, elle a toujours soutenu cette famille avec le sourire même dans les moments difficiles comme il y a peu. Je bénis chaque jour de l'avoir à mes côtés avec mes enfants et leurs amis, qui font aussi partie de cette belle et grande famille qu'est la nôtre. Le courage que j'ai en tant qu'alpha chef, me vient d'elle, sa force est la mienne.

Comme nous a dit un jour Mr Fabien Sullivan : *"Derrière chaque grand homme se cache une femme, mais pourquoi ne pas dire une grande femme ? Après tout, si l'homme est grand c'est en partie grâce à elle. La femme doit être là pour épauler son homme et le propulser au sommet pour qu'il soit GRAND."* Et je suis tout à fait d'accord avec lui.

Le repas se passe dans une ambiance bonne enfant avec beaucoup de taquineries et de rires, d'asticotages et de grimaces, d'anecdotes et de fous rires, malgré cette brume de stress qui flotte au-dessus de nos têtes. Mais l'atmosphère étant tellement reposante et détendue que personne n'y fait allusion, même pas Tom qui, grâce à son âme-sœur, a su se détendre et profiter du moment.

Après le repas, nous avons tous migré dans le salon pour le café et les desserts que ma femme adorée a fait. D'ailleurs elle s'est surpassée, une fois de plus, beaucoup de choix : choux à la crème, éclairs au chocolat, macarons pistache ou framboise et un flan coco, que de petits délices. Moi qui suis gourmand de nature, ça va m'être difficile de résister à tout cela. Je m'apprête à attraper une de ces appétissantes pâtisseries, quand mon téléphone se met à sonner, je réponds tout de suite en voyant l'appelant.

- " Allô … oui … ok … Bien vous ne les lâchez surtout pas … ok", dis-je, avec assurance.

Je raccroche, voyant tous les regards se tourner sur moi, attendant de savoir ce qui se passe.

- " Sean et Molly, les ont trouvés" leur dis-je. En les regardant chacun leur tour, je remarque que les yeux de Samuel et de Rory sont rouge sang et je peux sentir leur impatience, quant à régler enfin leur compte à ces deux-là.

Chapitre 30 "Diane"

PDV Gabriel

Grâce à Sean et Molly, nous savons où ils se cachent. Diane se planque dans un petit motel en sortie de la ville avec une supérette juste à côté pour les courses, mais jusqu'ici personne n'a remarqué que Morgan la rejoignait la nuit et qu'il repartait de bonne heure à l'aube. Pendant que Molly restait à surveiller Diane, Sean, lui suivait Morgan qui le mena directement à l'entrepôt où Wyatt, Max et Tom avaient été séquestrés. Que pouvait-il bien y faire ?

Nous sommes tous sur la terrasse à profiter du soleil et du café que vient de nous amener ma mère, quand mon père nous appelle tous dans son bureau.

Ni une, ni deux, nous nous levons tous comme un seul homme et nous nous dirigeons vers mon alpha rapidement. Quand nous entrons dans la pièce, Sean et Molly sont présents, ils nous expliquent tout ce qu'ils ont pu constater, c'est à dire pas grand-chose de plus, si ce n'est que Morgan passe énormément de temps dans le bâtiment, mais impossible de s'approcher sans être vue ou senti.

À la suite de ces mots, l'atmosphère qui était légère jusqu'ici, se transforme est devient lourde et pesante de phéromones de colère de la part des alphas, mêlés à ceux du stress de nos omégas.

Je vois Tom qui vacille légèrement mais Rory le rattrape par la taille et le maintien contre lui, Tom se rattrape en posant une main sur le torse de son compagnon. Ils se regardent intensément, de ce simple regard empli d'amour, beaucoup de choses y passent mais eux seuls savent de quoi il en retourne. Tom lui fait un signe de tête pour lui dire que ça va, ils sont arrivés à un stade de leur relation où ils n'ont pas besoin de se parler pour se comprendre.

Après notre petite réunion, nous convenons avec mon père que nous allons jeter un coup d'œil tous ensemble dans le hangar. Nous allons tous nous préparer, chaque couple rejoint sa chambre attitrée, non sans lâcher des phéromones de stress de la part de nos conjoints qui doivent revivre encore ce traumatisme, mais cette fois sera la dernière.

Nous arrivons devant la bâtisse sans voir personne, mais bizarrement je me sens observé et à voir la tête de Rory et Samuel, ils pensent la même chose que moi. Comme convenu nous faisons trois groupes, ainsi Rory restera avec Tom, Wyatt sera avec Max et moi avec Sam.

Nous rentrons silencieusement dans cette ruine sans nom, et nous tournons à la première pièce qui nous apparaît, faisant signe aux autres de ne pas bouger. Nous regardons partout, mais ne voyant rien, ni personne, nous faisons demi-tour. Au moment de ressortir de la pièce, nous sommes stoppés par une épaisse fumée, voyant Sam, nous sommes tous les deux en train de tousser, la gorge me pique et mes yeux aussi. L'enfoiré, il utilise de la fumée poivrée ! Mes yeux me brûlent tout comme ma gorge, je ne peux plus les ouvrir tellement je pleure et qu'ils piquent, puis je tombe au sol, complètement déboussolé. Sam doit être dans le même état que moi, car je l'entends aussi s'écrouler. J'entends des pas se rapprocher de nous à toute vitesse.

- " GAB … SAM …"hurlent, nos compagnons.
- " Non, non, restez où vous êtes, la pièce est piégée, ne restez pas là", leur criais-je.
- " Sam, je sais que ça va être dur, mais surtout ne te frotte pas les yeux, sinon tu vas aggraver la brûlure de tes yeux" lui conseillais-je.
- " Ça va Gab, ne t'inquiète pas, je connais, mais je dois dire que ça faisait longtemps qu'on ne m'avait pas eu comme cela" m'avoue-t-il.

PDV Wyatt

Je me mets à stresser pour mon compagnon et mon ami, pris au piège dans cette pièce avec des fumigènes qui leur piquent les yeux, certainement poivrés, quel connard d'avoir fait cela. Max me prend la main pour continuer d'avancer. Quand d'un seul coup des haut-parleurs se mettent en route, nous entendons des grésillements et par la suite, une voix, sa voix, à elle. Cette voix que j'ai toujours détestée depuis tout petit et que je hais encore plus aujourd'hui.

- " Bonsoir, mon chéri d'amour de fils ! Que nous vaut ta visite en ces lieux ? Toi et tes amis, pensiez peut-être nous avoir à l'improviste ? Détrompe-toi, nous voyons, entendons et sentons tous vos faits et gestes. Maintenant que nous avons deux alphas en moins, le reste ne sera que plus simple pour nous", raconte-t-elle, avec sa voix mielleuse et hypocrite, qu'elle a toujours eu et que j'ai en horreur.

Nous continuons d'avancer encore plus sur nos gardes, approchant d'une nouvelle pièce, nous découvrons un lit tâché de sang séché, des couteaux sont par terre et tout un arsenal de fouets de différentes tailles plein de substance rougeâtre séchée aussi.

Mon sang ne fait qu'un tour en réalisant que cette pièce, je la connais, y ayant été séquestré, torturé et violé des heures durant.

- " Voyons mon chéri, ne fait pas cette tête, je suis sûr que tu as adoré chaque moment que tu as partagé avec Nathan, avoue, on est entre nous !", dit-elle, s'adressant à moi.

Ma haine envers elle et ma colère, ne font que monter dans tout mon corps, mes poings serrés au maximum, font que mes ongles entaillent mes paumes, mais je ne ressens aucune douleur. Mon sang entre en ébullition dans mes veines, je ressens comme une énorme tempête monter en moi et sais que quand celle-ci va exploser, ça va faire mal.

- " Voyons mon chéri, ne fait pas comme si tu savais te battre, les omégas ne savent rien, vous êtes faibles, vous n'êtes que des putes pour alphas, vous ne méritez pas de vivre et nous allons nous occuper de vous, crois-moi ! Morgan va beaucoup s'amuser", crie-elle, sans gêne et avec cette méchanceté dans son intonation de voix, que je ne connais que trop. Je sens une main sur mon épaule et tournant la tête, je regarde Max droit dans les yeux, puis je me souviens que Rory et Tom sont là aussi. Nous nous faisons un signe de tête, prêts à continuer notre visite.

Plusieurs pièces vides, rien, et puis d'un seul coup nous nous retrouvons nez à nez avec Diane et Morgan, qui se mettent à courir et entrent dans une salle plus loin. Nous les suivons en courant, je ne veux pas les laisser filer, hors de question. Arrivant devant la fameuse pièce nous nous arrêtons et regardons les lieux, voir ou sentir si elle n'a pas été piégée, avant de rentrer.

- " Woua !!! Max, mon chéri et Tom !! Rooo, je ne savais pas que je vous manquais à ce point mes chéris", nous dit Morgan, avec son sourire de pervers et ce regard sadique, qui ne changeront jamais.
- " Jamais plus tu ne les toucheras, j'en fait la promesse", lui balance avec toute sa fureur Rory, les yeux rouges de colère et de vengeance, accompagnés de grognements que son loup lâche furieux.

Rory et Max se font un signe de tête discret et tous les deux bondissent en même temps sur Morgan, il reçoit les deux loups de pleins fouets, s'étant transformés en lui sautant dessus. L'atmosphère est pesante, les phéromones de dominance, de stress, d'angoisse et de panique, se font sentir, mais n'allez pas croire qu'elles viennent de mes amis et moi, loin de là, fini les omégas dociles. Sentant avec quelle colère, fureur et envie de vengeance mes amis sautent sur son compagnon, Diane prend la fuite et sort à toute vitesse de la salle. Je sens sa peur, la mort l'effraie, mais elle n'en sortira pas vivante.

Je me lance à ses trousses, hors de question qu'elle m'échappe, pas après tout le mal qu'elle m'a fait. Je cours après elle, ma colère et ma haine pour cette femme, me bouffe de l'intérieur, mon loup et moi réclamons vengeance pour tout ce qu'elle nous a infligée par l'intermédiaire d'un de ses amants.

Je courre comme un dératé dans l'entrepôt pour rattraper ma génitrice qui cherche à tout prix à s'enfuir par tous les moyens de ce bâtiment. Je la vois se précipiter vers la porte où nous sommes rentrés tout à l'heure, arrivé à sa hauteur, je saute au-dessus d'elle et prend ma forme lupine, me retrouvant devant la porte de sortie. Elle se stoppe, mais n'est pas effrayée pour un sou, pourquoi ?

- "Mon chéri, mon fils d'amour ! Tu veux vraiment jouer à ça avec moi. Tu n'as jamais su te défendre, tu t'es toujours laissé faire et ce n'est pas maintenant que ça va changer !", me dit-elle, de son air supérieur.

Mes grognements se font encore plus mauvais et plus agressifs. Je n'en démordrais pas, je suis autant remonté que mon loup, toute notre fureur accumulée depuis tant d'années à besoin de s'extérioriser et qui est là mieux placé pour la recevoir en pleine tronche, si ce n'est-elle.

- " Grand bien t'en fasse, alors tu mourras comme tous tes camarades !!", me crache-t-elle, avant de prendre elle aussi sa forme lupine.
- " *Je t'attends chère mère !!*" , lui dis-je, par la pensée.
- " *Tu vas regretter amèrement de me provoquer ainsi, mon fils d'amour !!*", me répond-elle, pleine de rancœur et de haine.

Elle se rapproche de moi dangereusement, son grognement est mauvais et ses phéromones sont remplis de haine et de férocité envers moi. Sa gueule est grande ouverte et elle bave comme une enragée hystérique. A bien y réfléchir, c'est certainement ce qu'elle est.

C'est un loup gris au pelage fourni, ses yeux ocres et remplie de méchanceté, de turpitude et de perfidie, son museau retroussé, ses poils hérissés pas la colère, ses crocs acérés qu'elle me montre pensant que j'aurais peur d'elle, mais elle se met le doigt dans l'œil ou ailleurs bien profond.

Elle bondit sur moi, tel un prédateur sur sa proie, me mordant une patte avant, avant d'essayer de me choper la gorge mais je lui échappe de justesse. J'attaque à mon tour, lui donnant des coups de griffes pour me défendre. Je la repousse violemment, elle est coriace la chienne. Nous nous retrouvons face à face, et d'un même bond, nous retrouvons cabrés, nous donnant de méchants coups de pattes, de griffes essayant de se choper l'un l'autre.

Je peux ressentir dans ses attaques toute l'animosité qu'elle a en elle. Un hurlement nous fait nous stopper et je la vois courir, revenant sur ses pas pour retrouver la pièce où nous étions tous au départ.

Arrivant tous deux dans la salle, nous constatons qu'un corps ensanglanté repose à terre devant une personne de dos, les mains griffues, du sang dégoulinant de celles-ci. A voir la tignasse blonde et le visage souillé de sang au sol, je reconnais Morgan, plus un signe de vie ne vient de ce corps, plus un mouvement, plus une once de vie n'existe, il est mort, mort, mort. Je constate que Max est plus loin dans la pièce, mal en point et couvert de sang, à quelques mètres de lui, Rory est dans le même état, tous les deux vivants respirant avec difficultés. Je comprends alors que la personne de dos devant nous est Tom. Il se retourne et je peux voir qu'il n'est qu'à moitié transformé. Seulement sa gueule et ses mains sont métamorphosées en loup-garou.

Puis je vois Diane qui hurle à la mort de la perte de son dernier amant, pendant que je l'observe, je sens un changement chez elle, elle se met à grogner méchamment et regarde intensément Tom, prête à lui sauter dessus.

Sentant le coup venir, je la vois lui bondir dessus, alors qu'il a l'air perdue prêt à s'écrouler, et ne se souciant plus de se couvrir pour sa sécurité, n'étant animée que par la haine et la vengeance de tuer le bourreau de son compagnon, ne me voyant pas arriver, je l'attrape à la gorge, la stoppe dans son élan, nous écrasant au sol avec fracas.

Je ne la lâche pas, elle se débat, grogne, lâche ses phéromones de dominances sur moi, mais ils n'ont aucuns effets sur moi, Gab et Sam, nous ayant formés avec Max pour éviter cette emprise sur nous des autres alphas.

Comme si mon cerveau me disait d'en finir avec elle, il me remémore ses paroles tranchantes, haineuses, pleines de mépris et de cruautés envers moi :
"Je n'ai jamais voulu d'enfant … il n'avait rien pour lui … je ne le désirais pas … un oméga, un faible, une erreur génétique, je le hais depuis sa naissance … en plus il est gay … J'ai monté Nathan contre Wyatt … que Wyatt et Gabriel étaient âme-sœur, c'était du pain béni pour moi et mon plan ... tant que je savais que Wyatt souffrait, je me foutais de savoir comment il s'y prenait …"

Plus ses paroles me reviennent, plus je resserre mon emprise sur sa gorge, je la sens agoniser au fur et à mesure que mes crocs entrent dans sa gorge, ma colère, ma fureur montent toujours plus haut. Puis mon cerveau me replonge dans des passages de mes agressions à cause d'elle, à cause de son amertume, de sa perversion qu'elle avait pour moi.

Pris dans mon élan de rage, de colère et de fureur, je tire violemment sur ce bout de chair fraîche que j'ai entre les crocs, balançant ma tête de droite à gauche avec acharnement, et tandis que le bout de viande reste dans ma gueule, son sang jaillit avec force, sur moi.

Sortant de ma torpeur, reprenant ma forme humaine, me retrouvant allongé au sol et nu comme un vers, je réalise que j'ai lâché ce que j'avais dans la gueule, à cause de cette substance gluante et ce goût métallique que j'ai dans la bouche, qui n'est autre que la carotide de Diane. Une mare de sang jonche le sol tout autour d'elle, je me relève assez vite, voulant éviter de me salir plus que je ne le suis déjà.

Mon corps tremble mais je ne sais pas si c'est de froid ou d'avoir pu me venger de cette garce de génitrice. Puis je sursaute, entendant la personne à côté de moi qui autre que Rory, hurler à la mort, pour prévenir que les combats sont finis et que nos vengeances ont été faites.

Les réponses ne tardent pas à venir de l'extérieur et nous entendons des bruits de pas pressés. Je me relève avec l'aide de Tom, je reste un instant sans bouger, pendant que lui va voir Max et Rory, qui sont blessés légèrement mais bel et bien en vie. Alors que je sens ma tête qui me tourne, que mon corps tremble, que mes jambes flageolent et que je me sens m'écrouler, des bras puissants me rattrapent, ils se resserrent autour de moi et je sens un corps tout contre le mien. Ma tête posée sur son torse et j'entends les battements de son cœur, je sens ses phéromones qui m'enlacent et m'apaisent et à ce moment-là, avant que mes yeux ne se ferment je vois mon beau ténébreux me regarder, me sourire et me dire "c'est fini, Petit-Cœur, tu as réussi", la fatigue me gagnant, la pression redescendant, je me laisse aller et sombre dans le noir total.

Chapitre 31 "Morgan"

PDV Maxwell

La panique me gagne quand je vois Sam et Gab, se protégeant les yeux d'un bras et la bouche et le nez de l'autre, suffoquant à cause de cette fumée, mon cœur se resserre alors que je les vois s'écrouler au sol. A entendre ce que dit Gab, la fumée est poivrée et leur pique les yeux et la gorge. Mais quel connard, ça ne peut être que Morgan, pour faire une chose pareille ! Il ne perd rien pour attendre. Je prends la main de Wyatt pour que l'on continue d'avancer, quand des haut-parleurs se font entendre, je sens que mon ami se tend et quand la voix se fait connaître, ses doigts se resserrent plus fort. Réalisant que nos mains sont toujours jointes, il me lâche et me murmure un "désolé" avec un regard d'excuse.

Nous nous approchons d'une autre pièce, toujours sur nos gardes, quand nous entrons dans la salle, j'ai comme une envie de vomir qui me prends, de sentir et voir tout ce sang séché et tous ces outils de torture, quand mes yeux croisent ceux de mon ami Wy, je comprends que c'est ici qu'il était pendant sa séquestration et qu'une partie de ce sang est le sien, la grosse flaque plus loin est très certainement celui de Nathan, qui est mort des mains de Gabriel, ou plutôt devrais-je dire de ses crocs pour être exact.

Ma sensibilité ressortant, je ne peux empêcher les larmes de couler, sachant le mal qu'a subi mon ami à cause de son bourreau. Wy me regarde avec un sourire penaud, mais nous ne pouvons que nous comprendre. Nous entendons de nouveau cette voix mielleuse qui m'énerve au plus haut point. Wyatt s'étant arrêté, je pose une main sur son épaule, comme pour lui donner du courage. Nous nous regardons tous les quatre et continuons.

Nous avançons toujours avec attention, dépassant plusieurs pièces vides, rien et puis nous nous retrouvons face à face avec ces deux malades qui se tiennent la main et nous lancent un sourire plein de perversion, ils se mettent à courir plus loin dans une autre pièce.

Nous les suivons, et arrivés devant l'entrée, nous nous arrêtons et regardons bien partout qu'elle ne soit pas piégée, avant de rentrer les rejoindre.

- " Waouh !!! Max, mon chéri et Tom !!! Rooo, je ne savais pas que je vous manquais à ce point mes chéris !!! ", nous dit Morgan, avec son sourire pervers et son regard sadique.
- " Jamais plus tu ne les toucheras, j'en fais la promesse ", lui balance avec fureur Rory, les yeux rouges de colère et de vengeance, accompagné de grognements que son loup lâche furieux.

Discrètement, Rory et moi, nous faisons un signe de tête et nous lui sautons dessus de concert. Prenant notre forme lupine pendant notre saut, Morgan reçoit Rory de plein fouet, qui lui mord le cou et lui griffe le dos et moi, je lui chope le bras et lui griffe le torse, déchirant au passage ses vêtements qui tombent en lambeaux. Tombant à terre, il hurle de douleur tout en se transformant.

L'atmosphère devient pesante, mélangeant des phéromones de dominances, de stress, d'angoisse et de panique, vous seriez surpris de savoir de qui ils proviennent. Je vois Diane prendre la fuite, Wyatt part à ses trousses, quant à Tom, il est reclus dans un coin de la pièce, et n'ose plus bouger, il est comme figé, je peux le comprendre.

- " *Je crois que vous en avez perdu un en route* ", nous dit Morgan, par la pensée ricanant et se moquant de la peur de Tom.
- " *Tu es toujours sous ma coupe, mon beau* ", continue-t-il en avançant vers lui, dangereusement. Tom n'ayant pas bougé, toujours figé par la peur de se retrouver devant son bourreau.

A peine finit-il sa phrase que Rory lui saute dessus. Morgan se retrouve sur le dos avec le doc au-dessus de lui, le mordant aux jointures, aux pattes et sur la poitrine, pendant que l'autre lui donne des coups de griffes au ventre et sur la poitrine. Des aboiements, des grognements, des pigments, les deux se lâchent et se remettent sur leurs pattes.

- " *Jamais il ne te reviendra !!!* ", lui crache Rory avec fureur, sûr de lui.

Face à face, ils se montrent réciproquement leur rage, leur colère. L'un tenu par une envie de vengeance, l'autre pour sa survie.

- " *Tom, je rêve ou tu n'as pas pu te trouver mieux, qu'un alpha gringalet pour te protéger ? C'est dire à quel point tu es faible. Ah ! Ah ! Ah ! Un alpha protégeant un alpha, la blague du jour.* Les regardant tous les deux, tour à tour, il se met à rire de plus belle. *Ne me dis pas qu'en plus c'est ton mec, j'aurai tout vu venant de toi mais ça, waouh, je ne m'y attendais pas* ", balança-t-il à leur attention, mort de rire.

Du coin de l'œil, je vois Tom serrer les poings de rage, je ressens sa peur, sa douleur et sa fureur par les phéromones qu'il dégage, mais il ne bouge pas d'un pas. Ces poings sont tellement serrés que je vois du sang en couler, préférant se faire du mal plutôt que de lui sauter dessus, ayant trop peur des répercussions de Morgan, certainement.

- " *Cela ne te concerne en rien, tu n'es pas son petit-ami, tu es son bourreau. Tu l'as fait souffrir, tu l'as drogué, utilisé, rabaissé et tu l'as détruit. Tu vas crever pour tout ce mal que tu lui as fait subir !* ", lui dit avec férocité Rory, les yeux rouges de rage, la bave lui tombant de la gueule par l'énervement.
- " *Si ça me concerne ! J'aime savoir qui je vais détruire et crois-moi qu'une fois que je t'aurais tué, et qu'il sera encore plus à terre que maintenant, je vais en profiter avec lui avant de l'achever pour de bon* ", lui balance avec haine Morgan.

Rory, sa colère bouillonnante dans les veines, ne réfléchit plus, ne voulant qu'une chose, venger son compagnon, guidé par cette fureur qu'il l'anime, il saute de nouveau sur Morgan, lui assénant de nouveaux coups de crocs sur les épaules et des coups de griffes sur la poitrine. Continuant sans relâche à attaquer son ennemi qui réplique, envoyant coups pour coups, entre grognements emplis de férocité et d'animosité, aucun ne lâchant prise, même si la fatigue se fait sentir.

Puis par je ne sais quelle pirouette, ce malade le plaque au sol et lui lacère le ventre et le poitrail. Le tenant par une patte, il le balance au travers de la pièce, comme un vulgaire sac de patates. Rory se retrouve projeté de l'autre côté de la pièce, se tapant la tête sur le sol en retombant dans un bruit de fracas horrible. Tom se précipite vers lui et quand il voit dans l'état qu'est son âme-sœur, une colère noire le gagne.

- *" A ton tour, Maxou chéri, à ton tour ! Une dernière danse avant la mise à mort ?"*, me dit-il avec son sourire carnassier de sadique, pervers.

- *"Tu peux te la carrer où je pense ta dernière danse, espèce de connard mal baisé !"*, je lui réplique avec hargne.

- *" Waouh, tant d'assurance dans la voix. Mais où est le Max qui m'était soumis, plein de petite attention de peur que je n'abime son magnifique visage ou son corps d'apollon ?"*, me demande-t-il avec sa voix mielleuse.

- *" Il n'existe plus, tu l'as tué. Maintenant c'est à moi de te tabasser jusqu'à ce que mort s'en suive"*, je lui balance avec toute l'agressivité qui m'habite en ce moment.
- *" Tu ne disais pas ça, il y a quelques mois encore, aurais-tu changé à ce point ?"*, me demande-t-il.
- *" Tu n'as pas idée"*, je lui réplique, sûr de moi.
- *" Hummm, je vais te bloquer et profiter une dernière fois de ce magnifique petit cul d'oméga soumis, crois-moi"*, me balance-t-il, tout en lâchant ses phéromones de dominances.
- *" Ah ! Ah ! Ah ! Tu peux toujours essayer !"*, dis-je, en lui riant au nez, ses attaques de phéromones n'ayant aucun effet sur moi.

Enervé, que son petit plan tombe à l'eau, il me saute dessus, mais je réplique et nous nous retrouvons cabrés, l'un en face de l'autre. Des coups de pattes pleuvent de toutes parts, des coups de morsures se font sentir. Soudain un coup de griffe heurte mon ventre, mais surpris de ne pas ressentir de douleur, je remarque en baissant les yeux une sorte d'aura bleue qui semble faire bouclier autour de mon abdomen.

Me sentant mal d'un coup, comme une baisse de tension, mon assaillant en profite pour m'attraper le bras, et me balancer de l'autre côté de la pièce, si fort que ma tête cogne contre le mur. A moitié dans les vapes, j'entends comme des grognements familiers, je tourne la tête doucement et je vois Dam, qui se dresse devant moi. Je ressens sa protection et sa colère envers mon agresseur quelques secondes avant qu'un trou noir ne m'envahisse.

PDV Tom

Rory est mal en point, mais il respire, je me baisse et lui murmure à l'oreille.

- " Je vais nous venger, pour moi, pour toi, pour eux !"
- " Ne fais pas de bêtise et va-t'en, ne reste pas là, il va te tuer", me répond Rory, papillonnant des yeux, me regardant avec douleur.

Je vois Morgan, balancer Max comme un vulgaire sac de frappe, s'approchant dangereusement de lui. Je remarque que Max est entouré d'une aura bleue, identique à celle de ce magnifique loup blanc qui se dresse devant lui, comme pour le protéger. Morgan, se place près à lui sauter dessus toutes griffes dehors. Mais le loup blanc, n'ai ni apeuré, ni angoissé, rien je ne ressens que de la sérénité émanant de lui. Puis il tourne la tête vers moi, me faisant comprendre dans son regard qu'il s'occupe de Max.

- " Stop, ne fait pas un pas de plus vers lui", dis-je à Morgan d'un ton froid et glacial, le voyant s'approcher de ce loup et de Max, dangereusement. Mon regard rouge de colère, je le regarde droit dans les yeux sans sourciller. Bizarrement je ne le sens pas rassuré de cet échange, j'ai même l'impression, que je lui fais peur.

M'inquiétant quand même de l'état de mon ami, je me précipite vers Max, il respire mais est complètement sonné par la rencontre de sa tête avec le mur. Tout comme Rory, ses blessures sont superficielles, plus de peur que de mal.

- " *Ne t'inquiète pas, je veille sur lui et sur ton compagnon, règle son compte à cette ordure, tu en meurs d'envie, alors fais toi plaisir"*, me dit le loup avec un sourire, suivi d'un clin d'œil.

Je me relève, ma rage grandissante, ce besoin de vengeance qui m'anime, pour moi, pour mes amis, ne fait que chauffer mon sang dans mes veines, comme la lave en fusion d'un volcan, attendant le bon moment pour exploser. Cette agressivité que je lui réserve ne demande qu'à sortir.

- " *Alors ma merveille, c'est à ton tour ? Vas-tu y arriver sans ton alpha, j'en doute beaucoup. Tout le monde meurt autour de toi, tu ne t'es jamais dit que le problème venait de toi ? A cause de toi Nathan est mort et tu es seul, ton alpha chéri va subir le même sort !"*, me dit-il avec amertume et provocation.
- " *Ton joli petit cul et ton corps me manquent tellement, si tu savais !"*, continue-t-il, pour me déstabiliser.
- " Dans tes rêves, sale con !", je lui crache au visage.
- " *Si je te chope, tu vas la sentir passer !"*, me dit-il, sur un ton pervers et un sourire en coin.
- " Que des promesses !", lui dis-je, d'un air provoquant, droit dans les yeux.

Morgan reprend forme humaine, étant pour ma part resté ainsi, mais ce qu'il ignore c'est que je lui réserve une surprise en temps voulu. Je regarde mes amis qui se remettent doucement mais sûrement de leur moment de combat, tous deux entourés de la protection de ce canidé que je ne connais pas, mais à qui je fais une confiance aveugle. Ne me demandez pas pourquoi ? Je ne ressens aucune animosité de sa part, ce qui m'aide à lui donner ma confiance et le droit de protéger mes amis.

Me sortant de mes pensées, il me saute dessus, m'acculant au mur derrière moi, il me chope les mains avec les siennes, qu'il bloque au-dessus de nos têtes, essayant de m'embrasser avec force. Voyant que je me débats, il me tient d'une main ferme les deux poignets pendant que son autre main vient se placer sur ma mâchoire qu'il serre et bloque. Il m'embrasse violemment et me mord la lèvre supérieure avec possession.

- " Tu es à moi et personne ne viendra t'aider !", m'assure-t-il, regardant mes amis par terre, mal en point à cause de lui.

Puis son corps nu se frotte sur moi, je peux sentir son envie mais mes yeux se posent sur Rory, qui me regarde impuissant, assis contre un mur, je vois ses superbes yeux pleurer de culpabilité, je ressens sa frustration dû faite qu'il ne peut bouger, ne pouvant qu'être spectateur de la scène. Mes yeux passent des siens à ses lèvres et quand je les vois bouger, je comprends ce qu'il me dit "je t'aime bébé, bat toi, tu es plus fort que tu ne le crois" et moi je lui réponds "moi aussi mon chat, je t'aime".

Comme un déclic que mon corps et ma tête attendaient, ressentant tout l'amour de mon alpha, je mets un bon coup de genoux bien placé dans les parties de mon adversaire, ce qui a pour but de le stopper net dans son acte pervers et provoque à Morgan une douleur qui le fait se plier en deux tout en grognant et me lâchant.

- " Tu vas me le payer, petite merde", me crache-t-il, au visage.
- " Quand tu veux ! Ta Merveille t'attend", lui dis-je, le provoquant, une nouvelle fois, prêt à en découdre avec lui comme jamais.

Nous nous retrouvons face à face, jouant des poings, des pieds, des jambes, des coups de tête avorter pour sa part, le laissant par moment me toucher. Je ressens sa fatigue et moi, ma rage toujours présente.

- " Quand je t'aurais chopé, crois-moi que tu la sentiras passer et après t'avoir eu, je t'attacherais pour que tu puisses voir comment je m'occuperais de ton cher alpha et de ton ami Max", fulmine-t-il avec violence et sadisme.
- " Pour cela, il faudrait déjà que tu m'attrapes", lui répondis-je, avec un sourire et un regard bestial.

Courant dans ma direction avec acharnement pour me choper, voyant qu'il est manipulé par son excitation et qu'il en oublie sa garde, je l'attrape par le cou et le soulève de toutes mes forces, d'une seule main. Son visage change et je peux y voir de la peur et de l'angoisse, car mon visage s'est transformé, et mes mains aussi. Il se débat comme un beau diable, mais rien n'y fait, mes griffes transpercent la peau fine de son cou avec tellement de facilité. Pendant que mon autre main lui agrippe le ventre, étant animé par cette colère animale, aveuglé par ma frénésie, je ne sens pas ma main qui entre dans son abdomen comme dans du beurre et quand celle-ci ressort, ses entrailles la suivent.

Morgan pousse un hurlement horrible qui me sort de ma transe et quand je réalise ce que je viens de faire, je le lâche. Il s'écroule au sol dans un bruit sourd, Morgan n'est plus, il est mort, mort, mort. Je regarde ma main ensanglantée avec ses restes que je laisse tomber à mes pieds, épouvanté par mon geste.

Étant dans un état second à la suite de mon acte, j'entends des pas derrière moi, ce qui me fait me retourner. Je vois Diane qui hurle comme une furie, je sens qu'elle lâche ses phéromones de dominances sur moi, mais elles n'ont aucun effet, cela ne me donne qu'un simple mal de crâne.

Je ressens sa furieuse folie, je l'entends grogner méchamment après moi et elle me regarde intensément, mais je ne bouge pas, je me sens bizarre, mon corps tremble tout seul, mais ce n'est pas de peur qui me tient, c'est autre chose, c'est bizarre comme sensation. Alors que je la vois se préparer à me bondir dessus, Wyatt réagit au quart de tours.

Pendant que mon ami s'occupe de sa génitrice et voyant qu'il a gagné face à elle, je reprends ma forme humaine, mon loup ronronnant de cette vengeance enfin réglée, en équipe. Je me recule de quelques pas loin de cette mare de sang, ma tête tourne de plus belle et mes oreilles bourdonnent, je me sens mal, mes jambes flageolent, je me sens vaciller et mes yeux ont du mal à rester ouverts. Je m'écroule un peu plus, prêt à me manger le sol, mais ma chute ne vient pas, en revanche je sens des bras me rattraper, ses bras m'enlacent, alors que je reconnais son odeur de bois de cèdre.

Je me laisse complétement aller dans son étreinte, posant ma tête sur son épaule, mon nez dans son cou, humant son parfum qui m'apaise et m'enivre, je me blottis encore plus contre lui, ma fatigue me possédant de plus en plus, mes yeux papillonnent quelques secondes, puis un trou noir me submerge sans prévenir. Les deux dernières choses que j'entends avant de m'évanouir, sont les battements de cœur de mon âme-sœur sur le mien et ses murmures.

- "Je t'aime bébé, je suis fier de toi. Repose-toi, je veille sur toi".

PDV Rory

Quand je me réveille de ce cauchemar, je vois Wyatt s'occuper de sa mère et gagner son combat contre elle, haut la main. Puis plus loin, je vois Max qui émerge aussi et qui me fait un signe de tête pour m'indiquer que tout va bien et je constate qu'un loup blanc entouré d'une aura bleu reste à ses côtés. Et puis, voyant du mouvement, je vois mon compagnon perdant l'équilibre, alors je me jette sur lui, le rattrapant de justesse et l'enlaçant dans mes bras, où il se réfugie sans perdre une seconde, plaçant sa tête comme à son habitude dans mon cou.

Je le sens complètement se détendre et alors que ses yeux se ferment, je lui murmure que je l'aime et que je suis fier de lui. Puis je me mets à hurler à la mort pour prévenir la Meute que tout est réglé, qu'il n'y a plus aucuns dangers.

Wyatt s'étant approché de nous, je l'aide à se relever. Je vois alors nos amis arriver paniqués, Gab récupère Wyatt dans ses bras, qui était sur le point de se retrouver au sol et de l'autre côté, je vois Sam prenant aussi son compagnon dans ses bras d'un côté et faisant une étreinte au loup de l'autre, Max caressant la tête de celui-ci en le remerciant de son aide.

Tout le monde a donné de sa personne, tout le monde est sain et sauf, tout le monde a des égratignures, des blessures superficielles et une grande fatigue, mais la vengeance a été faite.

Maintenant nous allons pouvoir finir nos jours de vacances sereinement, à nous reposer et profiter de chaque instant en famille, comme nous l'a dit Ezra, avant que nous ne partions en chasse. Sur le chemin de retour, nous avons enroulé nos compagnons dans des couvertures de survie, que nous avions amené au cas où, ne voulant pas qu'ils tombent malades. C'est ainsi que Sam et Gab, leur compagnon dans les bras passent la porte de la maison du chef alpha et que moi je me retrouve avec Tom dans les bras rentrant chez ses parents qui nous accueillent, étant aux petits soins pour nous.

PDV Extérieur

Cette nuit tout comme celles qui suivront, personne ne fera de cauchemar ou de crise d'angoisse. Cette nuit, chacun dormira enlacés dans les bras de son âme-sœur, avec tendresse et s'aimant à en perdre la raison, une bonne partie de la nuit.

A partir de cette nuit quelques petites choses vont changer …

Chapitre 32 " Lien d'âme-sœur"

PDV Extérieur

Après ces combats qui ont plus que fatigué, exténué et vidé nos amis de toute énergie et s'étant tous battus comme des acharnés, pour réparer ce qu'ils avaient subis et vécus, chaque couple s'est enfermé dans sa bulle de bonheur, ayant besoin de se retrouver et de se recentrer sur leur couple.

Ils peuvent finir leurs derniers jours de vacances tranquillement et au calme. C'est ainsi que Gabriel et Wyatt sont rentrés à New-York, profiter de leur petit cocon qu'est devenu leur appartement, que Samuel et Maxwell se promènent calmement et sereinement vers l'une des cascades du Finger Lake et que Rory et Tom, eux se retrouvent à leur endroit habituel dans la forêt.

PDV Rory

Depuis que Tom a pu venger ses amis et lui-même, je le sens plus serein et calme. Ayant tous deux besoin de nous retrouver, nous nous dirigeons sous notre forme lupine vers notre grotte cachée par une des cascades du Finger Lake, notre lieu à nous.

Je commence à avancer en reniflant et respirant toutes les fleurs, les fourrés et les sous-bois tranquillement, je marche à pas cadencés, tout en gardant un œil sur mon âme-sœur. Puis d'un regard lancé à mon compagnon, je comprends que celui-ci veut me lancer un défi. Nous nous stoppons face à face, pour mieux communiquer.

- " *Le dernier arrivé est une poule mouillée"*, me défie-t-il, par la pensée, avec un sourire en coin et un clin d'œil aguicheur.

Sprintant à tous vas entre les arbres, nous bondissons au-dessus des buttes de terre, des branchages au sol ou des rochers, nous traversons plusieurs petites cascades pour nous semer l'un l'autre, tout en jappant de bonheur, courant et sautant partout comme des gamins ivres et heureux de vivre.

Sentir le vent qui fouette mon museau et ma fourrure, apprécier la terre sous mes pattes, me procure un bien fou de liberté. Quand nous arrivons à notre endroit fétiche, Tom arrive le premier de seulement quelques secondes, fait de petits bonds de joie, par-ci par-là, tout en jappant comme un bienheureux, faisant exploser sa joie, content d'avoir gagné. Le voir ainsi me fait chaud au cœur et me fait l'aimer encore plus chaque jour que la lune nous permet de vivre.

Haletant par cette course folle que nous venons de faire, nous nous désaltérons aux abords de la cascade, mais c'était sans compter sur le côté enfantin de mon amant qui me saute dessus et nous fait tomber tous les deux à l'eau. Ressortant de l'eau, nous nous secouons et restons quelques minutes sous les rayons du soleil, pour bien nous sécher avant d'aller nous reposer dans la grotte.

Tom s'étale de tout son long se laissant tomber sur le sol, légèrement fatigué de notre belle promenade, de ses blagues et défis, et je peux le comprendre. Toutefois voulant être sûr qu'il va bien, je m'approche doucement, tout en tendant mon museau vers lui, reniflant et humant avec plaisir son odeur, que j'affectionne par-dessus tout, cet effluve de lotus, dû à son gel douche, ressort encore plus sous sa forme lupine depuis quelques jours déjà. Mon âme-sœur lève le sien et nous nous frottons et léchons mutuellement.

Mon amant passe ses pattes avant autour de mon cou et me lèche de nouveau le museau, tout en m'attirant au plus près de lui, se mettant sur le dos alors que je suis debout au-dessus de lui. Nos yeux se croisent et s'accrochent, je peux y lire tout l'amour et le désir qui émane de tout son corps et du mien par la même occasion, à la vue de mon compagnon qui s'offre à moi.

- " *Je t'aime mon chat*", me dit-il, par la pensée.
- " *Je t'aime aussi bébé*", lui répondis-je, lui léchant le museau en retour.
- " *Prouve le moi*", me réplique-t-il, avec son regard langoureux.

Je m'allonge doucement sur mon amant, répondant à sa demande cachée, celui-ci écartant ses pattes arrière pour que je puisse me caler confortablement sur lui. Tout en me frottant à lui, je lui lèche le cou, le mordillant gentiment. Sa réaction est automatique, de petits grognements de plaisir frémissent sous sa gorge, que je lèche aussi dans la continuité de mon geste, mon envie de le marquer me revenant en tête. J'ai cette envie qu'il soit à moi à tout jamais, que chaque personne qui nous croisent sache qu'il est à moi et que je suis fière de l'avoir comme compagnon.

- " *Je sais à quoi tu penses, mon chat !*", me dit-il, alors que mes yeux se reposent sur lui.
- " *Alors fait le, ne réfléchis pas !*", reprend-t-il, son regard devenant plus désireux encore.
- " *A une condition, on se le fait mutuellement ! Je veux que nous soyons unis corps et âme, tous les deux ! Je n'osais pas te le demander, mais je pense que sais le bon moment, veux-tu être mon compagnon … mon mari … à vie ?*", je lui demande, faisant passer tout mon amour pour lui dans mes paroles.
- " *Mon chat … je … Oui … Oui, je veux être ton … mari à vie*", me répond-t-il, avec ses yeux larmoyant de bonheur.

Je commence à me mouvoir sur mon amour qui répond à mes mouvements, aussi bien dans ses gestes que dans ses jappements de plaisir, montant petit à petit dans l'extase. Je peux sentir nos érections se durcir au fur et à mesure de notre excitation, nous relâchons nos phéromones, chacun enivrant l'autre de son odeur, nous faisant perdre un peu plus pied.

Dans ses magnifiques orbes bleus, je vois tellement de désirs et d'amour, il me fait un signe de tête, me donnant son accord pour mes caresses à venir.

C'est ainsi que je le pénètre tout en douceur, j'ondule d'abord tout en délicatesse, lui laissant le temps de s'adapter et puis mon agitation devenant de plus en plus désordonnée, nos bassins s'emboitant parfaitement. Mes vas et vient, de plus en plus vite, plus rapide, plus fort, plus précis, nous font monter crescendo dans notre câlin effréné, entre jappements et gémissements de plaisir non dissimulés, nous foutant totalement que l'on nous entend ou pas dans la forêt, nos ébats étant cachés par le bruit de la cascade.

Arrivant au point de non-retour, c'est alors que par un dernier coup de rein bien placé, la jouissance nous prend, tout en montant au septième ciel, nous nous mordons profondément le cou mutuellement. Dans cet élan de bestialité, je sens la puissance et la force de mon compagnon m'envahir, voyant des étoiles devant mes yeux. Je réalise ainsi toute la magie de notre lien d'âme-sœur alpha par cette morsure d'imprégnation réciproque. Je me sens heureux et plein de joie tout comme mon âme-sœur dont je ressens son bien-être et son état euphorique d'être devenu mon mari, mais je ressens autre chose que je ne saurais expliquer. Nous sommes désormais unis l'un à l'autre pour la vie, et nous hurlons à la lune notre bonheur de ne former plus qu'une seule et même âme.

PDV Wyatt

Gab et moi avons passé une belle soirée, avons mangé au Bemelmans Bar, que son père nous avait conseillé et qui d'ailleurs, nous avait réservé une table à son nom. De ce fait, nous avons pu profiter pour parler et nous retrouver comme avant.

Arrivés à l'appartement, j'allume qui éclaire notre petit cocon, j'allume aussi la radio pour avoir une petite musique de fond, puis je propose un dernier verre de vin à mon compagnon mais il préfère un café, tout comme moi, au vu de l'heure tardive. Après avoir préparé deux tasses de notre nectar noir, sans sucre et sans lait, nous nous installons sur le canapé, l'un à côté de l'autre, étant de trois quart assis, pour nous faire face.

Je ne sais pas pourquoi, je me sens nerveux, depuis plusieurs jours je me sens différent, peut être que cela est dû aux faits que plus personnes n'en a après nous. Gab ressent mon état car ses phéromones se propagent dans tout l'appartement, me calment et me câlinent. Je n'ose pas le regarder, ma tête est baissée sur mes doigts que je triture dans tous les sens. Je sens son regard posé sur moi, et je me sens rougir comme l'ado que j'étais lors de notre premier rendez-vous, nous avions 17 ans, mais que m'arrive-t-il ?

Une de ses mains se pose sur les miennes, cette chaleur qu'elles dégagent me fait l'effet d'une bombe, ce qui me fait fermer les yeux de bien-être. Je soupire d'aise, tellement je suis bien avec lui, et une larme coule sans que je ne lui donne la permission. Je sens son autre main remonter sur mon visage et se poser sur ma joue, puis il effleure de son pouce cette traîtresse avec une telle douceur que je me laisse faire sans sourciller. Par la suite de cette même main, il relève mon menton avec une infinie délicatesse que j'en ai des papillons dans le ventre.

Je rouvre mes yeux, croisent les siens, leur éclat en dit long sur leur sincérité. Le trou béant que mon âme avait il n'y a pas si longtemps se retrouve rempli de tout l'amour et l'adoration que je peux lire dans ses superbes orbes noisettes.

- " Je peux ?", me demande-t-il, inquiet.
- " Oui", lui répondis-je faiblement.

Alors tout en se rapprochant de moi, nos fronts se frôlent, nos yeux s'observent profondément, et là de ce geste simple empli de tendresse, ses lèvres effleurent les miennes dans un baiser chaste, presque timide. Je ne peux retenir ce gémissement qui m'échappe complètement, comme chaque fois qu'il me touche où qu'il m'embrasse. Je réponds à son baiser, si bon et chaud avec envie et passion, sa langue glisse délicieusement sur mes lèvres quémandant l'accès à ma bouche, chose que je lui accord entrouvrant celle-ci avec plaisir et le laissant faire à sa guise.

Ses jumelles se retrouvent dans une danse des plus sensuelle avec un plaisir non dissimulé, comme si elles ne s'étaient jamais quittées. Ce baiser chaste au départ devient plus fiévreux, plus profond, plus ardent.

Ses mains descendent lentement sur mes hanches, puis d'un simple geste calculé, il me met à califourchon sur lui sans jamais rompre notre baiser endiablé, si longtemps attendu. L'une de ses mains caresse le creux de mes reins tandis que l'autre remonte le long de mon dos et vient se caler dans ma nuque, puis d'une douce pression, il me rapproche de lui, nos torses se touchant, mes mains longeant avec adoration son dos large et musclé.

Notre désir se fait sentir quand nos entre-jambes se frôlent, nous ne pouvons retenir nos gémissements, tellement heureux de nous retrouver, nos phéromones s'enlacent, tellement l'atmosphère submergée par l'envie et le désir est pesante.

Il se recule arrêtant ainsi notre baiser, il me regarde de ses yeux pétillants de cette ardente envie qui l'anime, il se penche de nouveau sur moi puis pendant que sa bouche embrasse et suce la peau de mon cou avec détermination, ses doigts habiles dégrafent un à un les boutons de ma chemise, la faisant glisser sur mes bras avec une telle lenteur que mon cœur s'emballe imaginant déjà la suite de ce merveilleux moment.

Je décide à mon tour de lui enlever son polo avec autant de tendresse et d'amour qu'il a su et qu'il sait encore me prodiguer. Ses superbes mirettes m'éblouissent, de nouveau je retombe amoureux de ce magnifique apollon qui a su faire chavirer mon cœur et mon loup, lui seul en est le roi.

Je le sens nous redresser au bord du canapé, puis se lever mais me gardant collé à lui, un autre baiser passionné reprend le flambeau, ses mains descendant de mes reins sur mes fesses rebondies qu'il caresse et malaxe.

Je relève une de mes jambes pour qu'il ne bouge pas de cette étreinte et il en profite pour me soulever, faisant glisser ses mains sous mes genoux et me tenant par les cuisses. Automatiquement mes jambes s'enroulent autour de sa taille et tout en continuant notre baiser enflammé, il nous dirige vers notre lit.

Il me dépose délicatement sur celui-ci, en profite pour retirer le reste de nos vêtements, d'abord les miens puis les siens par la suite. A ce moment-là, la radio qui était toujours allumée, passe un superbe morceau de musique, idéal pour notre moment "Into You" d'Ariana Grande.

Maintenant complètement nu, sur le dos et à sa merci, je me sens rougir même encore maintenant quand il s'écarte et qu'il observe mon visage ou mon corps, je sens ses yeux glisser sur moi, m'admirant comme si j'étais la huitième merveille du monde.

- " Tu es magnifique mon Amour", me dit-il, avec son sourire ravageur que j'aime tant.

Il revient vers moi se mettant au-dessus de moi, son regard s'ancre au mien, je peux sentir son souffle chaud sur mon visage et je devine aisément que nos loups sont heureux et désireux de se retrouver dans ce moment charnel.

Ses mains me caressent avec une habileté sans faille, d'abord mes pectoraux, puis mes abdominaux, mon ventre qui se contracte à son passage, mes hanches qu'il chatouille, s'arrêtant à la naissance de mon V, pendant que sa bouche embrasse mon cou et le lèche avec une telle subtilité que mes soupirs de plaisir se font entendre de plus en plus. Pendant que du bout de ses doigts, il redessine à la perfection le V de mon bas ventre, sa langue vient jouer et titiller mes tétons, l'un après l'autre, déjà durci par le plaisir qu'il réveille en moi.

Tellement réveillé que je me cambre sous lui, faisant toucher et frétiller nos sexes à l'unisson. Nos gémissements de bonheur emplissent l'appartement tout comme nos phéromones, mêlant ainsi des odeurs telles que le lys et le miel avec de la rose et de la cannelle.

Il m'embrasse de nouveau avec tant d'énergie et faisant de petits mouvements de frictions sur nos membres que je sens que nous allons perdre pieds tous les deux. Sentant mon lubrifiant naturel en action, il me regarde me posant sa question silencieuse. Mon alpha demande toujours mon accord, que je lui accorde sans soucis, ayant autant envie de lui, que lui de moi. Avec une infinie douceur il me pénètre, il commence à se mouvoir sur moi et ses vas et vient deviennent de plus en plus puissants, rapides et forts, nous emmenant au septième ciel. Je m'agrippe à ses superbes fesses toutes en muscles et m'abreuve de ses gémissements bestiaux.

Les lumières de la rue me permettent de voir son visage angélique, je peux voir ses yeux remplis d'amour, j'y discerne cette étincelle pleine de désir, sa bouche entrouverte et sa langue léchant ses lèvres avec sensualité, les sons qui en sortent sont un régal pour mes oreilles. Je continue de l'admirer d'un regard amoureux, il est tellement beau, mon magnifique ténébreux.

Ses mouvements deviennent désordonnés, rapides, forts et passionnés, nos gémissements de plaisirs montant crescendo, nos cœurs s'emballent, et nos respirations deviennent erratiques, je sens que nous allons sombrer dans la jouissance. Nos corps tremblent à l'unisson quand une lame de plaisir nous submerge tous les deux en même temps, c'est alors que tout en se libérant en moi mon alpha me mord profondément le cou. Grâce à cette imprégnation je ressent encore plus tout l'amour et l'adoration de mon compagnon, provoquant un sursaut d'extase dans tout mon être, et je me libère sur nos torses chauds et humides de sueur.

Gaby s'écroule sur moi et je l'enlace de mes bras, continuant ainsi notre câlin, gardant encore sa chaleur contre moi, nous en avions tellement besoin, et nous prenons le temps de nous remettre de notre orgasme mutuel. Sa morsure me fait mal mais savoir que maintenant nous sommes officiellement mariés pour la vie me rend heureux même si autre chose me travaille mais je suis incapable de dire quoi exactement.

Après nous être remis de nos émotions, mon compagnon se redresse, m'embrasse et se lève, il me regarde droit dans les yeux et me propose de prendre une douche avec lui pour mieux nous remettre de ce somptueux moment que nous venons de partager.

C'était sans me douter qu'un deuxième round m'attendait, nos corps et nos loups demandant encore à se retrouver tellement nous avions besoin de nous retrouver. Après cette douche torride, passionnée et aimante, Gaby prend tout ce qu'il lui faut pour désinfecter ma morsure et me mettre un pansement au moins pour cette nuit, pour éviter les frottements avec les draps.

Nous voilà allongés de nouveau sur notre lit. Il me prend dans ses bras, calant ma tête dans son cou, respirant son odeur qui m'apaise. Sentant mon épuisement, le sommeil me gagnant, je ferme les yeux, il m'embrasse le front, me dit qu'il m'aime plus que tout, et j'en fais tout autant. Maintenant que nous nous sommes imprégnés, Morphée peut aller se rhabiller, rien ne vaut les bras de mon beau ténébreux.

PDV Maxwell

Etant parti de la maison, après avoir prévenu Ezra et Oriane, pour ne pas les inquiéter, je me promène avec mon alpha tranquillement dans la forêt. Nous nous tenons la main comme des amoureux transit à leur premier rencard. Nous nous retrouvons petit à petit devant l'une des plus belles cascades du Finger Lakes, à l'opposé de l'endroit fétiche de Rory et Tom.

A peine arrivés, je vois mon compagnon se diriger sur le bord de la cascade, scrutant les alentours pour être sûr que personne ne nous observe. Il se déshabille à la hâte, se mordant la lèvre supérieure tout en me regardant avec envie et amour, puis il se retourne et observe la chute de plusieurs mètres à faire avant d'atteindre la surface de l'eau.

Mama, voire mon amant nu comme un ver de dos, mon sang ne fait qu'un tour, voir les muscles de son dos rouler sous sa peau bronzée par le soleil, pendant qu'il s'échauffe les bras, me rend tout chose.

Est-ce la chaleur qui est pesante ou mon corps qui commence à s'exciter de cette vision parfaite ? Ni une, ni deux, mon alpha en tenue d'Adam, se place en haut de la cascade, se retourne vers moi et me dit avant de sauter dans cette étendue d'eau, ne pouvant y résister plus longtemps.

- " Tu me rejoins en bas, mon Cœur ? Je t'attends !", me dit-il, avec son sourire aguicheur et me faisant un clin d'œil provocant.

Me déshabillant à toute vitesse pour le rejoindre au plus vite, je me place où il était, quelques minutes avant de disparaître dans l'eau claire, je le vois en bas me faisant de grands gestes, je ne réfléchis pas et je saute.

L'eau est froide mais mon corps chaud apprécie ce liquide si rafraîchissant, éveillant un peu plus mes sens d'oméga à la nature, je remonte doucement de mon plongeon, reprenant ma respiration. Sam ne tarde pas à me rejoindre, il m'enlace par la taille me rapprochant au plus près de lui avec des gestes assez abrupts.

- " J'ai tellement envie de toi, mon Cœur ! Tellement envie de ne faire qu'un avec toi, ton loup et ton âme !", me dit-il, avec un regard et un sourire de carnassier.

- " Honey … dis le moi … dis-moi ce que tu veux ?", je lui réponds, avec le même sourire et regard qu'il m'a lancé, quelques secondes plutôt.

- " Max, je voudrais t'imprégner, que tu sois à moi pour la vie … que nous soyons unis l'un à l'autre pour l'éternité", m'explique-il, avec des larmes naissantes au coin des yeux.
- " Mais pourquoi pleures-tu, Honey ?", je lui demande, posant mes mains sur ses joues tendrement et amoureusement.

- "Parce que j'ai peur de ta réponse, la dernière fois qu'on en a parlé, une dispute a éclaté et je ne veux pas m'engueuler de nouveau. Je t'aime tellement Max, je t'aime à en crever !" me dit-il, ces larmes coulant de ses superbes orbes bleus.

- " Je t'aime aussi Sam, aussi fort que toi si ce n'est plus. Ne t'inquiète pas, j'ai aussi ce besoin d'être à toi, de t'appartenir corps et âme. Alors oui Honey fait le, fais-moi ressentir tout l'amour que tu as pour moi", lui répondis-je, tout en essuyant de mes pouces, ses larmes et l'embrassant sauvagement à en perdre haleine.

Tout en se rapprochant d'un rocher recouvert de mousse odorante, mon alpha me plaque dessus un peu durement, embrassant, léchant, suçant et mordillant mon cou, ses mains cramponnées sur mes hanches fermement me laisseront certainement des marques par la suite, mais je m'en fou le plus important c'est lui, c'est nous. Il relève la tête un instant, me regarde avec tant d'intensité que je vois ses yeux bleus changer de couleur prenant la teinte de ceux de son loup, son côté animal ressortant dans ses gestes, mais j'aime qu'il me fasse ressentir plus que d'habitude son amour, surtout en pleine nature où notre côté bestial se montre le plus et se décuple.

Son corps se colle au mien, se frottant brutalement, ses frictions incessantes, nous font durcir rapidement. Ses mains glissent rapidement sur mes cuisses, alors que mes bras s'enroulent autour de son cou, il me soulève rapidement et me pénètre avec férocité, me faisant basculer la tête en arrière tellement c'est bon, ses vas et vient plus rapide, plus fort, plus profond, plus intense, il cherche à me dompter et il y arrive à merveille. Nos respirations deviennent saccadées, erratiques, nos gémissements de plaisir se font entendre, montant crescendo et faisant écho avec la cascade. Nous sentons notre jouissance monter aussi vite que les jappements et les grognements de mon âme-sœur.

Je sens l'envie de possession de mon alpha se faire ressentir, nos phéromones nous enivrent et nous excitent encore plus. Toujours plus fort, plus rapide, plus profond et plus haut, notre orgasme nous prend réciproquement. Mon âme-sœur bloque sa main dans ma nuque avec bestialité, rapproche sa bouche à grande vitesse de mon cou, me mord sauvagement et profondément. Nous vivons et sentons en même temps notre jouissance mutuelle et notre lien d'âme-sœur prendre place en chacun de nous. Nous nous laissons happer par l'extase que ce moment nous procure, me faisant papillonner des yeux, je me sens comme sur un nuage, les bras de mon alpha me retenant tout contre lui pour que je ne coule pas. Mes yeux papillonnent toujours, je vois des étoiles, comme si je pouvais voir notre lien, je ressens tout l'amour et l'adoration de mon compagnon. Perdant totalement pied entre le plaisir que nous venons de nous donner et la force de notre lien, je me sens partir, fatigué, complètement vidé de toute énergie.

Je sens mon compagnon me sortir de l'eau, m'enrouler dans une couverture et me prendre dans ses bras, plaçant ma tête dans le creux de son cou. Je m'enivre de son odeur de mâle alpha, son effluve est plus forte qu'avant, je ne sens que lui et me sens en totale sécurité, me laissant porter et endormir par les pas qu'il fait pour nous faire rentrer.

Quand mes yeux s'ouvrent, il fait nuit dehors et la seule chose que je vois ce sont les yeux bleus de mon amant qui m'observe avec un sourire de bien-être. Je lui souris mais mes yeux sont encore lourds de sommeil, je ne résiste pas et les referme, la fatigue étant toujours présente.

Il me serre contre lui, m'enlace de ses bras et me dit :
- " Dors mon Cœur, je veille sur toi pour toujours".

Chapitre 33 "La vie continue"

PDV Extérieur

Cela fait maintenant deux mois que nos amis se sont battus corps et âmes pour leur honneur, les Meutes ont été agréablement surprises que Wyatt, Maxwell et Tom aient mis un point final à cette histoire. Leurs alphas sont fiers d'eux et leur ont prouvé sous divers actes emplis d'amour et de tendresse.

Quelqu'un l'est encore plus qu'eux … Ezra. On peut le voir sur son visage, toute la fierté et le respect qu'il a pour cette bande d'amis, devenue des membres à part entière de sa famille, tout ce petit monde accepté par sa Meute depuis longtemps. Ce qui s'est passé a rapproché encore plus la Meute de Sam à celle d'Ezra, ayant été inséparables depuis le début de cette histoire.

Le chef alpha de la Meute de l'Upper-East-Side a su prendre en compte les conseils et les avertissements de son ami, leur deux Meutes ayant toujours été en bon terme, leur lien est devenu plus fort avec le temps et maintenant les deux Meutes sont inséparables.

Nos amis ont profité de leurs derniers jours de vacances ensemble, pour se remettre de leurs émotions et de leurs égratignures, les alphas étant aux petits soins pour leurs compagnons, ils se sont amusés comme des gamins dans la piscine, se sont ressourcés en pique-niquant près des cascades du Finger Lake. Ils ont profité des connaissances d'Oriane pour la cuisine et la pâtisserie, ils ont pu se reposer devant un film avec du pop-corn, à rire aux éclats et pleurer aussi suivant les émotions de chacun. Ils ont pu se dégourdir les pattes avec toute la Meute, pendant la pleine lune, hurlant tous à la Lune, leur amour pour elle et la remerciant de sa protection bienfaitrice sur eux.

Puis chaque couple a repris la route de son appartement respectif à New-York, promettant à Ezra et Oriane de revenir très vite, sans oublier Arthur et Demi, toujours heureux d'accueillir leur fils et leur gendre, heureux de les voir aussi complices et amoureux.

Chacun reprenant le cours de sa vie là où, il l'avait laissée …

PDV Tom

Pendant notre séjour, j'ai pu parler avec mon chef alpha et j'en ai appris un peu plus sur ma condition d'âme-sœur.

- " Les couples d'âmes-sœurs alpha sont très rares, mais leur lien est très puissant, tellement puissant que des miracles peuvent arriver", m'a-t-il expliqué Ezra avec un clin d'œil, tout sourire.
- " J'ai connu deux couples d'âmes-sœurs alpha dans ma vie, toi et Rory êtes le troisième. Les deux autres ont eu droit à ce miracle, je ne doute pas que vous l'aurez, vous aussi. C'est comme un cadeau de la Lune, pour votre couple hors du commun", a-t-il continué, avec un sourire en coin.
- " Quel miracle, de quoi parlez-vous ?", lui ai-je demandé, curieux.
- " Tu le sauras le moment venu, ne t'inquiète pas !", m'a-t-il répondu avec un grand sourire.
- " Notre lien est-il aussi fort qu'une imprégnation ou devons-nous aussi nous marquer, comme signe d'appartenance ?", ai-je demandé, par curiosité.
- " Étant alphas tous les deux l'imprégnation n'est pas une obligation. Si vous le souhaitez, vous le pouvez, mais elle sera plus considérée comme une preuve de votre amour, comme un mariage", m'a-t-il expliqué, très sérieusement.
- " Si nous nous imprégnons, notre lien va changer ou pas ?", ai-je demandé, inquiet de la réponse de mon chef alpha.
- " Non, une imprégnation reste là même pour tous. Vous ressentirez, bonnes ou mauvaises, les émotions de l'un et l'autre", m'a-t-il expliqué.

Depuis notre retour, je me sens bizarre, chaque matin, j'ai des maux de têtes et des nausées, j'espère ne pas avoir attrapé un coup de froid ou un mauvais virus. J'avais déjà des petits tracas légers avant de partir en vacances, avec le combat et les différentes émotions, je suis passé outre mais maintenant, je dois bien avouer que ça m'inquiète un peu.

Ayant repris mon travail en équipe avec Gab, nous sommes appelés sur les lieux d'un accident de circulation, nous nous occupons du blessé au mieux. Voyant tout ce sang, je ne me sens pas très bien, mais finalement ce petit malaise passe et je n'y pense plus. Pendant que nous montons le patient sur le brancard dans notre camion, Gab me fait signe de conduire et il monte derrière avec notre passager.

Arrivé au Lenox Hill Hospital, nous descendons le brancard et nous nous dirigeons vers le service des urgences. Le blessé se met à bouger, faisant tomber la couverture, dévoilant ainsi ses blessures sur son torse. Mes yeux se posent sur ses plaies profondes et je vois tout ce sang qui en découle. Une nausée me prend alors qu'une équipe vient vers nous pour le prendre en charge de suite, se dirigeant vers un box plus loin.

La vue du sang ne m'a jamais rien fait jusqu'ici mais là je dois avouer que je me sens mal, je ne me tiens plus, mes jambes et mon corps deviennent faible d'un seul coup, toutes mes forces me lâchent. Je m'adosse à un mur, plié en deux, prends ma tête dans mes mains, alors que celle-ci me tourne, ma vision devient floue et puis je vacille. Je sens mon ami qui était à côté de moi, me rattraper de justesse avant de toucher le sol.

- " Hey … Tom … ça va ? Tu n'as pas l'air bien, tu es tout pâle !", me dit Gab.
- " Oui … oui … enfin je crois ! J'ai mal au crâne … et … le sang … ", lui répondis-je, mais je m'écroule de plus belle, ma tête me tournant encore, ma vision toujours aussi floue et mes oreilles bourdonnantes, je n'entends que des murmures.

Mon ami inquiet appelle une infirmière, il me prend dans ses bras et me place sur un des lits inoccupés des urgences. J'ai de plus en plus chaud et les odeurs de sang, de parfums et de produits désinfectants m'insupportent et me donnent envie de vomir. Gabriel me tend un haricot, voyant mon haut le cœur et me regarde encore plus inquiet. Je me sens complètement vidé, fatigué et j'ai une envie de dormir horrible. Mais qu'est ce qui m'arrive ?

- " Tom … Qu'est ce qui t'arrive, tu es tout pâle et transpirant ? Tu as chopé un virus ?", me demande mon ami.

Voyant mon état, Gab rappelle l'infirmière qui m'examine et au vu de son expression, je ne dois pas être beau à voir. Elle s'en va et revient dix minutes plus tard avec un médecin qui n'est autre que mon compagnon. Quand il me voit ainsi, il panique. Je vois et ressens toute son inquiétude vis-à-vis de moi et de mon état.

- " Hey … Bébé qu'est ce qui t'arrive ?", me demande-t-il, tout en me faisant les premiers examens.
- " Tes constantes sont plutôt bonnes, si ce n'est ton cœur qui bat un peu vite. Tu as mal quelque part ?", reprend-il.
- " Oui, je … j'ai mal à la tête et au ventre … j'ai envie de vomir … mais ça ne vient pas et je suis … je suis fatigué … j'ai chaud" lui répondis-je, à moitié dans les vapes tellement je suis claqué.

Je sens que l'infirmière prend mon bras, pour une prise de sang que lui a demandé Rory. Dans un murmure lointain je l'entends me dire que j'aurai les résultats plus tard dans la soirée par sms.

Pendant plusieurs heures je reste dans ce lit avec une perfusion saline dans le bras, pour éviter que je me déshydrate. Gabriel a prévenu notre chef et donc notre journée est finie, mais mon équipier préfère rester avec moi, inquiet lui aussi de mon état.

Rory revient nous voir, mon état allant bien mieux, il me permet de sortir, mais me demande de me reposer. Gab, nous propose un café, mon petit-ami lui fait non de la tête, alors que moi je lui dis oui puis il sort de la chambre, nous laissant tous les deux.

Mon compagnon vient s'asseoir à côté de moi sur le lit, il me prend dans ses bras, me serrant comme si sa vie en dépendait. J'ai baissé la tête, honteux de mon malaise, mais Rory place un de ses doigts sous mon menton et me relève la tête pour que nos yeux se croisent. Pendant que son autre main me caresse la hanche et que son geste me donne des frissons, me faisant fermer doucement les yeux pour apprécier cette petite attention, il se penche vers moi et m'embrasse tendrement, avec douceur. Nos loups ronronnent de plaisir, heureux de ce petit moment partagé. Arrêtant notre baiser, il me regarde intensément dans les yeux, les siens emplis d'amour et de bienveillance à mon égard.

- " Tu vas rentrer, prendre une bonne douche et te coucher, tu dois te reposer. Je pense que tu te surmènes trop au boulot, tu nous as fait une belle baisse de tension, tu m'as fait flipper Bébé", m'explique mon compagnon, tout en me caressant la joue et me remettant une mèche de cheveux derrière mon oreille.

Son biper se met à sonner, il le regarde et me dit que des patients l'attendent. Il m'embrasse chastement, me dit qu'il m'aime et repart au boulot. Gabriel revient avec deux cafés lattés que nous prenons le temps de boire avant qu'il me raccompagne à la caserne pour ramener le camion et par la suite, mon ami me dépose chez moi, me raccompagnant jusque devant la porte, pour être sûr que rien ne m'arrive de nouveau.

- " Tu veux un café ou autre chose avant de repartir ?" lui proposais-je, pour le remercier.
- " Non je te remercie, je dois retrouver Wyatt à l'appartement. Tu te reposes, hein … Pas de bêtise. Et puis prend des forces, tu sais que demain on a notre soirée chez Sam et Max. Le doc a dit repos pour toi demain, alors tu prends soin de toi et on se voit demain soir", me dit mon coéquipier, avec un grand sourire.

Il s'en va et, tout en fermant la porte, mon portable vibre, pour me prévenir de l'arrivée d'un nouveau message. Je prends mon téléphone et regarde le message.

- " NON … NON … non … non ce n'est pas possible … Mais c'est quoi ce bordel !!!!"

PDV Wyatt

Après ces quelques jours de pur bonheur en famille, la vie reprend son cours, c'est comme cela que je me retrouve à reprendre mes marques avec mon meilleur ami le piano, qui m'avait affreusement manqué.

Pour m'exercer avant la réouverture du bar, dans deux jours, je me concentre sur les notes qui prennent place sous mes doigts agiles, jouant cette superbe chanson, que nous adorons avec Gab " I get to love you" et puis j'enchaîne avec " Swing'N'easy" très demandée par les clients pour son style jazzy.

Je me dégourdis les doigts sur d'autres musiques passant de "So cold", à "War of Hearts", continuant avec "Monsters", puis "City Limits", ne me demandez pas d'où je connais toutes ces superbes chansons, je vous dirais juste, "merci Netflix". Je finis par "Hold One", pensant beaucoup à Tom sur cette chanson. Nous avons tous eu des passages avides, mais je dois bien avouer que Tom a été celui qui nous a le plus touché étant donné sa sensibilité et son mal-être.

Heureusement Rory et lui, ont pu parler et mieux se comprendre et nous, nous avons su lui faire comprendre que nous étions là aussi en cas de besoin, cette histoire nous ayant tous rapprochés. Comme me dit souvent Gab " Voir le positif dans le négatif", nous sommes tous d'une manière ou d'une autre soudée entre nous.

Gabriel m'a prévenu que Tom avait d'ailleurs eu un malaise tout à l'heure, certainement un mauvais virus avec tout ce qui traîne, ça ne serait pas étonnant. Je dois avouer que moi-même, je ne suis pas au meilleure de ma forme.

Les maux de têtes ont repris à peine revenu sur New-York, tout comme mes maux de ventre, mais quand je me le masse, ça passe.

Certainement rien de grave, j'irai voir le médecin demain, j'ai peut-être le même virus que Tom, qui sais on a été ensemble pendant les derniers jours.

Je reçois un message de mon compagnon qui me prévient que d'ici une vingtaine de minutes, il sera là avec un repas chinois pris en passant devant le restaurant. Alors je me lève, referme le bar et remonte à l'appartement, préparer la table avant son arrivée.

PDV Maxwell

Nos amis devant arriver d'ici deux petites heures, pour notre repas habituel dans les locaux du bar, je finis les derniers préparatifs. J'ai pu rapprocher deux tables avec l'aide de Sam, pour y disposer le buffet froid et laisser une place pour les petits fours que j'amènerai quand ils seront prêts et que nos amis seront là, puis juste à côté quelques bouteilles de jus de fruit et des bouteilles de vin rosé et blanc, que nos alphas affectionnent tout particulièrement.

Pour ma part ça sera du jus de fruit à petite dose voir même de l'eau, mon estomac me jouant de mauvais tours en ce moment. La salle étant prête, je remonte avec Sam à l'appartement pour que l'on se prépare.

Je me dirige directement dans la salle de bain, ayant terriblement chaud, je me déshabille pour prendre une bonne douche et me détendre, mais c'était sans compter sur Sam qui, sans faire de bruit, m'enlace par derrière, me faisant sursauter. Il m'embrasse la tempe et le cou tout en léchant avec amour la morsure qu'il m'a faite deux mois plus tôt, et caressant mon torse avec adoration. Je me retourne dans ses bras et l'embrasse à pleine bouche, sentant mon corps devenir ardent par cette étreinte, son corps répond au mien.

Ses mains baladeuses explorent mon corps avec tellement de douceur, puis il attrape mes cuisses et me plaque entre lui et le mur de la douche, j'enroule mes jambes autour de sa taille et alors que nos baisers deviennent de plus en plus fiévreux, il me fait l'amour avec toute la tendresse et la passion que je lui connais.

Habillé d'une chemise blanche et un pantalon à pinces noir, prêt à accueillir nos amis, je me dirige vers la cuisine pour boire un verre d'eau ayant très soif d'un coup. Ma tête me tourne un peu, et en voulant me retenir à l'évier je vacille et m'écroule contre le meuble de cuisine dans un fracas, alors que Sam arrive en courant.

Je suis à moitié à genoux par terre, la tête dans mes mains, appuyé sur le meuble, Sam se précipite sur moi, me prend dans ses bras et d'une main me lève le menton, je vois dans ses yeux son inquiétude.

- " Hey … Mon cœur que t'arrive-t-il ? Ça va tu ne t'es pas fait mal ?" me demande-t-il, affolé.
- " Rien juste la tête qui s'est mise à tourner un peu, mais ça va, ne t'inquiète pas !" lui dis-je, pour le rassurer, avec un sourire.
- " Est-ce que tu es allé voir le médecin comme je t'avais dit ?" me demande-t-il.
- " Oui et j'ai fait la prise de sang demandée, j'aurai les résultats dans la soirée par sms", lui expliquais-je.
- " C'est dingue quand même, si c'est un virus, il est plutôt mauvais, pour que Tom, Wyatt et toi soyez touchés !", me dit-il, son inquiétude perçant dans sa voix.

Il m'aide à me relever doucement, me gardant dans ses bras un petit moment pour être sûr que je vais bien, puis nous entendons la sonnerie de la porte, signe que nos amis sont arrivés. Nous nous embrassons chastement et descendons, main dans la main, au bar pour notre soirée.

Chapitre 34 "Soirée entre amis"

PDV Gabriel

Nous voici enfin tous réunis pour notre soirée entre amis, nous sommes tous présents et heureux de nous retrouver. Quatre couples, huit personnes, certains se connaissant depuis les années lycées, les autres rencontrés ici, dans ce bar réputé de New-York.

La vie nous a joué de très mauvais tours, mais nous avons toujours su passer outre, avec des moments vraiment durs et difficiles pour certains d'entre nous, heureusement ces épreuves nous ont aidés à avancer, à nous reconstruire, à apprendre à nous connaitre mieux, à nous apprécier et cela nous a rapprochés. Maintenant comme nous l'a dit mon père, nous sommes une famille.

Je suis assis sur le banc du piano et je les regarde tous occupés à quelque chose. Sam et Max, au bar, nous préparent des cocktails de leur création, ayant prévu des nouveautés pour la réouverture du "Dam'Quoise". Yaël et Tara, apportent les plats avec les petits fours sur la table, pendant que Rory enlace Tom par la taille, tout en parlant et riant aux éclats avec mon Wyatt.

Alors que tout le monde se rapproche de la table du buffet, j'attire leur attention en commençant à jouer quelques notes, me dégourdissant les doigts pour faire ce que j'ai prévu, puis je m'arrête avant de prendre la parole.

- " Wyatt, j'ai quelque chose à te dire", je lui dis, droit dans les yeux. Il m'a dit un jour "Si tu dois me faire une demande, je veux qu'elle soit sur cette chanson", je ne peux rien lui refuser, je l'aime bien trop pour cela.

Alors que je commence à jouer les premières notes de musique, je vois la tête de mon compagnon qui reconnaît tout de suite cette chanson, je le vois se retenir de pleurer alors que ses magnifiques yeux sont emplis de larmes et puis je commence à chanter tout en pianotant.

"All of Me" de John Legend
Tout de moi

What would I do your smart mouth
Que ferais-je sans ta charmante bouche
Drawing me in, and you kicking me out
Qui m'aspire, et m'expulse
Got my head spinning, no kidding, I can't pin you down
J'ai la tête qui tourne, sans blague, je ne peux te cerner
What's going on in that beautiful mind
Que se passe-t-il dans cette jolie tête
I'm on your magical mystery ride
Je suis dans ta course magique et mystérieuse
And I'm so dizzy, don't know what hit me, but I'll be alright
Et je suis tellement étourdi, je ne sais pas ce qui m'a frappé, mais ça va aller

My head's under water
Ma tête est sous l'eau
But I'm breathing fine
Mais je respire bien
You're crazy and I'm out of my mind
Tu es fou et j'en perds la tête

Chorus/Refrain
'Cause oll of me
Parce que mon être entier
Loves all of you
Aime tout de toi
Loves your curves and call your edges
Aime tes courbes et tous tes contours
All your perfect imperfections
Toutes tes parfaites imperfections

Give your all to me
Donne-toi à moi tout entier
I'll give my all to you
Je te donnerai tout de moi
You're my end my beginning
Tu es ma fin et mon commencement

Even when I lose I'm winning
Même quand je perds, je gagne
'Cause I give you all ...of me
Parce que je te donne tout... de moi
And you give me all ...of you
Et tu me donnes tout...de toi

How many times do I have to tell you
Combien de fois devrais-je te dire
Even when you're crying you're beautiful too
Que même lorsque tu pleures tu es magnifique aussi
The world is beating you down, I'm around through every mood
Le monde t'enfonce, je suis présent par toutes les humeurs
You're my downfall, you're my muse
Tu es ma ruine, tu es ma muse
My worst distraction, my rhythm and blues
Ma pire distraction, min Rythme and Blues
I can't stop singing, it's ringing in my head for you
Je ne peux arrêter de chanter, ça résonne dans ma tête pour toi

My head's under water
Ma tête est sous l'eau
But I'm breathing fine
Mais je respire bien
You're crazy and I'm out of my mind
Tu es fou et je perds la tête

Chorus/Refrain
Cards on the table, we're both showing hearts
Cartes sur table, nous montrons tous deux nos cœurs
Risking it all, though it's hard
Risquant tout, bien que ce soit difficile

Chorus/Refrain
I give you all ...of me
Je te donne tout...de moi
And you give me all ...of you
Et tu me donnes tout...de toi

La chanson finie, je vois mon âme-sœur en larme, je me lève alors et me dirige vers lui, prends une boîte dans ma poche alors que mes mains tremblent, je me mets à genoux devant lui, tout le monde attend la suite, j'ai l'impression que le monde entier s'est mis sur pause, attendant que je continue.

Je prends la main de mon âme-sœur, nos doigts entrelacés tremblent horriblement. J'ouvre la boite pour lui montrer les alliances en or jaune et blanc. A l'intérieur sont gravés nos prénoms respectifs, laissant de la place pour inscrire la future date de notre mariage et sur le dessus sont gravés les battements de nos cœurs. Les rythmes cardiaques commencent et finissent avec un diamant bleu pour la bague de Wyatt en rapport avec ses magnifiques yeux et des diamants bruns pour la mienne en lien avec mes yeux marrons. Je prends une grande goulée d'air et tout en le regardant dans les yeux, je me lance.

- " Wyatt … Veux-tu m'épouser ? … Petit Cœur ? ", je lui demande un peu angoissé et anxieux, je l'avoue.

Mon compagnon en larmes, se jette dans mes bras et tout en me faisant une myriade de baisers, il me répond.

- " Oui … OUI … OUI … Oui, Amour je le veux !"

Prenant la main de mon âme-sœur, je lui mets la bague au doigt et lui fait de même avec la mienne. Des cris de joie de nos amis résonnent dans toute la salle, nous félicitant pour cette superbe nouvelle, pendant que nous nous embrassons longuement et passionnément.

PDV Wyatt

Pour donner suite à cette superbe nouvelle nous prenons tous nos verres de cocktails, sans alcool pour Tom, Max et moi, qui ne le supportons pas et nous trinquons pour notre futur mariage et pas que …

- " Bien alors pendant qu'on est dans les bonnes nouvelles… j'en ai une aussi", dis-je, un peu stressé en me tournant vers mon futur mari.

- " Gab … Amour … tu vas … heu … on va … être papas ! Je suis enceint !", expliquais-je.

Je vois les yeux de mon alpha se remplir de larmes de joie avec son magnifique sourire qui me fait tant craquer.

- " Quoi … quoi ! Moi … je … je vais être … papa ! On va avoir un … bébé ?", répond-il, complètement perdu mais heureux, son sourire ne quittant pas ses lèvres.
- " Oui, oui Amour, on va avoir un bébé !", je lui répète.

Puis il me prend dans ses bras, me soulève et me fais tournoyer autours de lui, il se stoppe et tout en me redescendant, mes bras s'enroulent autour de son cou, pendant que les siens restent ancrés à ma taille, puis nous nous embrassons de nouveau, heureux de ces superbes nouvelles pour notre avenir.

PDV Tom

- " J'ai aussi une nouvelle à vous annoncer !", dis-je, me tournant vers mon alpha, que je vois devenir pâle, cherchant tout en me regardant ce que je vais bien pouvoir dire.

Lorsque j'ai eu la nouvelle hier, je suis complètement tombé des nues, je n'y croyais pas, et j'ai d'ailleurs toujours du mal à y croire. J'en suis à la fois troublé et profondément heureux, mais je crains un peu la réaction de Rory… Je n'ai d'ailleurs pas trouvé de bon moment pour en parler avec mon compagnon, alors puisque Wyatt me tend la perche, je la saisis au vol.

- " Rory … mes malaises … j'ai eu mes résultats et … tu vas aussi … Être papa !", je reprends.

Mon compagnon me regarde de longues secondes, les yeux ronds, et je devine que le reste de nos amis doivent arborer plus ou moins la même tête. Puis les magnifiques yeux marrons de mon amant se bordent de larmes qui finissent par rouler sur ses joues en abondance tandis qu'il se jette sur moi pour me serrer dans ses bras avec force.

- " C'est… C'est génial, Bébé. Je suis tellement heureux. On va être papas. Je … mais comment c'est possible ?", souffle-t-il, les joues inondées de larmes en caressant tendrement mes cheveux.

- " Cadeau de la Lune, d'après Ezra", lui dis-je avec un grand sourire sentant moi aussi quelques larmes de soulagement naître dans mes yeux.

- " Alors si Ezra, l'a dit", répète-t-il, tout sourire ne me lâchant pas et m'embrassant la tempe avec tout l'amour qu'il a pour moi.

Alors que nous nous tournons vers nos amis, ces derniers semblent encore sous le choc, mais de larges sourires éclairent leurs visages.

- " C'est génial les garçons, que de bonnes nouvelles", nous disent Yaël et Tara en chœur, nous félicitant chacune à notre tour.

Puis Yaël court dans les bras de son frère et de son beau-frère, heureux pour eux aussi.

- " Les parents vont perdre la tête, je les vois déjà papi et mamie gâteaux", dit-elle en éclatant de rire, ce qui nous fait tous rire aux éclats.

Puis nos regards se tournent vers Sam et Max, mais aucun ne dit quoi que ce soit.

PDV Maxwell

Tous ces regards sur nous me stressent et m'angoissent, mon alpha a dû ressentir mon mal être car il s'approche de moi et m'enlace par la taille.

- " Ça va mon Cœur, tu n'as pas l'air bien ?", me dit-il, inquiet.
- " J'ai juste un peu chaud, mais ça va", lui répondis-je.
- " Bah et vous, les garçons, vous n'avez rien à dire ?", nous demande Yaël, souriante.

- " Bah non quoi ?", dit Sam, tout en me regardant, alors que je hausse les épaules n'ayant rien à dire.

Puis mon téléphone se met à vibrer dans ma poche de pantalon, je le sors et regarde le message avec de grands yeux écarquillés de surprise.

- " Qu'y a-t-il, mon Cœur ?", me demande Sam, inquiet.
- " Heu … je … heu … tu … enfin nous … aussi … on va être papas", dis-je, tout sourire en pleurant.

Et là, je vois mon alpha devenir tout pâle et vacillant. Je le rattrape et avec l'aide de Rory et de Gab, puis nous l'installons sur la banquette juste derrière. Sous le coup de l'émotion, mon compagnon nous a fait une belle baisse de tension.

- " Dites les gars, c'était quand cette superbe fête ? Vous auriez pu nous inviter !", nous dit Yaël morte de rire en regardant chacun de nous, tour à tour, alors que Tara lui donne un coup de coude dans les côtes.
- " Mais de quoi tu parles, frangine ?", lui répond Gab.
- " Jamais deux sans trois, frangin ! Vous avez fait une partouze ou quoi, pour être tous tombés enceints en même temps ?", nous sort sans gêne la sœur de Gabriel, ce qui fait de nouveau rire tout le monde.

PDV Samuel

Je n'y crois pas. Je vais être papa, c'est impossible. Après que mes amis m'ont aidé à m'asseoir sans dégâts, je vois Dam juste à côté de moi, sa patte sur ma main.

- " Tu te souviens de ce que je t'ai dit, il y a quelques mois ?" me dit Dam.
- " Non, je t'avoue que je suis un peu perdu !" répondis-je, encore sur le coup de l'annonce.
- " Qu'une longue vie heureuse vous attendait, que c'est lui ta vraie âme-sœur", me rappelle-t-il en souriant.

- " C'est vrai, je vais être papa ?", dis-je, regardant Dam qui acquiesce de la tête, puis posant mon regard sur Max, je constate qu'il est en larmes.

Alors je me lève le prends dans mes bras et lui murmure tout mon amour, tellement je suis heureux de ce miracle.

Après toutes ces superbes nouvelles qui font chaud au cœur de toute notre belle bande d'amis, nous profitons de la soirée. Nous mangeons tout en nous racontant des anecdotes, nous dansons et chantons sur les musiques que Gab et Wy jouent.

Quand la soirée s'achève, tout le monde met la main à la pâte pour ranger et nettoyer la salle du bar. Chaque couple retourne chez lui après de grandes embrassades, pour se reposer à la suite de toutes ces émotions de la soirée.

Max et moi rentrons dans notre appartement, sans un bruit, le silence régnant totalement.

- " Honey … tu m'en veux ?", me demande-t-il, un peu perdu par mon silence.

Nous nous asseyons sur notre lit, face à face et je peux voir dans ses yeux de l'amour, de la joie mais aussi de la peur, du stress. Il prend mes mains dans les siennes et je sens qu'il tremble et s'angoisse de ma réaction.

- " Hey … Honey, que t'arrive-t-il ?", me dit-il.
- " Je … Je suis heureux pour le bébé, mon Cœur, mais je … j'ai peur … peur pour la suite !", lui répondis-je.

Mon compagnon me prend dans ses bras et nous nous allongeons, j'ai la tête sur son torse, je peux entendre les battements de son cœur qui sont réguliers et m'apaisent.

- " Mon Cœur, je suis désolé … je … j'angoisse parce que j'ai peur pour toi et pour le bébé", lui dis-je.

- " Honey, il ne nous arrivera rien, ok ?", me réplique-t-il.

Nous nous endormons ainsi, moi dans ses bras, son odeur et son cœur m'apaisent. Pour ma part je m'endors en lui papouillant le ventre, mes yeux se ferment petit à petit et ma main restera sur son ventre toute la nuit, comme une protection pour ce bébé, bien à l'abri. Ce bébé, notre bébé … oui notre bébé.

Chapitre 35 "La vie suit son cours" (Partie 1)

PDV Extérieur

Le temps passe à une vitesse folle, nos amis arrivent à l'aube de leurs sixièmes mois de grossesses, ce qui veut dire que les bébés peuvent arriver à tout moment. Les grossesses dans l'ensemble se passent plutôt bien, si on met de côté les nausées, les coups de fatigue, les douleurs à la poitrine, les pertes de lait, les jambes lourdes, les essoufflements et les insomnies à répétitions. Seul point positif, la hausse de la libido, qui n'est certainement pas pour déplaire à leurs alphas respectifs. Ceux-ci restent toujours auprès de leur compagnon au cas où, de peur que quelque chose ne leur arrive par mégarde. En clair, tout ce petit monde est aux aguets du moindre signe avant-coureur.

Bien évidemment, et tout le monde s'en doutait, Samuel ne lâche pas Maxwell d'une semelle, le suivant comme son ombre, et même si cela agace quelque peu le plus jeune, il comprend son âme-sœur étant donné son vécu et ne peut pas lui en vouloir d'être aussi protecteur envers lui et leur bébé. En plus de cela chaque soir quand ils sont couchés, son alpha l'enlace de ses bras, le collant à lui, sentant par moments les petits coups dynamiques donnés par leur bébé, plaçant sa tête à sa place habituelle, mais Maxwell sent également le museau d'un loup blanc, que l'on ne présente plus, posé dans le creux de son cou, allongé tout du long de l'autre côté, le plus jeune étant caler entre les deux corps protecteurs, se sentant en total sécurité.

Bien évidemment quand Ezra, Oriane, Arthur et Demi, ont appris qu'ils allaient être grands-parents, ils ont tous sauté et crié de joie. Inutile de vous dire que les aïeux ont fait plus d'une fois des aller/retour, rien que pour s'occuper de leurs enfants.

Ne laissant jamais les omégas et Tom seuls, leur interdisant le moindre geste superflu, leur rappelant tout le temps qu'ils devaient se ménager et ne surtout pas se fatiguer pour rien. Les enfants, même grands et futurs bébés sont très importants et choyés au sein d'une Meute, portant l'avenir futur de cette même Meute, la nouvelle génération.

Tous les membres de cette famille sont devenus impossibles à mettre de côté, chacun s'inquiétant pour les autres. C'est ainsi que nos amis se sont retrouvés de nouveau sous la protection d'Ezra, dans sa belle ville d'Ithaca, dans sa maison pour Gabriel, Wyatt, Samuel et Maxwell, pendant que Tom et Rory sont chez les parents de ce dernier.

Yaël et Tara, ayant préféré rester à New-York, se sont vu être les responsables adjointes du "Dam'Quoise" pendant l'absence de leurs patrons, ce dernier ayant toute leur confiance pour la tenue des lieux et un pianiste de remplacement a également été engagé, presque aussi bon que Wyatt.

C'est ainsi que depuis un mois, toutes ses personnes se retrouvent chez le Chef Alpha pour tous les repas, chacun aidant Oriane et Demi pour les préparatifs, heureusement car faire à manger pour dix personnes, ça demande pas mal de temps et d'organisation.

C'est pendant l'élaboration d'un gâteau, qu'une bataille de farine a dégénéré dans la cuisine entre Oriane, Demi, Maxwell, Wyatt et Tom, leurs cris et éclats de rire faisant accourir au plus vite leurs alphas paniqués, qui discutaient dans le bureau d'Ezra.

Tout ce petit monde, se regarde un instant, avant que tous soient pliés en deux, morts de rire de voir un tel carnage dans cette pièce qui n'a jamais été dans un tel état, Oriane étant une maniaque de la propreté. A croire que l'arrivée de bébés dans la famille fait perdre la tête à tout le monde, relâchant toute la pression et le stress dû aux futures naissances.

Après que tout le monde a eu aidé pour le ménage, même les alphas ont mis la main à la pâte, pour pouvoir profiter au plus vite, d'un bon moment tous ensembles.

Tous se retrouvent sur la terrasse juste à côté de la piscine, profitant des rayons du soleil ainsi que d'un café pour certains, un thé pour d'autres ou encore d'un chocolat chaud pour le plus sensible, qui n'est autre que Tom. Celui-ci se sent bizarre par rapport à ses amis, vivant plus sa gestation avec son côté sauvage, il a besoin de la nature pour se sentir encore mieux dans ce moment important pour lui et son compagnon.

PDV Tom

Tous les jours, depuis le début de ma grossesse et chaque fois que nous revenons ici, je me promène en forêt, seul car j'ai besoin de me retrouver avec moi-même dans ce lieu si calme et apaisant. Je prends le temps de ramasser différentes mousses, toutes plus douces les unes que les autres, certaines sentent bon les fleurs ou la rosée du matin.

Je récupère toutes mes trouvailles et me dirige vers cet endroit près d'une des cascades du Finger Lakes, où mon alpha et moi, nous sommes accouplés la première fois et toutes les autres fois d'ailleurs, cet endroit étant le nôtre désormais, puisque nous l'avons revendiqué auprès de mon Chef Alpha.

Notre choix de cet endroit qui est magnifique à mes yeux et à ceux de mon âme-sœur, et venu aux oreilles d'Ezra dans une de nos conversations et depuis, il a prévenu toute la Meute, leur interdisant d'y mettre les pieds, nous autorisant à y venir quand bon nous semble. Il en connait plus sur mon couple et sur mon état que moi et par conséquent il me comprend mieux que Rory sur certains de mes choix ou de mes réactions.

Derrière cette cascade se trouve une petite grotte qui a longtemps caché les moments câlins de mon compagnon et moi. J'y dépose et dispose mes découvertes de façon bien précise pour que cet endroit devienne le plus douillet possible, comme un cocon, un nid pour mon futur accouchement que je sens proche, aux vues des contractions qui se rapprochent de plus en plus.

Certes je suis suivi par un gynécologue, le même que mes amis, mais mon loup et moi avons besoin de la protection de la forêt et de la lune pour bénir mon bébé et son arrivée. C'est comme ça, c'est en moi, je ne me l'expliquais pas, jusqu'à ce que mon compagnon et moi ayons une conversation avec Ezra sur ce sujet. Celui-ci nous a expliqué qu'étant alpha tous les deux, notre côté animal ressort plus et que par conséquent, nous avons ce besoin de nous rapprocher de la nature et de la lune. Surtout pour des moments forts, comme l'accouplement ou comme pour préparer l'arrivée de bébé. Mon médecin n'y voit aucun inconvénient, mes échographies étant bonnes et mes prises de sang aussi, bébé est en bonne forme d'après le gynécologue. Nous n'avons pas voulu savoir le sexe du bébé gardant la surprise jusqu'au bout tout comme Wyatt et Max.

La dernière fois que je suis venu, j'avais amené deux couettes assez épaisses et grandes, pour être sûr d'être au chaud avec mon bébé, en plus de la mousse qui odorise ces lieux par la nature de la forêt. J'ai ce besoin d'être en sécurité dans mon nid, je ne peux plus m'en passer. Je pourrais rester des heures ici sans soucis, ce que je fais déjà d'ailleurs, ma famille est au courant et ils savent où me chercher au cas où.

Je rentre tranquillement chez mes parents, que je retrouve avec plaisir. J'ai à peine franchi la porte que ma mère court vers moi, me prend dans ses bras et m'embrasse la joue. Elle se recule et me tient par les épaules, me regardant de la tête aux pieds, pour être sûr que je n'ai rien, comme quand j'étais gamin et que je rentrais avec un genou écorché, me faisant rire de voir son visage de maman poule si doux et inquiet.

- " Comment vas-tu Tomy ?"me demande-t-elle, inquiète de mon état.
- "Ça va maman. Je suis juste un peu fatigué, je vais monter prendre une douche et me reposer un peu. Entre la préparation des repas et du gâteau de ce matin et ma sortie en forêt cet après-midi, je suis claqué", je lui réponds.
- " Très bien Tomy, je monterai te réveiller quand nous devrons partir pour aller manger chez Ezra et Oriane", m'explique-t-elle.

Je me dirige donc vers la salle de bain, me déshabille, mets les jets d'eau en route, juste le temps que l'eau chauffe un peu, puis je me place sous la pomme de douche. L'effet de l'eau chaude sur mon corps agit comme un médicament, calmant mon mal de rein. Je me savonne le corps avec mon gel douche à la fleur de lotus, qu'affectionne tout particulièrement mon alpha, je remarque que ma poitrine a encore pris du volume et que j'ai de petites pertes de lait. Je me rince, coupe l'eau, prend ma serviette et m'essuie puis je la mets autour de ma taille.

Sortant de la pièce, je me dirige vers ma chambre et quand je rentre dans celle-ci, le changement de température me tourne la tête et mes jambes me lâchent, elles sont lourdes et flageolantes, mon ventre aussi me tire et laisse place à une nouvelle contraction. D'un coup perdant l'équilibre, j'essaye de me rattraper à mon bureau, mais il est trop loin et je me ramasse sur les genoux, m'écroulant sur le côté, ma tête entre mes mains, celle-ci me torturant affreusement.

Mes oreilles bourdonnent, mes yeux sont fermés calmant mon mal de tête légèrement, je distingue des bruits de pas qui courent dans ma direction et puis quelqu'un près de moi, me touchant le front, puis me prenant dans ses bras pour me déposer doucement sur mon lit. Je n'ai pas besoin d'ouvrir les yeux, sentant son odeur de bois de cèdre qui m'enivre et me calme.

- " Bébé … Hey … bébé, ça va ?", me demande mon compagnon paniqué que je me sois fait mal.
- " Je suis désolé … J'ai eu la tête qui m'a tourné et je … mes jambes m'ont lâchées", je lui explique.

Allongé confortablement sur mon côté droit, avec mon coussin d'allaitement pour m'aider à maintenir mon ventre bien calé, je sens mon alpha venir coller son torse dans mon dos et m'enlacer de ses bras et puis d'un coup …

- " Roooo … Mon chat, ta main, vite, vite, ta main !!", je lui dis, tout heureux de ce que je ressens et que je veux partager à chaque fois avec mon âme-sœur.

Je place la main de mon amant sur mon ventre, lui faisant sentir les coups que le bébé me donne. Il est dynamique et ne se stoppe qu'au bout de deux ou trois minutes, quand son papa décide d'embrasser un côté de mon ventre et de lui dire qu'il l'aime déjà, tout en caressant mon ventre avec adoration de sa main.

J'ai l'impression que les coups font écho dans tout mon ventre, je sens mon âme-sœur, heureux et l'entends renifler de joie et de bonheur. Il se redresse et vient m'embrasser la tempe avec tellement de douceur et d'amour que des larmes me viennent aux yeux.

Nous resterons ainsi enlacés dans les bras l'un de l'autre, jusqu'à ce que ma mère vienne nous chercher pour aller manger chez notre Chef Alpha.

PDV Wyatt

Ce matin je me suis réveillé plus tôt, voulant profiter de cette belle journée qui se lève avec les rayons du soleil, et voulant bénéficier du calme de la maison. Il est vrai que depuis l'annonce de ma grossesse, tout le monde me dit quoi faire et comment, même si je sais que c'est pour mon bien et celui de mon bébé, ça me pèse de plus en plus. Alors depuis trois semaines, je me lève avant tout le monde, je fais plusieurs longueurs dans la piscine, puis je pars faire du vélo sur plusieurs kilomètres, en profitant pour revenir avec toutes sortes de pains et viennoiseries pour le petit déjeuner.

Après chaque repas, pour digérer je fais de la marche, me promenant dans la forêt, et suivant les chemins balisés. Je ne suis jamais seul au cours de ces promenades, souvent mon alpha m'accompagne, parfois Tom ou Max, toujours avec nos portables par sécurité.

Quand je rentre de cette promenade revigorante d'une bonne heure, je vais m'allonger, mes jambes me faisant mal, de lourdeur et de crampes, la fatigue se faisant sentir. Comme toujours, mon compagnon vient me rejoindre, pour être sûr que je vais bien ainsi que le bébé et pour me prodiguer de petites attentions, me massant les jambes avec une crème à base d'huiles essentiels de menthol qui me fait frais quand celle-ci est appliquée, massant du bas vers le haut, afin de faire remonter le sang dans mes jambes. Je dois bien avouer qu'il sait y faire, me délassant totalement entre ses mains expertes et me faisant gémir de bien-être, ce qui provoque parfois chez mon alpha une envie soudaine de câlins que je ne peux lui refuser, ayant moi aussi besoin de tout son amour.

Puis la fatigue nous prenant tous les deux, nous nous endormons, lui m'enlaçant tout en ayant toujours une main qui caresse mon ventre pour sentir le bébé bouger, ce qui ne rate pas, car chaque fois que je souhaite me reposer, ce petit démon m'en empêche. Toutefois je me demande s'il le sens mais chaque fois que mon alpha me touche et me caresse le ventre, le bébé répond tout de suite par de petits coups, comme si celui-ci reconnaissait son père, sentait le lien qui nous unis en tant que famille.

D'un coup une nausée me prend, j'ai tout juste le temps de me lever rapidement et de me mettre au-dessus des toilettes, que mon estomac se retourne, me donnant un grand coup de chaud. Sentant mon corps complètement vidé, je sens la main de mon amant me caresser le dos, pour faire passer les spasmes. Ma nausée passée, je me rince la bouche, me lave les dents et me passe de l'eau fraîche sur le visage. Me retournant vers mon beau ténébreux, une contraction se fait sentir et je me plie en deux, en criant de douleur. Gab me rattrape me massant le ventre, mais j'ai tellement mal que des larmes perlent à mes yeux, cette douleur est horrible.

Une fois la contraction passée, il me remet une mèche de cheveux en place, me prend doucement dans ses bras doucement, passant un bras sous mes genoux et l'autre derrière mon dos.

Il cale mon corps contre son torse, prenant le temps de placer ma tête dans le creux de son cou, me laissant humer son odeur que j'aime tant et qui me calme. Je ne peux même pas mettre mes bras autour de son cou, toute force m'ayant abandonnée. Il lâche ses phéromones, me faisant sentir tout son amour, celui-ci étant décuplé par notre lien d'âme-sœur, je suis comme enroulé dans une couverture douillette à l'odeur de mon alpha qui me protège de toutes intrusions.

Il m'allonge sur notre lit délicatement, plaçant mon coussin d'allaitement contre mon ventre et me le faisant passer entre les jambes pour bien que je sois calé. Il prend mes constantes pour être sûr que tout va bien pour le bébé et moi, avec son monitoring portatif. Puis il se place dans mon dos m'entourant de ses bras, me rapprochant contre son torse et entremêlant nos doigts, il m'embrasse chastement la tempe. La quiétude que je ressens dans ses bras me fait vaciller dans les limbes du sommeil et nous nous endormons ainsi, langoureusement enlacés.

Une bonne heure plus tard, je me sens mieux et nous descendons pour manger avec toute la famille, Oriane étant venue nous prévenir qu'il est l'heure du dîner. Me levant avec un peu de difficulté, Gab m'ordonne de rester allongé et qu'il m'apportera un plateau mais pas question, je veux être à table avec tout le monde. Je suis enceint évidemment, mais je peux me lever et bouger à mon rythme certes, je ne suis pas impotent.

Le repas se passe plutôt bien dans l'ensemble, mettant de côté les contractions qui n'ont pas cessées tout du long de me faire mal, préférant rigoler aux blagues d'Ezra et de Rory, pour n'affoler personne, partageant des anecdotes qui donnent le sourire à toute la table, jusqu'à l'arrivé du dessert.

Oriane et Demi apportent le gâteau préparé par nos soins plus tôt dans la journée, et commencent à couper la pâtisserie et distribuent les assiettes à chaque membre présent. Au fur et à mesure que le temps passe, ma vue se brouille, ma tête me tourne, je suis pris d'un coup de chaud inattendu et mon ventre me tire affreusement.

Quand soudain une nouvelle contraction douloureuse ne me fait crier de douleur, faisant paniquer tout le monde, tous se levant comme un seul homme.

Voulant me lever, mais étant faible d'un seul coup, je commence à m'écrouler alors que mon alpha me rattrape dans ses bras. Bizarrement, je sens comme si quelque chose d'humide me coulait entre les jambes, je tremble de tout mon corps et chancelle complètement sur mon compagnon qui me retient au plus près de lui. Je lâche mes phéromones d'angoisse, ce qui fait paniquer mon alpha, je le vois dans ses yeux quand il me regarde inquiet pour le bébé et moi.

- " IL PERD LES EAUX, GABRIEL VITE, LE BEBE ARRIVE, prends le dans tes bras, fais bien attention à eux, il faut l'emmener à l'hôpital tout de suite !" hurle Oriane, complètement paniquée.
- " Doucement Chéri, calme-toi" lui réplique mon beau-père, inquiet aussi de mon état, tout en prenant sa femme dans ses bras pour la calmer au mieux.
- " Petit Cœur, tu m'entends" me demande mon compagnon, me gardant au plus près de lui, me sentant fragile et vulnérable.
- " Oui, mais … j'ai mal … aide moi … Amour" lui dis-je, me sentant partir et étant au plus mal.

Tout mon corps tremble, je ne sais pas ce qu'il m'arrive, mais je ne le sens pas, mes yeux papillonnent avant que je ne m'évanouisse quelques minutes dans les bras de mon alpha.

C'est ainsi que ni une, ni deux, je me sens porté dans les bras de mon compagnon et dans la voiture, direction la maternité conduit par les parents de mon alpha. Je ressens des phéromones de stress de la part de mes beaux-parents, alors que ceux de mon amant m'enlacent et m'apaisent, tellement que je m'endors confortablement contre lui.

Chapitre 36 "La vie suit son cours" (partie 2)

PDV Maxwell

Wyatt et Gabriel étant partis à toute vitesse pour la maternité avec les parents de ce dernier, nous nous retrouvons seuls avec Rory et Tom et les parents de celui-ci. Alors que Demi et Arthur nettoient la place où se trouvait Wyatt, mon alpha et moi commençons à débarrasser la table et ranger la salle à manger et la cuisine, que tout soit propre au retour de nos hôtes.

- " Rory, mon chat, on va devoir y aller aussi parce que je sens que le bébé va arriver, incessamment et je ne veux pas accoucher ailleurs que là-bas, dans mon nid", explique Tom, sans jamais lâcher son alpha des yeux.
- " Nous allons y aller aussi les garçons, nous dit Demi, ça va aller ?", nous demande-t-elle.
- " Oui, ça ira Demi, merci", lui répondis-je.

Alors que Rory et Tom s'en vont en forêt et que les parents de celui-ci rentrent chez eux, nous nous retrouvons seuls dans cette grande maison.

- Ça va Petit Cœur ?", me demande mon compagnon, inquiet.
- " Oui, oui, enfin je crois ! Je m'inquiète pour Wyatt, j'espère que tout va bien se passer." lui répondis-je, soucieux.

Me sentant fatigué, je monte avec l'aide de mon conjoint dans notre chambre. Arrivé en haut, et ayant une brusque bouffée de chaleur, peut être le fait d'avoir monté l'escalier trop vite, je dois aller prendre une douche de suite, tellement je suis en sueur.

Ne supportant plus mes vêtements, je me déshabille à la hâte, dans notre chambre, sentant le regard de mon alpha glisser sur moi. Ses phéromones d'excitation prennent place, je me dirige d'un pas décidé, sans le regarder, vers la salle de douche attenante à la chambre.

Je me glisse dans la douche et mets les jets d'eau en route, le liquide frais me fait un bien fou. Je sens des bras qui m'enlacent par la taille, les lèvres de mon alpha butinent mon cou, ses phéromones agissant sur moi tout de suite, cette sensation m'électrise. Depuis que Sam m'a marqué tout est décuplé au niveau du ressenti, cette fusion est juste magique.

Mon amant me retourne doucement, pour que je sois face à lui, me plaque avec tendresse contre le mur et me dévore le cou, il adore faire ça, il sait que cet endroit est mon point faible et il en joue, mais loin de moi l'envie de m'en plaindre. Il le suce, le lèche, le mordille et l'embrasse à répétition, ce qui me provoque des gémissements non dissimulés. Sa langue vient chercher la mienne pour une danse endiablée, pendant que ses mains partent à la reconquête de mon corps. Il caresse mon torse de la pulpe de ses doigts, puis mes flancs, mes hanches s'arrêtant sur ma chute de reins. Je ne suis que plaisir et soupirs, quand une contraction sévère me prend, me faisant tomber sur les genoux, emmenant mon amant dans ma chute. Un échange se fait avec mon alpha qui est un peu paniqué de mon malaise.

- " Mon Cœur, ça va ?"
- " Non, j'ai mal, c'est horrible."
- " Qu'est-ce que je peux faire ? Dis-moi ?"
- " Aaahh!!! Aide-moi, je dois aller sur le lit."

Alors qu'il m'aide à me lever, une énorme flaque d'eau tombe entre mes jambes, juste avant que je ne sorte de la douche et alors que mon alpha me tient une autre contraction aussi énorme que la première me prend et me fait crier et pleurer de douleur.

- " Le bébé arrive … Honey … Je le sens."
- " Non, aller mon Cœur, je t'aide à t'habiller et on y va"

- " Non, non, NON, ON NE PEUT PAS, je … Aaaahhhh!!!! JE TE DIS QUE LE BEBE ARRIVE … BORDEL !!!"
- " Genre maintenant ?"
- " Genre MAINTENANT, Aaaahhhh!!!!"

Alors que mon compagnon me porte jusqu'au lit avec précautions, puis me dépose délicatement sur la couverture, les contractions se suivent, je ne suis que douleur en continu et mes reins me font affreusement mal. Alors qu'une autre contraction arrive, je distingue l'aura de Dam qui illumine la chambre.

- " Tu dois l'aider Poussin, il n'y arrivera pas tout seul", lui dit celui-ci.
- " Mais … Je … je dois faire quoi, je … je ne sais pas comment on fait" lui répond mon alpha, paniqué au plus haut point de cet inconnu, qu'est l'accouchement.
- " Hon … Honey … déjà appelle les pompiers et après … Après tu m'aideras !" lui dis-je pour le rassurer, je le vois suivre mon conseil, il prend son téléphone et le met sur haut-parleur, après trois sonneries quelqu'un lui répond et une conversation s'engage.
- " Bonsoir, centre de premier secours de la ville d'Ithaca à votre service, que puis-je faire pour vous ?", lui répond un pompier de garde.
- " Mon oméga est en train d'accoucher et je ne sais pas quoi faire !" lui dit mon alpha complètement affolé.
- " Bien, alors pour commencer donnez-moi votre adresse pour que je vous envoie des collègues" lui réplique-t-il, le plus calmement possible.

J'entends Sam donner l'adresse d'Ezra, que connais apparemment le pompier de garde étant de la Meute. Mes contractions se suivent et je dois dire que plus ça va et plus j'ai affreusement mal.

- "Comment va votre oméga ?", lui demande-t-il, la voix toujours aussi posée.

- " Il est en nage, allongé sur le lit, sur le dos, ses jambes écartées et les contractions sont très douloureuses", réplique mon alpha, s'affolant aux moindres de mes mouvements et de mes cris.

- " AAAaaahhhh!!!!", je ne peux me retenir de crier.

- " En effet, mes collègues viennent de partir vous rejoindre" nous explique-t-il.

- " Merci, mais en attendant qu'est-ce que je peux faire pour le soulager ?" demande mon compagnon dans le flou total.

- " Bien, vous posez le portable près de vous et je vais vous guider, pour la suite ok ?" explique le pompier.

- " Oui … Je vous écoute !" lui répond Sam, toujours autant apeuré de la situation.

- " AAaaahhhh !!! J'ai mal, putain, aaahhh!!!" je me remet à crier, la situation n'avançant pas et m'agaçant quelque peu.

- " Bien, avez-vous des serviettes de toilettes et une bassine d'eau pas trop froide mais pas brûlante ?" demande le sapeur-pompier, toujours avec sa voix calme et posée.

- " Oui, je vais chercher tout cela, dit Sam tout en partant dans la salle de douche et revenant moins de cinq minutes plus tard, c'est bon j'ai tout !"

- " Bien pour votre compagnon, prenez une serviette, humidifiez-la et comme il doit avoir chaud appliquez-la lui sur le front pour le soulager un peu. Une fois fait, il va falloir vous concentrer et me dire à combien il est dilaté ?" explique l'homme au bout du fil.

- " Je fais ça comment ? Il a déjà perdu les eaux sous la douche, avant que je vous appelle !" précise mon alpha.

- " Donc déjà dilaté de cinq centimètres, ok ! Ensuite combien de temps entre chaque contraction ?" questionne le pompier.

- " A peine trois minutes, voire moins maintenant …" répond Sam.

- " Ok, vous pouvez …" commence le sapeur-pompier.

- " AHHH !!! PUTAIN, CA FAIT UN MAL DE CHIEN !!!" criais-je, avec tellement de douleur dans la voix.

- " Calme toi, mon Cœur !" me dit mon compagnon, ce qui m'énerve au plus haut point.

- " QUOI, QUE JE ME CALME … ME CALMER … TU TE FOU DE MOI J'ESPÈRE … TU AS SU ME METTRE CE TRUC DANS LE VENTRE ALORS FAIT LE SORTIR … BOUGE TOI LE CUL … OU JE TE PROMETS QUE PLUS JAMAIS TU NE T'APPROCHERAS DU MIEN … AAAAHHH !!!!" criais-je, le regardant férocement, tellement mon corps n'est que douleurs et contractions, entendant le pompier au téléphone pouffer de rire.

De plus en plus les contractions sont rapprochées, de plus en plus, je ne suis que souffrance et douleurs. Une contraction encore plus forte m'irradie tout le corps, je suis sur le dos, jambes écartées, malgré cette posture qui était confortable au début, je ne sais plus quoi faire tellement mon corps me fait souffrir.

Cette contraction, me fait commencer à pousser, ce n'est pas moi qui le décide mais bel et bien mon corps, c'est comme s'il s'était mis sur automatisme, je ne contrôle plus rien.

- " Mon Cœur, s'inquiète mon compagnon, il pousse et les contractions sont encore plus fortes et douloureuses" explique Sam au pompier.
- " Oui, c'est normal, c'est que le bébé arrive ! Regarder entre ses jambes, que voyez-vous ?" demande l'homme de garde.
- " Ooooh!!! Oooohhh!!! Merde, le bébé est … Heu … je … putain … je vois sa tête !" explique mon alpha en panique total.
- " On se calme … Bien, votre compagnon doit pousser pour expulser le bébé, alors encouragez-le" conseille le pompier.
- " Ok ! Ok ! Mon Cœur, vas-y pousse, pousse" me dit-il.
- " TU CROIS QUE JE FAIS QUOI ? DU TRICOT ?! OH, PUTAIN DE BORDEL DE MERDE DE … AHHH !!!!" criais-je.

Je dois avouer que j'ai eu trois douloureuses contractions, et que par la suite, j'ai entendu des cris de bébé, mais je suis claqué, c'est enfin fini, je vais pouvoir dormir un peu.

- " Je … Je l'ai … Je le nettoie dans la bassine et l'enroule dans une serviette" explique le papa.

- " Oui, tout à fait, bravo, vous êtes de vrais chefs tous les deux. Mes collègues ne devraient plus tarder maintenant" nous rassure le pompier.

Je me sens bizarre, mon bébé est pourtant sorti mais j'ai toujours mal au ventre et mes reins me relancent, je ne comprends pas ce qui se passe et je dois dire qu'entre la fatigue et la douleur, mes forces ne sont plus au top.

- " Honey … Dis-moi, le bébé ?" demandais-je à mon compagnon.
- " Mon Cœur, c'est un magnifique petit garçon, tu as super bien travaillé mon cœur" me dit mon alpha, fier de notre petit miracle.
- " Hon … Honey … je … j'ai mal" dis-je, tout en me tordant.
- " Quoi mais le bébé est là, je ne comprends pas !", me répond mon compagnon.
- " Qu'est ce qui se passe ? Expliquez-moi ? Allo ? Allo ?" questionne le pompier toujours au bout du fil.
- " Il a de nouveau mal et … Rhooo!!! La vache, il a reperdu les eaux, c'est impossible," réplique Sam, complètement perdu et moi aussi.
- " Sauf si vous attendez des jumeaux !" explique l'homme au téléphone, sa voix toujours aussi calme.
- " Quoi ?" nous disons en cœur tous les deux, surpris et abasourdis par cette déclaration.
- " Je ne vais pas pouvoir, Honey, je suis fatigué, je ne peux pas" lui dis-je, totalement épuisé et vidé.

Nous entendons des bruits de pas pressés dans l'escalier de la maison et nous voyons arriver les pompiers, qui s'informent de ce qu'il s'est passé, deux d'entre eux prennent le bébé et l'examinent et les deux autres viennent s'occuper de moi, ils me placent un monitoring avec les électrodes sur le torse, alors que je vois mon alpha complètement perdu et angoissé de ce qu'il se passe, je le sais, je le sens par ses phéromones qu'il dégage.

- " Bien, comment vous appelez-vous ?" me demande l'un des pompiers.
- " Maxwell, mais … Appelez-moi … Max" répondis-je.

Le pompier se retournant et regardant mon alpha, il lui demande la permission d'un simple regard pour m'appeler ainsi, mon compagnon lui fait un rapide signe de tête pour lui donner son accord et le pompier se tourne de nouveau vers moi et continue.

- " Bien, Max vous allez devoir pousser de nouveau, pour aider le second bébé à sortir" m'explique-il, calmement.
- " Je … je ne peux pas … je … j'ai envie de dormir" répliquai-je, complètement vidé de toutes forces.
- " Non, non, non, tenez le coup encore un peu, ok ! Regardez-moi Max" me demande le sapeur-pompier.
- " Vous, monsieur, venez aider votre mari, placez-vous derrière lui, votre torse collé sur son dos pour bien le caler et le stabiliser, tenez-le bien dans vos bras, aidez-le à pousser, encouragez-le, allez !" repris le pompier s'adressant à mon alpha.
- " Allez-y, poussez, poussez !" répète le sapeur-pompier toujours aussi calme, secondé par son collègue, pendant que les deux autres s'occupent toujours de mon petit garçon.

Mon compagnon suit les conseils du pompier à la lettre, me cale dans ses bras au plus près de son torse, me tenant d'un bras et de l'autre nos doigts sont entrelacés. Puis les contractions reprennent, encouragées par les pompiers et par mon amant, je pousse de toutes mes forces, serrant au plus fort mes doigts à ceux de mon compagnon, trois énormes poussées, puis de nouveau des cris de bébé se font entendre. Malheureusement, je ne verrais pas mes bébés, ma tête me tourne, mon corps se met à trembler et je ne sens partir dans les bras de mon alpha, mon corps se relâchant complètement par la suite.

Les dernières choses que je distingue, sont les pleurs de mes bébés et les mots doux de mon compagnon avant que mes yeux ne se ferment, je distingue une légère aura bleuté, et puis après plus rien, le trou noir.

PDV Samuel

J'encourage mon Maxou à pousser pour que notre deuxième merveille arrive, mais je le sens fatigué presque vidé de toutes forces. Plus la délivrance se rapproche et plus je le sens s'affaiblir et partir. Mon amant arrive à expulser notre bébé, mais tout de suite après, je sens qu'il ne va pas bien, son monitoring s'emballe, son corps se met à trembler brusquement, ses yeux se révulsent alors que je lui dis des mots doux pour qu'il revienne vers moi, son corps se relâche complètement et je panique, que ce passe-t-il ? Qu'est-ce qu'il a ?

Les pompiers m'aident à me déloger du lit pour qu'ils puissent s'occuper au mieux de mon oméga. Puis je distingue une aura bleue tout autour de lui, regardant mes bébés, je vois exactement là même autour d'eux également.

Je vois les sauveteurs lui faire un massage cardiaque qui ne marche pas, ils mettent le défibrillateur en route et au bout de deux décharges bleutées son cœur repart. Les bébés pleurent de toutes leurs forces, sentent-ils que leur papa va mal ?

Je sens mes yeux s'humidifier et je ne les contrôle pas, la peur d'être de nouveau seul au monde avec deux merveilles, me fait mal rien que d'y penser. Entendre de nouveau le cœur de mon oméga battre régulièrement est une douce mélodie à mes oreilles et à celles de nos bébés qui ont cessé de pleurer dès que les battements se sont fait entendre.

- " Qu'est ce qui s'est passé ?" je demande aux pompiers, encore légèrement paniqué.
- " L'accouchement gémellaire à fortement fatigué votre moitié, son cœur et son corps étaient trop faibles pour supporter le tout, mais heureusement, nous l'avons ramené auprès de vous et de vos bébés. Nous allons emmener tout ce beau monde à l'hôpital pour des examens complémentaires et déclarer leurs naissances. Vous avez les prénoms de vos merveilles ?" explique l'un des pompiers avec tellement de calme, alors que je suis encore sous l'effet du choc.

- " Heu … heu … oui mais … heu … je dois savoir ce que veut mon compagnon … si on garde bien ceux qu'on a choisi ou … Rooo merde" dis-je complétement paniquer.
- " Calmez-vous, me dit le pompier en posant sa main sur mon épaule, ils sont tous sains et saufs, maintenant ça va être repos, repos et repos " m'explique-il, serein.

Les deux pompiers qui ont géré Max, le mettent sur un brancard, toujours branché au monitoring et avec une perfusion saline dans le bras. Ils l'attachent pour qu'il ne tombe pas et quand je vois son visage, on croirait un ange, fatigué et pâle mais un ange quand même, avec quelques mèches blondes devant ses yeux, toujours entouré de cette aura bleue.

Puis leurs deux autres collègues prennent chacun une de mes merveilles, eux aussi sont toujours entourés de cette même aura bleue, inutile de vous dire de qui il s'agit, je la reconnaîtrais entre mille. Tous montent dans le camion des pompiers direction l'hôpital, moi je les suis avec ma voiture, pressé d'être de nouveau avec mon oméga et mes enfants … mes enfants … nos enfants.

- *"Merci Dam"* dis-je par la pensée à qui de droit.
- *" Avec plaisir Poussin"* me répond-il.

Chapitre 37 " La vie suit son cours"
(partie 3)

PDV Tom

Nous avons quitté la maison d'Ezra, laissant seuls Sam et Max, je ne pense pas qu'il accouchera ce soir, il n'a pas l'air d'avoir mal et aucune contraction. Cependant, pour Wyatt s'est en bonne voie, j'espère que ça ira pour lui et le bébé et pour Gabriel aussi, parce qu'il avait l'air tout pâle, juste avant de partir pour la maternité.

Sur le chemin qui nous mène à notre nid, j'observe la lune, elle est pleine idéale pour accoucher, ronde, brille de mille feux, magnifiquement blanche, elle est entourée de petits nuages mais malgré cela, je sens qu'elle veille sur nous, je sens ses rayons nous entourer de son aura protectrice.

Pendant notre trajet qui me parait tellement long par rapport à d'habitude, je peux sentir plusieurs odeurs de la faune et la flore, mais je reconnais aussi des phéromones de protections familières comme celle de mon père, qui ne doit pas être loin avec d'autres membres de la Meute, surveillant que tout se passe pour le mieux, pour nous et le bébé à venir.

J'ai tellement hâte d'arriver à notre grotte, mon ventre commence à me lancer, les contractions recommencent à se faire sentir de plus belle et plus durement, on dirait que le bébé est pressé de sortir tellement je peux sentir certains coups, me faisant m'arrêter pour pouvoir respirer me pliant en deux tellement ça devient douloureux, mon compagnon me tenant par la taille pour que je ne tombe pas, pouvant m'appuyer sur lui si ça devient trop difficile pour moi d'avancer.

Nous approchons enfin de notre grotte, les derniers mètres, Rory m'a porté car je ne pouvais plus marcher ayant beaucoup trop mal pour ça. Il me dépose juste devant mon nid, mon corps de plus en plus affaibli au fur et à mesure de l'évolution de mon accouchement imminent.

Je m'écroule dans les bras de mon alpha, ma tête me tournant, mes jambes flageolent, mon corps ne demandant qu'à s'allonger, ce que m'aide à faire mon alpha qui est tout pâle.

- " Ca va aller mon chat, regarde-moi, lui dis-je en tenant son visage en coupe et lui calant ses mains sur mes hanches, regarde la lune est avec nous, il ne peut rien nous arriver et la Meute surveille les alentours, ok" lui dis-je, pour le rassurer, en l'embrassant amoureusement par la suite, baiser auquel il répond avec tout autant d'ardeur que le mien.

- " J'ai peur pour toi, bébé, pour toi et le bébé … ce … c'est plus fort que moi" me répond-il, inquiet sentant ses phéromones de stress, alors avec mes phéromones de protections et tout mon amour pour lui, j'essaye de l'apaiser au mieux.

- " Ecoute mon chat, si la lune nous a permis d'avoir ce petit miracle, je ne doute pas que la nature est bien faite et que rien de grave ne se passera, fait lui confiance et fais moi confiance, ok" lui dis-je avec mon plus beau sourire et toute ma confiance envers cette sphère qui m'a toujours apaisé depuis que je suis né.

Les contractions reprennent de bon train et je ne suis que douleur et souffrance, j'ai juste la force suffisante pour prendre ma forme lupine, mon loup intérieur réclamant de vivre ce moment magique avec nous, je ne peux que lui accorder, sa demande étant légitime.

Une fois ma transformation finie et étant sûr que tout va bien, mon compagnon fait de même et vient se coucher en face de moi, posant son museau sur ma tête me laissant mettre le mien dans son cou, pour m'enivrer de son odeur d'alpha qui nous apaise, mon loup et moi.

Couché sur le flan dans mon nid fait de mousse, d'herbes, de feuilles et de mes poils que je me suis arraché au préalable pour laisser apparentes mes mamelles, pour que mon bébé, une fois né arrive à trouver facilement l'endroit de son désir pour téter une première fois et prenant ainsi toutes les forces qu'il lui faut pour la suite.

J'appuie mes pattes arrière et mon dos contre la paroi de ma couche pendant que les contractions se font sentir de plus belles, j'halète difficilement entre chacune d'entre elles, me faisant pousser de petits jappements de douleurs, sentant mon corps réagir à la moindre souffrance en tremblant. Mon alpha se rapproche de moi et me lèche le museau et la tête, nos regards se croisent, je peux y lire tout l'amour et la force de notre lien, de notre couple.

L'atmosphère change, plus pesante, plus lourde que d'habitude, je vois mon alpha être sur ses gardes, prudent, regardant partout et se levant pour vérifier au mieux, il se déplace lentement, scrutant le moindre bruit suspect et inhabituel. Je le sens angoissé et stressé, je ressens au centuple ses phéromones de protection, prêt à bondir pour nous protéger du moindre danger. Puis un hurlement se fait entendre nous indiquant que la zone est protégée, je reconnais le son de cette voix qui est celle de mon père. Automatiquement mon compagnon se détend et vient se placer face à moi, il s'allonge mettant une patte avant de chaque côté de ma tête comme pour me faire un câlin et me lèche le museau et le front, m'encourageant silencieusement dans le moindre de ses gestes de tendresse.

Les contractions se rapprochent de plus en plus, je sens que le bébé arrive, mon alpha se rapproche encore plus de moi. Avec toute la douceur que mon compagnon a en lui, il se déplace tout doucement et vient sur mon côté, descend son museau jusque sur mes flancs, et avec celui-ci me les masse avec tendresse et amour, m'aidant à avoir moins mal, pour le remercier je ne peux que pousser un jappement de remerciement, mais il sait, il le sent, nous tournons nos têtes au même moment, nos yeux se croisant, juste avec un regard nous nous comprenons, pas besoin de parler, notre lien est encore plus fort depuis notre imprégnation mutuelle.

Une énorme contraction me fait hurler et je me mets à pousser, une fois, deux fois et la troisième est la bonne, j'entends de petits couinements et alors qu'une autre contraction me prend, Rory pousse le bébé délicatement pour le placer juste devant une de mes mamelles pour qu'il puisse se nourrir n'ayant pas la force de bouger tout seul encore.

Cette deuxième contraction me fait de nouveau hurler tellement j'ai mal et de nouveau mon corps se décide à pousser et expulser un deuxième bébé, que mon compagnon place aussi sur mon autre mamelle pour que lui aussi ait sa première tétée.

Les douleurs s'étant arrêtées, je suppose qu'il n'y a pas d'autre bébé à venir, je me sens fatigué, exténué mais heureux, avant de me reposer et de fermer les yeux, je vois mon alpha, ses yeux brillants d'amour.

- " *Bravo, Bébé, tu as réussi, on est une famille maintenant. Je t'aime tellement et j'aime déjà tellement aussi nos bébés*" me dit-il par la pensée, tout en se baissant sur moi pour me lécher le museau.

Mon alpha s'étant levé, je l'entends hurler pour prévenir la Meute que les bébés sont nés et remercier la lune de ce miracle et de sa bénédiction, ses rayons lumineux n'ont jamais cessé d'illuminer notre nid, nous protégeant ainsi de son aura. Les réactions ne tardent pas et toute la forêt ne devient plus que hurlements de félicitations pour les heureux parents et leurs bébés.

Mon compagnon revient se coucher auprès de moi, nos deux corps forment une ronde autour de nos petits, qui tètent comme des goulus, leurs succions se faisant de plus en plus fortes. Nous profitons de cet instant pour les nettoyer en les léchant, chacun notre tour, leur donnant ainsi notre odeur.

La fatigue nous gagnant tous, les petits viennent se lover tout contre mon ventre, mon alpha se rapproche de moi pour que le cocon de nos petits ne soit fait de nos poils à tous les deux et de notre odeur.

Je pose ma tête sur mes pattes avant, sentant la fatigue m'envahir, avant de partir pour les bras de Morphée, je sens mon amant poser sa tête à côté de la mienne. C'est ainsi que nous nous endormons, dans notre grotte, sur notre nid avec notre cocon familial naissant.

PDV Rory

Je suis couché auprès de ma famille, oui ma famille. Cette année n'aura pas été de tout repos autant dans ma vie professionnelle que dans ma vie privée. Les deux ont été chamboulés pour diverses raisons ; tout d'abord ma rencontre avec Maxwell, cet oméga qui m'a bluffé par sa ténacité à rester en vie malgré tout ce qu'il a subi de son compagnon de l'époque. Comme j'avais dit à Gabriel, pour moi ce n'était qu'une question de temps avant qu'il y passe et ce moment a bien failli arriver, mais grâce à mon ami et le Chef Alpha de l'Upper-East-Side, il a été sauvé. Qui aurait cru par la suite que celui-ci et Max étaient des âmes-sœurs, personne, mais je dois avouer que je suis content qu'ils se soient trouvés ces deux-là, ils en avaient bien besoin, j'espère qu'ils vont bien, nous les avons laissés en plan dans la maison d'Ezra.

Puis ma première rencontre avec Tom, savoir ce qu'il venait de vivre, j'ai tout de suite eu envie de protéger ce jeune homme au visage d'ange, je l'ai soigné, je l'ai cajolé, câliné, alors que lui ne savait plus où il en était, mais il m'a laissé faire comme s'il ressentait la même chose que moi, il m'a fait confiance. Quand nos yeux se sont croisés j'ai ressenti ce lien d'âme-sœur, même si lui ne l'a pas ressenti tout de suite étant mal dans sa peau à la suite de son agression, son mal être l'a poussé à attenter à sa vie mais une fois encore j'étais là et je l'ai sauvé car pour moi, il était, est et sera toujours ma priorité. J'ai tout de suite craqué pour mon alpha.

Mon compagnon m'en a fait voir des vertes et des pas mûres mais je dois avouer qu'il en a plus bavé que moi. Heureusement, j'ai toujours été là pour lui, à le soutenir, à l'aider comme je pouvais, mais surtout à l'aimer comme il le méritait et toujours lui dire et lui prouver chaque jour que la lune nous le permet.

Quand je regarde mon compagnon et que je vois l'homme et le loup, qu'il est devenu, je suis fier de lui. Il a mis au monde nos deux merveilles, tous les deux de magnifiques petits loups gris, comme nous.

Vous vous demandez certainement le sexe de nos bébés ? Hé, bien, mon Tomy nous a fait deux magnifiques filles, si leurs poils sont identiques, leurs yeux sont tout autres, l'une à mes yeux couleur noisette et l'autre les superbes yeux bleus de son papa.

Dans quelques semaines, elles pourront prendre leur forme humaine et nous pourrons les présenter officiellement à la Meute. Pour le moment, et pendant les huit semaines à venir, elles seront avec nous en forêt, nous nous occuperons de leur apprentissage et de leur éducation. D'ici là, elles auront aussi appris à se transformer en humaines.

Mais pour le moment, nous devons nous remettre de cette journée, assez pleine niveau émotionnelle, et la fatigue me gagnant je me love contre mon compagnon tout en sécurisant nos petits au milieu de nous deux, au chaud dans nos poils, comme une couverture pour qu'elles n'attrapent pas froid.

Leurs prénoms, oui nous les avons choisies mais cela ne sera pas divulgué avant leur présentation officielle à la Meute, et donc cela restera encore secret.

Chapitre 38 " La vie suit son cours"
(partie 4)

PDV Wyatt

Je suis à moitié somnolent dans les bras de mon alpha, tout mon corps tremble, mes yeux papillonnent, je me sens légèrement partir, j'ai mal partout et je suis fatigué. Je peux sentir les bras protecteurs de mon compagnon qui m'enlacent et qui me chuchote des mots doux, me disant de tenir le coup, que nous arrivions à l'hôpital, tout en me câlinant et m'embrassant, comme s'il me donnait de sa force pour tenir le coup, du fait de notre lien.

Un courant d'air me donne des frissons et me fait trembler de plus belle. Je réalise que nous sortons de la voiture et que Gab me porte au plus près de lui, contre son torse, calant ma tête dans son cou pour que son odeur m'apaise. Il me porte pendant un petit temps, puis je sens qu'il me dépose sur un brancard, j'entends des gens accourir vers nous. La panique me gagne alors que je sens toutes ces odeurs bizarres autour de moi et que je ressens le stress et l'angoisse qui m'entoure de toutes parts.

Perdant la chaleur et le contact de mon alpha, des frissons plus forts et plus longs me prennent. Mon cœur s'emballe et ma respiration devient saccadée, j'ai peur, peur pour mon bébé et pour mon alpha, peur de ce qui pourrait arriver. Je sens que l'on m'emmène au plus vite, certainement dans une autre salle pour des contrôles. Alors que le brancard se stoppe, on me place dans une pièce aux murs blanc, une infirmière me place un monitoring, une autre prépare l'échographe.

Pendant que l'on attend le gynécologue-obstétricien, mon ventre me fait mal, tout mon corps devient douleur et souffrance. Le médecin arrive, se présente, s'installe à mes côtés, me met du gel qui est totalement froid et qui me donne des frissons sur le ventre, puis il me fait une échographie pour voir ce qui se passe dans mon ventre avec le bébé.

Alors que je regarde l'écran où mon bébé apparaît, son petit cœur bat mais il ne bouge pas, je regarde le médecin et dans ses yeux je vois de l'urgence et de la peur, son visage m'angoisse et me stress totalement.

- " Bien, le bébé … Le bébé est en souffrance, il faut vous faire une césarienne d'urgence, me dit-il, puis s'adressant à la première infirmière, regardez à combien il est dilaté", lui demande le médecin.
- " Il … merde … Excusez-moi ! Nous avons une procidence du cordon, docteur !", lui dit l'infirmière, un peu inquiète.
- " Je … ça veut dire quoi ce charabia ? Mon bébé, comment va-t-il ?", demandais-je paniqué.
- " Il faut le remettre à sa place", explique le doc à l'auxiliaire. Ce qu'elle fait dans la seconde, enfonçant le cordon et sa main dans l'utérus, me faisant hurler de douleurs.
- " Il faut qu'on vous fasse une césarienne d'urgence, le bébé est en souffrance et vous aussi", m'explique le médecin, très calmement.
- " Préparez le bloc 4, pour une césarienne d'urgence, procidence du cordon, bébé en souffrance et l'oméga aussi, prévenez l'anesthésiste de garde tout de suite, allez, allez ! On ne doit pas perdre une minute de plus", reprend-t-il dans l'urgence.

Alors que l'on m'amène au bloc 4, ne voyant rien d'autre que les néons des plafonds des couloirs où nous passons pour arriver à la salle voulue, pour la naissance de mon bébé, mon monitoring s'affole, mon cœur s'emballe, ma tête me tourne, j'ai l'impression de perdre pied.

Dans la pièce, je reconnais le gynécologue de garde des urgences, les deux infirmières et un autre médecin se présentant comme l'anesthésiste, me préparant une perfusion pour m'endormir me demandant si je suis allergique à tel ou tel produit, je lui réponds que non et le liquide translucide passe dans mes veines, il est froid au départ, puis se met à brûler un peu par la suite.

Le médecin me dit de compter jusqu'à dix mais au bout de trois, ma vision se floute, mes yeux se ferment, la lumière devenant trop forte pour eux, puis je me sens partir lentement, mais j'entends les cris de mon bébé, entendant quelqu'un dire qu'il va bien, je me laisse totalement happer par le sommeil qui me gagne.

PDV Gabriel

Mon oméga est emmené d'urgence pour des examens de contrôles, alors que mes parents et moi, restons dans la salle d'attente. Je ressens tout son stress, son angoisse, sa peur pour l'arrivée de notre bébé, je le sens perdu et apeuré, mais que peut-il bien se passer ?

Mes parents ressentant toutes mes émotions, ils se rapprochent de moi, ma mère me serre dans ses bras comme pour me rassurer, comme quand j'étais gamin et que je me faisais mal, alors que mon père nous prend tous les deux dans ses bras pour nous consoler car Oriane est aussi sensible que moi concernant Wyatt, que ma mère adore comme un fils tout comme mon père d'ailleurs. Je ressens sa force de Chef Alpha agir sur moi, comme s'il partageait de son énergie pour me faire tenir dans cette situation stressante qu'est la nôtre, la mienne, celle de mon oméga et notre futur bébé.

Deux bonnes heures plus tard, un médecin se présente à nous, il est gynécologue-obstétricien, il s'est occupé de mon compagnon et nous explique ce qui s'est passé.

- À la suite d'une échographie, nous avons vu que le bébé et votre compagnon étaient en souffrance, il a eu ce qu'on appelle "une procidence du cordon", c'est-à-dire que le cordon ombilical empêchait votre bébé de sortir par la voix naturelle. Étant en souffrance et fatigué tous les deux, nous avons dû faire une césarienne d'urgence. Celle-ci, c'est bien passé pour votre bébé qui a été nettoyé est placé en couveuse pour le tenir au chaud, par la sage-femme.

Pour votre compagnon, son cœur a eu quelques faiblesses, il nous a fallu le réanimer, mais il va mieux, il est encore sous surveillance en salle de réveil, quand il sera dans sa chambre, l'infirmière viendra vous prévenir et vous conduire jusqu'à lui", nous explique-t-il.

A l'entente des mots du médecin, je sens mon cœur se serrer brutalement, comprenant que ce qui est arrivé à Wyatt et à mon bébé est très grave. Ils auraient pu y passer tous les deux... Mon dieu ils auraient pu y passer tous les deux... Des larmes inondent brusquement mes joues sans que j'en ai conscience et je sens mes jambes se dérober sous moi. Je ne dois de ne pas me fracasser en mille morceaux au sol qu'à la rapidité de réaction de mon père qui me soutient dans ses bras. Ma mère m'entoure également de sa tendresse pendant que le médecin s'éloigne après un regard triste, et je serre mes deux parents dans mes bras avec force, m'accrochant à eux comme à des bouées de sauvetage. Je ne pense plus qu'à une chose désormais : voir mon oméga, m'assurer qu'il va bien, et enfin tenir mon bébé dans mes bras.

En effet deux heures plus tard, une infirmière du prénom de Mélodie, se présente à moi et mes parents et m'emmène jusqu'à la chambre de mon oméga. Elle m'ouvre la porte et quand je rentre, je tombe face au lit de Wyatt. Mélodie me prévient qu'elle va revenir avec notre bébé, je lui dis oui de la tête et la remercie, puis je m'approche du lit où dort encore mon compagnon, pendant qu'elle referme doucement la porte derrière moi.

Je m'avance progressivement vers lui, il est tellement beau avec ses cheveux blonds en bataille, quelques petites mèches lui tombent sur les yeux, son visage à la peau blanche, ses yeux cernés de son manque de sommeil de ses derniers jours, malgré cela on croirait un ange endormi. Je m'assois sur une chaise au plus près de lui et je caresse sa joue de la pulpe de mes doigts lentement, ce qui lui fait retrousser son petit nez, dans une adorable petite mimique, qui me fait fondre un peu plus pour lui.

Ses yeux s'ouvrent avec une lenteur qui me permet de l'admirer encore plus, quand je vois ses superbes orbes bleus briller grâce aux reflets des rayons du soleil qui illuminent la pièce, s'ouvrent totalement, ils sont tellement magnifiques, que je craque une fois de plus pour lui, mon âme-sœur.

- " Amour, est-ce-que ça va ?", me demande-t-il, inquiet.
- " Petit Cœur, c'est plutôt à moi, de te demander ça !", lui dis-je, souriant, l'embrassant chastement, ses douces lèvres m'ayant tant manquées.
- " Je suis encore un peu fatigué mais dans l'ensemble ça va", me répond-il, tout en baillant.

Quelques coups tapés à la porte, nous font tourner la tête pour voir qui entre et nous voyons dans l'entrebâillement de la porte, les deux têtes de mes parents, comme des gamins qui espionnent ce qui se passe dans la pièce. Mélodie, connaissant bien Ezra et Oriane, faisant partie de la Meute, elle leur a montré le chemin car mes parents étaient très inquiets pour Wyatt et le bébé. Venant nous rejoindre à côté du lit, je les sens moins stressés de voir que mon compagnon va bien mieux.

- "Alors mon garçon, comment te sens-tu ?", lui demande mon Chef Alpha, tout en venant lui faire une accolade, suivi par Oriane qui lui fait un énorme câlin maternel comme il aime venant d'elle.
- " Je suis encore un peu fatigué mais dans l'ensemble ça va", répète-t-il à mes parents, souriant alors que j'entrelace nos doigts ensemble, ne voulant plus le lâcher.
- " Comment va le bébé ?", demande ma mère, alors que je vois Wyatt devenir blanc, les larmes aux yeux et me serrant les doigts, sentant son stress par les phéromones qu'il relâche.
- " Je … Je ne l'ai pas encore vu …", nous avoue mon compagnon, les larmes dévalant ses joues, pleurant toute sa tristesse de ne pas connaître son bébé.

Alors que je me lève pour lui faire un câlin, m'asseyant juste à côté de lui, le prenant dans mes bras tendrement, posant une main sur sa joue que je caresse délicatement et lui embrassant le front, quelqu'un tape de nouveau à la porte.

Nous regardons tous vers la porte, et nous voyons apparaître Mélodie, la sage-femme qui s'occupe de notre bébé et de Wyatt, accompagnée d'un petit berceau transparent, laissant apparaître une touffe de cheveux châtain clair et de petites mains dont les doigts se tendent quand le lit avance, emmitouflé sous une petite couverture bleue avec de petits nuages blanc.

Je me lève pour prendre mon bébé dans les bras et l'emmener à son papa. Il se met à chouiner, tout en remuant, Mélodie me dit comment le tenir, puis par la suite, elle m'aide à le déposer dans les bras de mon amant qui pleure de plus belle devant tant de mignonneries.

Je dépose le bébé dans les bras de Wyatt, me plaçant juste à côté d'eux, ayant sa petite tête de mon côté, sur laquelle je dépose un délicat petit baiser et qu'un premier flash se montre. Puis je pose ma main pour caresser le petit front de notre bébé sentant sa chaleur et j'embrasse amoureusement mon compagnon, alors qu'un deuxième flash nous aveugle.

- " Maman", lui dis-je, tout sourire, suivi de mon compagnon.
- " Bas quoi, j'ai quand même le droit d'avoir mes enfants et notre petit bout de chou en photo ! Et puis cette photo respire l'amour et la tendresse.", nous répond-t-elle, souriante, pleine de joie et heureuse de sa photo volée.
- " Mais au fait, votre petit bout de chou est magnifique mais, garçon ou fille ?", nous interroge mon père.

Nous nous regardons avec Wyatt et d'un commun accord, d'un simple regard, nous nous comprenons.

- " Je t'en prie Petit Cœur, à toi l'honneur, c'est toi qui as fait tout le boulot", lui dis-je en lui faisant un clin d'œil et en l'embrassant chastement.

Alors que le bébé se met à pleurer, Mélodie se place à côté de Wyatt et lui montre comment lui donner le sein, car le petit a faim, une fois bien placé, le bébé tète tout ce qu'il peut et tire dessus, faisant certainement mal à mon compagnon au vu de ses grimaces discrètes. Pendant que notre enfant mange goulûment, leurs yeux se fixent avec amour, il tient de sa petite main un des doigts de son papa, ce moment de tendresse est aussitôt emprisonné dans l'appareil photo de ma mère, qui ne rate rien de ce qui se passe.

Alors que l'infirmière lui explique, Wyatt me regarde émerveillé par ce petit bout de chou qu'il tient dans ses bras, si beau et si fragile à la fois, quelques petites larmes prennent place dans le coin de ses yeux, que j'essuie doucement avec mes pouces, embrassant chacun de ses magnifiques yeux embués par l'émotion.

Une fois que le petit n'a plus faim, il tourne la tête et avec notre accord Mélodie remet le petit dans son berceau et le rapproche du lit entre mon compagnon et mes parents et s'en va nous précisant qu'elle reviendra plus tard.

- " Petit Cœur, c'est à toi", me rappelle mon alpha, tout sourire.
- " Avec Gaby, nous avons cherché un prénom qui relie vos deux prénoms. Et donc, après délibération nous avons choisis. Nous vous présentons votre petit fils, Enzo Mc Carty- Saint –Clair" leur dit Wyatt tout sourire et moi aussi, alors que mes parents approuvent totalement notre choix et que ma mère fond en larme, nous prenant de nouveau dans leur bras pour nous féliciter, nous embrassant avec une joie non dissimulée.

Mon père se retourne vers la fenêtre mais je sais bien moi, qu'il n'a pas de poussière dans les yeux, juste quelques larmes de bonheur pour la génération à venir et en même temps des larmes de fierté.

Chapitre 39 "Présentation à la Meute"

PDV Extérieur

Nous voici huit semaines après les accouchements de nos amis qui n'ont pas été sans mal pour certains, ce qui fait que les bébés ont deux mois et en ce jour très spécial, toute la Meute d'Ezra et celle de Samuel sont réunies pour accueillir leur nouvelle génération. Les deux chefs de Meute étant amis de longue date, tous se connaissaient et s'appréciaient tout autant, formant ainsi une grande et belle famille réunie autant pour les bons moments que pour les mauvais, qui sont derrière eux maintenant.

Depuis deux mois, chaque couple a appris à s'occuper de leurs bébés, accumulant fatigue, stress de mal faire que ce soit pour la pose des couches tout comme pour habiller les bébés, mais heureusement Ezra et Oriane ont toujours été présent aussi bien pour leur fils et Wyatt que pour Samuel et Maxwell quand le besoin sans faisait sentir.

Si autant les parents de Gabriel veillaient sur leur petit-fils chaque nuit pour laisser au jeune couple le temps de se reposer, autant Dam ne lâchait en rien du regard les jumeaux de son ex, sur lesquels il avait craqué tellement ils étaient beaux. Il a promis de veiller sur son ex-mari mais cela inclue aussi son futur mari et ses enfants, et tant qu'il le pourrait, il le ferait sans soucis et avec tout l'amour qu'il a pour Samuel et pour Max à qui il a accordé toute sa confiance pour rendre heureux ce dernier, et lui donner ainsi une famille à aimer et chérir.

Rory et Tom ont quant à eux profité de la forêt pour commencer à éduquer leurs petites louves, celles-ci ayant bien tout compris jusqu'à leur transformation en humaine. Ce qui par la suite a été un peu compliqué pour Rory et Tom : apprendre comment les changer, les habiller et les nourrir, mais heureusement pour eux aussi, Arthur et Demi ne les ont jamais quittés.

Allant même jusqu'à se lever la nuit s'occuper de leurs petites filles pour laisser le jeune couple dormir pour récupérer de leur fatigue accumulée depuis ces dernières semaines, n'ayant jamais lâché l'éducation et l'apprentissage de leurs filles.

C'est ainsi que tous nos amis sont réunis dans le jardin bordant la maison et la piscine d'Ezra. Tous attendent avec impatience la présentation officielle des bébés, n'ayant plus qu'un seul mot à la bouche " les bébés", étant important dans les Meutes d'avoir du sang neuf dans leur rang.

Nos trois couples arrivent en même temps, s'étant réunis auparavant dans le salon pour se retrouver au calme avant les présentations de rigueurs, s'échangeant des astuces et des conseils sur comment gérer les colères et les différents pleurs des bébés. Nos amis arrivent donc les bras chargés de leurs petits bouts de choux, tout sourires, un peu stressés pour les omégas, tout comme Tom, mais les Meutes ont bien compris que ces trois couples sont de véritables âmes-sœurs et que par conséquent tout est possible.

Avec un peu de stress et d'appréhension, le Chef Alpha de la Meute d'Ithaca se place sur la terrasse surplombant toute l'assemblée, se racle la gorge et prend la parole, faisant taire tout le monde, tous étant prêt à l'écouter.

- "Mes amis, nous sommes réunis en ce jour pour vous présenter la relève de nos Meutes. Je vous demande autant de respect envers eux que vous en avez envers nous tous, autant de protection pour leur sécurité à venir et d'amour bienveillant sur ces petits qui vont vous être présentés sous peu. Je vous remercie d'avoir tous répondu présent pour cette belle journée qui est la leur.", nous explique Ezra, son cœur rempli de fierté, tout en regardant sa femme qui est dans le même état émotionnel que lui.

Faisant signe à son fils pour qu'il vienne à ses côtés avec son compagnon, Gabriel se rapproche tenant d'une main celle de Wyatt, lui-même tenant leur bébé dans les bras, et de l'autre tenant un texte.

Regardant son père avec beaucoup de stress, celui-ci lui fit un signe de tête pour acquiescer, qu'il pouvait parler sans soucis.

- " Wyatt et moi, sommes heureux de vous annoncer la naissance de notre bébé qui a eu lieu le 28 Octobre 2022 à 2h30 à l'hôpital de la ville d'Ithaca. Après tant d'attente, notre petit rayon de soleil a enfin vu le jour. Nous sommes ravis que vous accueilliez dans notre grande famille Enzo Mc Carty-Saint Clair", explique Gabriel, les larmes aux yeux, à toute l'assemblée, Wyatt lui embrassant la joue pour le soulager de tant d'émotions.

Avec Wyatt, ils portent le bébé au bout de la terrasse que tout le monde puisse voir, ce petit cœur qui est châtain clair comme son père et qui a récupéré les superbes yeux bleus de son papa, emmailloté dans une couverture couleur crème, pour qu'il soit bien au chaud.

Toute la Meute, l'acclame en tapant dans leur mains et criant comme un seul homme :
- " Bienvenue parmi nous Enzo"

Puis Ezra fait signe à Rory et Tom de le retrouver, alors que son fils et son compagnon reculent pour leur laisser la place. Rory s'éclaircit la voix ayant comme une boule au ventre dû au stress de la présentation à la Meute, Tom lui tient une de ses mains pour l'encourager à continuer.

- " Dans la nuit du 28 Octobre 2022 à 2h30 dans la forêt d'Ithaca, deux étoiles sont descendues de la Lune pour venir illuminer chaque instant de notre vie. Nous sommes ravis que vous accueilliez dans notre grande famille Tamara et Luna Mc Cole-Collins" raconte Rory à la Meute, alors que Tom le regarde avec les yeux remplis d'amour.

Tous deux font les mêmes gestes, pour présenter leurs jumelles à l'assemblée. Tamara est une petite blonde aux yeux noisette, alors que Luna est une petite brune aux yeux bleus, deux superbes mélanges de leurs pères, emmaillotés dans des couvertures roses pastel pour rester bien au chaud aussi.

La Meute acclame tout autant et tape dans leurs mains tout en criant :
- " Bienvenue parmi nous Tamara et Luna"

Par la suite Ezra fait signe au dernier couple formé par Samuel et Maxwell qui avancent quand Rory et Tom, leur laisse la place.

- " C'est le cœur rempli de joie et d'émotion que nous sommes heureux de vous faire part de la naissance de nos deux petits anges, ici même au 13 Rue des Acacias dans cette belle ville d'Ithaca à 2h30, le 28 Octobre 2022. Depuis cet instant nos vies ne sont que joie, bonheur et tendresse. Nous sommes ravis que vous accueilliez dans notre grande famille Damian et Blue O'Neil-McCoy" leur dit Samuel, les larmes aux yeux tout comme Maxwell, l'émotion les gagnants.

Tous deux, comme leurs amis, se tournent vers l'assemblée pour présenter leurs jumeaux, Damian un superbe blond aux yeux vairons comme son papa et Blue une belle blonde aux yeux bleus comme son père, emmaillotés eux aussi dans de belles couvertures blanches.

La Meute répète ainsi les mêmes gestes que précédemment et crie :
- " Bienvenue parmi nous Damian et Blue"

Et alors que Samuel et Maxwell s'avancent en même temps pour présenter leurs bébés à quelqu'un qui s'approche d'eux, pour faire leur connaissance, Samuel regarde cette personne les larmes aux yeux.

- " Tu as réussi, Poussin. Bravo à vous deux, ils sont magnifiques" leur dit Damian sous sa forme fantôme humain, mais toujours avec son aura bleue autour de lui.
- " Merci à toi, Dam" lui répond Samuel.
- " Je n'ai fait que tenir une promesse" réplique-t-il, tout sourire, embrassant les petits sur leur front, ceux-ci ne bougeant pas dormant profondément.
- " Merci pour tout Dam" lui dit Maxwell, sans toi, nous ne serions pas là aujourd'hui" explique Wyatt.
- " Promettez moi, tous les deux de rester toujours unis, amoureux" leur demande Damian tout sourire.

Samuel et Maxwell se regardent avec tellement d'amour et de tendresse dans leurs yeux que Damian n'a pas besoin qu'ils parlent, il a eu sa réponse, rien qu'en les observants.

Toute la Meute se regroupe pour voir de plus près ces superbes merveilles dans ses berceaux fait pour l'occasion, tout le monde parlant plus ou moins fort, mais cela ne gêne en rien les bébés qui dorment à poings fermés, ne se rendant même pas comptent à quels points, ils sont observés, regardés et déjà tant aimés par tous et que dans cette journée, les stars se sont eux.

Ezra regarde le monde dans son jardin, ces personnes, ses amis, sa famille, sa Meute, tout le monde est heureux de partager un moment aussi festif et tellement attendu, certes d'habitude, il y a un ou deux bébés, mais la cinq d'un coup, c'est un record que le Chef Alpha de la Meute d'Ithaque ainsi que le Chef Alpha de la Meute de l'Upper-East-Side sont fiers d'inscrire dans le registre des naissances de leur Meute.

Le Chef Alpha vient ensuite tout doucement rejoindre sa femme sur la terrasse qui observe tout ce beau monde en admiration devant les bébés, il enlace sa femme par la taille, l'embrasse sur la joue avec tendresse et amour, et lui dit :

- " Tu te rends compte, ma chérie, notre grande et belle famille s'agrandit encore. Je suis fier de nos enfants, de leur avancer dans la vie, de leur évolution. C'est grâce à toi, ma chérie" dit-il à sa femme, qu'il chérit et aime depuis tellement longtemps.

- " C'est grâce à toi, aussi mon amour. Tu as su nous mettre en sécurité, nous aimer et malgré quelques erreurs de parcours, tu nous as toujours fait confiance, jamais tu n'as douté de nous, tu nous as toujours encouragé, avec amour et dévotion pour ta famille et pour ta Meute. Alors merci à toi, mon amour, d'avoir évolué avec le temps et d'avoir permis à nos enfants d'être heureux comme ils le méritent" lui réplique-t-elle, les larmes aux yeux, par ce moment d'émotion.

Tout doucement Ezra retourne sa femme dans ses bras pour qu'elle soit face à lui, il l'enlace par la taille, la rapprochant au plus près de lui, alors qu'elle place ses mains dans la nuque de son mari, et sans gêne devant toute l'assemblée, ils s'embrassent faisant ressentir à tous, tout l'amour qui émane d'eux.

De part cet acte d'amour, les membres de la Meute se mettent à las acclamer et se mettent à crier :
- " Vive notre Chef Alpha Ezra et sa femme Oriane"
- " Vive notre Chef Alpha Ezra et sa femme Oriane"

Sous les regards de la Meute, des nouveaux membres de celles-ci et de leurs enfants et amis, le Chef Alpha et sa femme oméga s'embrassent de nouveau avec passion, rendant tout le monde heureux par leur lien de Meute.

Chapitre 40 "Epilogue"

PDV Extérieur

Nous voici le 28 octobre, huit ans après la naissance des enfants de nos amis, qui ont bien grandi, et tous les cinq sont devenus inséparables. Ils sont tous dans la même école, même classe en CE2, dans une école privée de New-York et sont tous voisins. Ils s'adorent même si parfois ils s'entendent comme chien et chat, mais si l'un d'eux a un souci, les autres rappliquent, comme le disait Alexandre Dumas " un pour tous et tous pour un". Si vous leur demandez qui ils sont les uns pour les autres, ils vous répondront qu'ils sont une fratrie, pour le plus grand plaisir de leurs parents.

Nos couples d'amis ont acheté chacun une maison avec jardin, dans une belle résidence, en banlieue de New-York, faisant des réunions de famille, un coup chez les uns, un coup chez les autres, toujours dans la joie et la bonne humeur de se retrouver et de partager de bons moments avec les enfants. Avec le temps et les années, ils sont tous devenus inséparables. Les parents étant ainsi, il était normal que les enfants suivent leur chemin.

Samuel et Maxwell sont toujours propriétaires du "Dam'Quoise" qui marche du tonnerre, ayant été classé parmi les lieux, les mieux notés de l'Upper-East-Side, pour son accueil, son service, son ambiance, et la sympathie du personnel toujours souriant et à l'écoute des clients. L'immeuble sert aux parents de Gabriel et à ceux de Tom quand ils viennent en visite ou pour les vacances, ces derniers pouvant ainsi profiter de tout le monde pour de grande réunion de famille, avec toujours ce plaisir de se retrouver.

Gabriel et Wyatt, sont toujours aussi heureux et encore plus amoureux, se prouvent leur amour dès qu'ils le peuvent. Gabriel est toujours dans la même caserne, Tom est toujours son équipier et comme dirait leur chef "on ne change pas une équipe qui gagne".

Wyatt est toujours pianiste au bar de Samuel et y met l'ambiance chaque soir avec toujours autant de plaisir.

Rory et Tom ont vu leur amour évoluer et grandir grâce à leur lien d'âme-sœur et leurs jumelles. Tous les jours de pleine Lune, ils remercient celle-ci pour tout ce qu'elle leur a permis d'avoir. Rory est toujours médecin aux urgences du Lenox Hospital, mais médecin chef maintenant. Du fait de son travail avec Gabriel, Tom voit souvent son mari en fonction des accidentés qu'ils lui amènent. Ces deux-là ne peuvent s'empêcher de se toucher ou de s'embrasser quand ils sont proches, avec la plus grande discrétion surtout sur le lieu de travail de Rory qui, en tant que médecin chef, doit montrer l'exemple.

Yaël et Tara, toujours aussi amoureuses, toujours dans le même appartement et toujours serveuses dans le "Dam'Quoise". Elles sont complètement gagas de leurs neveux et nièces, ne pouvant pas avoir d'enfants, l'ayant appris à la suite de résultats d'examens. De ce fait dès qu'elles le peuvent, elles pourrissent ces derniers de cadeaux, au grand dam des parents, mais qui laissent faire sachant qu'elles ont de l'amour à revendre et que les petits le leur rendent au centuple. Les filles demandent souvent à garder les enfants, dès que c'est possible, elles ont un don pour cela, c'est affolant et parfois déprimant pour les parents qui ont toujours du mal à se faire obéir de leurs progénitures, mais comme dirait l'autre " c'est toujours mieux chez les autres".

Ezra et Oriane habitent toujours dans la ville d'Ithaca, où avec le temps la Meute s'est encore agrandie grâce à des nouveaux venus avec enfants, cherchant un coin tranquille pour eux et leur famille, voulant changer d'air, répondant toujours présent pour la Meute et suivant les règles, ce qui a bien évidemment ravi tout le monde.

Tous vivent et s'entendent bien, pour le plaisir de tous et quand les enfants arrivent avec les petits, c'est la foire d'empoigne, les petits s'amusant à faire tourner en bourriques les plus vieux, donnant encore plus d'ambiance qu'en temps normal, mais rendant ainsi toute la Meute heureuse de vivre et de profiter de tant de partage, d'amour, de respect et de reconnaissance que peuvent leur prodiguer les petits dans leurs moments de calme … si tant est qu'ils en aient.

Depuis qu'ils sont devenus grands-parents, Arthur et Demi passent beaucoup de temps sur New-York, étant complètement gagas des petits, ne voulant rien rater de leur évolution. C'est ainsi que pendant qu'Arthur fait des allers/retour pour les réunions ou autres affaires concernant la Meute, Demi passe son temps à faire des petits plats pour tous ce petit monde et s'occupe des enfants, allant les chercher à la sortie de l'école, les faisant goûter, doucher et manger avant que leurs pères ne viennent les chercher. Une belle organisation que tout le monde apprécie, les petits restant en famille et profitant ainsi de leurs grands-parents, de leurs tantes et de leurs oncles chaque fois qu'ils en ont besoin.

Donc en ce jour anniversaire, tous se retrouvent dans la grande maison familiale du Chef Alpha de la ville d'Ithaca. Le salon est décoré de banderoles "joyeux anniversaire "et autres décorations adorables de couleurs pastelles comme aiment les enfants. Une petite table rien que pour les enfants, une grande pour les adultes, une autre avec tout le buffet froid : gâteaux, bonbons et une petite pour tous les cadeaux des enfants.

C'est ainsi que nous retrouvons avec plaisir Gabriel, Wyatt, leur petit Enzo, Samuel, Maxwell, leurs jumeaux Damian et Blue, Rory, Tom, leurs jumelles Tamara et Luna, sans oublier Ezra et Oriane bien évidemment ainsi qu'Arthur et Demi.

Une autre personne a été invitée à cette fête, car depuis quatre ans, cette personne n'a pas cessé de se racheter de ce qu'elle avait laissé faire sous ses yeux.

Cette personne voulait connaître son petit-fils et faire connaissance avec son gendre qu'il ne connaît pas tant que ça et apprendre aussi à connaître aussi et surtout son fils, qui avec le temps est devenu quelqu'un de bien. Malgré ce qu'il a vécu, Wyatt n'est jamais devenu méchant, il a encaissé, a vécu avec et à avancer sans jamais se retourner. Et grâce à Gabriel et les parents de celui-ci, il s'est retrouvé, il a trouvé son chemin, sa voix, sa famille de cœur et sa famille à lui et ses véritables amis.

Alors depuis maintenant quatre ans, après de grandes discussions avec Gabriel et Ezra, Wyatt a décidé de laisser une chance à son père Brad, et d'apprendre lui aussi à le connaître. Il s'avère que Brad est un papi gâteau, très aimant et qu'à la grande surprise de Wyatt, il raconte parfois des anecdotes à Enzo sur son papa qui les fait tous rire, Ezra se souvenant de certaines.

PDV Wyatt

En ce jour anniversaire d'Enzo, de son cousin et ses cousines, nous sommes tous réunis chez mes beaux-parents. Huit ans que nos petits monstres ont vu le jour, huit ans qu'ils nous mènent à tous la vie dure, le temps passe trop vite.

Ces quatorze dernières années n'ont pas été de tout repos. Déjà si on m'avait dit que j'en serais là, quatorze ans plus tard, je ne l'aurais jamais cru.

Après avoir subi les humiliations de ma famille, des pseudos amis de Gabriel, avoir dû gérer mon agression qui m'avait complètement traumatisé. D'ailleurs si Sam n'était pas passé par là, je ne serais peut-être pas là aujourd'hui. Je lui dois beaucoup, il m'a aidé, soigné, nourri, logé, même trouvé du travail, il a toujours été très présent pour moi et encore aujourd'hui, il est devenu mon meilleur ami et il est aussi le parrain de mon fils. Même si plus tard, j'ai appris qu'il était ami avec mon Chef Alpha et que par conséquent grâce à eux deux, l'amour de ma vie a su me retrouver.

Nos retrouvailles ont été plutôt mouvementées et le retour de Nathan avec la complicité de Morgan, n'ont pas aidé non plus à ce qu'elles soient faciles. Notre captivité et agression de leur part sur Tom, Max et moi, n'ont fait que nous mettre au plus mal, poussant l'un de nous à un acte horrible tellement mon ami avait été détruit. Heureusement grâce à l'amour de son compagnon, il s'en est sorti, notre amitié les a soutenus au mieux, sachant qu'ils trouveront toujours une épaule, un soutien.

Tous ces moments durs de notre vie, nous ont aidés à avancer, à nous défendre et par la suite prendre notre revanche et régler une bonne fois pour toutes nos problèmes qui nous tuaient à petits feux.

Peu à peu, nous avons tous pu trouver nos marques, trouver un sens à notre vie, grâce à nos alphas. Sans le savoir, nous étions tous liés, nous nous sommes imprégnés le même soir, avons conçu nos enfants et accouché dans des lieux différents mais toujours reliés dans nos vies.

Nous sommes tous tellement liés que nous travaillons ensemble, nous habitons les uns à côté des autres, nos enfants sont aussi proches que nous, parents. Notre organisation, toute notre vie tourne autour du bonheur de nos enfants, de notre amitié, de notre belle et grande famille et grâce à Ezra qui a toujours été très présent et protecteur avec nous, nous avons su nous épanouir, prendre confiance en nous et maintenant nous l'inculquons à nos petits.

Nous avons fait tellement de chemin pour en arriver là aujourd'hui, que pour rien au monde je ne regrette ce qu'il s'est passé, le destin était écrit ainsi.

Alors qu'une musique se fait entendre en fond, "I'm so excited" des Pointers Sisters, Gaby et moi nous regardons, reconnaissant la musique de nos échauffements. Nous nous sourions et sautons en même temps sur le banc du piano, nous attendons, remontant nos manches de chemises, et quand notre moment préféré arrive celui du piano, nous nous déchaînons au rythme de la musique, applaudis par tous, chantant et dansant autour de nous.

Les enfants sont aussi déchaînés que leurs parents, et Oriane prend ce moment en photo, afin que plus tard nous puissions voir toute la joie et la bonne humeur qui anime chacun de nous. Quand la chanson est finie, nous nous regardons et nous embrassons amoureusement avant d'être rejoints par Enzo pour un câlin, qui fait la joie d'Oriane sur une autre photo.

La musique change et à l'entente de "Ani-Kuni", Yaël et Tara partent dans un délire de chorégraphie qui nous emporte tous, sauf les grands-parents qui observent et prennent des photos, les petits riants aux éclats quand certains se trompent, faisant rire tout le monde.

La soirée bat son plein, alors qu'une chanson "Savage Love" me fait me rapprocher au plus vite de mon mari, l'enlaçant par la taille, pour une danse collé/serré, je place une de mes jambes entre les siennes, faisant frotter nos entre-jambes. Gabriel ne peut retenir ses gémissements que j'étouffe en l'embrassant avec une envie non dissimulée. Nous sommes rapidement suivis par Rory et Tom, puis Sam et Max et avec notre étonnement Ezra et Oriane, ne sachant pas que notre Chef Alpha et sa femme dansaient aussi bien. Demi fait les photos de nous tous enlacés et nous embrassant, pendant qu'Arthur et Brad calment un peu les enfants, énervés d'avoir mangé trop de bonbons et la fatigue arrivant à grand pas.

Je ne peux m'empêcher d'embrasser de nouveau mon beau ténébreux, cette chanson étant très sensuelle, je lis dans son regard, les idées qu'il peut avoir en tête, surtout que nos entre-jambes se frictionnent durant toute la musique, nous provoquant des frissons. Je lui fais mon plus beau sourire aguicheur, auquel il répond en me pinçant les fesses, sachant très bien qu'il devra attendre le moment venu, pour le moment la frustration est de mise.

La soirée se finit sur "On t'emmène", on se tient tous par la taille, dansant, chantant au rythme de la musique. Tous heureux, souriants, les petits font comme nous juste devant, Oriane prend des photos et rigole aux mots qu'Ezra lui glisse à l'oreille tout en l'enlaçant par la taille et dansant avec elle.

Si je n'ai qu'une chose à vous dire, c'est que la vie vaut d'être vécue, même si la vie s'acharne par moment, surtout n'oubliez pas de vous aimer, et dites vous que le meilleur arrive juste derrière, ne renoncez jamais, battez-vous pour vos rêves et retenez une chose "ce qui ne vous tue pas, vous rend plus fort".

Chapitre 41 "Bonus 1 Rorym "

PDV Tom

Alors que les enfants sont en vacances chez mes parents, à la campagne, que je suis de repos tout comme mon amant qui est sous la douche en ce moment, je m'empresse de préparer la surprise que je lui réserve dans notre chambre, pour clôturer cette belle journée que nous avons passée ensemble. Je sors les liens de cuir des quatre coins de notre lit conjugal, cachés sous le matelas par sécurité, puis je sors le bandeau et le plumeau qu'aime tant mon mari.

Après avoir lu des histoires, vu des documentaires et parlé longuement avec mon alpha, nous nous sommes aperçus que nous voulions encore plus nous épanouir dans nos moments câlins. Le sujet du BDSM étant venu dans une conversation, nous nous sommes renseignés sur les pratiques à suivre, bien évidemment des pratiques softs, car au vu de mon passé, nous ne souhaitons pas que je me bloque mais que ce moment soit apprécié par nous deux, ce qui est normal, du moins pour nous.

Mon compagnon a émis l'idée que je pourrais être si je le souhaite, le dominant et que suivant nos envies nous pourrions switcher, bien évidement j'ai validé son idée et c'est comme ça que m'est venu en tête de lui faire cette surprise pour nos dix ans de mariage.

Quand j'entends Rory prêt à sortir de la salle de bain, je l'attends dans le couloir devant la porte de notre chambre. Sortant de celle-ci, en tenu d'Adam, il me regarde de la tête aux pieds avec ses yeux aguicheurs et son sourire qui en dit long, surtout quand il me voit nu comme un ver et avec le bandeau en mains.

Je me dirige vers lui avec une démarche féline ou devrais-je dire plutôt lupine, et tout en me collant à lui je viens lui attacher le bandeau derrière la tête, puis alors qu'il essaye de m'attraper par la taille pour m'enlacer et m'embrasser, je le repousse et lui dit :
- " Pas touche, interdiction de me toucher, tu as compris ?", lui dis-je, de mon ton autoritaire.

N'ayant pas de retour de sa part, je lui mets une claque sur les fesses, qui le fait sursauter et qui le fait réagir tout de suite.

- " Oui d'accord" répond-il, surpris.
- " D'accord qui ?" je lui demande tout contre son oreille que je mordille tout en empoignant sa fesse fermement.

Et là je le vois prendre une posture différente et je sais qu'il a compris ce que je veux de lui.

- " D'accord, Maître" réplique-t-il.

Je lui attrape le bras d'une main et la hanche de l'autre et le fait entrer dans la chambre, je le dirige vers le lit pour qu'il puisse s'asseoir sur celui-ci sans risque de chute, puisqu'il ne voit rien.

- " Mets-toi au milieu du lit" je lui demande.
- " Oui, Maître" me répond-il.

Quand il entend le tintement des chaînes qui se finissent par les menottes en cuir, je vois son sexe frétiller d'excitation et sa respiration se faire haletante. Je suis sûr qu'il a déjà plein d'images en tête.

Une fois installé au milieu du lit, je viens me mettre à califourchon sur lui, je sens le désir l'envahir au fur et à mesure que je le touche pour lui mettre les menottes aux poignets et celles des chevilles avec une lenteur insoutenable afin de le faire languir. Autant vous dire aussi que je prends sur moi pour ne pas lui sauter dessus direct, tellement le tableau de mon amour totalement à ma merci et ainsi abandonné enflamme mes sens.

- " Tu es magnifique mon chat, ainsi offert à mes envies " lui dis-je, de ma voix suave et pleine d'envie à son oreille.
- " Alors n'attendez pas plus longtemps, Maître. Faites de moi ce que vous voulez " me dit-il, tout aussi excité que moi.

Étant à ses pieds pour récupérer le plumeau dont je me servirais tout à l'heure, je me redresse et remonte le long de son superbe corps tout en le léchant, l'embrassant et le frôlant de mon corps. Lui faisant sentir par la même occasion mon érection naissante, la frictionnant sur la sienne, nous faisant lâcher un gémissement unanime sur l'effet que ce geste nous procure.

Je l'embrasse à pleine bouche, tout en tenant sa mâchoire d'une main, et prenant le plumeau de l'autre que j'avais posé juste à côté de moi. Je commence à le caresser avec celui-ci sur toutes les zones sensibles de son corps.

D'abord sa joue, et ses lèvres qui s'entrouvrent sur son souffle court, puis je descends sur sa gorge avant de poursuivre ma lente torture sur son torse où je titille ses tétons érigés. Son corps réagit au quart de tour, il frissonne sous les plumes, chaque parcelle de sa peau passe par des tremblements, frémissements, frétillements et des gémissements de plaisir non dissimulés, qui m'attisent de plus en plus. Après quelques minutes de ce bon traitement, je continue sur son ventre dont la peau se hérisse de frissons d'extase, avant de faire glisser les plumes sur son aine en une touche délicate qui je le sais le rendra fou de désir. Je l'achève en parcourant son érection de haut en bas du bout des plumes tout en l'embrassant, mordillant et léchant le creux de son cou, où se trouve sa marque d'imprégnation, devenue une zone érogène aussi bien pour lui que pour moi.

Je mets finalement de côté le plumeau et le caresse de la pulpe de mes doigts, je me penche de nouveau sur lui pour l'embrasser et quémander l'accès de sa bouche avec ma langue joueuse. Il répond silencieusement à ma requête faisant danser nos langues dans une valse pleine de sensualité.

Alors que le désir et l'excitation grandissent dans nos corps de plus en plus chauds, ardents, j'ondule sur lui, nos bassins s'emboîtant à la perfection, nos érections se frictionnant de nouveau, nous faisant ronronner de plus belle.

Voulant observer ses orbes pour la suite de nos ébats, et le voir quand la jouissance le prendra, je lui retire le bandeau des yeux, et je lui demande :

- " Qu'est-ce-que tu veux ?"
- " Vous, Maître, juste vous" répond-il.
- " Comment, me veux-tu ?" je réplique.
- " Sur … sur moi" continue-t-il.
- " Tu es sûr ?" j'enchaîne.
- " Oui … faite moi l'amour … Maître" reprend-il, sa voix pleine de plaisir.

Sans plus de cérémonie et n'y tenant plus, je m'exécute, prenant d'abord possession de ses magnifiques lèvres, que je suçote et embrasse avidement, pendant que mes mains partent à la découverte de son sublime corps parfait et que nos regards restent ancrés l'un à l'autre, y voyant tout son amour, son envie et le plaisir qu'il ressent.

Nous lâchons nos phéromones de plaisirs qui nous enivrent encore plus, nos loups hurlent de bonheur et de joie de ce moment charnel que nous nous donnons.

Alors que mon amant succombe à mes moindres attentions, il pousse un gémissement de surprise quand ma main vient s'enrouler autour de sa hampe faisant de petits vas et viens, lentement pour qu'il puisse apprécier pleinement cet instant.

Je n'ai pas longtemps à attendre puisque son bassin se met à bouger au rythme de mon poignet, me faisant entendre ses douces complaintes plus sensuelles et érotiques au fur et à mesure que la jouissance arrive.

- " Non … Maître … s'il vous plaît … pas comme ça …" halète-t-il.

Relevant le regard, je lis dans ses yeux son désir, sa hampe dans ma main reste aussi dure qu'une pierre, ce qui m'excite au possible. Je me redresse et me mets à califourchon sur lui et tout en le regardant droit dans les yeux, je m'empale sur son sexe gorgé de plaisir.

Glissant jusqu'à la garde, nous faisant tout deux gémir de plaisir, et alors que ma tête part en arrière, appréciant son membre en moi, il me dit :
- " Détachez moi, Maître … que je puisse vous toucher"
- " Non" lui dis-je sans cesser d'onduler sur lui avec sensualité.
- " Laissez-moi … han … vous touchez, Maître" réitère-t-il en tirant sur ses liens, faisant tinter les chaînes contre le montant du lit.

Je finis par abdiquer, et tout en faisant de lents vas et viens sur lui, je lui détache une main, puis l'autre, car moi aussi je veux qu'il me touche, je veux sentir sur moi ses doigts capables de provoquer de divines sensations sur ma peau. Une fois libéré de ses entraves, il m'agrippe les hanches avec fermeté et accompagne mes mouvements dans une valse de désir, de plaisir, d'excitation qui se mélangent dans cette chevauchée, emplie d'amour et de sensualité. Nous nous regardons dans nos moindres gestes et nos moindres réactions, ressentant tout ce que l'autre pense ou ressent, et multiplié par notre lien d'âmes-sœurs, ce n'est que du bonheur.

Mon amant touchant à chaque coup de reins mon nœud de plaisir, plus fort, plus profond, plus rapide, nos corps et nos loups se désirant encore et encore, nos respirations deviennent saccadées et haletantes.

- " Han … va y mon chat … encore … oui … plus fort … hannnn"

Un dernier coup de rein de mon compagnon me fait gémir de plus belle, et tout en sentant l'orgasme arriver, nos yeux ne se lâchent pas. Quand la jouissance nous prend, nous basculons nos têtes en arrière, criant de plaisir, nos corps tremblant de cet orgasme foudroyant qui nous a touchés simultanément.

Je m'écroule sur lui, sans me retirer de cette hampe qui me remplit et me comble de bonheur, mon corps tremblant encore, tellement ce câlin était intense. Il m'enlace de ses bras, me caresse le dos, alors que je place ma tête dans le creux de son cou, humant son odeur que j'aime par-dessus tout, lui fait de même et me chuchote :
- " Je t'aime tellement bébé"
- " Je t'aime aussi mon chat"

Je relève ma tête et l'embrasse à nouveau, il répond à mon baiser avec ardeur, ce qui nous entraîne dans un nouveau round de plénitude et de volupté, pour le plus grand plaisir de chacun, notre couple étant devenu avec le temps indestructible, soudé et plus amoureux que jamais.

Chapitre 42 "Bonus 2 Gabyatt "

PDV Gabriel

Après ses derniers jours où je dois bien l'avouer, les accidents ou les malaises divers se sont enchaînés ne me laissant même pas la possibilité de voir mon mari et mon enfant, mon rythme étant, métro, boulot, dodo, je suis enfin en vacances pour trois semaines. Trois semaines où je compte bien profiter de mon cher et tendre compagnon et de mon fils.

C'est ainsi que les valises sont prêtes pour notre séjour de deux semaines avec toute la famille, enfin presque toute, car Yaël et Tara sont en lune de miel à Bora-Bora, toute la famille s'étant cotisée pour leur offrir ce voyage rêvé par toutes les deux. Ayant trouvé une maison au bord de la plage pour accueillir quinze personnes. Eh oui, vous avez bien lu, quinze personnes, tout le monde a droit à ses vacances et puis depuis la naissance de nos cinq adorables bambins, la famille ne se quitte plus, appréciant de plus en plus les moments en famille … nombreuse.

Cette petite, enfin non grande merveille se trouve à 5h30 de route de New-York, à Winthrop Beach exactement dans le Massachusetts. Cette grande et belle maison appartient à mes parents, c'est là-bas que nous passions nos vacances d'été plus jeunes, Wyatt la connaît, il était déjà venu avec nous une année.

Cette superbe maison de 4 étages, possédant 5 chambres chacune attenante à une salle de bain et WC, au rez-de-chaussée une grande cuisine ouverte sur une grande salle à manger, elle-même ouvert sur un grand salon et au sous-sol, une grande chambre d'enfants avec 3 lits superposés, salle de bain et WC et surtout une grande pièce de jeux pour eux. Tout le confort pour les grands et les petits, avec sur son côté droit 4 places de parking et le plus beau, chaque chambre a une vue magnifique sur l'océan face à la maison.

Nous n'avons qu'à traverser la route pour accéder à la plage et son sable fin, quoi demander de mieux.

 Pour le moment étant encore dans mon lit en admiration devant mon magnifique mari qui dort profondément, c'étant couché à 6h du matin ayant lui aussi beaucoup de monde au bar, les grandes vacances approchant à grands pas, les gens fêtent la fin d'année scolaire, la fin des examens, les contrats juteux signés et à venir, et tous autres raisons de faire la fête et puis les beaux jours étant au rendez-vous, les gens veulent profiter un peu plus.

Alors que Wyatt dort sur le ventre, sa tête tournée vers moi, ses bras enlaçant amoureusement son oreiller, je me penche lentement sur lui, effleurant mes lèvres sur les siennes, l'embrassant chastement, puis je devis mes baisers sur son cou, cette partie si douce et sensible, que je lèche, mordille, suce et embrasse langoureusement, sentant mon amant frémir sous mes petites attentions.

Ses magnifiques orbes bleus s'ouvrent et m'observent encore ensommeillées, je me place à sa hauteur et me penche de nouveau pour l'embrasser alors qu'une de mes mains caresse son dos et s'arrête sur sa chute de reins. Nous relâchons nos phéromones d'excitation tout en nous embrassant. Wy se retourne, venant se caler dans mes bras, nos corps collés l'un contre l'autre mais malheureusement, comme dirait l'autre, nous allons nous la mettre sous l'oreille entendant un appel, que dis-je une alarme, nous indiquant que tout le monde est réveillé.

- " PAPA ♫ DADDY ♫ PAPA ♫ DADDY" chante Enzo tout joyeux d'être réveillé, certainement encore allongé dans son lit, jouant avec son doudou et ses mains comme à son habitude.

- " Je crois que notre terreur est réveillé Amour", me dit mon compagnon souriant et frustré à la fois, " je vais aller m'occuper de lui, pendant ce temps calme la bête qui se trouve à ton entre-jambe, garde là au chaud pour ce soir" me dit-il, avec son sourire aguicheur alors qu'il se lève nu comme un vers, enfilant un bas de jogging qui le moule à la perfection. Comment veut-il que je me calme avec cette superbe vue de ci bon matin ?

Notre petite terreur a deux ans et quand il est réveillé, il ameute toute la maison, nous avons beau lui dire qu'il peut allumer sa lampe de chevet, se lever et jouer en attendant, mais non rien à faire, une vraie tête de mule ... Je me demande bien de qui il tient cela.

Me mettant sur le ventre pour calmer mes ardeurs, j'entends que la porte s'ouvre à la volée. Attention terreur en vue dans 5 ... 4 ... 3 ... 2 ... 1 ... 0 et il saute sur le lit venant se lover contre moi pour notre câlin matinal, suivis de mon tendre mari qui reprend sa place dans notre lit, nous prenant tous les deux dans ses bras, lâchant ses phéromones de bonheur et nous faisant ressentir tout l'amour qui nous unis tous les trois dans ce câlin chaleureux.

C'est avec plaisir que deux bonnes heures plus tard, la sonnerie de la porte se fait entendre. Notre petit bonhomme court vers celle-ci, telle une tornade en action emportant tout sur son passage, ayant renversé le vase en cristal où se trouve un bouquet de roses rouges, que j'ai offert à Wy pour le plaisir de le voir rougir devant mon geste, j'ai juste eu le temps de le rattraper à la volée avant qu'il ne se fracas au sol du parqueté, ne laissant que de petites gouttes d'eau tomber sur celui-ci, fort heureusement, nettoyant au plus vite ces dernières pour nous éviter de glisser, ce qui gâcherait les vacances de tout le monde pour sûr.

- " Pardon Papa" me dit-il tout penaud, s'étant arrêté, sachant qu'il avait fait une bêtise et qu'il allait se faire réprimander.

- " Plus de peur que de mal, mais fais attention Trésor" lui dis-je très calmement, faisant disparaître les larmes qui pointées le bout de leur nez dans le coin de ses yeux, en lui faisant un gros câlin d'amour.

Il repart en courant vers la porte d'entrée comme si de rien ne c'était passé et l'ouvre avec un peu de mal du haut de ses quatre-vingt-seize centimètres. Une fois celle-ci ouverte, il se jette dans les bras de son papy Ezra et de sa mamy Orianne accroupies derrière la porte, sachant pertinemment qu'il leur sautait dans les bras, il les adore plus que tout, peut-être même plus que nous parfois. Ils le réceptionnent et l'embrassent avec tout leur amour de grands-parents, adorent ce petit bout de chou et le gâtent beaucoup trop à notre goût.

- " Trésor, laisse papy et mamy rentrer" lui dis-je doucement.
- " Mais ze les zaime moi, ze veux pas les lasser" me répond-il, resserrant plus fort son câlin sur mon Chef Alpha.
- " Trésor …" Je reprends calmement, alors qu'il me coupe la parole, m'agaçant de cette mauvaise habitude qu'il a pris grâce à certains garnements mal éduqués de la crèche.
- " Mais quoi ! Ze fais comme toi et Daddy, vous vous zaimez et vous ne vous laser zamais … surtout quand vous êtes dans le lit à vous faire des bisous de za … mou … reux d'abord !!" dit-il, sans se soucier de la honte qu'il vient de nous mettre devant mes parents, qui eux sont morts de rire de nous voir mal à l'aise et de la répartie de leur petit-fils.
- " Jeune homme, un peu de respect envers les adultes et surtout envers ses parents, attention première fois" intervient Wy, levant son doigt en faisant un 1, d'un air un peu sévère pour qu'Enzo comprenne qu'il a dépassé la limite réglementaire de la maison.

Mon père prend son petit-fils dans ses bras, personne ne bronche et personne n'a jamais remis en cause notre façon d'éduquer notre pirate. Son papy faisant l'avion avec lui, Enzo tend ses bras et fait le bruit du moteur avec sa bouche, tout en postillonnant de bon cœur.

Notre terreur adore cela et par là-même occasion prolonge ainsi le câlin, mettant sa tête dans le creux du cou et ses bras autour de la nuque de son papy chéri, tenant fermement notre terreur contre lui pour qu'il ne tombe pas. Ils rentrent dans la maison et viennent s'installer dans le salon devant un bon café préparé avec soin par Wy accompagné de petits sablés que mon tendre mari a cuisiné sur les conseils de ma mère, en attendant que le reste de la famille arrive pour notre départ en vacances.

Pendant que Wyatt et mes parents se racontent les derniers potins sur la Meute et ses nouveaux arrivants, Enzo joue dans sa chambre, vite rejoint par les jumelles de Rory et Tom, puis par les jumeaux de Sam et Max, mettant ainsi un sacré bazar dans la pièce. Une tornade ça peut aller mais cinq d'un coup, bonjour les dégâts. Le principal sait qu'ils s'amusent et se fatiguent comme ça ils dormiront tous pendant le voyage.

Nous les adultes rigolons tout en chargeant logiquement les bagages dans le coffre du minibus de quinze places que nous avons loué pour cette occasion, nous nous relaierons pendant les trajets d'aller et retour, comme cela tout le monde pourra se reposer sans soucis. Les valises chargées ainsi que les jeux des enfants, les oreillers de ces derniers en place pour qu'ils puissent dormir confortablement avec chacun leur couverture et leur doudou.

Bien évidemment, ils seront tous les cinq ensembles comme à leur habitude, des inséparables jamais l'un sans les autres. Tout le monde s'installe, les petits au fond surveillés par leurs grands-parents respectifs. Moi, je suis au volant avec à mes côtés mon cher et tendre, avec derrière nous Sam, Max, Rory et Tom, tendrement enlacés, fermant leurs yeux prêts à dormir. Alors que Wy pose sa main sur ma cuisse avec douceur, je tourne la clé de contact, le moteur ronfle, ça y est, nous prenons la route, ayant tous le sourire aux lèvres pour ces futures vacances en famille.

- " Prêt Petit Cœur" lui demandai-je, droit dans les yeux souriant et heureux.

- " Prêt Amour, en route. J'ai hâte d'être à ce soir et de réveiller la bête qui sommeille en toi " me répond-il tout bas en m'embrassant avant que je ne commence à conduire.

- " Prêt tout le monde" demandai-je, les regardant dans le rétroviseur intérieur.

- " EN ROUTE POUR LES VACANCES" crient-ils tous en cœur, dans les rires et la bonne humeur de ce départ tant attendu.

.

Chapitre 43 "Bonus 3 Samuell "

PDV Samuel

Étant parti aux alentours dès 11h00, j'ai repris le volant après notre 2ème pause dans une station-service juste derrière Gab. La première étant vers 13h30, pour manger sur une aire de repos avec des tables de pique-niques, les délicieux sandwichs préparés avec amour par Orianne et Demi, ainsi que les pâtisseries pour le dessert avec le café pour les adultes. La deuxième pause étant pour le goûter des petits aux alentours dès 16h00, café pour les adultes et chocolat chaud pour les petits avec les gâteaux maisons, pause pipi et remettre de l'essence dans le minibus.

Je suis content d'arriver enfin à destination, heureusement le GPS était branché pour m'aider, après avoir conduit au total trois heures, je suis complètement claqué et mes yeux me piquent par suite de la fatigue et de la concentration sur la route.

Après avoir passé pas moins de 7h30 sur la route, nous arrivons vers 19h30 à la maison familiale, je me gare et pousse un soupir de satisfaction quand je coupe le contact et retire la clé, ayant un minibus assez long, je me suis garé sur les quatre places attenantes à la maison, après avoir décharger au préalable les bagages, tout le monde ayant mis la main à la pâte, vider le minibus a été rapide.

M'arrêtant sur le perron de la maison qui est magnifiquement grande, je me retourne et je suis face à la mer, c'est un endroit superbe et cette vue sublime me donne envie d'aller direct faire des longues dans ses vagues qui m'appellent.

Je passe la porte de cette immense maison de vacances et je tombe sur une gigantesque pièce ouverte avec un coin cuisine et tout le nécessaire pour celle-ci, un coin salle à manger avec assez de place pour quatorze personnes et un coin salon avec une télé grand écran et son home cinéma, devant trois banquettes de quatre places et deux fauteuils assortis.

Étant tous dans l'entrée avec Max, Rory et Tom a admiré la décoration, simple mais tellement belle et décorée avec goût, pendant que les grands-parents s'affairent entre les bagages à monter avec Gab et Wy et le repas à préparer pour Orianne et Demi ayant emmené ce qu'il fallait pour celui-ci.

- " Allez voir là-haut les garçons. Choisissez votre chambre, Gabriel connaît la sienne et la nôtre, il vous dira lesquelles sont libres", nous dit Orianne avec son éternel sourire bienveillant.
- " Wouais !!!" crient les petits en cœur.
- " Non, non !! Vous les garnements vous avez tout le sous-sol pour vous", leur explique-t-elle, calmement.
- " Ouais !!! Méga Giga bien !!!" répliquent-ils toujours aussi synchroniquement et descendant les marches avec papy Ezra et papy Arthur, pour plus de sécurité.

Pendant que les petits prennent possession du sous-sol, je monte nos bagages avec Max et sur les conseils de Gab, nous prenons la chambre qui se trouve au 4ème étage. Nous avons l'étage pour nous tout seul, ne trouvant que cette pièce. La chambre est spacieuse, il y a un grand lit king-size, chacun notre table de chevet et sa lampe, des petits tapis de chaque côté pour camoufler les bruits de pas la nuit, toute la maison ayant du parquet, sauf dans les salles de bain et la cuisine. Une commode face au lit avec une télé dessus avec deux chaises et une petite table à sa droite agrémente la pièce. Sur la gauche du lit une armoire encastrée pour plus de rangement et juste à côté une double porte coulissante cachant une salle de bain possédant une vasque, un WC et une belle douche à l'italienne, qui me donne des idées pas très catholiques en tête.

Le top du top, nous avons une porte dans la chambre qui donne sur un balcon, où se trouve une banquette trois places avec son plaid et une table basse, idéale pour regarder le coucher de soleil tendrement enlacés dans les bras de mon amant ou inversement. Oh, que j'aime cette idée !!!

Une fois nos affaires rangées avec soin, certaines dans la commode et d'autres dans la penderie de l'armoire, je rejoins Max sur le balcon qui admire la vue sur l'horizon. Je m'approche de lui doucement et l'enlace amoureusement par la taille me collant au plus près de lui et je dépose au passage un baiser sur sa tempe, le faisant frémir.

- " C'est superbe ici, je ne voudrais jamais en partir", me dit-il tout en me regardant de ses yeux vairons brillants d'amour.
- " Et avec toi à mes côtés, c'est encore mieux" je lui réponds, tout sourire.

Il se retourne vers moi, pose une de ses mains sur mon épaule et l'autre sur ma nuque se met sur la pointe des pieds et m'attire à lui, m'embrassant chastement.

- " Je t'aime de tout mon cœur Honey" me murmure-t-il à l'oreille.

Puis nous nous installons sur la banquette, mon tendre mari calé dans mes bras, son nez dans le creux de mon cou, humant mon odeur avec délectation, nos loups ronronnant de plaisir.

Profitant de la chaleur mutuelle que nous nous donnons, nous fermons les yeux en écoutant le calme et le bruit des vagues qui nous bercent, quand un flash vient perturber ce superbe moment.

- " Désolé les garçons, je venais vous prévenir que le repas était prêt et vous étiez tellement beaux, je n'ai pas résisté à prendre une photo", nous explique Orianne, tellement heureuse de nous avoir tous ensembles et redonner vie à cette maison qui n'est habitée que quelques mois dans l'année, surtout pendant les périodes de vacances scolaires car Ezra et Orianne la mettent en location.

Il fallait si attendre, Orianne adore les photos, prendre chaque moment de partage d'amour, d'amitié, n'importe quel moment de joie et de rire est important pour elle et depuis que les enfants sont nés, c'est encore pire, il doit y avoir un album par année chacun.

Certes nous n'avons aucun lien de sang, mais nos enfants sont autant aimés et choyés que leurs petits-enfants, jamais une once de différences, jamais une once de jalousie entre les enfants, recevant autant les uns que les autres, nous sommes tous une grande et belle famille, unie et soudée. Les flashs vont pleuvoir pendant ces deux semaines de vacances, Orianne ayant transmis sa passion à Demi, nous n'avons pas une mais deux paparazzis.

- " Nous descendons tout de suite", je lui dis tout sourire, alors qu'elle prend déjà la direction de l'escalier pour descendre.
- " Mon Cœur, il va falloir descendre pour manger" lui dis-je doucement, l'embrassant sur le front.
- " Oui, je sais Honey, mais je suis tellement bien là, calé dans tes bras" me répond-il tout en souriant, avec ses petits yeux fatigués.

Alors qu'il se lève quelques minutes plus tard, je l'attrape par la taille quand il passe devant moi roulant des hanches, je le fais basculer sur moi à califourchon, le resserrant au plus près de moi et l'embrassant avec fougue, il répond à mon baiser avec autant d'ardeur et alors que nos entre-jambes se gorgent de désir dû aux frottements qu'à entamé mon amant, deux petites voix s'élèvent dans la cage d'escalier.

- " DAD … PAPOU … on vous attend pour manzer … Alors arrêtez vos bizous et descendez vite on a faim nous", disent en cœur nos jumeaux adorés.

Nous nous relâchons après nos baisers fiévreux et nous nous séparons pour descendre rejoindre le reste de la famille. A peine arrivé en bas, nous nous faisons réprimander gentiment par nos têtes blondes.

- " Ah bas c'est pas crop tôt" nous dit Blue en nous regardant tout sourire.
- " Oui, c'est pas crop tôt, c'est l'heure de manzer là, pas de faire des bébés !!" réplique Damian avec son sourire malicieux.

Savent-ils à quels points, nos crapules nous mettent la honte devant toute la famille qui est morte de rire, alors que je vois mon tendre chéri viré au rose pivoine, ce qui me fait sourire tellement il est encore plus beau ainsi.

 - " DAD … Arrête de regarder Papou, comme ça on croirait que tu vas le manzer" nous sort Blue, contente de sa réplique.
- " Bon allez tout le monde à table" reprend Ezra faisant s'évanouir le malaise que les enfants avaient imposé.

Les adultes mangent donc dans la salle à manger, pendant que les enfants mangent sur la table basse du salon devant les dessins animés, après tout c'est les vacances. Après que tout le monde est aidé pour débarrasser et nettoyer les tables, mis la vaisselle dans le lave-vaisselle et l'avoir mis en route, ranger les restes dans des boites plastiques et mis dans le frigo, nous nous préparons tous pour une balade sur la plage mettant tous un petit gilet pour ne pas attraper froid, afin de digérer et de commencer à profiter de nos vacances que nous attendions tous avec impatience.

Marcher sur le sable pied nu me procure un sentiment de bien-être et m'apaise, tout en nous tenant avec Max par la taille, regardant devant nous les enfants qui se courent après, tout en criant et riant de bon cœur. Cinq petites têtes de deux ans chacun pour encore trois mois, avant de passer le cap des trois ans, car oui à la rentrée ils vont tous en moyenne section dans la même classe, impossible de les séparer, ils sont trop fusionnels pour cela.

Enzo, le fils de Gab et Wy, qui est aussi mon filleul, est très protecteur avec ses cousins et cousines et malheur à ceux qui les embêtent. Cette petite terreur, sais déjà battu à la crèche pour protéger les jumelles de Rory et Tom, qui avait un garçon sur le dos à chaque chose qu'elles faisaient, autant vous dire qu'Enzo a remis en place le garçon fissa et il n'est pas revenu à la charge. Ses parents ont quand même été convoqués mais tout est rentré dans l'ordre, l'autre garçon ayant avoué de peur de se retrouver de nouveau face à mon filleul, pourquoi croyez-vous que ses parents l'appellent " la terreur", ça n'est pas une légende, même si elles sont toutes vraies.

Les petits ont tous leur tempérament, ils savent être sociables, aider leur prochain mais attention, ils savent aussi rester sur leur garde. Nous ne savons pas encore qui sera alpha, bêta ou oméga, mais je suis sûr que le petit Enzo sera un alpha, je le sens bien ainsi, nous verrons cela dans quelques années, on en reparlera.

J'observe toute notre famille, les enfants en tête de cortège avec leurs grands-parents, Ezra et Arthur courant après eux, les attrapant chacun leur tour, pour leur faire des chatouilles ou leur faire faire l'avion, pendant qu'Oriane et Demi flashent à tout va.

Ce qui ne ressortira jamais sur les photos mais que moi je peux voir tout comme Gab et Ezra qui me font un clin d'œil me confirmant que l'on sait compris, c'est que les enfants ont un protecteur attitré. Tous les cinq, quoiqu'ils fassent et où qu'ils soient, auront toujours autour d'eux une aura bleuté les entourant, oui même si nous ne sommes que trois à le voir, Dam a toujours été là et le sera toujours, il tiendra sa promesse jusqu'au bout.

 Je vois Rory enlaçant Tom qui doit avoir froid étant un peu frileux, puis ils s'embrassent tout en ayant les pieds dans les vagues. Un peu plus loin Gab et Wy sont aussi enlacés et s'embrassent et nous lover l'un contre l'autre avançant doucement et profitant de la fraîcheur du soir.

Ezra appelle tout le monde pour que l'on se regroupe, chaque alpha derrière sa compagne ou son conjoint face à la mer, pour admirer le soleil couchant. Les petits étant assis sur le sable, Tamara prenant sa sœur dans ses bras, tout comme Damian faisant de même avec la sienne et les deux cousines prennent Enzo dans leur bras, faisant ainsi comme une petite pyramide de câlins. Bien évidemment un flash se fait entendre et voir par la même occasion.

- " Ooooooh!!! C'est super, méga, ziga beau !!!" dirent-ils ensemble, nous faisant sourire et rire de bonheur.

Car en effet ce coucher de soleil au teinte rose, et son dégradé de mauve avec en son centre, cet astre jaune orangé laissant une traîne de son passage sur les vagues calment de l'océan Atlantique est juste magnifique, digne une photo de carte postale.

- " Tu es encore plus beau que lui mon Cœur" murmurais-je à l'oreille de mon tendre mari, le serrant amoureusement contre moi.
- " Ne dis pas de bêtises Honey, rien n'est plus beau que ce spectacle" me répond-il, timidement, tout en se calant encore plus dans mon étreinte.
- " Si toi, mon cœur !! Je t'aime tu sais !!" lui dis-je, tout en lui embrassant la tempe avec douceur et tendresse.
- " Allez tout le monde se regroupe pour la photo" nous dit Oriane.

 Tout le monde prend la pose avec les enfants dans les bras de leurs parents respectifs.

 - " Attention … 3 … 2 … 1 … Cheese !!!" disons nous tous en cœur, alors que le flash se déclenche.

Nous rentrons par la suite, les enfants toujours dans nos bras, la fatigue les ayant gagnés à tour de rôle. Une fois les enfants couchés, nous prenons un café tous ensemble et parlons de l'organisation de la journée de demain et pour les jours à venir.

C'est ainsi que nous avons un groupe qui fera les courses et la préparation des plats et des desserts, un autre pour les sorties et les occupations avec les enfants et un autre qui aura quartier libre. Nous avons donc Orianne et Demi pour le premier groupe, Ezra et Arthur pour le deuxième et pour le troisième les trois couples restants.

Car bien évidemment les grands-parents veulent s'occuper des petits pour que nous puissions nous retrouver en tant que couple et profiter aussi du calme des vacances tout en ayant quand même des moments en famille. Nous ne les remercierons jamais assez pour toute l'énergie qu'ils déploient. Nous mettant tous à baillés à tour de rôle, nous regagnons chacun nos chambres pour une bonne nuit de sommeil.

A peine avons-nous passé la porte de la chambre que je venais de fermer, que mon tendre amant me plaque sur celle-ci m'embrassant d'un de ces baisers enflammés comme il sait si bien le faire. Nous séparant le temps de reprendre notre souffle, s'effeuillant l'un l'autre tout en nous dirigeant vers la salle de bain, pour nous prendre une bonne douche pour nous réchauffer un peu, quoiqu'à ma connaissance la douche est plus un prétexte qu'autre chose, mais je suis mon tendre mari avec un énorme plaisir.

Max fait couler l'eau tiède sur nos corps déjà chauds par le désir qui monte petit à petit et je ne peux attendre une minute de plus, j'ai besoin de l'avoir contre moi. Alors je me rapproche de mon mari le retournant vers moi, le maintenant d'une main dans son dos et de l'autre sur sa nuque, je le plaque avec douceur contre le mur, faisant dresser nos membres gorgés de plaisir.

Nous embrassant à perdre haleine, frictionnant nos sexes l'un contre l'autre, nous provoquant de divins gémissements qui sont vite happés par nos baisers. C'est dans cette ambiance des plus torrides que nous nous sommes aimés une bonne partie de la nuit.

La maison faisant entendre différents sons derrière ces murs, allant des ronflements ou ronronnements au sous-sol, de petits couinements et bruits étouffés au deuxième étage où se trouvent les grands-parents et des gémissements aux troisième et quatrième étages, ayant tous eu la même idée pour fêter ce premier jour de vacances. Un seul maître mot se fit entendre de tous aux quatre étages, prononcer en même temps comme un seul homme ...

 - " OOOh ouiiiii ...."

FIN

Sommaire

Pour me contacter

Facebook : JL Stevens

Instagram : JL_StevensAuteur

Mail : j.l.stevens28092022@gmail.com